KB265556

지리산권문화연구단 자료총서 23
경상대학교 경남문화연구원

지리산 누정기 선집

강정화·최정은 편저

❈ 목 차 ❈

 1. 樓亭은 樓閣과 亭子를 통칭하는 말이나, 일반적으로는 樓·亭·堂·臺·閣·軒 등을 일컫는 개념으로 사용된다. 누각에 비해 정자는 작은 건물로, 벽이 없고 기둥과 지붕만으로 되어 있다. 자연을 배경으로 한 남성 위주의 유람이나 휴식공간으로 사용되었고, 방이 없이 마루만 있고 사방이 두루 보이도록 트였으며, 아름다운 경관을 조망할 수 있도록 높은 곳에 건립한 것이 특색이다.

 누정의 기능은 山水의 아름다움을 감상하는 것 외에도 여러 가지가 있다. 詩를 아는 선비들이 詩壇을 형성하는 계기를 만들었고, 벼슬에서 은퇴한 士大夫들의 講學 장소가 되어 人倫의 道를 가르치는 구실을 하였다. 씨족끼리의 宗會나 마을 사람들의 洞會 또는 각종 契의 모임 장소로 활용하였고, 한 고을의 門樓 또는 그 곳의 治積을 表象하는 역할도 하였다. 그 외 別莊, 전쟁 때의 지휘본부, 齋室·治農 등 다양한 역할을 담당하였다.

 2. 『지리산 누정기 선집』은 지리산권역 누정에 대해 조선시대 지식인들이 읊었던 記文을 選集한 것이다. 이는 조선시대 지식인들의 遊山文學 작품을 선집한 『지리산 유산기 선집』(2008, 브레인)과 『지리산 한시 선집』 시리즈(2009-2010, 이회)에 이은 다섯 번째 성과물이다. 이로써 지리산권역을 읊은 조선시대 지식인들의 한문학 작품

중 문학 분야의 핵심인 세 부류의 자료, 곧 유람록·유산시와 누정기를 발굴 정리하였고, 나아가 지리산권의 한문문학 연구의 토대를 구축한 셈이다.

3. 『지리산 누정기 선집』에 실린 작품은 아래 자료를 참조하였다.

1) 지리산권역 해당 문화원에서 발간한 樓亭誌를 참조하였다. 南原은 누정지를 발간하지 않았고, 그 외 지역은 참조하였다.

2) 경상대학교 한적실 文泉閣에 구비된 서부경남 고문헌 DB자료, 경상대학교 남명학연구소에 소장된 한적문집 3,000여 책을 참조하였다. 두 기관의 자료가 이 책의 주요 근원이다.

3) 위 두 기관에 구비된 자료는 서부경남 지역에 살았던 역대 인물의 문집이 대부분이다. 따라서 선집된 작품 또한 이러한 지역적 편차의 한계를 지니고 있음을 밝혀둔다.

4. 『지리산 누정기 선집』은 지리산권역을 산청·함양·하동·진주·구례 5개 권역으로 분류하였다. 이러한 분류는 작품 선집 과정의 한계로 인한 것이며, 전라도권역 남원지역 등의 작품이 없는 것 또한 같은 이유에서이다. 진주는 현행 행정구역상 지리산권역이라 할 수 없으나, 산청지역에 포함된 丹城과 德山이 조선시대 때 晉州牧 관할이었고, 당시의 진주는 지리산권역이었으므로 분류에 포함시켰다.

5. 『지리산 누정기 선집』은 누정의 특성을 살린 작품에 주안하여 선별하였고, 시기는 해방 전후로 한정하였다. 따라서 각 문중에서 享祀를 지내거나 그 제반 준비를 위해 건립한 齋室은 가능한 제

외하였다.

6. 기타 작품 선별과 관련한 참조사항은 아래와 같다.

1) 누정의 위치, 작품의 작성 연대를 알 수 있는 키워드에는 별도로 표기하여 읽는 자의 편의를 도모하였다.

2) 해당지역의 누정지에 실린 작품 중 저자의 문집에서 누락된 작품은 해당지역의 누정지를 출전으로 표기하였다.

3) 저자의 생몰년이나 작품의 작성 연대를 확인할 수 없는 작품은 가능한 제외하였고, 韓國文集叢刊, 『朝鮮王朝實錄』, 『承政院日記』, 경상대학교 한적실 문천각의 DB 자료 등 어느 한 곳에서라도 선별 기준에 해당하는 자료가 나타나는 작품일 경우 모두 수록하였다.

4) 작품의 수록 순서는 무순으로 하였다.

5) 수록된 작품 중 미확인 한자 및 탈자는 ■로 표기하였다.

제1편 산청

梅圃記

余於花卉所愛者鮮若牧丹之富貴海棠之嬋媽凡衆芳之悅目賞心
者固知無數而愛玩之癖最於梅由其素性自爾淡泊故也頃年春偶作
隨柳前川之行溪林之間見有素粧粉梅獨秀孤芳早得春信花瓣闊
而不凡疎而不密品奇格高灑然有氷玉出塵之想心切嘉歎卽日移培
於牕外一小盆閱歲經春枝繁聯簷影疎滿庭雪寒未解卓立貞叢和颸
入戶暗送幽香靜几相對昕夕無厭矣旣而衆木圍匝爲其陰翳所覆將
有枯查之慮乃於仲春種樹之節移之後園而嫌其過大裁剪而短之命
家僮灌漑護養者垂數載矣今根固枝茂頗有敷榮之意余喜之遂以梅
圃扁所居而記焉

※ 權相迪(1822-1900), 『海閣集』 권3, 山淸 丹溪 거주.

鰲山亭記

縣之北二十里許奇峯層巒多崛起磅礴而一峯特立秀麗者鰲山
也山之南巓有一區平寬向陽林木蒼翠眼界爽豁乃述古先祖杖屨之
遺址也屢世邱隴之楸界也南北有泉石峯巒彷彿乎雲谷之南北澗武
夷之玉女隱屛也其他淸異光景亦不可盡記矣余遂構小亭始於丙辰
春告功于夏與穉孫及村秀士往居之自非高尙肥遯也因講究經學每
休暇策杖徜徉於林樹之間不聞人間是非只有淙淙者水聲嚶嚶者鳥
鳴也至若朝霞捲樹夕烟繚壑引一大白輒飮頹牕櫳聽兒孫之伊吾世
間何樂或有加於此哉亭曰鰲山者何也鰲是魚之大者而撑四極不崩
戴三山不流此其所以悠久而悠遠故吾以是名吾亭

※ 金永祚(1842-1917), 『竹潭集』 권2, 山淸 거주.

愚拙堂記

瀕東海而郡曰**丹邱**山川秀麗原野夷曠直**龍山**之畔有堂曰愚拙
卽白君曦女之居蓄書史植花竹優游自樂余觀名山勝水佳卉異花及
平生所以治家飭躬讀書講義可取而名堂者不一而足何獨取於愚拙
而特以揭號而自貶焉見之者惑焉夫愚者智之反也拙者工之對也德
之病也材之棄也凡人之情莫不欲智而不愚工而不拙今吾子拂人之
所欲取人之所棄其不亦遠於情而違於世乎於乎俗之弊久矣鑿而自
私不循天理之正而取必於功利者智之過也大樸散而奇巧作喪本然
之天而務以悅人者工之過也自此民僞日滋風俗日渝以權謀爲智而
以循理者爲愚以巧媚爲工而以守正者爲拙擧世滔滔一趨於錐刀之
細藻繢之末而古道不可復矣今子厭機變之智而惡巧麗之工自托於
愚拙者其無乃欲回眞反朴有志於復古道者歟子曰古之愚也直周先
生謂巧者賊拙者德而至贊其效曰上安下順風淸弊絶吾子之所願學
者卽古人之直周先生之默逸苟然也則此愚拙二字將優於天下奚但
保一身治一家爲鄉里之善士而止乎夫今之所謂愚者卽古之智今之
所謂拙者卽古之工也循其自然反其本眞藏諸身而有裕處濁世而不
汚者其不爲智之大而工之至者乎敢以是勉吾子遂次其語爲記

※ 柳致皓(?-?), 『東林集』 권8.

鷗笑菴記

惟我叔父棲息野窩讀書四十年姓名不露於人間足跡自放於江湖
一日訪花隨柳逍遙混沌於山下葛天水畔手持太極扇腰橫無絃桐巾
服蕭然胸懷淡泊際有白鷗一雙自下流將翱將翔若將向人而爰止如

欲語而爰笑嗟夫人有白鷗之心而白鷗知人之心也耶然則不知者世
人知之者白鷗也白鷗之笑翁翁之笑白鷗蓋各笑其笑而人亦不知其
所笑也謹賡其詩

■ 姜師贄(1722-1793), 『宇翁集』, 晉州 거주. 산청 둔철산 아래에 있었음.

峨洋亭記

德川爲頭流之巨瀆其上流又爲曺先生之闕里濬發眞源洋洋逶
迤數十里所在有臺榭臨觀之美者金湖之陶丘北坪之七松昆明之五
龍皆明潭修瀨以擅東南之形勝又自五龍東北流曰有白廬堂是爲我
家所築而燬於龍蛇遺墟尙存由墟溯流西南上有竊然小谷丹崖翠壁
左右屛圍又兩石對立於谷口曰石門躡石門攀危磴爲古刹廢址背山
而臨水泉甘而草茂信天成之一區也曾余往來山外不知其爲爽塏幽
閴之奇絶如此姜素隱美仲爲余言合置藏修谿山林墼未必非有待
者因與相携至山腰俯伏而下得半畝平陸揩筇審視遠近峯巒之拱揖
上下川流之縈洄無一不悅心而奪目又有精於堪輿者與偕而稱美之
於是決意約美仲誅茅而築室適有一二學徒之來相董役始於庚戌之
二月八日積三旬而乃成其經綸意匠粧點丘園美仲實有力焉十里農
郊五馬官道鋪錯於眠前野則野矣而江流之悍有難揭廣車塵馬迹之
所不到也環山仄逕天地所慳秘幽乎幽者俯臨村落人烟相望鷄鳴犬
吠之無不相聞也余於是餉其幽者而隱約餉其野者而暢豁無隘無曠
可以棲息可以遺世可以卒歲爰得我所者何其奇哉蓋以半世場屋漫
浪於檢押而居然泉石主張烟霞掠取天天逸之趣是則回視覆轍內省
而愧悔也顧其屋制孔陋不爲眼目之侈可使僅容一膝也然以當翔天
華構吾不願以此易彼也落成之日設小酌以娛同志因依蘭亭故事修

楔事扁之曰峨洋亭蓋以實境寓知音相成之義欲謝厚意於美仲云

▧ 金光鍊(1727-1803), 『立巖集』권2, 晉州 馬洞 거주.

煙波臺記

或有問於余曰子之所讀洙洛書也所耕炎稷業也今乃名所遊臺以
煙波者何哉余應之曰顧我所居前有是處斯開而枕梅山之遙落帶鑑
湖之長流朗然適其淺深窈然朕其幽閒不指爲山陰一勝區者幾希
惟其巖之所以作臺磊落頗僻草木不能根鳥獸不能巢牧兒樵竪無所
入顯官達人無所過而來千年兀立無阿附意與我闒茸輕薄才器之無
所用行義之不能善言語爲人厭面目爲人憎而老七旬獨坐絶遊從者
相似乎爾也每讀于塾耕于野有餘力輒來而登焉戍削如屏憑可側身
寬平如床臥可伸脚右有嵏谺隱可避雨前成磅礴距可掬水夕陽在山
凉風灑落於襟抱露月臨江夜氣滴襲於眉顔塵間萬緣轉覺付東流去
矣及其冬寒夏霖雪花滿江黃龍觸波變幻者彼觀亦不惡春煖秋凉紅
綠雅花鸞飃落木愛玩者是遊之最宜乃召工而將刻石入名因釋手經
史而望則十里江湖一碧煙波乃知夫臺上壯觀都不出於煙波因使刻
臺之名曰煙波余亦甘爲煙波叟也問者唯唯而去輒次其語以爲此記

▧ 姜文秀(1849-1931), 『溪西遺稿』권3, 山淸 거주.

晚樂亭記

亭一也而曰晚翠曰安樂者舊扁也合而命名曰晚樂而間架制度比
前軒輄者新創也余嘗從姜鰲山起翼氏稔聞其僑居松景村有金處

士松窩主人與其從父弟聾窩翁築數椽茅於村巷日夕聯枕課農敎兒
安其生樂其業時或盤桓澗阿吟哦自適以寓花松之戒其志槪可尙向
余道娓娓不敢忘于懷而伊來十數年滄桑變遷遽作隔世人矣日其兩
家肖胤永燦永石謁余言曰昔我先君從昆季斂藏名跡聾於世不求聞
知生平志業不少槪見然某樹某丘手澤尙存不肖輩豈敢曰肯堂肯構
云乎哉惟懼遺蹟之將堙與諸從昆季拮据略干物改卜於稍僻處距舊
址一帿之地也始役於丁巳九月至今年維夏功告訖瓦而欲壽之心力
俱殫矣請以一言記之余惟君家福蔭尙未艾椒聊蕃衍苟能種學績文
隨分耕鑿而使四山蒼翠便成後洞之林則兩家嗣述不患其無人請以
是勖焉至若山間幽賞余未目擊矣登斯亭者可以領略故不須記焉通
訓大夫前行司諫院獻納官驪江閔致亮書于稽山樵屋

■ 金基潤(1817-1882), 『松窩實記』, 山淸 거주.

慕杏亭記

自吾夫子之講道於杏壇也杏壇之名聞天下後世於斯時也講道而
適得杏下之壇是偶然之事非以其杏樹之有名與義而取之也然嗣是
以來杏樹之標格逈出等夷不與凡木齊焉天下後世莫不敬而重之聖
人俄頃之化至於無情之草木能被其榮光也如此夫吾友權三山子厚
學道人也自丹邱移住于**會稽**之檣洞四方有志之士多聞風來會而
村學秀才亦觀感而興起洞遂以文學之淵藪稱焉洞之西江之上有大
樹亭亭獨立而其地爽塏可以風可以浴有似預知今日之事而先待乎
月朔洞之諸君子講學論文於亭樹之下而名其亭曰慕杏蓋慕聖人之
道而追慕當日所講之壇樹亦次第事今因追慕之心而名之以慕杏不
亦宜乎詩云敝芾甘棠勿剪勿伐南方之人感召伯之化以至暫時休憩

之樹而猶能愛惜之如斯矧乎講學之地之樹乎今雖未能預期諸君子
他日成就之何如而使斯亭之樹匹美於甘棠流傳於永久則在諸君子
用力之如何耳可不勉哉余素嘉講學之有補於世敎而又子厚有請雖
不文豈能止乎若夫其規模節次諸君子之斟酌已盡無容更評云爾

▨ 姜龍夏(1840-1908), 『武山集』 권4, 咸陽 거주.

松竹軒記

　鶴性愛松鳳性愛竹竹與松是草木之貞鶴與鳳是禽鳥之良以良愛
貞固其宜也然松能貫四時而不改柯易葉竹能保歲寒而亦冒雪傲霜
則其爲凌冬之物均矣而二鳥之所愛則偏奚哉**丹城**權敬夫自**江樓**
買新屋於聖校之傍屋之環皆松也而竹亦間焉遂名其軒曰松竹敬夫
之必混同二鳥而愛之又奚哉竊念人與物俱受天命而得其正且通者
而全其本體者人也得其偏且塞者而梏於形氣者物也稟旣有正通偏
塞之殊則其所愛之有偏全可知矣況敬夫世家丹山之穴九苞之寶雛
矣門赤壁之汀掠丹之道士矣一軒而二物具一人而二鳥備抑此亦人
爲物靈而物備於我者耶且惟敬夫名軒之意將以觀凌冬之操而欲勵
吾名節堅吾心志處濁世居洿俗而寧囂囂自樂枯死巖穴不可啜醨同
醉涵泥合汚也然則敬夫得松竹歟松竹得敬夫歟竊願敬夫益堅其肚
益着其脚勿汲汲於營逐常惕惕於學問所積于中者旣厚則鳴皐之鶴
將有聞天之聲矣然後乃覽德而下羽儀乎王庭而施吾經綸則可以不
負乎天而不愧乎物矣昔陶淵明撫松者而以節名魯仲連盡竹者而以
義稱竝垂芳百世嗟夫若二公可謂善愛松竹者矣苟或徒愛松竹而不
知節義之爲可尙則又無乃爲二公之罪人耶余旣勖敬夫是爲之記

▨ 權基德(1856-1898), 『三山遺稿』 권6, 山淸 丹城 거주.

石溪齋舍重修記

縣西十里許有山曰齋敬乃吾中祖**安分堂**先生衣屨之所藏也蓋
山脈則方丈爲之祖而文山爲其惱水自錦溪西折而縈廻者汝川也麓
自同榜東盤而拱抱者**尼邱**也衍奧渟瀦自成一區形勝爲百世慳秘
應待之址則地靈之會信不誣矣至于數百年而未嘗有齊肅灌薦之所
先父老咸慨然于茲粤在純廟壬戌二月始遂協心營創各勤職事而能
親執規矩不失尺寸制節財用剖析分毫不憚終始以觀厥成卽吾王考
三默公是已及今門中老少合辭稱頌無乃爲耳目之所記觀感之所到
歟雖然歷年旣久風撓雨逗瓦解橡摧迨至傾圮而徒以事巨力綿因循
未就於是乎慨然而涕懼然而思遂斥土辦費可至百貫物因其舊制革
其棟宇之太傷者而新之翻其瓦塼之將解者而覆之纔閱月而告功實
上元甲子仲春之上甲子日也計距前創六十有三載董其役者族叔壽
樞極樞族兄憲周曁不佞也勤幹纖悉相與左右費省而見功多工旣訖
憲周氏詔不佞曰今日之事非敢曰先志之繼述而可以爲後昆之觀瞻
則不可無記實之蹟矣吾旣老耄子盍代之況是齋之創在於子之先大
父乎憲貞辭不獲已遂告于僉宗曰齋閣之設不徒祀其先而已顧吾宗
之素以名門見稱者莫不由祖先忠孝節儉以成立之則後之登是閣者
相與講刮勉勵不墜先業而式好無猶則一氣所感善端藹然而周旋之
際誠敬之心油然而生矣其於保一閣何有衆皆唯唯因悉次是語以爲
之記

※ **權憲貞**(1818-1876), 『**遜窩遺稿**』 권3, 山淸 九印 거주.

挹淸亭記

嶺之南有巖邑焉曰**丹城**丹城之野有隱君子焉曰石樵權公公嘗
聞道於淵齋宋文忠公學問進修之方眞知實踐之工一遵儒家法度而
及其時象溷濁無復當世之念則遂韜晦自靖以爲潔身之計於是作幾
間亭子日夕登臨嘯歌自娛錫名以挹淸者此也**赤壁**之山白馬之城
周遭如屛障新安之江縈回屈折爲襟帶焉每雨晴之朝月明之夜群峰
蒼翠交映於萬頃玻瓈之面澄光灝氣常時不絶軒牕欄楯不留一塵此
則亭之大觀也**昔尤菴先生南遊至此愛其山水書赤壁二字於
岩面**銀鉤鐵索龍挐虎攫淵齋與公皇考同樞公有雅契千里命駕相
與逍遙又以留客亭三字鑱之石焉前後賢躅之所過江山增彩草樹含
馨此則亭之故事也迨公觀化十數稔哲嗣載弘要余記之噫治心實爲
學之妙訣矣聖謨賢訓要不出此外先治其心以證其源視明聽聰志氣
沖穆故雖甕牖繩樞不蔽風雨人不堪其苦而自有觀物之樂況占得高
明爽塏之位臨之以亭榭助之以流峙其翛然洒然者又何如也若方寸
之中塵垢逼塞滔滔慾浪頭出頭沒雖有佳境焉知其樂哉然則挹淸之
義不在於他而祇在乎一心公所以寓意者槪可想焉爲其後者當用力
於治心毋爲外物所移則始可以挹其先世之淸矣何竢余蒙之贅安東
金寗漢記

■ 權斗熙(1859~1923),『石樵遺集』권4, 山淸 丹城 거주.

赤壁亭記 挹淸亭一名

赤壁丹城之一小區而遇吾先祖華陽夫子而名焉遂著於東國山
水之間地之有遇其亦時也歟余嘗舟遊於是是壁也負巨山臨大江亭

然來而崒然止削立環擁怳惚神剜仰其高則磊嵬聳秀有若志士之獨
立俯其深則涵溶縈洄有若大人之包容宜其得夫子之手墨刻之面而
耀百世也蓋吾夫子當南遷之時不得於人而獨得於山水所過流峙無
不輕重於筆下赤壁之題其一也是豈偶爾遇哉壁古無亭我伯父先生
過此恨之吾友權石樵斗熙從之而聞其命矣後數十年丁巳乃就其對
壁相望之岸起一亭名之以赤壁請余志其事辭不獲已而進曰夫非狐
貉不衣非粱肉不食窮嗜極欲以終其身俗流之所尙也至於侶魚鰕友
麋鹿寤寐以山水爲樂此措大者之所尙也彼俗流輩之求無不得而惟
山水之樂不可得兼彼不得兼然後此可以專之而益高其亦理勢之然
者也然而山水之樂不生於山水而生於自家之胸襟苟吾胸襟有累則
雖水樓山閣得其絶勝只爲物之役而止耳樂何自而生焉今權君遊吾
溪山之兩門聞華陽夫子尊攘之大義與世相絶從吾所好率子姪招賓
朋業於斯而甘將終吾以是信其胸中無累而有山水之眞樂矣然則赤
壁之遇始於吾先祖中於吾伯父終之以權君其視中州之赤壁前遇三
國之風塵後遇百坡之是非其遇之大小果何如哉後之人登斯亭者宜
勿徒恃其風月之無藏而必要其胸中無累則庶斯亭之重又有遇也遂
書此以歸之時壬戌之秋七月旣望也德殷宋曾憲記

■ 權斗熙(1859-1923), 『石樵遺集』 권4, 山淸 丹城 거주.

愚川樵屋記

有過愚川樵屋者曰川之水瀅澈活源合智者所樂而曰愚屋之書聖
賢格言皆儒者所講而曰樵奈川屋之命名爽實何曰噫不然也川何嘗
有愚屋何嘗必樵人焉而已矣夫人器量廣大寬重見識詳審縝密則有
而無實而虛常記我所至之有未盡故雖洞究乎道德性命之理而吾之

見則只是愚淺而已雖傳習乎詩書禮樂之文而吾之業則惟是芻樵而
已以若聖如孔子猶曰吾執御矣執御非樵采之卑下者乎賢如顏子猶
且終日不違不違非問難之愚下者乎況乎後於孔顏而爲孔顏之學者
何愚與樵之爲疑其在川與屋果愚樵而愚樵乎不愚樵而愚樵乎世有
知言自有辨之者矣問者曰噫嘻吾知之矣其德愈盛則其見愈密其言
愈謙今而後見之矣請以是爲記光山鄭時林謹書

■ 權斗熙(1859-1923), 『石樵遺集』 권4, 山淸 丹城 거주.

新安書社重修記

家有塾黨有庠古之制也絃誦者遊息於斯詩書者藏修於此則塾庠
之設豈偶然哉惟我東方多有書堂之興作蓋因其塾庠之制而亦取幽
夐之趣也顧我江村自經兵燹之後久無書堂之設肅廟朝先父老呈
于侯而得八里戶籍收穀百餘斛因此經營之始構於放牧竹湫之上矣
粵在壬癸以其逼近於村邸移建于石頭之陽矣越辛亥又移建于惠湫
之上適當壬癸凶歉之後樵童牧豎多竊其材去當宁己未又移于馬
峴之下物凋財耗其勢末由賣其屋瓦保長二百餘金而後始移于嘉
谷之陽東近夫子之宮墻南挹尼丘之峰巒谷不深而周匝山不高而秀
麗眞所謂書堂之名區矣經歲經年上雨旁風榱桷已朽棟礎將傾方營
重建之際龍興寺禪堂久空無用詢其價而買焉借衆力而運致今年二
月肇闢基址而纔至四月大役告功雖是人力之所謀而實是神功之陰
騭矣李光烈權有中掌其營建之任而親執規矩不失尺寸李承烈權孝
一掌其錢穀之任而李承烈獨任其職能析分毫矣秋九月燕賀告成者
旹多會四韻賦成僉君子囑余而言曰書堂移建顚末莫如子詳知爲之
記焉以遺後學如何不侫不敢辭重爲僉君子警告曰雖有其堂未有其

學則何以異乎戰國之明堂耶雖有其學未有其行則奚以異乎稷下之
儒風耶勉之勉之崇禎後三周甲午十二月五日陽翟病翁謹識

■ 權佶(1712-1774), 『敬慕齋集』 권2, 山淸 丹城 거주.

七峰庵重修記

菁川之水發源於頭流南走八九十里東與德裕水合直向晉陽城
其間有七朵芙蓉蒼然削立於江上逈臨碧波彌漫明沙浩淼而左右丹
崖翠壁老檜深松隱然依然望之若畵圖光景者卽七峰山而其第三峰
下有蕭灑古庵庵之得名盖以此云庵之刱不知其何代而成浮査河滄
淵及我先祖凌虛公撰州誌特取以記之且諸賢題詠遺什至今流傳而
爲一時老德君子講學遊憩之所其久遠可徵而後人於斯庵其爲可愛
而可敬者豈直爲泉石之勝林壑之趣而已哉自我凌虛公以後世世爲
吾家藏書之室而曾王考西溪公從少泊老往來捿息尤種種焉及公之
旣沒也巖泉失色澗壑無主以至星霜累變而頹廢日甚余與從弟進士
君議鳩財量役圖所以重新而不幸事未及擧進士君亡後七甲子而始
經始而告功是當宁甲寅四月日也噫吾所以十載經營隻手區畫疲精
竭力期於竣事而後已者以祖先六七世杖屨之墟不忍一朝抛却而爲
鞠草之原也後之爲子孫者亦能繼我而述先使斯庵不至蕪後沒荒落
則何幸如之

■ 朴旨瑞(1754-1819), 『訥庵集』 권4, 晉州 奈洞 거주.

未惺齋記

惺惺敬之事吾學之成始成終者也蓋心有寂感幾有善惡靜而不至
於死灰發而不使之差謬者非惺惺而曷以哉譬之鑑不照而明常存諭
之鍾不叩而鳴未已內直之訓起於坤緣戒懼之箴揭於思傳是實千載
眞詮昔我**南冥曹夫子**嘗珮金鈴命之曰惺惺子當時及門佩服此訓
者或笙鏞國家黼黻輝爀或仗鉞勘亂竹帛光耀而有曰**喚惺**曰**覺齋**
卽未惺翁夾運之從先祖也柯則不遠家法有詮翁嘗從事於斯念念提
撕件件警飭其發於行也孝于親友于兄忠信于人發於儀表也峨其冠
偉其褐望之儼然發於論議也不拘成案不泥陳言若使翁遇時而展蘊
其於事業之輝耀也何有嗟夫金鈴響斷三百年於玆有能守此法者幾
人翁雖謙謙曰未惺而實則惺惺是冥門的派也

■ 姜柄周(1839-1909), 『斗山居士集』 권3, 泗川 昆陽 거주.

容黙齋記

山陰之黙谷卽縣東一僻地也村居已古而無一間書室余僑居有
年憂子姓之無敎與村長老相地鳩材閱數月而功告訖遂速佳賓以落
之扁容黙以顔之階下列植花草雜卉案上尊閣經傳諸書以爲諸生發
舒精神早夜誦讀之具因斂衽而諗于衆曰昔漢武帝以閩地險阻反覆
終爲後世患移其民而空其地及宋南渡朱夫子生乎其間而群賢輩出
爲文明之淵海而天下至今賴之豈非天道有循環之理而地運亦隨而
乘之歟我洞之僻陋不下於閩之險阻而書室之建築適際此時則將來
進文明之兆朕豈不在玆乎蓋今之書室卽古村塾遺制而古制之精密
纖悉今不能枚擧然如大學序所謂人生八歲則自王公以下至於庶人

之子弟皆入小學敎之以灑掃應對進退之節禮樂射御書數之文皆是
事也以故古今之賢人君子天子之公卿大夫莫不從這裏做工夫以贊
襄天地之化育則縱曰天下之大本在此一書室未爲過語也然則豈可
以渺然一箇屋子而小之乎又不思所以培養振作之方乎僉曰而今而
後吾知此室之爲重也遂請序次所言貼之壁上余亦莫之禁焉而若夫
容默之義則蓋因洞名而又因世級漸降將至於無如何之境則推念子
思子其默足以容之訓以命名而以爲常時觀省之資

■ 姜大延(1606-1655), 『湖上趾美錄』 권3, 山淸 거주.

復正齋記

居默谷而有容默齋還正谷而有復正齋兩齋因地有名而皆我家
子姓肄業之所也昔**我高王考亦樂府**君懷寶遯世隱於正谷而築亦
樂亭繼而曾王考忠齋公築南隱齋亦樂亭者府君講道之所也南隱齋
者村秀敎育之室也當時文化之盛鄉隣罕及而少焉之頃興廢相尋昔
焉絃誦之社今焉樵牧之場嗚呼惜哉自忠齋以後連世爲窮鬼所迫而
取便於漁樵移于默谷而築容默齋矣今還于正谷而創斯齋也人皆意
揭以南隱舊扁而更號以復正蓋復還正谷余夙夜所期故特因齋號以
志喜耳然復正之志問田士養桑麻至於免飢寒而止哉嗚呼我家世德
奕世有述而至於亦樂府君邃學高風非邈爾愚孫之所敢與知而證諸
家庭流傳之言則府君有絕人之姿高世之志簞瓢屢空處之晏然非其
義也一毫不取築亦樂亭而日處其中嘐嘐然尙友千古讀聖賢書覃情
硏思殆忘寢食而其要在於居敬窮理四方人士聞風來訪者戶屨常滿
而其講明之義則皆切於身心之要旨也以府君之素抱言之則如漢之
江都相天人策隋之文中子龍門策皆分內事而命與仇謀空老嵁巖名

湮沒而不稱豈非千古志士之所慨恨也哉忠齋公學有傳授不墜青氈
築南隱以牖後至愚孫而失學無文然胸中之所以自期者則襲先世之
馨德復築亦樂齋南隱齋興當日之文學來四方之士友以續遺蹟寔區
區之素志而爲復正之實旨也古語云有志者事竟成今於復正齋之記
文也先識其所志以立佗日亦樂亭南隱齋竟成之的焉

▩ 姜大延(1606-1655), 『湖上趾美錄』 권4, 山淸 거주.

勿川書堂記

古者州閭所建之旗其名曰勿盖以字形似旗脚而揮而禁止之謂也
自二十五家之里什五上之至比閭黨鄕屬連侯伯各有所統其曰旟曰
旗曰旆曰旐大小雖殊而其爲勿一也顏淵問克己復禮之目子曰非禮
勿視非禮勿聽非禮勿言非禮勿動盖顏子之於仁三月不違則聖之亞
也纔差失在接物之微謹乎此則渾然矣故所問在目常人則不然素無
持守涵養之本而知旣不足以知至善之所在則當勿而不勿不當勿而
勿者夥矣且前者勿而後復萌芽過者勿而來又接續則將軋軋乎不勝
其勿矣必也務本乎本者何誠敬是也胡子曰一誠可以消萬僞一敬足
以敵千邪大本旣立則孤軍之克點雪之消其爲勿之功也易矣然則本
立而勿方伯連帥之旗也外交而勿閭師比長里胥之旗也在顏子地位
閭師比長里胥各率其職而天下寧矣下此則方伯連帥不莅其禁令士
之失伍離次不可勝誅矣**金君鎭祜**從余遊數十年才魯而質厚志篤
而學專沈潛之積醞藉之詣求吾黨鮮儔焉余畏而愛之閔閔焉冀其成
如農人之望歲也近構小堂於所居勿川之上以居業焉請余演其說余
惟勿之爲勿夫人能言之而槪以顏子之勿冀之於後輩則將見泛而不
切勞而少得失先後緩急輕重之序矣書此規之且以自省云**晩醒病**

夫書

※ 金鎭祜(1845-1908), 『勿川集』 附錄 권3, 山淸 丹溪 거주.

勿川書堂記

周夫子有言曰發聖人之蘊敎萬世無窮者顔子也意者以其嘗問仁
而發克己復禮之訓又請其目發四勿之旨旣自從事而得不違於仁爲
聖人之亞者仍遺我萬世學者俾有所依據而得端的下手不涉於怳惚
不迷於支離而卽精粗顯微內外本末可卽此而貫之于一也夫然後凡
諸書群經所以曰毋曰無曰罔曰不而多方以禁止之者何莫不輻輳玉
振於是若其所謂惟精惟一閑邪存誠戒懼謹獨遏人欲存天理之斷斷
乎敬怠義利公私之別而設戒而致詳焉者皆是道也以此而言勿之一
字雖謂之聖人之蘊亦未爲過也夫人之所以與聖人不相似者爲其所
不當爲也非徒樂爲亦有黽勉蹙頞而强爲之者欲之牽於外者重而心
之主乎內者不定故也誠能反而察之其所有視有聽有言有動纔覺其
不當爲我則勿爲也勿之又勿當勿必勿則人欲消而天理復聖人可馴
而致矣勿者心之所以爲主者也惟口耳目手足之比於心小體也心之
所勿彼豈有不勿者乎顔子之曰舜何人也予何人也其敢貌視乎所不
敢之地而說出人所不敢之大談不慴而不疑者恃此故也苟然矣則克
復之要固在乎四勿而四勿之要又專在於存心心之實體又不外乎理
心存則理爲之主凡厥氣之作用欲之闖發物之交引者皆將俯伏稽顙
惟吾所勿之爲聽及其動與理順而無勿可施則本心之德一團瀅然隨
處呈露無所往而非至理而所謂下學而上達者此也所謂天德王道者
此也所謂廓然大公以天地萬物爲一體者此也其與繚繞於文義之末
戀戀於形氣之粗者相去不亦遠乎後之欲希顔學聖而不從事於四勿

四勿而不本於存心存心而不一之主理者則亦勿學焉已矣吾友商山
金君致受嘗篤學力行已深契于存心主理之旨旣又爲書堂於勿川之
上而名之曰藏修於是且以居後進之求我者其左右兩室曰復齋顏子
之不遠復而無祗悔以其能從事於勿也曰蒙齋自幼子常視無誑以上
卽敎之聖人言動而欲其從事於勿也盖視聽言莫非動也而蒙之險而
止非禮而勿動也復之動而順動而禮也然而君子果行蒙非一於勿動
也至曰閉關復非一於動也蒙復之義旨矣哉是將使世之賢士大夫爲
我稱子國有顏子者其在致受歟致受嘗徵記於余余與致受離索久矣
謹姑書此以歸之聊備一時講說若爲記也則其當有大筆者將以煥子
之牆楣歲已丑仲春下澣苞山**郭鍾錫**記

※ 金鎭祜(1845-1908),『勿川集』附錄 권3, 山淸 丹溪 거주.

約泉齋記

　　嘗讀易而有曰山下出泉蒙君子以果行育德竊以爲苟欲果行育德
則非主忠信不能焉今於約泉之取義實有所感立信在約而有本者泉
志於道而無本則信可立乎金君致受甫結廬約泉之上因以爲號其學
出於性師養一之訓而多務本之實其銘曰於穆不已天道也自强不息
人道也不已不息誠也誠者一也敬所以養其一也君從事於斯事父母
以孝處兄弟以友以至信朋友而親仁餘皆推類以從善則本立而道生
者其在斯歟約之爲義至要至密約以禮顏氏之所受守之約曾氏之所
主操約及廣考亭之釋絜矩雖各有至當而究其實則不外乎信水本於
天一而生生不息實理所寓實曰誠淵泉如淵溥博淵泉中庸之言誠處
源泉混混如泉始達掘井及泉孟子之取本處由是而涵泳義理則立信
於有本其非約泉之取義乎余於約泉知爲信友而乃記數行非欲爲文

而欲爲心信之迹云庚寅十二月上澣昌寧曺秉萬居全南和順

※ 金鎭祜(1845~1908), 『勿川集』 附錄 권3, 山淸 丹溪 거주.

龍門精舍記

友人金致受爲精舍於龍門巖之傍蓋將怡娛晩暮講道著書以藏修也昔叔程先生葺幽居於龍門庵廢址以爲能爲龍門山水添勝跡於千秋止四方之來學者曰尊所聞行所知可矣不必及吾門當元祐之世先生進而鳳儀於朝將以斯道致君堯舜而厝斯民於三代之上及其不容而去國也則知天意之未欲平治於今日也黨議之起而學者之以虛名召禍者相尋也先生於是不得不以萬世自任而且勉學者使之反求己而實用力焉蓋亦不得已也今致受之積學居業老而不倦其道足以澤物其文足以華國而禮羅不泊于陋巷世之學者又紛然于口耳之末歧闘無端而淳風日漓於是而以龍門爲歸其有所感於先生者歟先生之學以居敬窮理爲定本而敬主一心理散萬事以一心而應萬事亦猶龍之存身不昧而變化無方者乎致受之一生跂慕於先生者亦惟曰居敬窮理而已敬立而心無邪僞理得而事皆着實則虛假之習不競而紛然者亦幾乎熄矣處而爲无憫不拔之潛龍出而爲德施文明之見龍亦將以此而爲之時矣其爲添勝跡於龍門又何遽專讓於先生也先生蓋嘗闢佛老以通聖人之道禹鑿龍門導洪水以利天下之民其功足相方也今天下邪說橫流華夏陸沈其視佛老洪水果何如也抑亦須居敬窮理之君子爲之疏鑿而順導之然後聖人之道不泯而四海之波不揚于洼烈矣余以是不能無望於龍門之居者也致受則以爲何如致受曰唯否否吾何能然姑以此爲之記可也友人苞山郭鍾錫記

※ 金鎭祜(1845~1908), 『勿川集』 附錄 권3, 山淸 丹溪 거주.

琴湖齋記

頃歲許君孔淑顧余於川上謂曰煥養親餘力則以讀書而讀書如工
居肆不可以暗就所居湖上新闢小齋起居几案與湖相接靜潔可栖而
顧未有名請吾子命之余曰此退爺詩琴山逢雨與冥翁記黝潭鏡開者
卽其地乎曰然一地而兩先生異稱者蓋琴與黝東人語釋音相似而然
也余謂琴字稍雅於黝字且君據非山伊湖名以琴湖何如孔淑唯而去
翼年復來請曰吾齋子旣錫名更有記以侈之余聞之瞿然蓋初因地名
應副而已其義未暇繹也何以爲對無已則燕書郢說或可乎夫人之所
以神明其德而與天地同其變化惟心耳然其爲物易舍難操也於是有
存養之具有法戒之設有邪僻之防盤盂几杖之銘珮玉琴瑟之用皆是也
然古人用之如茶飯而今人皆無之只有讀書一段與或湖山風浴之助其
養而已今湖之於齋也鏡明玉淨橫亘案前有若玄琴之橫在膝上者然
君讀書於此開卷而沈潛乎義理之蘊以齊其心對湖而游泳乎天雲之
涵以照吾心可以養中和之德可以防非僻之入可以寓善鑑萬理之妙
日用動息之間無入而不自養焉則安知古人琴瑟之用不在斯湖歟況
復兩先生琴歌雖輟過化之遺躅尙在於以興高山之懷發淑艾之志使
琴湖之名因可得以充其實者乎孔淑如以吾言無不可請實諸壁上

■ 金鎭祜(1845-1908), 『勿川集』 권12, 山淸 丹溪 거주.

臥龍亭記

方丈群峰之所宗主者爲天王而其巍然靈異之形獨開見於**山陰**
咸雲三水之所會同者爲鏡湖而其袞袞縈回之勢最明麗於山陰**山**
陰之以山水擅名於湖嶺者有以也夫然而其據一湖之上流接天王

之眞面東迤南匯前拱後擁旣幽而寬復雄而秀者其惟龍湖乎以是人
之有志於山水者多於此求得而評者以朴氏之翫逝亭爲直其地而專
其美云歲在己酉秋朴上舍尙圭氏與其弟崇圭又築亭于所謂玩逝之
旁名曰臥龍旣成之明歲命筆于其內從弟長溪黃信龜曰此吾先祖之
所選勝而先君子之所搆堂也今不肖又亭而增之江山之美及吾三世
經營之舊固不可無記以垂吾稦葳吾弟其念乎哉信龜重其事不敢敬
諾則又以書來重敍其意曰此一家事子不可不念也吾先祖早歲遊兩
岡先生之門有儒林重名値時昏濁書名危疏仍謝絶人世徜徉於此累
石爲臺列木爲亭名之以翫逝翫逝之義遠矣哉晚際時淸屢登薦書未
幾而卒識者悼之吾先君以文行承家而眷眷于兹修葺裝點以處以遊
以卒其世至于不肖德雖不類平泉之戒不敢不佩服也顧王父所搆創
於厥初規模未恢有與江山不相稱者兹豈非不肖之所勉圖者乎此乃
吾亭之所由作而其棟樑間架視舊頗闊豁旣又亭之不可無名而水曰
龍湖巖曰臥龍則遂以此名吾亭而居之焉且去秋以先人宅兆不安用
術者言移奉窀穸于亭之西麓此亦不可闕諸記子其爲我修辭毋固其
讓信龜發書感歎而亦不敢以無能之文當吾兄甚重之託然義有所不
可終辭者遂爲之復曰孝哉吾兄夫孝子之情觸物思親生死無間故桑
梓之敬不褻所鍾芝菖之薦不忘所嗜況此湖亭奇勝嘗爲祖考棲遲怡
養之資者乎然則吾兄之作是亭乃所以永孝思也豈徒爲物役者耶故
使記於亭者述其先行之懿匹休於湖山之勝是豈不可尙也哉盖吾兄
先祖先君有師友父兄之賢而蓄學行文雅之美大爲士望之所歸而顧
乃局於時嗇於命不得展布其志則卷懷泉石託趣山林沖葆吾眞永矢
不諼而寄傲宇宙如翫逝水此雖不得於時者之所爲然其視世之逐逐
名利醉死塵埃者得失何如而又有賢子佳孫孝友爲家世濟其美與一
邱烟霞相守相傳以期於無窮則天之所以餉吾朴氏者厚耶薄耶倘使
先王考曁先君子假其年申其福金玉其頂繡繪其躬於江山何有哉古

人所謂山增高而水增廣者其在是歟一時名賢如吳德溪盧玉溪諸先
生亦皆有精舍於水之南而卽今諸墟幾不可復識惟此亭獨爲吾兄世
守之地而又增盍也如此此所以爲貴也夫勝地旣罕有而遇其人爲難
其人雖遇而能管得終老爲尤難況三世一心護惜完美逐因爲家居而
先君子壽藏又卜于玆樂哉斯邱歌於哭於者豈人力所及哉嗚呼此其
可記而遠告來裔也若乃茂林脩竹雪沙錦石漁艇釣磯巖花渚禽雲烟
風月朝暮四時狀態千萬者乃亭所自有使登覽者觸其目而可得何待
文乎哉然信龜之愚竊有所興感於斯者焉昔晦菴朱夫子搆臥龍菴于
盧山五老峰下盖爲黃石如臥龍而作也然其寓意不在石也故揭漢丞
相諸葛武侯之像於堂中以見其志焉今吾兄之亭亦以巖故得是名則
事實偶合也第未知吾兄之意亦有覬於此乎否乎竊聞吾兄得二兒孫
名之以亮字則非但名之於亭又欲希之於子孫非其志之所尙而能然
乎此可見吾兄好義之誠出於天分者多而有爲孝也亦可移於忠者乎
嗚呼其可敬也已崇禎紀元後乙卯仲秋長溪後人黃信龜謹記

■ 朴文楧(1570~1623), 『龍湖集 下』 권4, 山淸 거주.

臥龍亭重建記

　　占江山名勝之區而爲之菀袅生焉而嘯詠放懷以自悅適歿焉而其
亭臺林樹猶爲後人之指點想象世之高人逸士或多有之然苟人與地
之不相稱而不足爲江山重則虛名焉而已雖有其地有其人而苟廢焉
而不修泯焉而不闡則荒墟焉而已若夫地得其人而後之人又爲之增
飾之而闡發之愈久而不墜其人聲韻者豈非其地之幸而爲江山增重
者耶山陰之縣鏡湖之濱山水秀麗以形勝稱當黃石白雲二水之會有
層岩阧起江邊有盤龍之狀者曰臥龍岩超絶淸曠之觀爲濱江之最故

龍湖先生朴公當穆陵時隱居其間嘗築亭岩上以棲息嘯詠所謂臥龍
亭者是也其後更加增飾隨壞隨補至今數百年巋然棟宇無廢舊觀中
因鬱攸墟者有年則諸後孫慨然謀諸鄕章甫往在己未選其族之能幹
者勝杓弘緖而任其事閱歲而重新之後數十年其嗣孫佑儔遠來見余
而請記其事昔吾先祖霜岩公與公爲同門久要徵逐無虛月而題詠之
什尙留亭楣則今於是役事同一家豈敢以媿陋辭竊惟公嘗從學寒岡
鄭先生見義明而制行方憤罵倻鄭之要見而首議於救桐溪之疏殫心
於思湖之返柩其高風淸節凜然爲頹波之砥柱則蓋其江山淸淑之氣
之有所鍾毓而超絶淸曠之境之助發其志氣者然也百世之下卽其境
而猶足以想見其人則是亭者足爲公之七分影象而豈適爲一時之菟
裘哉宜後孫之汲汲於重新而所謂爲江山增重者豈不在是乎如古之
桐江之釣臺栗里之醉石不過爲等閒一區而朱夫子特爲之歌詠歎賞
傳誦於千秋者以其人也安知是巖是亭者將與公之名而增重於無窮
如釣臺醉石者耶故爲記而俟之金鼠維夏花山權龍鉉記

■ 朴文楗(1570-1623), 『龍湖集 下』권4, 山淸 거주.

虛齋記

天以虛四時行焉地以虛萬物生焉人以虛五性備焉以類推之天地
間百千物事莫不資始於虛歸終於實實返於虛有若陰陽動靜之相因
虛之功信大矣**會稽**劉舜思顔其居業之室曰虛齋余叩其意曰大易
之以虛受人顔淵之實若虛林用中之有主則虛莫非學問上實際受用
處美矣哉子之扁也舜思曰否否余以虛薄之資亦嘗有志於學執經踵
大人先生之門者無虛歲而卒無所成是豈才之罪也志不篤實徒長虛
僞之習到今白髮種種虛老平生點檢過往寧不悲哉爰揭虛字欲收桑

楡之實救此亦虛想也余曰以子之賢寧有是也蓋人以眇然之身參爲
三才者以其有虛靈不昧之心能酬酢萬事故也今子能顧諟齋之命名
究實理行實事猛加靜虛動直之工方不負乎天地之虛中以生矣舜思
要余記之不敢虛其請書此以勖之

■ 朴圭浩(1850-1930), 『沙村集』 권4, 丹城 沙月 거주.

觀水臺記

孟子曰觀水有術必觀其瀾朱子釋之曰觀水之瀾則知其源之有本
矣蓋如行潦之無本源則朝滿而夕除安有其瀾之可觀乎吾友崔仲敏
汝華所居泗上沙村之右麓有石臺可坐若干人臺下有長流水洋洋
不息名其臺曰觀水請余爲記余作而應曰子知所本矣乎見今天壤易
處緇塵滿世而子獨超然登斯臺則胸中澄澈自然有尋源慕古之思矣
不亦賢乎哉況泗之大觀臺卽龜翁講道之所而退溪先生有詩贊觀遠
大之義同歸於孟朱之訓望汝華益篤玩理上師聖賢下啓後進則斯臺
之名傳于無窮矣其勉之哉

■ 朴泰亨(1864-1925), 『艮嵒集』 권9, 晉州 거주.

錦溪齋記

古之學者必有藏修之所蓋人而不學不可以爲人而學之道貴乎就
師從友遊居有常觀摩相善也是故在國有太學之設在州在黨有庠序
之設在家則有塾塾者卽今之書齋也塾之選者必升之庠序庠序之秀
者必升之太學則書齋實維勸學立敎之根址也惟我嶠南一路素稱

鄒魯之鄕者以其群賢輩出文風蔚興人人絃誦村村黌堂而顧茲**山**
陰爲縣雖是褊小其民乃鄒魯中涵濡之人也有敎則孰不爲君子乎
齋之始建已過百餘年中被鬱攸而重建亦爲五十餘年矣數間茅屋突
兀於村之南水之涯而土階東西可以供習禮之升降堂室外內可以容
諸生之棲息南山當戶武夷之隱屛復見淸川流北沂水之風浴可想矣
學於斯聚族於斯接賓於斯則是齋豈非吾門之所重乎然而嗣守之難
古今共歎也先父老之經度綢繆貯置書帙蓋以成就人材昌大門閭爲
志願而今爲後昆者苟或優遊廢學徒隷齋員或好勝乖論毁敗齋契則
豈可曰先父老之子孫乎然則是齋之興廢實關吾門之盛衰可不念哉
至若齋扁之以錦溪雖未知命義之所在或以其建齋於溪上而錦是緋
衣緋衣者吾之姓字故歟

※ 裵聖鎬(1851-1929), 『錦石集』 권6, 山淸 거주.

文山書堂重創記 子侃南竈

惟此書堂卽我先君子及諸父兄所創歲景廟辛丑也其時諱案存焉
後英廟甲子重葺之甲申重創之當宁戊戌冬値回祿翌年己亥春就古
址後一級上移建之噫此堂之作迨今幾六十載先父兄爲後生營始之
意勤勞之績爲如何而灰燼之慘力綿難復惶懼不寧遂博謀於旁近同
志皆樂爲之經紀然後購致**斷俗寺政梅堂**之材牛芳寺正門之瓦始
役於正月晦訖功於四月初其制自正堂聯兩翼爲左右齋左曰景德軒
爲緬仰**德川**也右曰挹梅軒爲移政梅於軒砌故也大扁則曰文山書
堂蓋舊貫也棟宇維新庭廡依舊瞻眺淸朗物色休明北望石峰嶄截可
二象君子壁立之志節南通溪水透迤可以養學者活潑之意趣山雖高
而寬平谷不深而幽闃藏修學習各得其所新功旣集舊服斯纘是莫非

後進僉君子之同心當日執事者之幹蠱然旣有堂矣又有名焉則復創
非難守成爲難顧名非難思義爲難顧惟吾黨僉君子各念復創顧名之
非難其於守成思義之難且同心焉則幸之幸矣後之升此堂者亦以今
日之心爲心焉庶斯堂之不墜也

■ **權重萬**(1686-1755), 『**守中堂實記**』, 山淸 丹城 거주.

文山書堂重修記

直**丹城縣**之西雄峙干雲黛色巉巖者石臺山也彎而爲區羅絡而
成聚權氏居之粤景廟辛丑權公重萬通力于宗族就山之趾而爲書堂
焉命曰文山居子姓肄業兼以應四方之贏糧携笈而至者其後屢經重
葺公之子南牕處士侊備記之矣繼而堂又圮南牕曾孫憲鎭氏慨先謨
之失墜而後徒之無所於歸乃周諏于門之諸親與樞在中籌畫經理堂
以重建寔憲宗丙午也余自童年嘗往來風詠于是與權之諸君子相善
已而余去鄕流離忽忽數十年不一至矣緬想舊遊依然若十洲於枕上
也日堂之秀世容道溶兩生來余言往在壬寅堂又經修東室曰尊性西
軒曰養浩繚垣而爲之門門曰由正蓋皆新扁也幹其事而先後之者相
柱相寅相續相默相直璋容諸父兄也願子之毋惜一言余惟前人之爲
是堂焉而爲其後者念創立之艱而顚覆之恥世修世葺而不忍廢也況
於其大者乎群嬉而聚哄怡煥而遨凉堂之設豈爲是也顔之以文山其
意躍如矣文所以載道也會文而不以道輪轅之飾而無所用載矣文而
已者君子謂之陋前人之有待於居是堂者其在陋之云乎固欲其講明
服習於當然之道而得與于斯文爾其心之勞且勤豈豈拓地而作室者
比也思繼述者宜知有輕重矣劬精胼手於結斲塗墍之間而便曰吾無
忝於先人是役於末而忘其本也尊德性而養浩氣遵義路而必由正方

無負爲文山之徒而眞能不隳夫先人之遺矣設無是堂其爲有堂也大
矣請君之世之益致力於其大而勿替焉毋名言而止也書以贈兩生俾
歸而識諸楣余則將選暇日理芒蔾而尋舊遊厠諸君子之左而講一二
道緖或幸其得與聞於所謂斯文者矣乙巳肇春苞山郭鍾錫記此記文
本入俛宇集定本而近日自齋員中有添改事實送本家請依而補入者
本家以有爭端姑剛去云

■ 權重萬(1686-1755), 『守中堂實記』, 山淸 丹城 거주.

<h2 style="text-align:center">栗里齋記</h2>

　　盧生宜中居丹邱之栗里築數椽爲肄業之所因以所居爲扁鍾柳
爲門栽菊爲徑盖慕靖節而爲之也余曰子知靖節之所以爲靖節乎先
生當義熙鼎淪之世抗義肥遯寬樂令終此君子憂違之事也自群聖沒
微言絶刑名法術之學淸淨虛無之敎喙喙爭鳴蓁蕪吾道至若劉重疊
之典雅揚執戟之宏深猶未免左摸右索未窺實際而先生之詩曰羲農
去我久擧世少復眞汲汲魯中叟彌縫使其淳其惻怛悲苦之旨非有見
於聖人憂世之至意能如是乎文章弊於建安黃初嬌兒姹女淫汚鍾呂
三百篇之遺盖不可覿矣先生之作刊落浮華咀嚼眞腴沖澹簡奧爲千
古作者門庭可謂有德有言矣子之寓慕者其意毋亦出於此乎盧生府
而對曰敬聞命矣遂書于齋之壁

■ 朴致馥(1824-1894), 『晩醒集』 권12, 陜川 三嘉 거주.

石帆齋記

丹城縣之西石臺之陽有村曰立石周回數里前川後巒林杉叢茂
土地肥饒居人少而亂石多村之名其以是歟窈窕深壑崎嶇遠邱望之
隱隱如畫石虹襟帶碧瀨如染含嵐浴暉頃刻殊狀殆若隱流之墻東也
余因構一小屋於其中放跡林泉漁樵往來以是爲自娛客有來言者曰
子之居此所取惟何余應之曰子之所云以我無赫赫名耶吾之取以世
人之不取爲取也山棲寂寥門無剝啄碧蘚映階落花滿逕午睡初罷旋
汲山澗拾枯松煮香茶旣啜數椀讀周易孔孟書及陶陸詩一遍因起出
門散步於花塢竹磎上遇村翁野叟問桑麻說秔稻相與劇談日夕俯見
明月印前溪矣於是收興而歸不覺夕露沾衣怡然坐藜床念彼奔走於
聲利之場路滾汩於馬塵衣霑濡於鷄雨是誠胡爲哉東坡所謂一日靜
坐便得百四十間者非此意歟客曰子之扁楣以石帆者亦奚取乎曰余
自少慕陸放翁之詩之雅麗筆之趱勒雖不能比肩而騎驢則疏放同愛
梅則淸瘦同且所居村石之稱相似也故以爲楣顏焉客曰善子之所抱
其不負古賢人自潔之意也余曰是何言也古之遇者有寓於此樂不遇
者亦寓於此樂噫余之所寓其遇歟不遇歟

　　▓ 權憲璣(1835-1893), 『石帆遺稿』 권2, 丹城 立石 거주.

天愚室記

翁於南沙築一小室名之曰天愚客有難之者曰天旣稟子以五行
之秀具之以仁義禮智之性上之可爲聖下之可爲賢莫或有止之者子
乃幼而習於懶長而無所成而老不知悔今反歸之於天天不可若是其
誣也翁起而拜曰敬聞命矣然稟我而不以淸而以濁成我而不以粹而

以駁孤我於幼穉之年窮我於僻陋之方皆非天而何哉且夫顔淵高柴
之愚或以其德或以其姿而得聖人爲依歸其愚也皆能爲仁爲智甯武
子之愚百里奚之愚亦皆以其所遇之地所遭之時然矣余旣無是則其
愚也天也非人也然悠悠之念出於宇宙之大通乎古今之久聖賢可學
事業可做而及其事到於前利害不辨喜獲不避夏熱無扇冬寒無爐憂
不知憂樂不知樂此皆愚之得於天者然也客久之曰其然子之愚豈非
所謂樂天安命者耶翁笑曰非所敢望而私願則然因書諸紙爲天愚室
記乙巳仲春日

■ 李壽安(1859-1929), 『梅堂集』 권5, 晉州 麻津 거주.

棲雲亭記

　　頭流之南曰**白雲洞**山氣佳麗水石清絶**南冥夫子**嘗遊賞而有詩
焉蓋愛其山水之勝也河君殷浩自南泗移居于是洞構數椽于所居溪
傍名曰棲雲亭求余一言余問棲雲何意殷浩曰以居雲洞也余曰居雲
洞而有山水之勝者宜其撫冥翁之遺躅愛冥翁之所愛也雖然冥翁之
愛豈徒爾哉必有所以愛者存焉爾子其勉諸余素知殷浩有才有志古
人所謂遺身在白雲非其志也易需之象曰雲上於天需需有須時之義
傳曰君子畜其才德安以待時雲洞之雲上於天則吾知殷浩之有待於
時而益衰其所畜矣殷浩曰惟恐不能不敢不勉請以是言爲吾亭記

■ 李㳞樞, 『月淵集』 권8.

景賢齋記

山陰郡治北釜谷里道德山下竹樹蔥蒨溪曲縈回有齋巋然扁曰
景賢蓋景慕前賢之謂也前賢爲誰洪公號梧村及遯菴及牛峰三先生
也梧村公之臨亂奮義盡忠立功遯菴公之至誠純孝化及禽獸牛峰公
之高才邃學淸修懿行皆已著於當世其遺風餘韻迄今數百載尙能興
起後人三賢雲仍乃一鄕章甫修契於此齋爲依歸講學之所甚美事也
曰梧村牛峰二公裔孫性烈升坤來請余以齋記余辭不獲迺言曰人之
道莫大於忠孝況文學而兼之者乎一家而一賢猶難況三賢之並峙而
齊美者乎一家之追慕多士之景仰宜其愈久而愈勤也然所謂景賢者
徒名無實焉則亦奚足貴哉故古之聖賢有曰見賢思齊有曰士希賢思
齊則有爲者亦若是希賢則進而又希聖而希天此有景賢之實而造其
極者也今僉君子修契於此講學於此者其於景賢二字當知所勉矣佗
何足覼縷哉若夫齋之事實顚末亦自有記者云爾

德源精舍在州西土洞里始南省人士爲石亭先生鄭公修契事以
創之公盖守愚堂崔先生之徒也往在宣廟己丑鄭汝立獄事起諸賊
臣乘機用事殲戮一時善類無算崔先生亦在收中其所以萋斐交織搆
誣不測者最爲巧閃晉州判官洪廷瑞受當路指嗾謀有以實其事者以
公有一方重望欲援而置之證脅之以權威誘之以利害胎無所不至公
就理慷慨抗辨始終不屈辭理明確觀者莫不吐舌姦人爲之膽寒雖先
生竟不免瘦死王獄而公之直聲已聞于國中如子夜一雷一發而不可
復收也吾夫子語子路以强曰國有道人乃收其棄稿以爲傳後計者似
若有違於君之本意然非此無以見君志行之終始亦豈可得已傳曰祖
先有美而不知不明也知而不傳不仁也漢永其免矣哉噫在君爲謙德
之美在後嗣爲繼述之誠其道有幷行而不相悖者余故備書之以爲希

齋集序

■ 李逌樞, 『月淵集』 권8.

風詠臺記

南泗之水發源於尼邱東流七曲而爲汶川新安之水繞赤壁而東與道川合又南折爲桐江又十里强而會于汶有村曰默谷有竹桑芋栗之勝居人皆淳謹好讀書實丹邱之靈源也今年春余與諸姪輩議建學而齋直齋之西百步許又累石築一臺高二丈餘上可坐數十人簪山襟江於奧宜於曠得遂命之曰風詠蓋取義於風雩每看書興闌則與冠童二三子棹小舟上下于川返而登臺誦吾與點也章默思與天地同流底氣像曠然者與眼俱悠然者與神會恍然坐我於春風鼓瑟之席而有觀感於其間噫歲之相後已數千里之相距亦萬有餘而其想像興起猶如此則顔子之所謂亦若是者眞不我欺矣然吾老矣雖欲勉進而常有日暮路遠之憂惟後來同志登斯臺者以余爲戒而因其已發之端推以擴之則何患不到古人地位玆書所期於心者以爲志

■ 李祥奎(1846-1922), 『惠山集』 권11, 山淸 丹城 거주.

默宇記

善默者默以時默而不以時非知默者也文君章善隱居行義於汶川之東默谷之陽扁其室曰默宇要其隣友惠山傖夫以記之余因質之曰子其因地以爲號歟曰如是則環默而居者夫誰不可號所獨也吾有不能言者在故揭而標焉余聞而滋惑不省所以也夫章善讀書窮理

胸藏千古之秘筆弄萬像之妙猶自視欲然反以默自標自標之不足又
益之以爲記不亦難乎今夫有玉於此而謂之珉有蘭於此而謂之蕕人
將笑其妄而蚩其誣矣章善之默何以異於是章善曰甚矣丈人之執也
默之爲言非緘其口捫其舌之謂也實有所不得已者在也鳴呼天下大
亂仁義塞矣王澤竭矣人理息矣異端百家紛紜之說日盛月熾當是時
旣無鄒夫子之矗拳大踢不能辭而闢之躋一世於廓如之域則惡用是
言乎哉無寧自靖其身自重其言惟將扶陽抑陰之書歌詠先王之道以
俟好還之天素志也豈嘗好默哉不得已也余於是心醒然以悟曰有是
哉章善之賢也其默不可及也嚮所謂善默者默以時者非章善歟前日
之知章善愧淺之爲也遂綴席間酬答語以爲記

■ 李祥奎(1846-1922), 『惠山集』 권11, 山淸 丹城 거주.

一初軒記

一初軒者汝上小隱老居書室也舊居巷北光梅山下自亂離之後
僦居于江郊距舊居爲二弓許蝸牛一屋悤頹棟撓不能庇風雨如是者
已五六寒暑矣從子鎭輔鎭薰子鎭杰等爲營數間作頤養之所乃於今
年春卜築于僦居東稍奧處翁喜曰苟完矣以南至日携書入處扁以一
初蓋取邵子詩一陽初動語也居室之際得無有警於心乎天地長夜人
物貿貿莫知所向然而陽無可盡之理故復所以次剝自姤而七變以成
初九之不遠復以天時言則冬至子之半以人心言則本然之善是也君
子以無祗悔元吉其道日長是以劉屛山以不遠復三字爲入道之門而
傳于朱先生者也居是室者可不勉乎我能從事於斯夙夜惕惕無愧屋
漏則我之一初也以至于子焉而心乃父之心孫焉而心乃祖之心無忝
爾所生則之軒也其將爲吾家百世之一初矣可不勉乎書諸楣旣以自

勵又以詔子孫也

■ 李祥奎(1846~1922),『惠山集』 권11, 山清 丹城 거주.

壁山亭記

壁山李君熙瓓吾故人也嘗與寄寓於**山陰**之黃梅下**嵌巖**之中晨夕相對見其立心制行有壁立萬仞底氣像固已嘆仰之矣旣而兩皆分張風雨對床未之從容而君之不留於世且餘二十年于玆矣每嘆其剛明篤學之行不少表見於世以之煙沈草沒而無所遺也及見鄭老柏所作壁山亭記備道其志業行義之美此便是七分影子三復流涕矣上年秋余訪君諸子於古湖因携至其亭亭在大聖山麓萬仞之下千巖束立一溪淸馱林木苯蓴雲煙陰翳望之儼然而高卽之窈然而深眞箇是壁立本面木而怳然若復見吾故人與之唯諾於泉聲嶽色之中也遂觴詠于欽聖巖前徘徊不能去悲夫君去而猶有不去者在歸然獨立於風浪萬劫之外使後死如余者得以彷徨乎平日起居行樂之地安得不重有感於其間也哉且君諸子諸孫皆鸞停而鵠峙善述其事不爲流俗所緇而致善又好學篤行壁立頹波蔚然爲東南後進之望是知亭扁二字可爲君家世德之懿也壁山是君之所自號者而其義蓋取諸劉元城銀山鐵壁云爾

■ 李祥奎(1846~1922),『惠山集』 권11, 山清 丹城 거주.

晚松亭記

孔子曰歲寒然後知松柏之後凋聖人之於卉木所貴乎松者特以其

節操之挺然莫奪也吾族從煥奎家于**松溪**而號晚松蓋因地而寓慕
也時之人莫不好少艾而惡老大貴繁華而賤幽獨是以桃群李輩姚黃
魏紫爭姸寵於冶蕩之門其一時之榮輝果何如也及夫星移物換之後
不能少須臾相待瞥然而滅無復存者惟松不然貫四時而不渝閱萬劫
而長存君子見其秀則思吾立身之卓爾見其直則思吾制行之不倚益
確其操益勵其節今君以是寓慕則松耶人耶吾將求見於後凋之日矣
余嘗訪君於溪上時淸風灑襟如有笙簧之音來自軒外遂援琴而爲之
歌曰百卉之枯落兮獨抱雪而靑靑也六洲之波蕩兮獨干雲而亭亭也
上可爲棟樑兮下可以化千歲之苓也棟爲廈而苓壽民兮是維君子宅
心之靈也

■ 李祥奎(1846~1922), 『惠山集』 권11, 山淸 丹城 거주.

盛德齋記 生員吳羽常

　　盛德齋者**丹城道川書院**之講堂也院爲麗朝學士文忠宣公建玆
其卿也吾東蕘在海外擅氏洪荒其民鶉鷇而居農蠶井田肇自箕子箕
子蓋中國我也地産絟麻及帛絟麻用之暑帛不能衣賤人國俗猶皮卉
無文章今之雪綿大布實維忠宣公歸自比景管一核而廣之東人始煥
有衣裳吉凶異制天寒不凍死考諧散史元元之興竝運陶唐五穀降于
殷末綿布盛于麗季相去各千有餘歲待人而後集衣食之源其所縣來
遠矣夫衣食者天下之大命而聖人猶以飽煖無敎爲天下之大憂驅而
納乎天下之大倫其道自父子君臣始於是乎正德厚生惟和天下可得
以治也忠宣公遭世多釁嘗拭玉於韃靼之庭看羊於百粵之徼羈囚萬
里樂就顚沛義不受犲狼之脅以登王顒崔濡之叛黨卒之姦邪破膽夷
狄改容及其萬死東歸目見麗綱已隳謝政還鄉九年不接人面痛天命

之靡常盡臣道之自靖此公之事君也時喪紀壞弛士大夫皆百日卽吉
公獨廬墓三年易戚咸備不隨俗變其天性其在母喪海倭颺攦士女波
蕩公獨衰絰跪墓前號哭如平時賊相顧感歎白書墓木曰勿害孝子由
是冠不復入境一縣獲全此公之事親也勝國嘉其行碑孝子之里本朝
高其節旌忠臣之閭風聲光輝歷世彌彰使吾東衣公之綿者觀感於公
又有以明夫君臣父子之大倫公於斯民不其厚矣乎公之學問非有師
承當妖髡濁亂之日塔廟蔽雲梵唄沸天六經疎闊而不行王道湮墜而
不擧人見程朱書東來莫曉其何語公與圃隱潘南諸賢同選講官遂沈
潛性理硏徵賾奧慨然以倡絶學闢異敎爲己任上疏陳務首建設學校
立廟主革胡服置義倉之議粲然皆爲後世法麗大國也固宜有正直魁
偉不世出之臣爲王室光以壯厥終若公者眞不媿生長箕子之邦出處
學術先立其大者矣是以君子賢其賢得以自淑小人利其利得以自穀
古所謂盛德之不能忘也成德之稱其在斯乎其在斯乎祠成於世祖辛
巳朝命也燹于壬辰之難光海庚申重建至正宗丁未額復宣其川曰道
川山曰集賢之山洞曰悟理之洞百世之下登斯堂而慕公之風者蓋亦
求之於山川洞壑之間顧名興起群賢用集庶幾不負仁人之嘉惠也崇
禎四戊寅七月日

※ 文益漸(1331-1400), 『三憂堂實記』 권3, 山淸 丹城 거주.

霞峰書室記

　峰以爲號於古亦尙爾而皆有命名之義流亨不息澤利及物蔣子之
兩峰也天壤同氣時行時止胡氏之雲峰也秋山獨步仰天嘘唏司馬謙
之月峰也天寒孤島澡身潔志尸鳩子之雪峰也其他胡五峰蔡九峰呂
芳峰陸錦峰余未實見得其取意之如何彼皆各一其峰而未有兼他意

味也方丈一支東馳爲尼邱汶水出乎其間北爲桐江固知其大翁富
媼之聚精蓄氣經閱幾千百載鍾得賢人君子而爲一區薖軸所也友人
趙君泰兢世家召南行義其間扁其所居書室曰霞峰其見識通朗操
修沖澹凡於官方士譜人情物理洞然若灼龜而照鑑之人也可與慶曆
中諸子共門戶而同步趨者也余寓丹邱之默谷距霞峰一葦相杭漢上
題襟白下投籤已爲三十年于茲而霞峰之義奚取焉與雲雨同其氣與
雪月爭其光乎吾道之燭不夜斯文之日復明則澤利行止如雲雨之爲
峰乎醒醉異腔朴鼠殊沽則噓唏澡潔如雪月之爲峰乎曰無是也曰安
知其無是之爲有是也落霞齊鶩任佗子安之奇才彩霞橫空守我文山
之正氣陡起插天之峰標格霽後之峰雪月以自淨雲雨以施物如太和
元氣之流行四時也君其勿辭吾且拭目以俟之矣

▪ 李祥奎(1846-1922), 『惠山集』 권11, 山淸 丹城 거주.

<h2 align="center">昭泉亭記</h2>

　　松山先生權公講道于家來者甚衆舍將不容其兄子鳳鉉雲鉉患
焉迺別構精舍于聖廡之西左村而區者旣成公取陽德昭窮泉者感興
詩語扁以昭泉日寢處其中掛牌秉拂導率來者四方人士馴其德者多
鳳鉉氏謂亭不可無記屬不佞不佞肯諾而尙未焉今迺得其說曰猶之
天焉方其晦否之極也幾於無泰時矣均之人焉方其溺蔽之深也幾乎
滅天理矣然其本善之端本明之運亦無往而不復隨感而藹然譬如寒
威閉野之時疑若無一豪生意矣而其所潛動於窮泉之底者已自昭昭
然惟善養而調護之迺可充大而張旺焉亭名之所以取義者以此而已
矣蓋天地晦則人心正難獨明然天地之晦亦未嘗不由於人心之晦故
善學者以一心觀天地因其所發而澄省警厲頻復敦復以至乎中行從

道則其心和矣心旣和則天地亦將賴以和焉嗚呼今天下駸駸乎純陰
矣公以經綸精邃之學當不我先後之辰其所弩目而張膽默守而暗扶
以身爲戰野之龍而作七日休復之基者不懈益勤矣使從公學者果能
體其苦心敦保善端其推及之效自身而家自家而世無不如公之爲者
安知此昭泉之一脈不爲他日大來之根本田地也耶旣以是語鳳鉉氏
且示諸來者勉焉亭凡五楹巨竹遮前間以橡松桃杏而山下水汨㳽當
除鳴㲼以止蓋有窮泉之象云

■ 李敎宇(1881~1950), 『果齋集』 권20, 山淸 丹城 거주.

淨趣菴重建記

菴在**丹治**北四十里太聖之山新羅神文王七年丁亥創焉中間重
建者凡三度麗恭愍王甲午我宣文王辛卯顯孝王甲午是已自是百有
五十年而至癸亥菴又朽敗將覆矣適章源師自方丈來主是菴捐財以
一新之旣請余記余縱不文亦有所樂副者余居在菴近地性又嗜山每
有舒嘯遊觀之想輒往登臨草花雪月之時余之屐殆弊焉邇來病脚又
稍性懶一年難一再到自後若病益深懶益至十年難一再到又未可知
也則其林巒泉石與我不期疎而自疎無寧刻文楣端使吾姓名無時不
在山間與身登爲一間可乎蓋德裕之山晶朤南鶩數百里至菴後全石
爲一峯名大聖峯之南陡平處菴寄焉孤危有落勢衆樹擁其前紅泉瀉
出懸崖石皆皓素怪奇址極通爽東南無障礙登臨而望焉則撲地之閭
閻錯落如棋杅齊眉之峯嶂羅立如兒孫而一水橫繞瑩清若銀漢之鋪
于雲空坐未半餉已覺胸襟頓灑萬念俱空淨趣之號其以是歟章源師
倘可認得橫分六枝之紫雲白氣能令信道莞爾一笑否嘗聞舊有四不
遷十八戒願章源師之看話頭以無負菴扁也

■ 李敎宇(1881~1950), 『果齋集』 권20, 山淸 丹城 거주.

素齋記

　　丁卯春友人鄭君蓍卿過余壁山之室道平素慨衰季阤一晝宵不厭臨別託記其起處之所扁素齋者曰取中庸十四章之語子其發揮以勖我也余諾而卒卒未暇把管及冬以書來重屬之余乃爲之言曰子思氏縱言四素以明君子無不自得之義而其尤切於今士而不容不刻心講服者行乎夷狄一節是已士之居亂世不幸矣而又當夷狄之運則其不幸爲如何然此亦命也旣逃命不得則柢當牢立舊脚固守舊節至死而不變如北海之子卿冷山之光弼乃可不負士之名於斯世所謂居易以俟命者此也惟處得此然後富貴貧賤患難皆有下落然則此一節不惟今士之尤當講服工夫之至難而甚重者大抵在是也君旣以是拳拳而又扁齋朝夕以自警焉其有所深得而爲他日應接之方者可知恢恢乎有餘矣然未知所深得者用何工夫也其將忠信以爲田地而安履獨行吾志願乎論語曰繪事後素履之初九曰素履行無咎君其兼講此二素之義以自勖哉

■ 李敎宇(1881~1950), 『果齋集』 권20, 山淸 丹城 거주.

荷潭記

　　月明之右脇新安之東有村曰明洞樊以梭柳橡栗而茅茨八九可隱隱見友人權應現自庠里僑于玆愛其靜深也潭於屋前種荷滿其中人之賢應現而不欲字之者呼以荷潭君亦應之不固避也余屢過君所

與之評今古嚼英華盞酒以繼之不知日之夕而夜之曉矣己未歲日又
過焉時卽秋之七月也潭花爭發淸韻可挹君顧余而笑曰人之知我者
知呼以荷潭矣世間不知我者之多加於知我之多子能記以廣之使世
之人人皆爲知我者否余曰諾夫荷之見愛於人以其能處染而常淨不
爲淤泥累也能守節而晩英與夫朝華夕落者異也人有如是之操趣然
後可謂眞知愛而荷也亦甘其見愛矣不然彼幹葉花之亭亭而獵獵而
淡淡然者於人何所有哉卽今大地沈混便成五濁沙界矣噫林林叢叢
乎斯世者不駸駸然濡裳沒頭者鮮矣余能深知君矣雅潔乎其趣味也
方直乎其操執也好古而不爲俗淳淳乎如其業也寧鬼而不爲獸斷斷
乎如其志也夷考一生其處染而常淨者乎其守節而晩英者乎如此者
余未知荷而人歟人而荷歟指荷潭而爲應現可也呼應現而爲荷潭亦
可也然大地之沈混非一朝一夕可除淸君之年亦非晩之晩矣已往之
五濁猶屬淸界將來之五濁又不可測惟益潔其趣益方其操使自家方
塘之荷花敷然平安而不爲風雨所漂搖則之荷也亦將大而顯矣然則
人之知與未在君而已又何足余記文爲哉

■ 李敎宇(1881~1950), 『果齋集』 권20, 山淸 丹城 거주.

上陽齋重建記

齋在**江樓**西上陽之村**權明湖**先生講道之所扁以上陽因村名而
亦寓上其陽之義也蓋吾邑以山水稱江右者以有江樓一區而之齋又
擅江樓之勝焉先生自總角聞道傳沙上主理之學人之仰之者擬之以
昏衢之明燭志氣豪邁韻致磊灑能遺外聲利而無拘儒曲士之態人之
知之者稱之以季世之高士而性又至孝其所順志而安體者求諸古人
罕見儔匹環堵蕭然風雨不蔽而餘力讀書聲出金石當是之時以裒衣

優帶詡詡徵逐師友間談性道播文譽者動以百數而至於質行皆自以
爲不及也乙巳之變先生從老柏師門北走京師八百里爲號訴計而至
竟不如意則遂痛哭還山自此萬念休矣於是知舊門生爲之築齋于此
先生乃八處以爲課生講道之業而不幸年未高而且厭世焉嗚呼今思
慕先生者于斯齋焉而襲其精采因以究其義則其行講其學扶得先生
所上之陽於九野寒威之中以張大所以扁名之義則斯齋也必將有辭
於世而吾邑亦與之重焉其見稱於江右奚第以山水而已哉凡爲先生
後學宜知所以勉夫齋以丙辰起而本覆以茆故未多年有上雨之患乃
重建而瓦之役始於丁卯春至冬而告訖間凡五楹左曰壁立軒右曰瞻
猗軒蓋亦先生所命云

■ 李敎宇(1881~1950), 『果齋集』 권20, 山淸 丹城 거주.

聽櫂軒記

頭流之東麓有**九曲洞**勢幽而氣媚可擅全麓之勝焉其第九曲曰
臥龍瀑實明菴先生鄭公**武夷精舍**之所在也公之沒後精舍爲墟于
今二百年餘荒霞衰草過而覽者莫不爲之躑躅悽愴矣傍後孫珪錫與
其宗姪泰憲慨然謀重建以舊址極高深升降爲艱占新于第一曲垂虹
橋之西曰菊洞者訖揭其舊扁又用朱子詩名其左軒曰聽櫂珪錫問記
於不佞敎宇敎宇於公景仰之夙矣曷不以託名於藏修之軒爲榮也蓋
公之爲大明處士自傳詳矣諸讚備矣無容更評若夫仰慕朱子至築舍
於地名所孚之洞而曰武夷以而食息不忘者則人或未能眞知之也以
其有慕朱之實故有尊華之義有尊華之義故於慕朱也尤深聽櫂之扁
豈不允合於公之本意哉公旣慕朱之深則其所講究演繹必有造夫精
微之域者而恨吾生晚未及灑掃於門以叩之也嘗觀劉槩櫂歌詩註以

其首尾爲學問入道之次第而退溪先生不以爲然然公之卜居於九曲
竝今後孫二君之名其軒者其意安知不有取於槩之所云耶吾將從二
君之後逍遙斯軒自垂虹至於臥龍因山水之淺深高下想象公所造之
次第繼以倣其故事酬歌武侯出師表澹菴斥和疏工部北征詩和了疑
乃兩三之聲酬千古不平之懷則公之英靈其肯與之方羊於千巖萬壑
之中耶否耶遂歎息而記之如此

■ 李敎宇(1881-1950), 『果齋集』 권20, 山淸 丹城 거주.

龍溪書舍記

余同門友浩齋李君少日讀書受徒于隴雲先閣晚年築四楹三架
之舍于正寢之東龍岡下木溪上旣以有天山放洞用莊叟一而不黨
之語名其軒曰天放以有石臺用子思一卷石之語名其堂曰卷石以地
近新安室曰苟安而總以扁之爲龍溪書舍一日邀余于舍上飮之酒言
曰吾與子五十年遊從趣味之交孚雖古膠漆無以踰也今吾有舍而無
子一言可乎余曰然世之士吾見多矣而其篤志固守至老不少變如君
者幾人蓋君有嵓崀之賦穎悟之資而又就正於明師良友眘眘服膺以
成之則其所默契而篤行之者爲如何哉而猶以爲未足也至作舍而因
地寓號以替盤盂几杖之戒安其身於興寢之室而要不貳不息以致盛
大之工又能蕩平其心公正其論以不失是非之本天于龍岡之特立而
養吾剛大之氣于木溪之淸駛而洗吾纖毫之累則如君之學可求之古
人而豈今世之類也哉余曾年構小堂於後山之腰距舍不遠每春暄秋
涼幅巾杖屨互相往來入室促黍人不知誰是主誰是客如司馬德操之
於龐德公與之細論經旨劇談世事則庶彼此有益而足以爲皓首相期
之端也夫

■ 李敎宇(1881-1950), 『果齋集』 권20, 山淸 丹城 거주.

浩齋記

　　友人李安甫扁其所居之室曰浩齋蓋取義於孟子命余記之所不
可辭也彼蒼然而凝乎上者天是已隤然而積乎下者地是已生乎蒼然
隤然之間而得五氣之秀最靈乎萬品之中者人是也天地之氣至大至
剛其體段自浩浩然盛大流行而不虧不餒也人旣得天地之正氣以生
則人與天地初無間隔是氣也在天地則爲天地之氣在人則爲人之氣
人能善養吾氣塞乎兩間則能居廣居立正位行大道貧賤憂戚不足以
易吾樂刀鋸鼎鑊不足以奪吾志而其所以養之之方亦不過曰直之一
字而已人能自反常直則其臨大事決大疑無所恐懼疑惑而吾之氣浩
然與天地同其流行矣斯氣也惟孟子能善養之其言曰其爲氣也至大
至剛以直養而無害則塞乎天地之間又曰其爲氣也配義與道無是餒
也此言吾之氣與天地同其盛大流行而初無少虧欠間斷也其曰集義
所生者言養此氣之所由也其曰必有事焉勿正者言養此氣之節度也
此孟子所以發前未發而能不動心之本源田地也安甫才良而行馴學
粹而聞博猶且謙謙不多求道益切至於扁之以此其所養又可知矣是
爲記

■ 李敎宇(1881-1950), 『果齋集』 권20, 山淸 丹城 거주.

明谷晦亭記

　　明以姓谷晦以名亭其主翁則未知何許人谷之北百餘武有峯東折

而南起者蓋方丈之子孫而臨江雙峙一曰**石峴**一曰**茅山**山勢稍低
盤屈環抱爲也字形中間一阜端拱儼趨分爲左右翼挾翼而墳高數尺
者卽余祖母晉陽姜氏藏也直墳前橫折而背茅山面箕岫拓地虛其下
而架椽於上棲茅而亭之蓋爲余依憑明靈晚節棲息也嗚呼祖母臨終
之言其將有驗於冥驚否是亭也去村落不遠且無奇觀異勝之可記然
凡所矚許多物卷之吾方寸樂地則無非好箇景致也何必一一糚點耶
第觀松篁吾藩籬也山水吾軒屏也地勢開朗景物窈明靜處閒養者可
以偃仰於其間而非所謂隱者之盤旋也然則吾非仕宦而休退者又非
蘊經綸老丘壑者而只一與物無心隨處獨樂者也怡神於靜居保眞於
閒界不害爲聖世逸民而與古之入深林棲碧山者異趣矣時有溪賓野
友說農桑問漁樵則不甚恝然而酬聽焉又與卷中名碩朝暮相遇則玆
亭之樂可謂不孤矣每夜坐默念因歌卲堯夫首尾吟一遍繼以誦程夫
子秋日偶成詩曰萬物靜觀皆自得四時佳興與人同富貴不淫貧賤樂
男兒到此是豪碓愀然擊節時軒月方明矣無人抱琴而至久乃就枕已
而覺窓日又明矣遂起自語曰吾之命名於是谷者著得日月大明也而
明之者鮮矣是以晦焉崇禎紀元後四辛亥淸明日明谷主人記

※ 閔在南(1802-1873), 『晦亭集』권6, 山淸 거주.

茅山三臺記

○夢嚴臺

余棲茅山之明年春景暖風和倚軒而睡颽然至一處有短裘翁垂釣
坐磯曰子來乎吾之釣於此久矣無得於魚而惟鶴一隻而已吾且去矣
子復釣此余曰鶴何以釣於水必鷺也鷺之耽魚餌而釣於翁亦怪矣翁
笑曰然覺之夢也未知其何兆遂徜徉出江上下有一白鷺飮于汀向我

飛坐松上矣余乃距坐濱江之巖巖之前面呀然成口可挿數竿竹而其
下深滙間不過三丈故可坐而垂綸也有一巖對峙於南其間空隙距七
八步許明日與童子數三輩轉石而塡築空隙高可一丈有半長則倍是
又鑿巖上土錨而充其中平其上石墩自出橫截於東西不可以人力夷
其險也又有一石如床橫立於南上岸側使十壯丁動運移下僅止三步
而平坐之上可容兩人之對棋槃也依墩作層因爲上下臺內直而外方
矣臺邊南端列植檟木二株百日紅二株西端則石多而土少故但植檟
木百日紅各一株臺下環植橡木垂楊數十株松兩株葛藟數叢杜鵑花
數十叢則臺側自生之舊物也待其蒙密而陰翳欲避其越邊官道之往
來指點也有白頭翁年可七八十荷竿而過曰江山亦有待人功奪神造
也子作此臺乎可以釣矣名之云何余曰人之名物各有所志而吾之築
此臺以短衰翁之現於夢而敎以釣此古今漁子不一而短衰故疑其爲
嚴陵也名以夢嚴何如白頭翁笑曰得之問其姓名瞠目不對携竿而向
渭水去遂刻之于石以示江湖間漁子

○天淵臺

築夢嚴後一年陟崎嶇迴巚崢西行百餘武得一小邱藟葛施于松榛
莽沒其石遂以斤剗刈荒穢以錨削平其土築其北端而廣之中鋪細草
而衣之其地之高豁比夢臺可倍五六層矣坐而望之則市肆列其北林
藪鬱其西官道之往來者皆足底也遠郊之耕耘者皆眼下也雲烟魚鳥
朝暮異態冠蓋輪蹄日夜不絶信快活界也俯瞰百丈蒼壁或虛中而如
屋或環外而如屛其下累石如熊羆牛馬之飮于洲者殆十餘數又雙石
嶄然在累石前號曰兄弟巖也鑑湖上流自臥龍亭東流三里至蜂巖淳
而爲深潭潭下有船步自蜂巖南走一里湍而爲鳳灘灘上有長橋橋下
有女潭潭水直瀉二里許至兄弟巖水始縈洄而爲淵漁子所謂魚窟也
明沙細磧日暖無風則魚之游者躍者或揚鬐而前或搖尾而後悠然有江

湖自得之意仰而視則石峯負土而削立芻牧薪樵之所難著跡故鵂鶹烏鵲之屬棲于樹俄有一雙雛鳶自松林飛出翶翔於雲際超然有無求於世之氣像余欣然有契于中宛到上下察之境界故遂名是臺爲天淵

○自然臺

余築二臺自以爲遊觀之樂無如我全而造物者遇我亦幸矣每情闌興倦則策杖而蕭然獨往徊徨忘返逐日以爲常或間一日而固未常過三日也時與親交喜遊者偕往而指點或曰夢嚴勝天淵或曰天淵勝夢嚴余笑曰景物之或優或劣雖繫覽物者各取然俱是吾有也無已侈乎柳學士元庸氏嘗過此曰探奇選勝非物慾分數澹泊者不能而無文章無以闡勝子於文章雅矣固有所得乎且空汀荒壁棄之幾千百年人莫之顧而今始遇子可謂山水之幸而天之窮吾友而棲山者爲其不遇世而遇於山水乎子之福淸矣余曰學士知夫山水乎公物故爲吾有而人莫之奪也靑雲珂馬貴客之所遊江湖魚鳥寒士之所樂此亦天定豈容人力爲哉世間萬事終歸於自然而已矣相笑而罷後十年甲子春又得一小墩於二臺之間不甚增築而上可坐四五人端雅蘊奧有似正人君子之像收拾二臺之景物而尤爲心目之異觀奇哉是物也朝過夕視已至十五年而一朝若化現出來豈非茅山之靈供我瓌觀耶因名曰自然臺以明造物者之設是久而盡出於今也

※ 閔在南(1802-1873), 『晦亭集』권6, 山淸 거주.

入德樓記

余友吳君思德德溪先生之後而余所友其德者也日造余門曰吾先祖文章道德至有建祠而宣額朝家之崇獎極矣設院而講學後生之

尊奉切矣所恨者尙無樓觀之勝可以風詠而顧余不肖孱裔無幾人在力綿而志未就者歲曠矣方且謀所以創造子旣士林之望而又有幹具幸與我同志而同力焉則豈非尙德之一事乎語未竟余憮然心語曰德溪儘有後也在南以先生鄕後學而敢辭諸工役入閱月而告訖於是堂廡增采山川呈媚遂與吳君登樓徊徨已而嘆曰有樓無名何按先生之學壹是資於南冥之門而南冥之入德山也題其洞門曰入德門蓋取程夫子所云大學初學之方也然則德者得也得於師門者德爲元符故先生亦署其里曰德村扁其堂曰德溪者可以理會得德有隣之義也後學之慕其德而崇奉者舍是德奚以哉樓之名合稱入德也思德德余而喜曰子之命名之義善形容吾家之世德也盍志其說以光其楣乎余始以無文辭更思之則托名於不朽亦榮矣遂敍其問答語繼之以歌曰德山高兮德溪淸德門古兮德樓成於乎先生之德兮風乎樓上永有聲歌竟復語思德曰子必顧名而思義毋忝爾世德也如余末學而無德者敢以尙德而自勉

▒ 閔在南(1802-1873),『晦亭集』권6, 山淸 거주.

竹林齋記

老磵劉子建嘗語余曰吾所居村曰老隱豈古之隱者老於此間歟距村之東百餘武始吾先人構小齋數三架面與背皆山而瀧瀧循除鳴者溪水也境無明媚而徒取幽寂制非軒敞而務令堅樸蓋其後進肄業而藏修也傍有古松若干株童童如蓋蘿葛罹于上鳥雀噪其陰此則不假人措置而溪上自來舊物也命家僮庭植葡萄一本芍藥四五叢間雜蘭菊等花卉不使之繁飾而亂點焉手自種竹於左右而呼余伯季命之曰竹之爲物敖霜雪不改操有似乎君子所守汝輩觀取此物牢著工程春

秋匪懈則汝父之志可以繼矣若乃暑氣之蒸鬱而颯然引風而納凉夜
色之昏黑而粲然邀月而呈媚則于斯時也騷人淸致當復如何必須栽
培母爲筐篚者簹箒者之所戕害也家伯氏趨而退齋居三十年日與學
者做業於斯時又盤桓拊竹曰此吾先人手澤也愛護之不與閒草木等
視於是竹亦長子孫而成林故齋之名因冒焉嗚呼家伯氏早已不幸而
余獨居焉懼是齋之或廢嗣而葺之子爲我文以記之以顏其楣也余曰
子之言盡之矣又何待文爲然子愛其齋乎我愛其竹竹固非草非木而
挺然介立於草木叢中故愛之者無異辭焉有曰無竹令人俗有曰看竹
何須問主人又曰千畝竹與千戶侯等觀其材則松栢之與貞語其實則
橘柚之與富而其餘梧桐楊柳梅花菖蒲之屬當見竹而再拜矣七賢之
所遊六逸之攸愛又作君家世守之長物始焉封植之意深且遠矣終焉
扶護之道勤且切矣然以余意則擇其最長者簡而編之書六經百家之
文而使子弟者誦讀於其間則竹之爲用豈云小哉子之先人之志眞可
以繼矣子建勉乎哉若夫颯然風粲然月如余詩儕之所玩弄者以一張
素琴置諸林中而等待之否

■ 閔在南(1802-1873), 『晦亭集』권6, 山淸 거주.

興學堂記

我箕封山川風氣蔚爲文明之奧區夷變而夏故吾夫子嘗欲居之而
天下稱爲東魯以其俗尙於文學禮義故也羅麗以還俗漸壞而學漸廢
國學鄕校僅有文具而文物制度之懿則至我聖朝大備焉凡係養士試
士之方靡不用極內自五學以及丕闡堂奎章閣校書館而命詞臣掌敎
蓋出於崇儒重道作成人材之盛意也觀感之效降及州縣校院之外又
有興學堂養士齋司馬所之名春秋飮射於斯冬夏絃誦於斯此周官鄕

大夫之職而上以承化下以導俗者也然而環山南七十州無學堂者獨
山陰則其故何哉前後守宰未嘗無文學之士而鄕父老狃於故常不以
告歟抑告之而未遑歟或云舊有修禊亭於鵝亭之側爲多士講讀之所
而壬丁之亂已爲墟矣是未可信也夫事必創始於上而勸民以善則世
愈久而名益著宋興八十年吉州之學歐陽氏始記之中興五十年南康
之學朱夫子始建之未知吉州南康之民不遇歐陽氏朱夫子則其終無
學而止乎史云蜀之文學自文翁始始知文學卽政敎中一事而翁也能
行其人所不行故至使變蜀爲齊魯永有辭於至今矣今眞城李侯以陶
山世家出宰是邑其治非俗吏家鞅掌於朱墨者爲而惟興滯補廢是務
下車先修聖廟之滲漏腐敗者閣其先世遺愛之碑而繕鵝亭之塗艧漶
漫者因與邑中群彦會于亭上以續王逸少觴詠故事侯之文雅之致蓋
有所受矣遂中座而諗于衆曰余莅茲三載亦嘗有意於興學而實無興
學之效此余內疚者也增修館傳猶係吏役況士子肄業之所乎前人所
未遑後未必不行而寒官酸廩計無及於工費若得四五架群居之堂於
鵝亭之側嘉惠邑子則吾事畢矣遂捐俸累千買舊養武堂而新之侯之
不煩民力類多如是於是廊廡廚庖秩然成美構卜日行相揖禮于堂上
而落之又修禊事以資講信於後世士皆雀躍而善因以相戒曰事貴樂
成而久則易廢嗣以葺之係是守土之責然居是堂者苟或喚酒炙近聲
色把作遊嬉之場則豈吾侯所望於諸生者乎必也譚詩書說禮樂異時
充孝廉補雅頌者或出於山陰之士則斯堂之功於是爲大可不勉旃乃
歌而迭唱曰昔無學今有堂侯來何暮士趨有方山筆峯兮水碩池我侯
之名與之俱長

■ 閔在南(1802-1873), 『晦亭集』권6, 山淸 거주.

川上齋記

歲乙未冬余自會稽來寓花林之西居焉山有尼丘坪有龜陰水
有道川名之者誰其亦羹墻於夫子者歟吾東素稱禮義之邦嶠南又
稱鄒魯苟趨魯也不可無地名之相符造物巧湊有不期然而然者歟乃
與姜斯文永斝遊於山水間因其名而慕其實遂與一方多士構一齋於
道川之上名以川上蓋取諸子在川上之義也因奉安夫子影幀月朔瞻
謁人曰子之爲此不幾於名徇實喪貽笑於傍人乎曰否吾聞之先德曰
聖人與我同類者有爲者亦若是不可以自畫也若夫立志不高則其爲
學溺於卑近而難與議於道矣凡入此堂者見逝者如斯則理會道體之
無窮拜眞影儼然則想像太和之元氣抱夫子之書俯而讀仰而思會之
心體之身以死而後已自期可免於徇名喪實之獘矣何必在魯之尼丘
之山龜陰之野然後可也諸君念之哉

■ 閔致鴻(1859-1919), 『農雲遺稿』 권2, 晉州 거주.

梅下扁記

梅下者外弟金聖奎之別號也夫梅之爲物玉骨氷姿韻勝格高而淡
然有含章之美超然有拔塵之標故古今多愛之然必人與梅相稱而後
方可謂愛之者今聖奎居家有孝友之實處鄕有忠信之著挺然自守不
染流俗嘗出入性齋長老之門優被獎詡而人皆謂淸冰之操如玉其人
也又其詩文高雅閒淡出乎性情之正而足以追三百篇天葩之響如使
得志出而需世王梅之占魁可期傳梅之調羹不難而不幸短命終於梅
下悲夫悲夫余嘗造其廬其弟基夏指示扁楣曰此吾兄遺墨而懿行嘉
蹟日就湮沒願記一言以揄揚之庶芳徽之不沫也余曰吾無東坡筆力

安能述程德孺之風格乎雖欲强焉不不也歸而思之知聖奎之實行人
莫如我詳賢弟之請亦難終孤略綴蕪辭以爲梅下扁記聖奎名基周商
山人也

　▩ 權在奎(1835~1893), 『直菴集』 권3, 丹城 九印 거주.

某堂記

　　某年某月某日某人從某至某遂寄居焉草衣木食杜門価壁自甘爲
天壤間棄物而時有故舊之相過者 **許君璨五** 早有能筆聲一日欲寫
吾堂楣曰子之堂何名曰書某字可矣君笑而不問卽揮灑之有某客過
而詰之者曰異哉子之堂扁也古今人之所稱余亦多聞之或因居地或
託山水或取草木或寓慕焉或示戒焉其規不一而足今子之堂并無當
是何也余曰唯唯子以我爲何如人謂之君子則固所不能小人則亦不
爲也直是世間一難名之人而已以若人而欲求乎居地與山川草木則
地靈必厭我山水不潔我草木不屑我苟以慕則古人皆可慕也以戒則
何事不可戒也余之處名其亦難矣竊觀某之字義無方體無定位故就
此空閒一界占我地步寧不是孰有非者寧無譽孰有毀者且以堂言之
旣不得當世之賢者以處之而得如我庸瑣無用之人與居風雨之相庇
朝夕之相依則此堂此名亦有不可辭者矣旣以言于客遂記之爲玆堂
解嘲也

　▩ 李鎬根(1859~1902), 『某堂集』 권3, 丹城 南沙 거주.

望春臺記

丹邱北北洞坊有白馬山四隈如人之築高出數萬丈迢然獨立于半空月山祖於北而赤壁諸山皆兒孫也長江繞其前沃野經其南大道在其下通於上下幾千餘里車馬連絡不絶其上則平而長於南北自北邊至南邊稍有高低爲三層世稱上中下臺云往昔將軍結陣之城堞宛然有蹟每天旱縣宰必祈雨於此有靈驗云故人不敢以塚墓累焉中臺之左邊岩壁下有泉曰山祭泉盖靈之而名焉其水瀉出不息山之下二弓許有村曰月城傍有油然齋卽吾十世祖楸岡先生之思亭也余自幼讀書于此每春佳節日煖風和紅綠相映與齋居諸友臨流賦詩躋攀危崖而上徜徉而歸則茲山乃吾人所有奇境也歲辛未春與族友馥洙珪桓炳榮璡桓宇相諸彦來遊於中臺岩石上相顧而樂之曰此山之勝爲丹邱之第一而此岩又爲茲山之秀也吾輩迎春於此餞春於此歲已久矣豈可無一標題乎於是引唐人蘇頲望春宮詩語刻望春臺三字於石面又列敍姓名於其下各題一律自出錢立稧以爲此臺醉醒諸詠之資物焉旣而諸君囑余述其顚末余乃謂諸彦曰古人云好山水之人未必皆賢而亦未有賢人而不好山水者也顧吾輩能不撓心於急潮奔波之中以固守冬松特立之操各自勉勵則吾輩之所好庶或近於賢人之所好而此臺之名亦長不替也云

■ 李道源(1898-1979), 『則齋遺稿』 권2, 山淸 丹城 거주.

還讀室記

丹邱北五里許有月城里我十世祖楸岡先生嘗寓於此而其後承世居之余生長是里而歲之戊戌卽余之回甲年也是年之春起廊舍數

間名所居室曰還讀室盖取陶靖節旣耕亦已種時還讀我書之詩語也
余僻居窮處一切眛於世事或出而耕田與野人共農談時還讀書欽古
人爲師友以此欲爲畢生之計焉而追慕陶翁遺風於千載之下而有取
於此也且後於屋有山節然其名曰白馬前於屋有溪澄然其名曰斜川
乘暇臨之悠然之趣似有在於塵俗之外者然顧此眇然塵寰之一庸夫
者徒以曠遠爲趣反不見笑於人耶噫山水之勝能使人娛其適者自有
如是而人莫得以自己者也人何爲笑之哉笑之亦何恨焉登皐而舒嘯
臨流而賦詩適古人之適者亦何不可之有室外之松竹柿栗森然成列
爲之材爲之籬爲之實可以助吾用焉可以助吾景焉是皆吾之手植者
也吾記吾室有如是也矣

■ 李道源(1898-1979), 『則齋遺稿』 권2, 山淸 丹城 거주.

慕杏亭記

自吾夫子之講道於杏壇也杏壇之名聞天下後世於斯時也講道而
適得杏下之壇是偶然之事非以其杏樹之有名與義而取之也然嗣是
以來杏樹之標格迥出等夷不與凡木齊焉天下後世莫不敬而重之聖
人俄頃之化至於無情之草木能被其榮光也如此夫吾友權三山子厚
學道人也自丹邱移住于會稽之檣洞四方有志之士多聞風來會而
村學秀才亦觀感而興起洞遂以文學之淵藪稱焉洞之西江之上有大
樹亭亭獨立而其地爽塏可以風可以浴有似預知今日之事而先待乎
月朔洞之諸君子講學論文於亭樹之下而名其亭曰慕杏蓋慕聖人之
道而追慕當日所講之壇樹亦次第事今因追慕之心而名之以慕杏不
亦宜乎詩云敝茇甘棠勿剪勿伐南方之人感召伯之化以至暫時休憩
之樹而猶能愛惜之如斯矧乎講學之地之樹乎今雖未能預期諸君子

他日成就之何如而使斯亭之樹匹美於甘棠流傳於永久則在諸君子
用力之如何耳可不勉哉余素嘉講學之有補於世敎而又子厚有請雖
不文豈能止乎若夫其規模節次諸君子之斟酌已盡無容更評云爾

■ 姜龍夏(1840-1908), 『武山集』 권4, 咸陽 거주.

樵山記

　　韓文公作董生行曰嗟哉董生朝出耕夜歸讀古人書盡日不得息或
山而樵或水而漁延陵季子出遊見道中遺金謂被裘公曰取彼金公曰
子何居之高視之卑吾被裘負薪豈取遺金者哉此二人皆隱於樵薪而
不求聞達於世者也**山陰北龍山**下有一居士以樵山爲號者其意蓋
曰士生有道之世仁義以養其德廉恥以勵其行得志則紫衣羅帶非侈
也屢茵列鼎非泰也若不幸而値無道之世則當潔身自守退伏山樊蓑
笠以爲衣冠木間以爲食飮志不忘乎邱壑口不及於雌黃盡日樵山乘
月入室義軒之書未嘗去手堯舜之談未嘗絶口此足爲一生生涯萬物
不足以累其心富貴不足以易其樂矣然則樵山子之所以自謀者可謂
達於時矣向所謂樵山漁水被裘負薪者非子之儔而何樵山子誰海州
鄭公玟錫知樵山子者其友崔秉軾也

■ 權孟雷, 『玉澗集』 권4.

洗心臺記

　　洗心臺**山陰**秀士金君台鎬武亮其主人也頭流山屹然柱天於嶠
湖之間爲東南碓鎭而山之北有桐江龍遊潭水澄碧深不可測而潭上

諸石皆作群龍矯首之像眞是靈源奇觀自潭下數十里至檣洞洞之東
有小山崛起平原環擁洞口而其小北丹崖翠壁危臨水濱者是爲洗心
臺噫心之爲物虛靈洞澈萬理咸具本體無垢言洗何也蓋鏡雖至淸而
爲塵垢所汚則失其淸心雖本善而爲物欲所蔽則失其善故物欲者心
之塵垢也欲淸其心之君子也安得不加其澄淸之功哉武亮之以洗心
自命其臺者眞知其淸心之術而未知心中之累何事夫人之有生不能
無形氣之偏則其心亦不能無隨其形氣而有過不及之差自大賢以下
所未能免今武亮志欲從事於洗心則其平日所以隨事點檢物之所以
爲吾心之累者當一一自知矣此豈傍人所預知哉余嘗病塵垢滿腔不
見澹然虛明氣像久矣擬欲風乎頭流浴乎桐江灑然脫世間惹絆因放
刈棹於明月之夜論心於洗心之臺未知武亮之洗心果何如而有足以
及人者耶遂爲之記書臺壁焉

※ 權孟雷, 『玉澗集』 권4.

玉澗記

有一二友訪我於玉溪上評花品柳酌酒賦詩因以稱我玉澗子余曰
晦翁詩有獨抱瑤琴過玉溪之句玉溪卽李濱老之玉澗而遇晦翁以傳
名千古澗之大幸也兹澗則雖非晦翁當日所過之地然名亦同亦澗之
幸也而我取之則澗之名將由我而汚豈非玉澗之不幸也耶曰不然瑤
琴之絃斷久矣子若用心於此學尋遺緖於群經溯眞源於千載能自立
於世間許多紛紜百千蛟蚋鼓發狂鬧之中而常揲心澹泊則子之所居
無日非月明淸夜之時餘韻之得聞亦從而可期矣豈不爲玉澗之大幸
也耶子盍勉旃遂誌其說爲玉澗記

※ 權孟雷, 『玉澗集』 권4.

存著齋記

我先祖**安分堂先生**當明宗時懷抱道德旣不利於有司輒卷而懷
之不就寢卽之徵養德林泉從事詩書敎詔後人及其歿也葬於丹城立
石齋敬山卽存著齋所在處也其後士林建**文山書院**於齋之東北數
里許先生長子竹亭公累擧不中竟自挽以卒仲子源塘公中大小科薦
檢閱配享於文山季子贈參議公以孝行著長孫古阜公登科倡義於壬
辰亂次孫察訪公亦以孝著孫婦姜氏殉節於丁酉亂次孫官奉事以上
數公墓皆在齋之前後左右每年十月墓祭時雲仍來此齋戒供饌品致
祭於各墓惟參議察訪兩公墓在晉州他鄕然墓享時亦自是齋具饌以
送記曰致愛則存致慤則著齋之扁楣存著其以是歟蓋祭主於誠欲誠
必由乎敬所謂五思者致敬之道也所謂見其位聞其聲者致誠之效也
朱子曰湛然純一之謂齋肅然警惕之謂戒然則齋戒之道由肅然而至
湛然肅然者敬也湛然者誠也神人之相際其在乎此孔子所謂昭明焄
蒿悽愴正指此也惟願吾宗族體先祖貽謨之意以道德文學爲立心行
己之本以忠孝烈爲處世揚名之方念念不忘於平日及其祭時肅然湛
然致其如在之誠則先祖之靈魂常洋洋升降於此齋矣嗚呼誠之不可
掩如此夫齋之創未知自何年而累經重葺歲戊辰春又改椽易尾諸族
請余幹其役役畢又請記之故略敍存著之義如右齋前有敬岡精舍本
文山書院講堂高宗初年毀院時所移建者也

■ 權相政(?-?), 『學山集』 권2.

洙軒記

南泗柳君宣章所居之軒扁之曰洙軒其友人姜聖中乃敢演其意

而書之曰夫智者必樂水然不觀於水則據無由也其於樂何如況又洙
是中華魯國之水而我邦相距不止數千百里之遠則雖智者其無得以
據也不亦甚乎夫人心之官則思思之雖六合之遠兩儀之大便在吾方
寸之內而于可據也昔吾夫子生於魯洙泗之間參天立敎爲萬世之師
由是觀之江淮河漢水未嘗不大而獨洙水之高於天下也必矣君詩禮
家人也素豪邁不群以爲道雖大可學則至矣與其兄性澤聯案征邁人
以兩難稱之也不幸天下大亂邪怪縱橫蹄跡遍盈使聖人之道將無所
於講方是時也君將若之何生僻陋之域也雖未曾遊於夫子之國以覩
其山水之盛然心之所思慕往來則輒倍萬于常耳而重又有觸類而感
者君鄉之爲山水也尼山在北洙之當南依然與魯邦之山水同其稱夫
對羹而思帝堯見棠而懷召公一由乎心藏之思矣況彼峨峨洋洋之朝
看而夕聽者豈直爲一羹一木之比哉此君心官之能感於近而流鄉於
遠而所以無窮者矣則軒之弁洙之意亦可據而言也於乎君可謂善慕
聖人者歟凡吾儕之登斯軒者宜必有相觀而爲敬也如予所謂望孔子
之門牆而未入者也今以往沐心從子于于軒之上欲與之上下同歸鳴
呼君其不之拒否乎是爲之記

■ 姜聖中(1898-1939), 『梨堂遺稿』 권3, 晉州 거주.

盤陀石記

余於**新安江白馬赤壁**諸處足跡殆遍雖一草一木一水一石無不
囿於自家丹田而其可望而不可親欲遊而未之果者獨江中之盤陀一
石耳嘗與溪南翁從子而受甫欲遂一壑之謀白馬之趾得一奧區每霞
朝月夕注目凝情者未嘗不在於此舊新安其地名也洞中之水下合於
江砥柱石鎭焉砥柱下數百武穹隆如龜背平仄如鱉腹夏潦漲則半沈

焉秋潭淸則全露焉卽所謂盤陀石也歲癸巳七月旣望前五日同溪南
南川兩翁作石上之遊時天旱自江樓揭而渡或分隊或聯袂中有大巖
波蕩淘漾之餘忽有沙堆隱然作引人之路至則深不可測一葦如隔弱
水呼樵豎橫漁梁而作浮橋登石列坐於是乎歷數今古而評品之其係
舟傳觴視退老之濯纓潭優焉屹可環坐擬晦翁之武夷溪過之逸興忽
聳歌詠迭作濂溪事狀尤樂佳山水一段溪翁所誦也退陶自銘有山巖巖
有水源源川翁所誦也武夷雜詠序余之所誦也逍遙徜徉希夷混沌不知
日之將夕夜之將闌有頃雲月熹微天雨戲劇不得已賦逶初陟彼東岸大
道如天緩步徐行歌九曲歌至舊新安洞口而終闋忽有平川當前隱然有
桃源藏在別天之中也川翁曰桑麻雨露亦不偶然余謂溪翁曰旣與賢姪
有半山之約若逶焉則新安山水皆爲我有彼砥柱也盤陀也不言而在其
中翁曰朱先生不云乎許多紛紛都從十二詠首篇中一我字生出來此字
眞是百病之根若斫不倒觸處作災怪豈欺我哉余乃僕僕起謝曰今聞新
安夫子之言則惟克復請事者可爲陋巷主人惟仁智名堂者可爲武夷主
人然則山水主人豈易言哉船渡後川入丹山之齋鼎坐堂上語及遊歷錯
愕之不足又爲之嗟嘆嗟嘆之不足又爲之吟哦吟哦之不足又形諸言聯
句自成序則屬之溪跋則屬之川余之所當者記也嗚呼春間旣得遠志亭
而爲之記後數月又得舊新安之奧區今焉得此石與柳柳州得西山後八
日得鈷鉧潭潭西又得小丘而賀其有遭之事酷相似矣獨其所以摹寫山
水者則奈無柳州筆力何雖然其一時圓融之象飄灑之趣豈四謀之所能
及哉若其眞境實際有序若跋在焉

■ 金顯玉(1844-1910), 『山石集』 권4, 山淸 거주.

松竹堂記

惟退陶夫子方爲梅菊松竹之主陶山之節友社是已余嘗自**岳陽之梅菊臺**訪**丹山之松竹堂**權敬夫其主人也余笑謂主人曰主人能爲松竹主人耶曰此是公共之物何主客之有曰雖謂公共亦有主客登臺焉梅菊爲主升堂焉松竹爲主然此皆蠅擅一壑主張太過願與子翶翔兩驂訪節友主人於吾山之中可乎敬夫曰諾吾東學者舍陶山誰求哉昭陽大荒落月正己酉梅菊臺主人顯于松竹堂

▥ 金顯玉(1844-1910), 『山石集』 권4, 山淸 거주.

灆川齋東西二軒記

灆齋之軒東曰對靜西曰聽逝■三三山子所命而記之者其友人金顯玉也齋有二記一則月皐趙翁一則南黎許丈長德之言旣盡之夫何贅焉惟靜逝之義不可不記也自剖判來語及山水者何限而晚來相對靜儀形朱先生之詩也逝者如斯不舍晝夜吾夫子之嘆也吾友三山子學孔朱之學者其於兩夫子之書孜孜矻矻不得不措內之而其用工也如此之篤外之而凡於山水之觸目其體驗也又如此之深眞所謂山益高水益深而書益有味者也吾嘗以三益之說反復思惟自太古以至今日山之高自若水之深亦自若何益高益深之有蓋書益有味故山非前日所見之山水非前日所見之水此乃內外昭融處此乃顯微無間處此乃體用一源處豈言說所能形容者乎聖門二子之喟然嘆一貫唯尙矣朱子之於延平每一去而復來則所見必益超絶譬之延平則山也水也朱子則書也使朱子無書益有味之工夫則只是舊日山水之延平夫何益高益深之有哉今登灆齋之軒而欲知聽對之趣盍歸而求之於孔朱

之書然後去而復來則始知三山子之爲今日延平非復舊日山水矣登
軒之客請以兩軒四字爲華陽咨目哉

■ 金顯玉(1844-1910), 『山石集』 권4, 山淸 거주.
■ 三山은 權基德(1856-1898)의 號. 字는 子厚, 본관은 安東, 山淸 丹城 거주.

山天齋置田贍學記

山天齋者南冥先生講道燕居之室也先生易簀後四年學者建德
川院宇於齋西三里許燬於壬辰大難壬寅重建朝家卽宣額制度宏
敞蔚爲南方絃誦之所去壬申入於令甲毁中鞠爲荒墟而所依俙髣髴
略見先生當日棲息起居爲後學瞻依誦慕不已者惟是齋數間巋然獨
立於蒼檜亂松間而已然亦上雨旁風無物以時增修無田可供四方來
學者於是儒論駿發追考撤院時所餘財屬本州校宮爲錢合一萬訴政
府儀曺止推其半有奇爲置田而贍學焉又推西市稅入如干舊物屬之
齋齋中日用凡百粗具自今爲有司者謹其出納略浮文存本實勵廉恥
崇名敎垂之永久式勿有替支傾葺圮飾舊如新則庶幾慕我先生之大
節盛德遊於斯者愡然如接乎目優然若在乎耳又春秋講誦興起無窮
是齋也可與天壤俱弊矣是擧也前後惓惓克底其成者先生裔孫前縣
監錫瓚及州人河導運之力爲多來請記者縣監弟錫圭伯元甫也前秋
余誤忝講長名有故謝辭未赴今又幷謝以不能則於義又不敢也遂書
其大槪以告來者

■ 金麟燮(1827-1903), 『端磎集』 권19, 山淸 法勿 거주.

養英齋重修記

吾邑培山李氏卽其居少西偏林麓之下盤陀之上實一齋名以養
英爲群居肄業之所也今夫有木於斯自其根荄萌蘖栽培得宜長養以
時待干雲參天以支厦充棟可矣若當初不爲之栽培或栽培而中途摧
折之戕賊焉則其不爲爨婦燎火之薪幾希矣人材之成亦然其敎之養
之俱有成法自其幼時敎灑掃應對愛親敬長隆師親友之方收其放心
養其德性及進乎大學使之爲格致誠正修齊治平之本開廣聰明發諸
事業而又必如百工之居肆以成其事古之家有塾黨有庠術有序國有
學皆是已書齋亦家塾之遺制也捨黨庠術序而必於此從事者蓋彼多
拘此取閒彼易擾此就靜夫工夫非寬閒靜寂不可也李氏之世世襲香
竹兩先賢之遺矩建此齋收聚群蒙養之以正敎之有術一依古人成法
日究方冊進進不已則將見人材之林立蔚爲鄕國之光矣齋舊在濟洞
覆以茅記昔癸卯春余從李丈鳳鎭氏及庚友尙輔攻苦于此今幾六十
年矣中間不免爲風雨所壞始移於此董其事者一門大小幷力爲之來
請記者李君尙瓚弘柱弼柱也

■ 金麟燮(1827-1903), 『端磎集』 권19, 山淸 法勿 거주.

孤山精舍重修記

有山孤高特秀江畔名以孤山作亭其上亭故文忠公圃隱先生後孫
徵君學圃公暄幽居也徵君舊居**江城**中年嘗又居**江陽**及光海政亂
挈家入龍門自**龍門**還**江城**愛晉西江山幽夐窈窕自江城又移大坪
斯亭也在大坪下數百武許大江匯左右白沙晴川彌望上下丹崖挾束
於前蒼屛環擁於後望之知其有隱君子高趣也徵君天資豪邁學問涵

淹旣不悅於時人晚年卜地於此草广數間隱居求志漁釣自樂以終其
身所與遊從皆當世儒先長者長陵朝以有道徵除靈山縣監不就子孫
滿居其傍世增修之越丁卯又廣其制爲四架六間凉堂燠室左右具宜
層欄曲軒前後相承松篁梅卉列立於牆垣水月烟霞出入乎戶牖儘非
人境乃畵裡江山也余曾一宿於此今年秋八月旣望與諸友泛舟遊蒼
壁下徵君詩所謂壁立高峰萬丈餘澄江縈帶護吾廬者是也鄭君重見
嘗徵亭記累有言余鄭重而未敢及是又同宿臨分囑不已先賢遺風旣
遠自不禁高山景行之思托名名亭庶不朽爲幸乃泚筆而爲之記

▨ 金麟燮(1827-1903), 『端磎集』 권20, 山淸 法勿 거주.

涵月亭記

　有亭蕭灑臨于溪上名以涵月其義何居是溪也發源於道德士林兩
山之間至亭下涵泓渟滀又西有月峰望之儼然於是取君子蘊畜道德
涵虛水月之意合以名之者也今夫萬川之水一也天下之月相似也而
淺灘急瀨月光炤之則不能洽受月光或斜暎焉或流照焉刹動倏忽全
體不備必於止水澄潭而來照之則浮光躍金靜影沈壁靜夜觀象本體
呈露使人意思豁然以通君子之學內外交相養靜以涵天下之大本動
以驗日用之流行動靜相須體用不離然究其歸則必以靜爲本亦如水
之至靜而月炤之也其無所涵養而知誘物化流徇欹側無所歸宿譬之
淺灘之水急瀨之月也然則斯亭也涵太極動靜之具而周子立人極之
義其在斯乎苟能朝夕從事潛心體究其進道也執禦趙月皐直敎氏學
問譽望爲一世所推重是歲秋七月余訪其所居携手偕到亭上酒三行
泫然流弟曰此乃吾亡弟仁叟性宅甫所剙建爲兄弟讀書遊息之所也
不幸中塗逝去其子又短命死矣吾不可終沒賢弟之名欲求世之立言

君子記其實以圖不朽子其不惜一言講篤前好覆露後人否勤勤托不
已余與仁叟生居相近未有半面之雅而人事已非是可恨也古人有謂
思元賓而不見猶求元賓之友況其同氣伯仲之間乎遂不辭而爲之記

■ 金麟燮(1827-1903), 『端磎集』 권20, 山淸 法勿 거주.

學而齋記

巴山李君明賚倣古家塾之制刱一齋于惠山之下汶水之上扁以
學而請余爲之記嗟夫學之爲學豈徒然哉三代之學皆所以明人倫也
人倫明於上敎化行於下後世學校之政不修敎化陵夷風俗頹壞爲士
者從塾師習句讀不知灑掃應對之爲節及長又不知窮理正心修已治
人之爲何事粗解文義抉摘句語曰是曰非曰可曰否以相訾警而已下
此者又遊談無益虛弊歲月最下者浮浪雜技犯刑憲如飮食辱親喪已
破家蕩產者比比有之明賚不勝慨然于茲乃爲子弟群居肄業之所日
用從事不過事親從兄修身齊家暇又諷誦詩書歌詠禮樂朝夕訓導之
日月刮劘之以迪來裔以風四方余樂聞而爲之記

■ 金麟燮(1827-1903), 『端磎集』 권20, 山淸 法勿 거주.

濯淸臺記

郡北峨嵋山下有一小洞洞中有一石臺石臺之上可以坐十許人臺
下有數層盤石潔淨如磨可坐百餘人飛流溪水作九曲瀑沛橫流石臺
下曲曲作小潭有一小泉瀉出於臺前石壁間奇巖怪石屹立於左右臺
石小有欠缺處補以累石臺邊有一老樹已枯復種樹數株於臺邊以爲

休憩之所安生性鎬家其下數里許識其勝來示請命名余以爲淸斯濯
纓可命之曰濯淸臺

■ 金麟燮(1827-1903), 『端磎集』 권20, 山淸 法勿 거주.

溪亭重建記

八溪治北十里天王峰下有數間精舍扁以溪亭者故鳳谷先生曺
公藏修講學之所也今距公殆三百年亭之興廢年月不可詳而重建者
今十有八年按公遺集有溪亭雜詠梧竹梅菊各有詩可知其爲當時庭
實也今皆復其舊又益以名花異草寒溪流其傍有憂玉聲大澤在其前
朝暉夕月迭呈異態此則亭之故實及形勝大槪也竊惟公早登山海先
生門旣又與寒岡鄭先生成浮查安磊谷李雪壑鄭桐溪曺陶村李芝峰
姜戀菴諸賢遊爲其所推重焉蓋其學問之正操守之實可推而知而究
其所以得之者則惟其不求聞達而取靜於此左右圖書潛心講究積之
久而資之深也故郭忘憂擧義之招也雖切戀國之忱而辭以養親之日
短鄭桐溪遺逸之薦也宜有彈冠之喜而示以貴實之本志此其爲鳳谷
先生也夫公沒後百有餘年士林立祠以俎豆之時斯亭墟而猶有寓慕
之所旣而祠宇亦見撒則斯亭之役不可緩其所以殫誠竭力而汲汲於
重建者此也後孫鳳煥秉華命余記其楣余謂俎豆之廢雖可憾而斯亭
之復起尤有光焉欲知先生德業始終舍斯亭奚以哉然曺氏諸公苟以
建築爲吾事已了則徒焉而已必也敬慕於斯居業於斯心先生之心講
先生之學惟實是蹈而無一毫求外之心則斯乃所以善述先德而毋忝
乎斯亭矣若其講學節度則亦不待乎他遺集中敬身箴几案銘二篇是
已請揭此于亭之壁以爲朝夕警省之資也

■ 南廷瑀(1869-1947), 『立巖集』 권15, 晉州 板谷 거주.

濯淸臺記

穢之斯欲濯濯之斯欲淸此吾臺之所以作也臺在**嚴惠山**下流汪
芳之灣千仞壁立於後萬頃鏡明於前眞奇境也距余家航葦而近每看
書興闌微吟緩步於南涯北渚之間因駕小舴艋而泊其下見其澈底皆
淸絶無點滓悠然有感遂濯了又濯濯盡六十年遍身垢穢心肺與之蘇
豁腔肚與之玲瓏脩然有御風出塵之想便覺今我非故我良足樂也而
況有進於此者乎大而一世小而一介無適而不可濯則濯之之不容已
也嗚呼今日何世三精霧塞九宇煙沈人理或幾乎熄焉則天下之穢未
有過於斯時也顧安得麤拳活手挽回旣倒之波揮灑掃蕩須臾而廓如
也思見其人而不可得無寧獨潔其身獨淸其心鬖白髮而手黃卷逍遙
乎斯臺之上挹孤竹之風歌三閭之辭以畢生而自靖以獻于古人不猶
愈於汶汶而同流者乎遂書所感以志吾臺

■ 李祥奎(1846-1922), 『惠山集』 권11, 山淸 丹城 거주.

仁智堂記

堂之創舊矣余夙自髫髮挾冊日遊於是諸父老常指堂而相告曰是
堂也舊在**虎洞先塋**下其制度甚廣間架軒豁翼然臨于虎溪之上泉
石明秀花木蓊蒨可以爲春秋絃誦遊息之所矣不幸甲乙之際值大無
之災保守失宜堂宇頹圮粤在丙子年間略撤舊材移建于此其爲位也
面陽在於高山之下澄川之上幽靜爽塏信可樂可息而成毀相尋廢興
有時烏得無悵感於其間哉自是而經三十餘年之久不免爲風雨所漂
撓棟宇顚側瓦桶滲朽歲辛亥我王考守分翁因謀于衆而幹其勞改葺
而重新之其制度之廣雖不及於古而其磅礴軒暢殆勝矣噫堂之扁以

仁智者實仍舊而仁智之意豈徒然哉蓋取諸魯論中學不厭教不倦之
語而寓之以樂山樂水之義以勉夫進修玩養之意也余與同志勘之曰
夫斯堂之見存於今者乃父兄之賜而顧在吾輩后生進學之道其可厭
且倦乎凡學成於不厭不倦而仁爲四端之首智爲三德之始則當佩仁
養智造次於是進進不已優遊於禮法之場操存乎義理之域出而需用
於世爲進德之君子入而自修於身爲篤行之善士庶幾無愧於堂之扁
也堂之移建再回丙子孟春日基周謹識

※ 金基周(1844-1882), 『梅下集』 권4, 山淸 거주.

來蘇亭記

　道之不明也久矣天道有來復之機則邦運有來蘇之望其勢常相因
家國天下之大小雖殊其致一也吾門其庶幾乎先祖南牕公以近道之
資蚤從家庭聞**陶山山海之旨**訣後束脩于大山李先生門先生與之
講論經義從容答問以江右善士推詡之公之聞望位實居然可知矣公
旣得依歸益自刻勵不事公車之業皇皇於天顯民彝四勿有屛五倫有
畫而勉勉循循不得不措其詩文有天然自得之趣嘗慕陶靖節自號南
牕因議其出處以示責備之意亦師範前修而自期以高世人物也跡夫
一生優柔乎詩書之府涵泳乎術藝之場淸而不激介而不嶢休休乎天
倫至樂之間而卒歲所謂遁世無悶之君子者匪耶居來山之陽倡蘇湖
之學來**山丹之鎭**也二百年來時文持世而吾門後學有淵源蹊逕而
稱述不衰者公之賜也往在高宗中葉門父老嘗就公平日讀書處起三
間草屋以寓羹墻之慕因爲墓享時具羞齊宿之所子孫兩世從與饗之
始事苟簡歲久頹圮雲仍之齋恨靡弛至民國十年丁酉之冬合議重創
適有新築未幾而見售者瓦塼堅緻木材完好可謂稱愜矣明年月正旣

望著手以三月晦告訖扁其楣曰**來蘇之亭**記實也門曰匪懈從今以
後後孫益復致誠於奉先裕後之事則是擧也豈豈爲墓享齊宿之所而
已必也立的於遠大收召後進講明先師先祖之學使陶山宗旨賴而不
墜於是乎優然如見先祖爲先師僕乘雲軒御培風剡剡涉江之右而陟
降于庭來蘇之義皦然躍如矣惟我後昆其各致如在之誠也夫

■ 權道溶(1877-1963), 『秋帆文苑全集』 권3, 咸陽 거주.

德山書院洗心亭記

　記稱君子藏焉修焉息焉遊焉盖有藏修之所者必有遊息之具斯古
道也謹按書院制度建祠宇以昭祀立明倫堂以重倫置東西齋以居學
者藏修固有所矣院之南有溪焉含虛凝碧匯爲澄潭臨之有浴沂之興
溪之上有桃林焉間以松樳望之如武陵之原誠遊賞之佳勝者已今我
崔先生每杖屨逍遙其上欲搆亭以備遊息之具以院役未就未成越壬
午春始克經營亭成而勝益奇溪若增其淸魚若增其樂於是覺齋叔父
取易聖人洗心之義以名亭盖寓觀水有術之義也今夫水其性淸汚者
滌之潔黑者濯之白故壓流抗亭欲使藏修者宣暢湮鬱善養吾浩然之
氣也因水命額欲使遊息者觀物反己日日新又日新也吾黨君子苟能
登斯亭遐想先生之遺風又能顧名思義克收澄心之功則善矣某以昏
愚小生僭錄固陋又從而歌曰興彼高亭翼如翬如旣遊以息君子攸居
浩玆溪流玉潔鑑虛君子以之反心求諸淸明在躬可復吾初苟或不然
視此大書

■ 河受一(1553-1612), 『松亭集』 권4, 晉州 水谷 거주.

換鵝亭重修記

山陰山水縣也其淸淑一氣分自方丈磅礴蜿蟺別成一區爲官閣地舊制嘗臨水闢一亭厚棟大樑飛甍傑環號曰換鵝去亭南數十步許又搆一堂碧窓朱甍瓏玲蕭灑號曰道士盖取右軍遇羽客義也王有使臣必禮於斯賓有燕好必樂於斯布政宣化其來古矣國家不幸壬辰亂後更累宰咸以時詘莫能重恢今太守權公淳下車未歲惠流人安事理政平民樂效力有一官吏自願減役克新斯亭官無一錢費民無一材勞煥焉輪焉百倍前日其功大矣然則棟宇弘敞非斯亭觀也赤白輝煌非斯亭餙也萬壑千巖非斯亭勝也茂林脩竹非斯亭景也承流而宣化得民而樂用者乃斯亭大寶也況遊豫必度歌鍾以時民庶幾無疾則其樂亦非獨也昔王弘中爲滕王也令修而人得滕子京爲岳陽也政通而人和今此重修亦在公政平而人安則信所謂其揆一也噫今世無羽客且無王右軍其寫經換鵝不可必也若曲水遺音萬古猶存流觴一飮當與使君從於亭上賦一詩罷三觥又乘舟雪夜興盡而返竊有願焉萬曆三十四年六月下澣晉陽河受一記

※ 河受一(1553~1612), 『松亭集』 권4, 晉州 水谷 거주.

元堂書齋記

古道之行由君子倡之也非其人不可行也自三代以降敎人之法之具皆廢墜家無塾黨無庠在中朝猶病諸況我國之偏乎擧一國猶病諸況我鄕之僻乎由是鄕曲之士雖英才美質耳不聞絃誦之聲目不睹揖讓之容終至於虛生虛死是豈士之罪也實無君子爲之倡也元堂故里也代有文學之士繼出歷科第跨郡邑者前後相望然而未嘗有庠塾以

敎人今我柳丈某遂謀於里人之有子弟者乃築書舍以爲藏修之所長
林在前流水在左蕭然有林泉之趣得其地也講論有堂東西有齋生師
各異其所稱其制也近里閈而壓巷門兼家塾也遠州城而專一面兼黨
庠也一舍之興而衆善備焉然則柳丈之功其亦大矣願吾黨君子與柳丈
同志者嗣而葺之使諸生之欲孝其親欲弟其長者升此堂以講孝弟焉又
有餘力則春誦夏絃沈潛乎仁義之澤翶翔乎詩書之林濬發淸源激揚洪
音則鬱然爲大成之材矣其功業豈止歷科第而跨郡邑哉小子亦同里閈
也摳衣於函丈之間窺見室家之好竊有願焉某月日河受一記

■ 河受一(1553-1612), 『松亭集』 권4, 晉州 水谷 거주.

李公天慶日新堂記

堂以日新名者其意深矣東望則野闊江流於曠宜焉前眺則竹猗松
蒼於奧宜焉方池鑑開而宜月花草錦展而宜春凡登望景物咸效奇庭
廡之下合宜取此以名而必取日新之義則主人心事盖可想已夫日新
者成湯之所以爲聖者也凡人革舊習卽其新者爲君子狃舊習厭其新
者爲小人新之於人大矣今我主人不惟名諸堂而又銘諸心曠野之望
則思開廣心胸流水之觀則思不舍晝夜以至竹思節松思貞心源澄明
如淸池意思一般如庭草則光風霽月都在几案之上日新之功必日日
新而又日新矣不然堂不名叶人不堂稱而將有屋漏之愧主人其勉力
焉余嘗至其堂主人欲索記固辭未獲遂書爲堂累某月日某記

■ 河受一(1553-1612), 『松亭集』 권4, 晉州 水谷 거주.

鄉梅窩記

窩以鄉梅名懷土也主人茅村李公舊居于巴山之東今則移寓於
晉陽之西闉一室爲筧裘之所又取故園梅種于庭下紅一白一因以鄉
梅額焉命余記之噫懷土人之大情存焉況我令公白首尊年越在異方
懷弟思壟所懷萬緖則雖欲忘情得乎當其雪月流輝紅白交開主人每
晨夕岸巾巡簷指其白者曰吾鄉之白也指其紅者曰吾鄉之紅也興至
則題詩客至則鳴琴詩與琴亦鄉矣以鄉梅題鄉詩以鄉詩鳴鄉琴一俛
一仰宛在故鄉之中然則是梅也不獨賞其節也乃不忘本也賞其節貞
也不忘本仁也貞以幹事仁以長人則可以國於斯天下於斯豈特一鄉
於斯而已哉余嘗升堂而對花把酒而爲之歌曰鳥之越者必巢南枝馬
之胡者必依北風矧伊人矣不思其鄉瞻彼中庭有梅斯香旣和其鼎殷
家之羹又豐其居君子攸寧君子旣寧百世流芳吾微斯人誰與徜徉某
月日晉陽河受一記

■ 河受一(1553-1612), 『松亭集』 권5, 晉州 水谷 거주.

天愚室記

翁於南沙築一小室名之曰天愚客有難之者曰天旣稟子以五行
之秀具之以仁義禮智之性上之可爲聖下之可爲賢莫或有止之者子
乃幼而習於懶長而無所成而老不知悔今反歸之於天天不可若是其
誣也翁起而拜曰敬聞命矣然稟我而不以淸而以濁成我而不以粹而
以駁孤我於幼穉之年窮我於僻陋之方皆非天而何哉且夫顏淵高柴
之愚或以其德或以其姿而得聖人爲依歸其愚也皆能爲仁爲智甯武
子之愚百里奚之愚亦皆以其所遇之地所遭之時然矣余旣無是則其

愚也天也非人也然悠悠之念出於宇宙之大通乎古今之久聖賢可學
事業可做而及其事到於前利害不辨罟攫不避夏熱無扇冬寒無爐憂
不知憂樂不知樂此皆愚之得於天者然也客久之曰其然子之愚豈非
所謂樂天安命者耶翁笑曰非所敢望而私願則然因書諸紙爲天愚室
記乙巳仲春日

▓ 李壽安(1859~1929), 『梅堂集』 권5, 晉州 麻津 거주.

<h2 align="center">泗陽精舍記</h2>

　歲乙丑春國人士大會尼東議刊先師郭先生文集旣綾州文君繼洙
踵余至東華山之廬請有以記其泗陽精舍者余識君於茶上有年矣而
實未相悉也因留與同宿歷叩其世及精舍之所以作則曰吾文江城裔
也居綾數百年以業儒見先君老樵翁尤好文詞取重知交間獨爲家世
食貧故一生躬親耕負吾弟采洙德素甫於先君爲第三子才頗不俗及
先君沒吾兄址洙以先君意令專治文學爲辦資糧得出遊茶上間丈之
席采洙亦慨然自任凡命必謹奉不墜繼洙性疎闊少悅郭李山水之說
捐棄産業周遊東西最後入裳郡將家焉于是采洙得疾不幸矣吾兄以
書招繼洙至慟且責曰汝尙狂爾耶吾家數百年學種絶於吾與汝之身
可乎繼洙敬諾卽日放驢毀展改服深衣挾冊走茶上泣訴其故居幾何
山樑遽摧嗚乎天不欲使繼洙報兄萬一之意耶仍留助祭奠三年而歸
宅西新屋巍然吾兄指語此汝藏修之所也蓋吾兄度繼洙旣歸無可復
往者構此以竢之也自是繼洙不得窺門外一事尋常細務或偶有及則
兄必大怒曰人各有職何相侵也鄰里童妙及賓客相歸者亦煩突熱粥
無不自足皆吾兄至意而此則所謂泗陽之舍是已繼洙每仰見屋樑輒
氷炭交中長者將何以幸敎余聞已曰嗟夫古之人不云乎誠不以富亦

祗以異卽此一間茅足以有辭於來後矣父則志而子則繼兄則唱而弟
則和倫莫重焉樂莫大焉方天下渙渙而一家之中獨庶幾其覵位育之
功則玆之爲源本曷可少也況子旣得親炙於大君子之門不可謂無所
受者擴之而大充之以實則在乎子耳知性之無內外而萬物未始不吾
與也知道之無遠邇而天下未始不爲一家也則其修於內者無不足而
擧而措之沛然孰能禦也子無以余言爲苟爲大而已也子之兄以是屋
而責子之成子之重是屋也固其所也余知異日有不能無賀於是屋之
得子以爲重君起謝不敢當余遂歷敍其言俾歸揭壁面以當記云

■ 李壽安(1859-1929), 『梅堂集』 권5, 晉州 麻津 거주.

三溪亭記

　　高麗金紫兵部尙書晉陽府院君毅烈公臣烈有斥佛攘夷之勳爲世
名臣至文忠公退軒先生天益見麗季政亂退居田野賦詩以見志五傳
至三溪公諱密文章早成遊晦齋李先生之門聞爲學旨訣晦齋嘗語人
曰鄭密志在遠大晉陽誌曰歷典四郡坐客無氈見忤時輩位不稱德公
之從子南溪公承尹有孝友至行尤用工於愼篤崔守愚先生見公稱以
益友曰一意古道亦甚懇篤以上四賢幷腏享於淸溪院院在晉州治
西馬洞里德川東岸今有遺址舊有三溪亭舍在白也峴卽鄭氏舊居
自經龍蛇之燹後昆不能保其門戶文獻亦蕩佚無傳存而可考者麗史
及晉康誌是已三溪公后孫居在月牙之南燕舞山下重創其先亭距白
也不遠伊邇前臨三水故摠以名之曰三溪亭東其軒曰晚醒西其室曰
知止門曰養眞悉仍舊號而無改焉是役也倡始而協議者永煥義煥胄
煥濟煥不憚其勞力者太賢太升太瑢來請文者亨奎太瓘也不佞耄矣
不堪筆硯之役而諸君之誠甚勤夫誠也者眞實也無妄也不息也諸君

旣竭誠力新其舊而興其廢則當傳之久遠也審矣不佞於諸君無他贅
語只以一誠字復焉

■ 趙昺奎(1849-?) , 『一山集』 권5, 咸安 거주.

白雲精舍事實記

白雲洞方丈山之一壑也方丈一支東馳十餘里而爲此洞深二十
餘里兩山襟合大牙屈曲而四面林木菀乎蒼蒼一溪瀉出其間溪面皆
鋪石水流其上者或作懸瀑或作臥瀑高皆一二丈或七八丈間有瀑邊
盤石廣可坐數十人或百餘人間有瀑落成潭潭下復爲瀑淸流激湍玉
屑繽紛其停蓄處鏡面如也急流處鍾響如也山高谷邃白雲常留其中
故謂之雲洞歟蓋方丈以三神名於東方而方丈之勝萃于此但恨地太
奧境太幽無車馬來尋又無平原田地人家耕作故至今無一人置屋其
間是以名不顯於世也昔南冥先生有唱酬一絶故後人刻曺南冥先生
杖屨之所九字於崖面修契爲春秋會遊題名者殆數十人愚山韓愉與
溪齋鄭濟鎔澹山河祐植嘗欲築一屋已謁記與上樑文於勉菴艾山而
屋未就焉戊午夏愚山之弟道長李友仲實訪余留數日余謂道長曰近
日世敎大變後生少輩無地講習盍擇幽閒一區結茅數椽以爲兩家子
姪肄業之所道長曰諾越十餘日遣家弟公孚與道長仲實相地得於雲
洞此精舍所由起也道長旣擧是事而曰講學愈廣愈好規模不可太狹
遂詢謀於同志中又得五人趙鏞夏趙萬濟鄭文永許萬憲而其一卽河
祐植也前此道長仲實已有設一契及是余與諸公重修契事而擴大之
皆南州之有志者也七家因以此屋入于契中爲春秋講會之所遂以是
稟于艮齋先生先生聞而嘉之爲精舍銘以勖之旣而摹先生影櫃藏之
未幾精舍爲鬱攸所災使韓子玉改築于舊址上一糾許以瓦覆之窓牖

明潔比舊稍勝歲丁丑四月十六日奉安先生影而以愚山影配焉撰奉
安文者吳石農震泳也記精舍者崔欽齋秉心也每年四月日行會講而
不爲舍菜者遵師訓也余恐此事源委歲久或泯因書大槪如右

■ 鄭衡圭(1880-1957), 『蒼樹集』 권7, 陜川 雙栢 거주.

九思齋記

九思齋在德川上國士下昔吾宗老顯忠德裕氏爲子孫肄業而築
也歲久將頹肯孫樂時安卿甫愾然傷之乃節縮諸用竭數年心力而重
創之歲己卯季冬也後七年余往省先墓於光陽過其廬安卿請曰子於
吾齋可無一言相之乎余曰九思始見於戴記而朱子取之載於小學栗
翁取之又載於要訣二字之爲吾家相傳旨訣自可知矣蓋人身之中如
耳目口鼻四肢百體之類不過爲蠢然一物惟心至靈爲一身主宰而其
所以爲主宰以其能思也是故孟子曰心之官則思朱子釋之曰心則能
思而以思爲職凡事物之來心得其職則得其理而物不能蔽失其職則
不得其理而物來蔽之此非思與不思之間吉凶立判乎洪範曰思曰睿
睿作聖思爲學問之大要而其進步下手處莫切於九思故朱栗兩夫子
取之則是齋之扁可謂得其要者歟居是齋者苟能顧諟而毋忽則吾心
思所及何往而不得其理哉推此以往雖天地之大萬物之衆亦莫非吾
心內事也安卿見得此理分明故朝夕寓目孜孜不懈蓋懼其先業之或
墜而又或不先之於躬何以爲世傳之柯則其志固遠且大也余於是有
欽嘆者深邃發其義如右云

■ 鄭衡圭(1880-1957), 『蒼樹集』 권7, 陜川 雙栢 거주.

述軒記

丹城之內古全義李氏之世庄也歲丙戌夏余自雲洞過其里而宿
心潭齋卽李君彩汝爲其祖考心潭翁作也臨行囑余曰吾以述名吾室
盍爲我記之余曰君有意於述心潭翁之享耶余晚生也又孤陋實未能
知翁之平生事然君不有師友之助而能自樹立其不有家庭傳受之軌
範則能然乎於此可以知翁之實有創垂之功也嗚乎自古有國有家者
孰無創之之祖但其後承不能謹守先業覆亡如燎毛而不知悔滔滔者
是忘本底人況近日則風潮所驅載胥及溺而君獨超然自拔不與流俗
低仰慨然以述先爲志可謂知所本矣昔呂公著治家有法度其子孫謹
守敎誡爲搢紳家楷範朱子取之載於小學之編矣如君家事若朱子復
修小學則豈不在所取入耶不勝欽敬書此以歸之

■ 鄭衡圭(1880-1957), 『蒼樹集』 권7, 陜川 雙栢 거주.

石樵堂記

石樵權子道敏號也道敏旣自號徵記於余余惟江樓之大與赤壁
同其嗚湖山形勝人物繁華自古聞於東南可謂有其地矣天厚吾生入
有積而出有從我自不輕肥輕肥非乏也我自不膏粱膏粱非關也可謂
有其居矣舍名都大會而惟寂寞是求舍高堂細氈而惟窮賤是志石樵
子其亦有說歟吾謂此事惟進退無歸如此漢者事耳非吾子所宜安吾
子其輸而委我也石樵子嗒然不言惟噓唏而已嗚乎余知之矣噓唏之
間眞境畢至子果是石樵者耶吾東之變蓋久矣彼所謂識時俊傑者果
何人也始若畏尾終乃濡首通身投付而不知以爲非矣是亦不可已而
不已者耶特以芬華餘習視苦淡一門如死地也蚩蚩者從以恬嬉如無

前太無事世世變之大孰甚於此今石樵子以石樵心行不石樵事業必
能不私所有以答天厚而惠利周于人詩禮耀于身悠然有人地相得之
趣矣有時俯仰擊樽慷慨湖吾同其澹壁吾同其峙人世間一切榮貴於
我已希夷矣若是則不待置七尺於石臺頂上而石樵已自如矣少焉風
驅電迫樵歌三疊與猿鳥相和巢居木食依然是太初遺民向所謂形氣
邊物特一時逆旅耳何與焉石樵子又噓唏不言若有相感遇者然余因
序其說爲石樵記

※ 鄭冕圭(1850-1916), 『農山集』 권9, 陜川 墨洞 거주.

詠歸亭記

山陰縣特里之陽鏡湖之上有亭曰詠歸閔君武伯所築也今年春
武伯訪余于勿溪山房謀所以記其楣者余聞而難之曰沂雩風浴二千
年來流峙間種種亭榭蓋有以詠歸名之者而未聞亭上人有曾氏子類
也君又從而效嚬果有其說歟曰有曾氏得聖人爲歸又胸次高故身不
到沂雩咫尺而眼則能超然象外與大化同流其舍瑟一對乃依本子瀉
出耳非有資於彼也今吾象中人也悠悠世事不爲我少息又無好師友
做得田地幾何不與象相攘顧生得疎曠不喜作事遇之輒疾首思遁也
此吾亭之所由起也有時而登焉則湖山明媚風月無塵耐久坐一餉或
半餉便覺胸中無物飄然有千古之趣若是則風浴詠歸一端事曾氏可
無而吾則不可無也子何難焉曰湖山之能氷玉備販古人亦言之而此
特一時光景畢竟熟處在彼依舊是備販已矣彼種種亭榭亦豈無好胸
次一時但不能醞釀成熟遂至無聞耳矧今百怪爭鳴使人心目俱眩苟
不固天下至明孰能蕩滌敎空使亭上之扁不貽累於先哲也余所以難
之者此也武伯竦然以聽曰深哉言乎請書諸楣以備箴銘遺意

■ 鄭冕圭(1850-1916), 『農山集』 권9, 陜川 墨洞 거주.

心潭精舍記

心體之虛昔賢喩諸止水心不虛不足以酬萬變水不止不足以照萬
象今潭是止水也涵泓瀅澈物無遁情其不能然者泥塵亂之也必須疏
而去之泥盡見沙沙盡見石使石面淨然如拭則所謂元初水者卽此而
在耳其於心也亦若是則幾矣心潭主人李公其可謂善爲心者歟公觀
化後二十五年庚戌其胤房淸溪君以舊潭水淺且不協藏修就公初卜
之地而又潭焉今年壬子就潭之畔而精舍焉蓋以成公之志也公少孤
貧失學晚而有悟於澄心之妙爲潭以自況焉孜孜仡仡不知力之已耗
日之不足雖年不我假不得以充其志然其心則固有不隨死而盡者矣
其所著潭記有可槪見也兩世一舍心法之傳在此乃若擴充之則子孫
事耳然則事之當奈何余謂水澹物也外淆之來於水無愛憎少俟則止
矣惟心有情淪飛寒熱日戰于內得失榮辱日奪于外使人胸中迷瞀手
脚惶忙非有打算得定如所謂廓然而大公者不能使萬情歸澹惟讀書
以講明之居敬以存察之混乎物而有不囿於物者處乎群而有不亂於
群者然後心之體始虛矣心之體虛然後澹然若積水生明而心潭名義
始不墜於地嗚呼可易言也哉精舍成淸溪君以舍記命余前後凡三申
焉其意蓋曰舍記不可緩也今百怪食心山林老宿之士亦種種不免則
吾家後承之知父祖苦心不敢必信卽欲借故人一筆道吾心內事以遺
諸子爲端本澄源之一助云爾念其意不敢不記

■ 鄭冕圭(1850-1916), 『農山集』 권9, 陜川 墨洞 거주.

二樂亭記

山陰閔氏世鄉中葉有諱信國階宣敎郞蓋當時之淸選也卽除察訪不受入鐵馬山下築室于魯溪之上扁其堂曰二樂事載邑誌噫水流山空二百餘年堂基爲茂草其後孫之居洞者僅十數家竭力殫誠因起亭於泉石最佳處復額之以舊扁承先志也嗚呼先人之桑梓猶可敬況志業乎顧今異學斁倫冠裳顚倒華陽翁所謂綠水喧如怒靑山默似嚬非今時之謂歟然則雖有仁者智者將奚取焉而樂何事也余讀武夷精舍仁智堂蒼崖無古今碧澗日千里之句知朱夫子愛山水之詠只在此中今觀閔氏亭亦不外是矣其八世孫致周卽向余道額畫已得於石坡筆久矣子盍一言乎余竦然曰筆旣太公之貴則文宜乎禮遇之賢而必於賤者何也曰非無其人而敍述吾祖事情恐無吾子若曰然則抑有一說焉朱子之鹿洞樵夫指路姓名無傳敢書曰薇山樵夫記時甲午陽復後三日也

※ 鄭煥周(1833-1899), 『薇山遺稿』 권4, 咸陽 介坪 거주.

静黙亭記戊寅

潦雨新晴門無客至主人無事投竿於池甚樂也已乃筆以記吾亭曰樂哉亭也亭曠而敞窈而深天所以餉我也歟昔吾從大父梧齋公築小亭於此鑿半畝塘被以花木畜以鵝鴨而一時士友酬唱之汁甚盛云歲甲申春余謀於舊址起亭用合洞丁先鑿池廣比長差小水深可一丈水中産鯉鮒越丁亥構二楹於池北柱九之梁二之上覆茅四壁圖書而已環以墻北置小門廳事前僅容旋馬梧山松梅石浦抱紅愚溪百日紅黙窩牧丹列植庭畔間又栽之以月桂梧菊及榴柚風來其香馥馥雨過

芽葉益鮮此吾亭四時景也墻邊種二柳取其最先得春也浮雙鳧於池
愛其自得自樂與吾樂同也若夫夕暉朝陽鳶飛魚躍吾亭之所固有也
南山之雙杏東嶺之孤松助吾亭觀也前臨大野野外長江白沙江上皆
石壁朝霞高捲遠岫畢露此吾亭望中之活畫也吾亭之夜景尤奇天光
水色上下通徹明月徘徊入戶而照懷爽然有氷壺氣想漁燈明滅入眺
若遠若近吾所以更深不能寐者也扁亭楣曰靜默卽余所嘗自號也夫
靜者動之本也默者靜之至也水至動而靜則鑑心至用而默則虛虛則
明明則無不照矣噫君子不得於世一言一動不能爲一世法則寧不言
不動吾目知無用於世者明矣其將終於靜與默而已耶咄哉顧乃寓吾
樂於吾亭而花卉鳧魚是助吾樂具也壁上誠敬勤儉字亦吾所樂中日
乾夕惕事也梧齋公固已有斯樂而噫余小子則庶幾乎無忝其萬一者
也丁亥夏至日東窩老翁識

■ 趙輝晉(1729-1796),『東窩集』권1, 山淸 召南 거주.

雷天齋記

鏡湖之曲箕山之趾有洞曰大壯閔氏居之直其居數十武有齋爲
子弟肄業之所名之曰雷天之齋取易大壯之象而欲其肄業者之非禮
不履也蓋人心本善所具者天理而禮乃天理之節文也以心循理所履
之合乎禮宜無難者而鮮克履禮私己之欲有以間之也故曰克己復禮
克勝也勝人非難自勝爲難故中庸以自勝其人欲之私爲君子之强而
朱子亦曰中原之戎虜易逐而一己之私欲難制苟不用大壯之勇其何
能哉雷震天上何等嚴威何等果決君子以之整齊嚴肅以持其志奮迅
勇猛以去其私則日用之間天理流行所履自中乎禮矣然在初學不惟
克之爲難知之亦難必須問學以窮其理念慮之發事物之應隨時隨處

省察而明辨之知其爲禮則行之必果知其爲非禮則克之必決持之愈
久而愈嚴不敢少忽然後可庶幾也然則雷天之扁其司戒者不亦嚴乎
凡遊息於斯者朝夕觀省而有不惕然者乎取聖人之至戒而只爲侈壁
之資則不幾於侮聖言者乎聖言不可侮也天威不可不畏諸君念哉閔
生圭鎬從余啖薺請余記之

▨ 鄭載圭(1843-1911), 『老柏軒集』 권35, 陜川 默洞 거주.

雙山齋記

頭流爲山自北而東雄跨數百里而般若天王東西幷峙特爲南國之
望方其爲般若也蓄氣崢嶸舒其一肢而向南直馳不能二十里突然爲
雙峰峭秀映空儼如莊士之端笏對立世稱兄弟峰者是已旣蜿蜒下墜
于地坡陀彎環面陽城一區者曰上沙里吳丈人乃明氏世居也大野闢
於前大江縈其南人烟竹樹蔥蒨掩映波光岳漾吞吐隱露奇勝盖亦萬
千而乃獨取雙山爲齋者抑有說焉翁有兄弟四人垂白嬉怡於壎篪
杯酒之間拊背問寒設幔共笑知天下之難得而享無故之至樂此所以
特有取於兄弟峰者也雖然吾知翁之意必不止於斯已翁律身有規宅
心有則凝然自持闇然自修天下俱動我獨靜天下俱辯我獨訥彼粉艶
穠郁俄然而盛幡然而歇者固不足怡顏惟山之拔地千仞特立而不騫
靜峙而不移疾風雷雨歷萬劫而蒼然者獨有契于其心焉爾且夫雙山
卽兼山也在易之象爲艮艮止也止之不於其所當止卽不足以爲止今
夫龍潛于九淵九淵其止也見于田田其止也鳳翔于千仞千仞其止也
棲于梧梧其止也是知潛也見也翔也棲也各因其時苟知時矣何得贏
於失牧奚殊於卿需于泥泥非吾止也負而乘乘非吾止也故大象曰君
子以思不出其位此雙山翁之實有志焉而寓之齋者歟翁之孫柱錫從

余遊爲致乃祖之意而曰願有記也遂書此以質于翁

■ 鄭琦(1879-1950), 『栗溪集』 권14, 陜川 栗溪 거주.

伏龍巖記

伏龍巖在德隱川之第三曲始余寓鳳城之明年春鄕人士設詩酒
會于馬騘之川邀余共之登臺臨觀水淸澈可賞而衆石磊磊無堪可語
者意名山之毓必不止於是遂鳴筇溯流而上數帳許得一大巖蜿蜒盤
臥澗中橫可數丈縱可十數步的皪如苧練縝潤如瑪瑙人行其上勢若
轉磐牙舖舒上廣下殺鱗鬐燁燁如龍然水大至則潛否則露傍有水鑿
音曺之之穴小者如臼大者如罌上下淸流匯而後泓噴而爲瀑瑩潔可
象鏗鏘可聽余心欣然樂之有客必與往列坐或流觴傳飯或哦詩瀉情
悠然與冷冷者粼粼者同其趣而不知人間世之爲何界也獨念玆巖之
盤礴淸絶視馬川不啻倍蓰而鄕人士之不于此而于彼何也嗚呼物之
顯晦固有時以雁蕩之山而匠夫始得之白鹿之洞而樵夫始啓之盖雁
蕩之奇峭秀援鹿洞之窈窕幽曠天下莫與易也而久而後始顯於世矧
玆隻奇零勝埋沒於窮山絶壑之間者乎而余今日之得未嘗非匠夫樵
夫之偶焉者雖然物有大小而人之愛無大小昔霅川沈賓王癖於愛山
以室前之怪石巉然者爲崆峒天台松竹森然者爲雲門禹穴泉流冷然
者爲瀑布簾泉況玆巖之奇勝磨之不泐淅之不濁閱萬劫而長存有非
一時援引牽强之比者乎余故取其象名之曰伏龍巖巖之北未百步有
泓深不可測舊名長者沼亦改之以龍湫

■ 鄭琦(1879-1950), 『栗溪集』 권14, 陜川 栗溪 거주.

武夷精舍移建事實記

頭流山之東麓有曰**臥龍瀑**卽**九曲洞**之一昔我先叔祖明庵先生
自玉峰挈家入武夷山築精舍于瀑之洞以終老焉先生旣歿精舍隨以
爲墟于今二百餘年過而指點者孰不爲之咨嗟也余自弱齡謀所以重
建而事巨未就乃於甲子與宗姪泰憲甫猛意圖之宗族及士林皆捐財
以應至今年癸酉春始克招工經十餘朔而役訖焉舍本在第九曲而今
移築于第一曲垂虹橋之西菊洞者以舊址極高未便登陟也嗚呼先生
大明處士也春秋尊攘之義賴先生而不墜焉則其垂功后世爲如何而
至使起居之舍頹壞埋沒於荒烟茂草之中烏得免後裔之罪哉今幸廑
重建矣曷不思所以永保久存也竊念先生當日之築舍也其犖固淨洒
者豈意爲今日之荒烟茂草哉天下之事變相尋於無窮則今日之重建
可能永有保於來來者歟是則猶爲先生在外之跡而已惟其可傳不可
忘者先生一生耿耿尊攘之大義也後之人講明於斯使先生之道愈久
而愈新與頭流幷峙則是豈非可傳之實也耶凡我后裔宜知所以勉夫
能如是則精舍之永有保於來後亦可期也舍凡四楹左曰聽櫂軒以九
曲當其傍也又宜倣先生已行事摹朱晦菴諸葛武侯之像以尊奉而尙
未暇焉

■ 鄭珪錫(1876~1954), 『誠齋集』 권4, 山淸 丹溪 거주.

華山亭記丙戌

嶽於南維方丈最鉅源於方丈**德川**最著川之上巋然而立者**南冥**
曹夫子山天齋也齋之後麓左轉數里有曰**華章峰**者方丈之孫也明
秀可愛如正士端坐拱左右手而中藏呀然一壑自頂及趾皆石也就頂

下百許武得掌許平勝國名釋懶翁卓錫遺址云靠壁跐巖而亭焉凡五
間而極亢爽前面之山水列於東南者郡至八九而海色之面面鏡展者
隱現於雲霞之表島嶼之點點碁列者出沒於飛鳥之外玉簪羅帶靑白
相形回奇獻巧萬千其狀歷歷然眺望廣矣亭之主人早負干城之望又
敦詩禮之好南佩紱而北建節洋洋然聲績廣矣及其歸也占菟裘於造
物所秘之區而其兩弟承洛錫洛俱從宦未還然壎篪唱和於千里緘書
而亭得以成吁其美矣且飢歲興土木活萬民范希文之荒政而主人特
體之經始於大侵之丙戌二月役夫菜色來而腹果功訖于秋恢恢焉經
綸廣矣及冬主人爰處於斯吸湖光而飲山淥味圖書而欶嘯詠優遊卒
歲而其胄之年未及强仕而已爲員外郎者來視膳寢之節退掃夾室讀
書矻矻至焚繼晷之膏而課穉子督群弟伊吾聲不絶於雲端村秀之從
者亦多主人翁憑几而聽之不翅賢於金石絲竹陶陶焉其樂廣矣雖然
主人年今六十膂力未惫而北闕之宵旰一念方急文武全才一方之寄
必不得辭豈能固守一亭也哉然其志於退也如是矣難進易退不亦美
乎一亭之中四廣具二美並而且亭不擇號而因山名記不擇文而屬性
家者亦非廣包之一端乎哉主人翁南冥私淑台溪河先生嗣孫而字禹
錫名兼洛云

※ 趙性家(1824~1904), 『月皐集』 권13, 河東 檜山 거주.

灆川齋記己丑

　　千巖競秀萬壑爭流晉人所以賦會稽之勝而吾東以**山淸稱會稽**
會稽之西山曰帽落水曰灆川余嘗一遭屨及而四矚之美果是晉賦中
巖壑也然而巖間旣無仙翁釋子之宮觀溪上且無騷人韻士之亭榭且
歎且疑而過之者卄載餘矣權友子厚近年自丹移淸而百里過余於涵

月亭夜間話次問新寓村名曰檣洞而抱村而流者灆川也追思昔覽夢
境依然問能構藏修精舍否曰貧甚獨力不能辦洞有新築屋纔黔突而
徙而之他者屋自歸然立矣洞人之苦心血誠於讀書者十許家誼敦魚
沫之濡財出龜毛之刮合力而買之爲洞齋以川名名之巖壑之勝畢來
獻狀而軒楹頗敞朝耕暮牧之伴屈首黃卷相聚伊吾董生于古不能專
美幸爲我記焉聞未半吾心已凉是洞之有是齋眞是透金石之誠而且
會稽之稱甚不偶然於是焉肄業而詩可得康樂江山之助文可至興公
擲地之金筆可比右軍換鵝之書而不惟此也子厚早知功令之外有古
人爲己之學而發軔正路進進不已以濂洛關閩之書爲耒耟陶冶而從
而學者衆乃而白鹿洞規參以栗谷海州鄕約以每月望日會于是齋而
講焉靑襟固濟濟矣孰謂荒僻之區有此盛擧哉地靈回矣人文闢矣會
稽遇子厚乎子厚遇會稽乎吾爲子厚賀而子厚不受歸之洞人余雖老
矣竊欲往尒聽講之末而先以拙文替燕賀焉

■ 趙性家(1824-1904), 『月皐集』 권13, 河東 檜山 거주.

沙餘齋記

　　沙者何餘沙也餘沙者何村也村何在在州西**尼丘山**下昔曰餘沙
今曰沙月河氏之千祀故址也麗季已大振而敬齋國初賢相台溪中
葉儒賢同閈朴李氏亦聞家蓋尼丘特一方丈餘麓而方丈之氣鍾於尼
丘尼丘之精發於餘沙異矣哉台溪之冑目今有三兄弟仗節靮紱者棣
華韡韡是家之謂乎其仲禹範甫方家食衎衎而一日謂余曰見今無無
號者而吾獨無焉願子扁吾齋余笑而應曰出而爲郡而蒼生之美頌有
餘退而居家而白首之閒趣有餘壎篪相和而天倫之樂事有餘而其餘
亦多可稱者皆由食舊德之餘也如號之舍餘字奚以哉曰子雖不惜齒

牙餘論而至若郡頌令人愧有餘曰鳴謙亦有餘然則只以餘沙倒之曰
沙餘而若有問其義者答以今之沙月餘人何如乃逌然笑曰此撫實也
當受而爲號云爾

■ 趙性家(1824-1904), 『月皐集』 권13, 河東 檜山 거주.

丹山齋記庚寅

崔君元則不佞同門友也以齒則元則遜不佞十年以上以學則不
佞讓元則不翅一頭地況其伯氏舜皞潛光隱彩羊舌家伯華銅鞮也往
年兄弟自晉移丹城縣西數里許有古邨是其所寓也庠宮在村之上
群居講學固其所也然有司出入之所不免有人事之擾且其子姓群從
甚衆倣古家塾而就庠之墻外閒地營一齋而工旣訖命名未定不佞聞
之曰丹城舊號丹山因地名而曰丹山之齋可乎夫人之期待乎子孫者
莫鳳焉若而丹山非鳳之所産之地乎君家後進不佞一一見之矣標格
之甚端文雅之早騫箇箇可謂五色非凡毛也今使之巢於是齋而托抱
之方乃是六經中炳然如丹之訓也兄弟之講服旣深空空老夫何必鳴
凡喙而助之哉但願自今日植梧竹於庭除待其枝可棲實可食而不佞
將乘月抱琴而往鳳將雛一曲爲君兄弟而彈之矣先之以記

■ 趙性家(1824-1904), 『月皐集』 권13, 河東 檜山 거주.

照寒齋記

朱子之學東來以後六經蘊奧之旨毫縷盡析千聖傳受之道日星於
昭使經生學子易尋門路之正而自絶他岐之惑如或蹉過朱子法門一

步則輒以異端斥之甚嚴嗚呼通天下文明冠帶之國雖不知有幾而至
於尊信朱學則竊恐莫吾東若也受朱子罔極之恩者吾東之謂乎今
丹城縣北坊曰**新安**旣同朱子鄕名而坊中有大聖山山下第一洞曰
仙遊泉石無一點塵遊人之屐不絶第二洞曰**水月**窈幽可漁稼洞中
李君陽來儒素家也受才頗瞻見齒方壯已知世間有第一等事而不欲
讓與別人造次於朱書顚沛於朱書向上之志進進不已誠畏友也就洞
中占一片奧壤於溪上而刜其荒翳植以松柳聚沙而補之側者平疊石
而築之窪者突居然一臺也臺之西數武許縛一讀書之齋畚斫堅茨合
洞力而成之一間其堂三間其房而頗爽塏飮落於丁亥初夏而顔之曰
照寒陽來之所命也洞名也臺名也齋名也皆取義於何取朱子感興詩
秋月照寒水之句也噫何處無水何水無月而是齋之名千載心法相傳
之形容也美矣哉然陽來之屬余以記謬矣夫士之爲學傳心最要最要
之義顧此黑窣之見豈能有形容萬一之筆力也哉但齋距此一舍扶藜
一往朱書數篇與陽來月下講討之意則常憧憧焉

▨ 趙性家(1824-1904), 『月臯集』 권13, 河東 檜山 거주.

尋眞亭重建記乙未

評東國四山者曰金剛秀而不壯方丈壯而不秀九月不壯不秀妙香
亦壯亦秀此善評也妙香爲甲何夫壯者勢也秀者氣也曰若稽古檀君
肇降于妙香而與唐堯並立則山之氣勢所萃固異矣又有駁之者曰寶
藏興焉利澤普焉者莫方丈若而特以古蹟讓甲於妙香然其乙則金剛
九月烏得與方丈角蓋未能扁觀者莫之質焉**今夫方丈之腰有村
曰中山**蓽戶茅簷數十村之左穹巖斗立亭於厥角者一間而軒焉堂
焉而已吾鄕二幸窩鄭公菀裵也公屢佩縣紱而白首倦遊煙霞入懷遂

以**中山謂得方丈眞境**亭以尋眞顔焉留住久矣亭老而將圮公之孫
靑松宰圭錫雲弼父今年春挈家而入焉遯尾也肯構之責惟亭是急遂
毁之疊石補址之畎鋪沙葺砌之傾而重建焉增於舊者房一間也余嘗
目其舊矣尙瞭然而重建者耳之矣余評是亭可乎狹而恢幽而爽未知
環方丈幾家亭孰甲孰乙而以目擊甲是亭非耶余與雲弼有結隣之約
豈障吾遊於是亭乎笑謂雲弼曰方丈非三神山之一乎六鰲之背負此
弔詭說也徐市之采藥此秦史也弔詭容或不可信而史非可信乎不信
其不可信而信其可信則靈藥在此山安知不在亭之畔巖之側乎吾與
君采而喫之同宿亭中夢遜方丈之靈跪敷袵而質之以山與亭甲乙評
則必定矣

■ 趙性家(1824-1904), 『月皐集』 권13, 河東 檜山 거주.

<h2 align="center">新安齋重修記 丙申</h2>

　　歸然立於**丹之新安江西者**縣之大族權氏李氏之書齋而創建於
我肅廟之世其顚末權公佶之記詳矣堂室廳廡凡數十間江挹赤壁山
宗石岱地之勝也逮英考之時以新安地名之相符就齋之東塽建朱子
祠以朱子心法之相傳配以宋子二夫子遺像肅然春秋之苾芬匪懈齋
因祠而特著祠隣齋而不孤洋洋絃誦鬱然有鹿洞蘇湖之風而學朱宋
之學者殆彬彬焉環近鄉明經飭行之士摛藻煥黻之彦其始不肄業於
是齋者鮮矣嗚呼數十年前朝有祠院疊享之禁而祠邃墟矣乃爲之改
立精舍數間歲行釋菜之禮是齋也何等是先世積費誠力之所而年來
守護之節漸不勝權輿至於懷頹而瓦滲兩姓懼先業之隳肩播構之誠
而今年春重修之議發於僉同伻董堅茇之役者權則重夏相幹李則道
觀榮範也飮落之日長老咸囅釦諸生曰顧今吾道西齾東裂之時高著

眼大著力於朱宋之緖者匪諸生之責乎諸生俯伏承命而退以性家少
時亦嘗鼓篋於是齋故命記之

■ 趙性家(1824-1904),『月皐集』권13, 河東 檜山 거주.

岳淵亭記

德山曺君景元起亭于家近之塽用作讀書之室顔之以岳淵屬余
記之問其命名之義曰用先祖南冥先生集中岳立淵沖語也余蹴然起
敬曰吾東道學創於圃隱而嶺南得鄒魯之稱逮 穆陵之世退陶於左
南冥於右屹然如太華雙掌之對立而淵源相續家洛戶閩天眷全嶺鳴
呼盛矣南冥又自號以山海而後學之慕仰先生者皆知先生之道方丈
讓其高先生之量滄溟較其深今於子之名亭知子之有志於承先之學
所謂善才童子已發菩提心者也余聞士之爲學立志居先而且古語曰
陵學山川學海學之又學學而不止則豈不竟造於崇深之域哉崇則岳
立深則淵沖鳴呼此先生氣象也道學弸于中而氣象彪于外蓋先生之
學以敬義爲主至以爲吾家日月而夙夜惕惕回光反照入牕玲瓏光被
後學則子之承先之學舍敬義何以哉敬義之日月長懸於岳淵亭楣之
間則願借餘光者將不能容於亭矣以是爲記

■ 趙性家(1824-1904),『月皐集』권13, 河東 檜山 거주.

新安思齋記

有明建文二年庚辰高麗左司議大夫三憂堂先生文公卒我恭靖王
命以禮葬于江城縣北新安葛蘆之陽賜祭田建墓祠於其下置守塚

給復戶越明年辛巳上旌其閭曰高麗忠臣之門贈議政封江城君諡曰
忠宣蓋先生在麗季事君而忠動虜廷事親而孝感異類澤民而衣被萬
世倡正學闢異端斯又之功亦莫與京列聖之褒獎諸賢之贊述已備而
退陶云一國之衣冠文物煥然一新尤齋云程朱旣沒能得其傳二先生
之論略而盡矣至若墓祠則南冥先生記之詳矣何庸更贅焉祠之墟舊
有數間茅屋子孫僅奉歲一祭矣哲宗癸丑祀孫秉烈與其族在賢慨然
興嗟迺謀諸族殫誠鳩財用瓦易茅舊貫重新正所謂不忍廢不忍荒者
矣今上辛卯鄕人營作數間精舍於其側以爲春秋釋菜講學之所以其
廳事狹隘不能容鄕俊之來者因以易之揭精舍之扁於舊屋而顔其新
築曰新安思齋每有事士林子姓咸集而周旋焉舍以尊賢齋以追遠賢
賢親親道亦備矣竊惟尤翁所謂能得其傳云其所傳者何事登斯齋者
不可以不之思也豈惟邱水桑梓之是思哉蘆山楸柏濱於新安之江亦
非偶然因地寓慕溯而上之以求朱子之所傳而講先生之所傳則庶乎
不愧爲後孫也後學也嗣孫宅鎬以余爲先生之鄕後學請記其事余不
敢以非其人辭

■ 李道復(1862-1938), 『厚山集』 권10, 山淸 丹城 거주.

丹溪堂記

　丹溪堂在**丹城縣**北四十里雲龍之坊高麗吏部典書迂軒許公邕
及其子開城少尹小皀之墳菴也迂軒公以恭愍王朝正卿見朝著不淨
王綱解紐遂棄官南遯于丹溪縣結構數間茅屋於其泉石間蓋于斯時
丹城分爲兩縣邑于金盞坊曰江城邑于都坪曰丹溪其茅堂詩有曰世
間耳目事章章一有眞言爲發狂卷却談王三寸舌丹溪深處置茅堂後
有人書其下曰一自許君休官去人道丹溪似瀨川繼又少尹公以直諫

忤於世放歸鄕里當島夷衝斥持母服號泣不去賦義之日勿害孝子是
父是子之忠孝大節載在邑誌有足徵信於百載之下矣堂之遺墟在法
勿里水口伐距雲龍爲數弓許公之雲仍建斯堂於斯以寓霜露之感前
秘書駿斯文現尸其事前判官萬璞以余爲鄕後生鄕之古蹟宜莫余詳
囑以記之竊惟丹之爲邑介於陝晉之間山川之美人物之盛爲嶠南之
最如文忠宣鄭文忠周判書金提學諸公同時崛起於是邦與公父子道
義相尙名高於北斗光耀於南服是皆鄕人所宜祭於社而忠宣公獨有
立祠之典其餘皆闕焉深庸慨嘆登斯堂而慕公父子之遺風者亦不能
無憾於斯義云爾

■ 李道復(1862-1938), 『厚山集』 권10, 山淸 丹城 거주.

油然齋移建記

齋在丹邱北白馬東岡之陂我十世叔祖楸岡先生之思齋也是齋
也初卜於先生佳城密邇之阡宋心石翁題其額曰油然齋蓋取孝弟之
心油然而生之義也歲辛未春宗議以其地勢偏仄移建于此位置井井
軒牕灑灑可以治先塋祭祀之節可以做宗族花樹之會可以供賓客燕
飮之樂可以爲子孫肄業之所是齋之所關甚大況先生之高風爽韻至
今不沬於山之阿水之濱者乎嗚呼先生事親有立揚之志友于兄弟兄
弟五人同居一室和氣冲融與吾桐谷先子同立朝端俱有致澤之功先
生當　明宣盛際擢巍科躋崇班謀復已廢之　貞陵懲毖將起之士禍
解官歸鄕棲息於靑安洞先塋之側每日省掃楸阡以寓終身之慕向所
謂孝弟之心油然而生者非耶登斯齋而講服先生忠孝之傳者能慕效
其竭力事君思親之義則愛親愛君之心亦將油然而生矣爲先生子孫
者盍相勉旃哉

■ 李道復(1862~1938), 『厚山集』 권10, 山淸 丹城 거주.

鍾石齋記

余嘗愛南冥詩請看千石鍾非大扣無聲之句語又記念丹邱人諺
傳嘉山之鍾石一鳴我李遂鳴于世蓋吾先子桐谷先生嶽降于方丈之
南嘗出入於南冥之門及卒而卜葬于嘉山鍾石之下其後子孫因世葬
其阡焉嗚呼先生之學受冥翁之敬義單傳其立于朝也同僚歎其朔祿
之不苟取庠生稱其娼妓之不敢狎島夷服其廉而有六月淸氷之評至
於難進易退之節凜然特立確乎其不可拔矣先生嘗厭穆陵之世黨論
岐貳不受銓郎之銜其在憲府與持平閔公純彈劾猾吏解官歸鄕栗谷
東岡入侍經筵言於上曰二人去朝於朝廷何此則先生之鍾得於冥翁
而大扣有聲者也自昔至今嘉山之鍾石一鳴則先生之後承科甲隨其
鳴而一出焉向所謂隨鳴而應者非耶歲庚申春先生之雲仍營築數間
墳菴於山之下是年秋功告訖前諫議大夫宅煥歌六偉以侈之獨楣文
漏焉余不肖不以不文爲辭謹書之如此以竢來世之隨鳴者

■ 李道復(1862~1938), 『厚山集』 권10, 山淸 丹城 거주.

九龍齋記

丹邱治北九里許有所謂鍾石山卽我先祖桐谷先生衣履之藏而
距此半九里許坊曰九龍村村後有墳四尺堂斧而封者先生次子梧岡
公之幽宅也世傳九龍之阡有飛龍上天形此雖俚說無稽然公之後孫
自昔至今文章仕宦代不絶書而得點額龍門者凡九人其地靈之助應

亦不可誣也歲癸丑冬公之後孫合謀敦事結構一屋於山之下以爲歲
祭齋宿之所因其坊名而顔之曰九龍齋諸長少合席請余曰盍記一言
以揭之楣乎余作而曰齋以九龍名扁誠不偶爾也大易乾卦六龍著乎
象而獨九五之飛龍在天利見大人天下文明之兆也今天下之純盛擧
也第六曲曰懶翁菴菴在天上窟古之懶翁禪師修道于此云第七曲曰
金塘寺第八曲曰鳳頭窟第九曲乃馬耳絶頂頂底孤寄新創佛宇亦一
奇觀也因慕效石潭夫子徽音續成馿山九曲歌一闋以遺當世之知音
者請余記者吳君采烈其人也

▨ 李道復(1862-1938), 『厚山集』 권10, 山淸 丹城 거주.

鷹山齋記

直峰居士李君士重築一藏修之室於鷹峰之陽因顔之曰鷹山齋
請記於東海上棄棄翁翁曰吾雖棄於世豈能棄於江湖乎余觀夫鷹山
介乎丹晉名勝之界峙乎上者白馬也赤壁也嚴惠也流于下者道
川也汶水也惟此三山二水更張左海之金陵於此間此間必有鳳凰
臺也頃年余嘗遊於赤壁之一巖臺臺名是鳳凰也故有詩云鳳凰臺上
文章子蝴蝶樓前名勝洲今蝴蝶不免栩栩蘧蘧之一夢而鳳亦去臺亦
空矣古人詩云愛月非關惑貪山不害廉噫彼江山之公物取之無禁也
何傷乎廉也居士性廉直好讀書善交際以故江右士大夫之過三山二
水間者必訪問直翁起居觀此可以知其人焉

▨ 李道復(1862-1938), 『厚山集』 권10, 山淸 丹城 거주.

悟叟記

丹邱之東集賢之陽洞曰悟理中有寒棲老翁名圭孝字伯彦悟叟
其自號也客問子居悟理或有可悟之理而以悟自號耶翁曰吾生平無
一事可做無一理可悟故欲因地名而顧名思義其或於理有可悟之日
歟客曰然則子之悟理也必矣心體虛靈因物有悟智愚一也故張子聞
驢鳴而悟天機朱子聞鍾聲而悟求放心今子之悟理異於是以尊祖之
心悟尊賢之理首創先祖益齋先生影堂於集賢山下悟理洞以延遠邇
道德之士能講明性理之學扶植已頹之士氣其悟理也大矣翁曰吾豈
敢抑吾志願則是也客退因掇其問答之辭以贈翁之嗣子鍾台甫俾揭
諸翁之壁以相勖焉

■ 李道復(1862-1938), 『厚山集』 권11, 山淸 丹城 거주.

望春臺記

望春臺記德裕之一支蜿蜒磅礴南馳遙遙百轉千回至丹邱而止
焉聳全石拔地數萬丈四隁戍削一片孤城迢然獨立于煙雲渺茫之間
長江大野之上此所謂白馬山而山之絶頂巨石盤陀可坐數百人歲
辛未春族生道源馥洙珪桓炳榮瑺桓宇相甫刻其姓名於石面引唐人
詩東望望春春可憐之義因命名曰望春臺皆作詩各言其志囑余記之
余曰自古名山水好園林待其人而擅名於世若赤壁不遇東坡武夷
不遇晦翁這山水不能名顯於天下後世矣今諸君以吾家之眇末後生
能糚點得形勝之區以爲自家之長物其所負不亦重乎諸君苟能知所
負之重夫明著眼牢著脚自此進步以勵壁立千仞之氣屹然作頹波之
砥柱不受變於風潮蕩漾之中其望實之隆與此山幷峙於宇宙之間彼

望春一臺將不朽於千載而中華望春宮可憐之春適足爲城市繁華之
物詩人吟弄之資而已奚足尙哉

■ 李道復(1862-1938), 『厚山集』 권11, 山淸 丹城 거주.

屛山記

梅山之南諸峯競秀望之峭絶於林麓之上者惟 **大聖山** 最焉山下
崖谷岾嶻而長窈窕而深衆流縱鏘窪然成潭灣然爲溪抱中石里茅屋
背山枕水者僅八九家厥土稻梁諸秫厥民農桑樵採此所謂屯鐵洞也
稍南出洞府數十武有巨石屹然削立如樹屛狀此所謂 **大隱屛** 也友
人李相馥子輝自默湖來寓於此日過余而言曰吾居隱屛之側故自號
以屛山願吾子爲我發其意余乃言曰昔劉子翬彦冲先生世居屛山待
俯潭溪之上爰有園林泉石之勝而端坐一室佩不遠復三字符凡世之
聲色勢利漠然若無見也今子輝之標揭旣叶於先生所居地名則尤致
慕於先生三字符俛焉日孜孜造次不懈則有爲者亦若是屛山畏子乎
子畏屛山乎

■ 李道復(1862-1938), 『厚山集』 권11, 山淸 丹城 거주.

松竹堂記

余遇三山權君子厚於滄桑浩劫之餘寓宿 **新安之村** 庄都國元其
主人也所居新經風饕村屋傾圮而有萬竹千松挺然擁立於主人之堂
能不受其變嗚呼彼蒼蒼然凜凜然者可謂主人以之主人之堂宜名以
是主人曰賜意珍重豈可以愚陋自外而不思所以從事也耶因出其旁

先靑松公白竹夫人遺事以示之其節烈風猷足以警頹俗而立懦夫矣
主人乎苟能隨事集義以直養而無害則不惟不負故人區區之意亦可
以承襲先芬若爾世必有求茯苓琅玕於是堂者矣

※ 李道復(1862-1938), 『厚山集』 권11, 山淸 丹城 거주.

玉泉齋記

　　玉泉齋文君錫杓允一攸芋也齋在水月洞溪邊玉流之水溶溶乎
北玉女之峯亭亭乎南爰有山泉混混而出如噴玉然其色瀅然而淸璨
然而明流若拖紳響若操琴琮琤然琳球如也淨淨潔潔不可尙爾釀之
爲酒琥珀濃也旣飮而醉其人玉如也會之以友瓊琚玉珮大放厥聲也
此其堂上主人翁所以樂飢衡門飮玉而希長年者也翁嘗愛其孫復東
如玉方求攻於佗山之石而就余鍾石山中朝夕磨礱庸玉汝于成而
且曰毋金玉爾音損惠咳唾之珠玉以侈齋顔余所抱只是珷玞如玷夫
良玉何重違玉人珍重之意握管而言曰泉之象在卦爲蒙在人養德故
孟氏取源泉以喩其學晦翁取寒泉以成厥德今主人翁之取玉泉奚取
焉取其蒙以敎其孫取其玉以飮以醉有長年度世之願耶余亦久厭塵
寰之腥羶將與之翶翔於玉流仙臺之間飮甘露之水洗盡滿肚之葷血
竊欲自附於下風者故書此以諗之

※ 李道復(1862-1938), 『厚山集』 권11, 山淸 丹城 거주.

鶴來亭記

　　凡天下之物各以類相從以趣相應物之情也故易曰方以類聚物以

羣分又曰雲從龍風從虎同聲相應同氣相求易之時義大矣哉漁石翁
崔鎭健嘗隱居行義於**丹邱**之漁川上朝而耕暮而讀不知世外功名
爲何物事暇日以葛巾野服盤桓於洞口老松之下曰此間必有孤鶴來
棲因有詩曰孤古龍鍾鎭洞門幾回霜雪歲華飜槩想翁天稟淸高形容
枯癯亦人中之一鶴也翁之偏愛萬壑千峯裏一老松不亦宜乎甲戌冬
翁之肖孫秉僖秉億秉明甫來余而言曰先祖父業已下世而平日所盤
桓之地後姓不忍廢棄將構一椽於老松下扁以鶴來亭欲不忘先志也
願吾丈特下一言以生亭顔余乃握管而言曰翁本人間之松下身一朝
去作上天之鶴不識翁化爲淸溪之道士耶黃鶴樓不返之鶴耶余亦舊
日仙遊洞中之一散人來尋翁於松下如追候仙巨跡可望而不可親也
感嘆之餘書此以爲鶴來亭記

■ 李道復(1862-1938), 『厚山集』 권11, 山淸 丹城 거주.

鶴來亭記

凡天下之物各以類相從以趣相應物之情也故易曰方以類聚物以
群分又曰雲從龍風從虎同聲相應同氣相求易之時義大矣哉漁石翁
崔鎭健嘗隱居行義於**丹邱**之漁川上朝而耕暮而讀不知世外功名
爲何物事暇日以葛巾野服盤桓於洞口老松之下曰此間必有孤鶴來
棲因有詩曰孤古龍鍾鎭洞門幾回霜雪歲華飜槩想翁天稟淸高形容
枯癯亦人中之可鶴也翁之偏愛萬壑千峰裏一老松不亦宜乎甲戌冬
翁之肖孫秉禧秉億明甫來余而言曰先祖父業已下世而平日所盤桓
之地後姓不忍廢棄將構一椽於老松下扁鶴來亭欲不忘先志也願吾
丈特取一言以生亭顔余乃握管而言曰翁本人間之松求身一朝去作
上天之鶴不識翁化爲淸溪之道士耶黃鶴樓不返之鶴耶余亦舊日仙

遊洞中之一散人來尋翁於松下如追候仙巨跡可望而不可親也感嘆
之餘書此以爲鶴來亭記星州李道復記

※ 李道復(1862-1938), 『厚山集』 권11, 山淸 丹城 거주.

竹山齋記

圓山在長竹之坊丹邱之眉目也湖山平蕪煙雲渺藹自古畸人逸
士往往棲遲而盤旋焉族叔父致洪氏愛其園林之佳趣挈家而卜居焉
因手摹尤翁遺墨竹山二字以揭所居之齋顔雖云取地名之偶爾亦必
有所存所守之義含情未吐託余文以發之余觀夫竹之爲物淸閒冲澹
又能守霜雪之操蓋君子之所尙也然此乃夫夫皆然奚足爲吾家長物
也嗚呼吾家之竹異於是昔我先祖梅雲先生得中原不傳之學於竹溪
安氏之門以淑斯世亦粤景武公太祖貳室于鈞城之竹田以襲世祿今
竹山翁之不忘乎竹特在夫竹溪竹田之間也彼圓山長竹在古爲邯鄲
黃粱在今爲碧海桑田干我何事翁默然良久曰諾詩曰夙興夜寐无忝
爾所生吾豈佗求哉收爾言以記吾齋

※ 李道復(1862-1938), 『厚山集』 권11, 山淸 丹城 거주.

文湖堂記

吾友鄭君宅鎬致中卜居汝巖江上自號曰文湖因地名而爲號自
周濂溪程伊川已然然舍巖而取湖奚取於斯余嘗觀夫文巖勝狀在
德川一湖蓋德川之水自方丈山汨瀮然撞舂然蜿蜒然琮琤然至文
巖而止致中以葛巾野服曰嘯詠於是巖上在川而歎夫子之逝水觀水

而取孟氏之有本觀魚而樂莊生之達觀寓形於宇內放情於物外取天
地自然之文章涵蓄於胸中標榜其堂而自省焉視世之葩藻是事雕繪
是工馳騖於名利之場者不啻若鴻鵠之於桃蟲也余亦久患時文虛僞
遂書此以贈主人翁兼以自勖焉

■ 李道復(1862-1938), 『厚山集』 권11, 山清 丹城 거주.

南隱記

　　士生於盛明之世其道固可行而若不幸生丁不辰則隱處陋巷讀聖
賢之書講聖賢之道而已文生承憲思隱先生之冑孫湖隱居士之允子
歲壬戌以其王考石窩公命不遠半千里來謁棄棄翁於**鍾石**墳菴從
學數年觀其氣宇軒昂儀表靜肅才藝明敏可知文氏之福未艾也思翁
吾邦之先師湖公吾黨之畏友而思翁見麗運將訖晦跡丘園構堂於
道川之上扁其楣曰三憂憂國憂學憂道也湖公憤漢陽失都逃名匿
跡嘗曰華不變爲夷人不變爲獸國可復矣嗚呼今天地蔑貞人文胥淪
綱常墜地吾道折敗華變爲夷人變爲獸承憲慨然於此沉潛古人爲己
之學其志可尙矣余愛其志操之確立心之正遂贈之號曰南隱蓋君以
湖隱之子居于南湖爲父南爲子也願南隱先以勉勵於思翁忠孝道學
節義功德之偉業繼以磨鍊於湖公尊華攘夷扶正斥邪之大義大著心
力顧名思義以守祖先傳授之心法則眞可爲善繼善述之冑孫也南隱
勉乎哉

■ 李道復(1862-1938), 『厚山集』 권11, 山清 丹城 거주.

竹林書屋重修記

劉君舜思嘗從寒洲李先生遊獲聞理學之要今年春寄書于余曰
會稽之北有**老隱村**峰巒窈窕澗水淙琤甚可樂也粤我再從叔伯仲
二公始移居于此構數間屋于竹林之中扁之曰竹林於是遠近學者從
之者衆二公歿而齋隨以廢貌小子慨然於斯謀諸族先立庫舍三間次
葺齋宇門滿軒木煥然一新而竹君之憔悴於前日者欣欣然若有所感
遇於風朝月夕也凡物之廢而興亦必有數存焉願乞記其事以示來者
余聞而賢之曰踵前人之武牖來學於無窮實非偶然而竹林之名又朱
夫子滄洲精舍舊號也古人所謂未到亭中名已好者非斯齋之謂歟然
居是堂者必先理會朱子之所學何事然後庶幾無愧於竹林之名朱子
所學無他自灑掃應對以至於窮理盡性自愛親敬長以至於治國平天
下其要只在於敬敬之一字是學聖之做基也竹林學者苟能以此爲心
則吾知竹林之灑掃有繼而理學在是矣舜思昆季其念之哉

▪ 許愈(1833-1904), 『后山集』 권6, 陜川 吾道 거주.

望楸亭記

古者起寢於墓側以奉先墓我東士大夫齋室之盛蓋其遺也丹城縣
西十里有**沙月**里上有望楸亭朴氏之三世墳庵而名以望楸者取陳
后山思亭記中語也余嘗客于亭而訪其舊亭之建在正廟辛丑而其山
故判書公松月堂居廬之地俗傳以爲殯山者以此云因竊思之公漢陽
人也而葬母夫人于此廬墓三年三年纔畢身還于朝王事鞅掌省掃不
時千里松楸之思何嘗一日忘于懷也然則望楸之名其公之遺志也歟
公之子孫能以公之心爲心而名其亭則登斯亭而望其楸也寧無感發

興起之心乎公以明廟名臣忠孝節儉聞于當世傳之後人子孫所以砥
礪名節思不忝先者尤有異焉春秋霜露之際兄弟具在宗族咸集灌獻
酬酢懽忻和說歌常棣之詩詠角弓之什屬有遠近情無親疎怳然如在
祖先之側親聞警咳之音則千年如隔晨百世同一室其所以繼述祖宗
敦厚彝倫者不在於是歟詩曰維桑與梓必恭敬止夫在田里則桑梓在
丘墓則松楸恭敬之心猶及於樹木而況於先人樹立之美乎愚於望楸
亭有以見朴氏之敬於奉先而松月堂餘蔭未艾云爾

■ 許愈(1833-1904), 『后山集』 권13, 陜川 吾道 거주.

麗澤堂記

性齋許先生以文章道德爲當世儒宗四方學者多歸之先生歿門弟
子相與謀曰人存則道在人人亡則道在書書不可以不傳也於是命剞
劂氏閣而藏之於丹山之法勿思又規其傍而堂之爲學者藏修之所
堂凡五架房室階級方方井井可以處師生可以宴賓友也堂成扁以麗
澤其始終勞心者晚醒翁也夾而助之者吾友致受也乙未春愈以事至
堂致受要余一言以示來者愈告之曰朱夫子嘗言學者未知向方故往
往騖空言而遠實理此實古今學者之通患夫實理何在天爲元亨利貞
在人爲仁義禮智形諸身而爲五事推諸物而爲五常是所謂實體也是
所謂實學也外此而爲學則空言而已於實理何有哉然徒說理如此不
得易曰和順於道德而理於義程子釋之曰理於義求是而已求是之心
斯須不可忘朱子曰爲學之要審求其是講去其非退陶李子曰事之是
者是理也凡居是堂者須以求是二字爲朋友講習之資則於趨向先生
之道亦庶幾焉致受曰是因書而歸之幹此堂者金君德老其人也

■ 許愈(1833-1904), 『后山集』 권13, 陜川 吾道 거주.

晩可亭記

人生晩節最難少也雖百事俱好晩節一不可則百事歸虛可不戒哉
可不戒哉權侯平執早歲蜚英歷典州府晩年卷而懷之自**丹丘**移居
山陰之**晩巖**築小亭顔之曰晩可命余記之余念侯爲親祿仕奉養無
闕昆季五人次第登于朝文昌圭璧照耀一邦子若孫大小科又三人此
通國所罕有使時俗人觀之則侯之所爲百無不可而侯之心猶有未然
者以晩可自號有若失之東隅收之桑楡者然其視世之滔滔不返者其
相去何如哉余嘗過侯之亭亭畔種菊數叢韓魏公詩曰不愁老圃秋容
淡且看寒花晩節香晩可之意於此亦可見也是爲之記

※ 許愈(1833-1904), 『后山集』 권13, 陜川 吾道 거주.

岳淵亭記

南方之山莫高於頭流而**德川**出其中汪洋噴薄東馳而入于海我
南冥老先生晩年卜宅于此而子孫因居焉至今三百年多向學之士
克敬景源皆先生後也歎宮牆之蕪沒恐家學之靡傳相與同心協力築
室於所居家後山義方之麓山勢周遭川光隱見可藏修而遊息焉旣成
取先生座右銘岳立淵沖之意名之曰岳淵亭請余記之余告之曰岳淵
之名固善矣然善學者必因名而求實愚請以知敬二字爲岳立淵沖之
實可乎程夫子云涵養須用敬進學在致知夫通萬理而周流不滯者知
也主一心而竦然不動者敬也彼山之截然而高者非敬之容乎水之淵
然而深者非知之象乎居是亭者必從事於是以窮天理明人倫講聖言
通世故爲致知之要以整齊嚴肅常惺惺不容一物爲用敬之方則其知
大而其藏愈密其敬專而其志愈固岳立於萬物之表而淵沖於方寸之

內矣不然而徒想像於岳淵地頭何可得也爲吾黨者可不勉哉謹書而
歸之

■ 許愈(1833-1904), 『后山集』 권13, 陜川 吾道 거주.

景賢齋記

山陰郡治北釜谷里道德山下竹樹蔥蒨溪曲縈回有齋巋然扁曰
景賢蓋景慕前賢之謂也前賢爲誰洪公號梧村及遜菴及牛峰三先生
也梧村公之臨亂奮義盡忠立功遜菴公之至誠純孝化及禽獸牛峰公
之高才邃學清修懿行皆已著於當世其遺風餘韻迄今數百載尙能興
起後人三賢雲仍及一鄕章甫修契於此齋爲依歸講學之所甚美事也
日梧村牛峰二公裔孫性烈升坤來請余以齋記余辭不獲迺言曰人之
道莫大於忠孝況道學文章之兼備者乎一家而一賢猶難況三賢之幷
峙而齊美者乎一家之追慕多士之景仰宜其愈久而愈勤也然所謂景
賢者徒名無實焉則亦奚足貴哉故古之聖賢有曰見賢思齊有曰士希
賢思齊則有爲者亦若是希賢則進而又希聖而希天此有景賢之實而
造其極者也今僉君子修契於此講學於此者其於景賢二字當知所勉
矣他何足齷齪哉若夫齋之事實顚末亦自有記者云爾戊午春三月下
浣隴西李道樞記

■ 洪以範(1624-1687), 『梧村集』 권3, 山淸 거주.

直方齋重建記

直方齋故贈司憲府大司憲河公書室也是在入德門前德水之上

德水一名雪牕江以是學者稱公爲雪牕先生公歿旣二百年而桑海之
變屢嬗齋亦隨而墟焉頃年戊午公後孫一魯載圖君與其族某某合議
重建遂相地于安溪下士林山之東爲屋三室一堂不數月而工告訖焉
雖其地非雪江之舊而安溪公故里也平泉之花石不弊江山之文藻猶
存講學於斯聚宗族於斯亦不害爲善繼前人也旣而載圖君遣其胤子
禹善謂余有世故也請文於余余不敢辭則乃爲明論直方二字而爲之
記曰易大傳曰敬以直內義以方外程夫子贊其義曰敬義夾持朱子亦
曰敬義偕立蓋皆言內外交致其功不可以廢一有廢則非學也而至我
南冥曺先生其學以是二者爲主本恒言以爲吾家之有敬義如天之有
日月此夾持皆立之說也後又有謙齋河先生私淑於南冥以傳其學而
公謙齋之從子也擩染家庭驗之於心而服行有素故以是而名其齋然
則敬直義方不專爲千古諸賢淵源授受之旨訣在公爲相傳之家學家
學之傳否不係於齋之興廢然齋之旣廢而興亦敬修先業之一事耳噫
是足以見家學矣歲庚午九月下澣鄕後生河謙鎭謹記

■ 河澈(1635-1704), 『雪牕實紀』 권2, 河東 安溪 거주.

指南齋重修記

　　方丈之南爲洞府者十有二德山洞最著洞之中多名區異境石南
村其一也村之右麓翼然臨溪而堂者曰指南齋烏川鄭公稼翁所築
也歲久頹圮其嗣子亨櫓父卽其故址而重新屬余記其事余辭旣不獲
則請所以名齋之義亨櫓之言曰先君早孤失學克勤克儉能成立有家
晚喜讀書以小學作畢生家計是以居家而以孝悌聞處鄕而以恂謹著
律己有法處事有度皆得於小學者然也嘗曰小學是吾道之指南人之
爲道而不由乎此是北轅而欲適越也吾恐其疲於道塗而終不得達也

晚築是齋因地名而扁之以此者蓋有取爾也不肖惟失墜是懼子其書
之俾幼子童孫有以知我先君之所命而百世毋敢忽也余敬對曰大哉
先大人所以名齋之意也自文僞興而實學廢天下之士惟詞華是尚而
立敎敬身明倫之篇爲無用之棄物久矣先大人獨是之取焉可謂知所
本矣然先大人旣以小學爲指南則爲先大人後承者又當以先大人爲
指南也余幼時及拜先大人於州學見其忠厚樂易子諒豈弟中心悅而
誠服也今日乃知有本者如是矣亨櫓誠能居是齋讀是書使先大人所
以裕後者不墜於地君以是傳君之子君之子以是傳君之孫愈久而勿
替則繼述之孝孰有大於此者乎噫今天下大霧塞矣前津迷矣亨櫓誠
能以所得乎先大人者擧而措之以指當世之迷方俾歸于正則先大人
名齋之義於是始大矣亨櫓勉之吾將秣馬膏車以從子乎山之中也

※ 韓愉(1868~1911), 『愚山集』 권12, 晉州 栢谷 거주.

果齋記

江城縣之東村曰內湖有所謂果齋者山明而水美林壑佳麗友人
全義李君致善甫所築也致善求余記其齋余以不敢辭者屢矣而敏居
紫谷之陽有愚山焉後拔特秀起居呼吸常相對焉嘗以自名其居曰尤
山書室亦求致善爲之說以侈之致善蓋許之而未果也因念致善之所
求乎余者余旣終辭而不應則將何以來致善之言以永久我書室乎蓋
嘗聞之果者勇猛直前之謂也中庸之道亦大矣其近不外乎夫婦居室
之間而其極至於位天也育萬物細入無內大包無外而其爲下學用功
之始則曰博學之審問之愼思之明辨之篤行之終之以果之一字曰雖
愚必明雖柔必强夫天下之患莫大於愚與柔而愚者果以明之柔者果
以强之果之爲義固不大歟然中庸之言特以語夫愚與柔者而今致善

氣秀而明質美而剛年妙而學敏德修而行方無待於果而固已明且剛
矣猶必以果自居如愚與柔者之用力於此則其進又如何也此果之所
以無乎不當而愚柔之所當盡力剛明之尤不可不盡其心也是以朱先
生嘗以語其門人而門人之受而自號者不在於朱門之第二流則其得
於果者深矣余以不能果而尤悔如屋在己而自尤在人而尤人其名室
以尤蓋原於此矣若得致善敎之晦之使余之愚且柔者亦得以果於此
學如致善之爲則所謂尤山書室者大風吹倒之亦可也致善之記可無
作也請與致善同作果齋之人致善肯許之否乎是爲記

■ 韓愉(1868-1911), 『愚山集』 권12, 晉州 栢谷 거주.

水月堂記

　　朱先生詩曰恭惟千載心秋月照寒水此言前聖後賢其心一也然而
先生又曰人之爲學只爲吾之心未若聖人也若此心與聖人一般則何
學之有又與詩意若有不同者蓋人之生不能無氣稟物欲之拘則其心
之作爲運用雖與聖人絶不相類而若其眞體本面則亦豈有相異哉人
之所以爲學者不過變化其氣質消瀜其物欲以復其所謂眞體本面者
而使吾心之作爲運用昭然與聖人合如秋月之臨水心心印印不可以
豪釐差而學之道成矣友人郭仰汝家**丹邱之水月村**誅茅爲堂讀書
其中而其師田艮齋先生爲寫水月堂三字以額之仰汝嘗邀余一來共
看水月之美而余身墮塵臼尚未得膏車秣馬以從之矣及余爲**丹人**
與仰汝割一山之半而各專其一則一日訪仰汝于其堂堂臨流水水發
源於大聖山下紺寒澄澈石白沙明兩岸花木叢深時又己酉二月之望
也少焉月出衆山欲語泉聲碎玉臨溪酌酒月在波心飮而醉醉而睡睡
而覺覺而歸甚樂也嗚乎余一日爲客猶去爾況朝於是夕於是者其樂

當如何也樂之旣極仰汝其有憂乎憂之如何臨流對月今月與古月無
異而吾之心還與古人不同何也是則可憂也於是戒懼以養之操存以
守之講學以窮之擴充以盡之其靜也無所偏倚其動也物莫逃形眞體
本面煥然呈露而千載之心眞如秋月之照水不出吾窓戶之間而斯得
之矣惟如此然後方可以不負師門名堂之意而其於爲學也亦庶幾矣
如或不然而利害奪之私欲間之天飛淵淪凝水焦火比之于月或缺或
虧爲陰雲所掩爲妖氛所蝕則所謂眞體本面者已剥喪而無餘矣亦奚
有於水月堂哉仰汝悅曰善哉言乎是以記之因書之壁

■ 韓愉(1868-1911), 『愚山集』 권12, 晉州 栢谷 거주.

慕聖齋記

丹之爲縣環之百里而近而無大山長谷其東北有**大聖山**者獨峭
廇秀拔爲縣之鎭山自黃梅來梅山之上有三聖峯山之得名爲是也環
山而村者甚衆惟曰安峯者獨占山之中央專一山之勝焉凝川朴丈淸
遠自進台來居其中與村之秀鳩財築室爲子弟講學之所日使其子熙
純問名於余余曰負大聖而村安峯獨占其勝齋又占安峯之勝可名之
曰慕聖齋也純問如何斯可謂之慕聖余曰天地之間理一而已矣雖同
得乎理之一而只緣氣質之不齊不能有以盡夫理則惟聖人者爲之惻
然而哀之示之以變化氣質之方復其本善之道格致以發其知誠敬以
養其德修爲以踐其實擴充以盡其量父子君臣其物也仁敬慈孝其則
也詩書禮樂其具也飮食宮室其資也其方法具在方策眞能知之實能
踐之期至於聖人之域此之謂慕聖也嗚乎聖人已遠想像追慕仰思俯
惟卒不可見其人惟茲山也正在几案之間儼然若夫子之在座則不待
馳神於萬有餘里之外千有餘歲之上而前之所願見者不出庭戶而斯

得之矣其於學聖人也豈不近而且切乎古人之錫之山名者意或在此
而吾之所以命君之堂者亦不外乎是矣若曰我凡人也何敢望聖人只
章句文詞亦足以拾得富貴榮達則將見林慚而澗嘅貽累於山亦大矣
歸以吾言告同社諸君如曰不然請以質于山也

▨ 韓愉(1868-1911), 『愚山集』권12, 晉州 栢谷 거주.

雙松堂記

　　歲戊申秋余避世于**江城之內湖**借李氏之雙松堂以居之一日李
生敎冕謁余曰雙松堂者吾先君之所築也庭下之雙松者吾先君之手
植也不肖不天生孩周年慈母見背才年十二先君奄忽先君至行懿德
不肖何從而知之惟幸諸父諸母及見先君者每爲不肖道之先君少好
學慷慨有大節嘗學爲文章藝苑老手皆服其能雖屈於時亦不爲恨筆
法又精妙逼古然不求知於世故世亦不甚知之晚將大肆力於此事志
未及就先君以中身歿矣不肖幼騃家因以索先君所著文及筆畫皆蕩
然無復見存而先君舊物惟庭下之雙松是已枝節之臃腫者先君所盤
桓處也柯葉之蒼翠者先君所吟哦處也松下小澗淙淨疊石爲臺者先
君童子時釣遊處也父母之所愛雖犬馬亦愛之惟桑與梓必恭敬止況
於手澤之所存乎嘗以是質于**明湖權丈**權丈手書雙松堂三字揭之
堂楣蓋以先君之思而勖之也惟吾子幸有以記之使百世之下知樵童
牧叟有以我先君之所手植而相戒勿剪庶以不重吾不孝之罪則吾子
之賜也余跪而對曰生之膝下恩莫大焉幼失怙恃生不能甘旨以養死
不能哭擗盡哀者此生人之至恨也是以幼而無父列四窮之目父母俱
存居三樂之首幸而爲人不幸而遭此者春秋上墓歲時祭祀其所以叫
天而叩地者謂當如何哉詩曰鮮民之生不如死之久矣眞先我獲矣惟

尙遭此者然後眞能有以知之年旣耆艾班衣弄雛者安能眞知虎之傷
人哉嗚乎親戚旣沒形容語音之旣不得想像彷彿而惟彼蒼然而特立
者曾經吾先君之手植則孝子之心安得不愀然復見文王乎又其晚翠
之操歲寒之節比之凡卉衆木毅然如忠臣義士之不爲疾風板蕩所撓
奪則先大人之所以裕後者豈如王氏之手植庭槐以冀子孫榮祿哉惟
君能體先大人此心厲干霄之志立霜雪之操君以是傳君之子君之子
以是傳君之孫以無負先大人地下之苦心血誠則此眞孝之大者也權
丈之所以扁堂者意或在此而吾所以爲君言者亦止於此矣若其剪伐
之患則百世必無是也凡君之所以培養扶植乎此者爲先大人也天下
豈有無父之人乎余於君竊有所感焉於其請不敢以不文辭謹書所感
者以爲雙松堂記

※ 韓愉(1868-1911), 『愚山集』 권12, 晉州 栢谷 거주.

雲谷齋記

山陰治北十里許有山曰鰲山坊曰雲谷其雲林泉石幽邃隔絶偶
爾與晦翁之蘆山形勝名義相符東西殊方古今異時而天開地闢千百
載寧爲荒煙野草兔園鹿場而不願乎世人之所粧點隱若有待於碩人
君子所藏而修抑又何哉嗚呼粤自上皇乙巳之變有志之士皆以隱遯
不汚爲畢生家計縣秀士太學生閔周輔承宣令華岡公之肖子也懲毖
桑海浩惻始入此坊乃與數三同志誅茅結架以爲偃息之所而因以坊
名扁其顔曰講朱書語類等書以寓羹墻之慕暇以嘯詠乎蒼崖活水之
間以遣風泉之思自是山川改觀林樾增色神慳鬼秘無不畢露而儘覺
古今人地之相得亦各有數也竊又思之吾道東來之後經生學士孰不
知祖孔宗朱之爲義而晚近邪說竝起義理橫決擧世嗷嗷然猶不知溯

源而求本也今日承宣公父子擇處之微意豈直爲時世而已哉登斯堂
而講斯道者必先究乎此而有得焉亦庶乎其不差矣若其梅雨鼇雲助
發胸次天王鏡湖展拓心志與夫春花秋楓千態萬狀則各在乎覽者之
如何矣何必更贅也是役也告成于丁巳之春而其承命徵文者承宣之
孫泳馥其人也

■ 李瑾相(1871-1921), 『豐湖遺稿』 권5, 星山 丹城 거주.

浦石軒記

頃年余西遊山陰於山得稽山於水得鏡湖於人見浦石翁閔周敬
於是乎可謂不負此行矣然山而霧後嵯峨水而風前也自見唐人詩語
可想其得名之十分稱情而獨於人猶有所未釋然者蓋浦與石本無情
之物所取者亦多只在當人之如何耳翁之以此爲號亦何所取歟孤舟
蓑笠疏散自放翁必不取則飽飫形勝助發神衿其所自取歟碨碨堅確
狃於小成翁必不取則琢磨良玉他山猶可其所自取歟抑文思之德宇
淸秀衣冠甚偉而志高行潔不事紛華則靑紫之英不染於內矣用意平
淡規模弘遠而優遊厭飫不求速成則進修之土亦不待於外矣噫古人
有言曰欲觀其人先觀其時今天下何等世界有志之士皆縮縮避匿已
久矣腹詩書而貌山野抱經綸而友樵牧托身於山水之會而日與三子
九孫班坐講古夜分斯寢或徜徉翶翔頤養性靈其於世間事漠乎其有
無而囂囂然不知老之將至而若將終身小無怨尤於是拈二字自托於
無情之物以矢其志天下無情者何限而人莫若水之浦山之石不以風
兩而變不以愛惡而移閱千秋更萬古而其性自如則浦石是翁耶翁是
浦石耶亦人所未易窺見也一日翁顧謂曰吾旣知子子豈可不知我而
一言乎余跽而略敍所見如右翁莞爾而不答也

■ 李瑾相(1871~1921), 『豊湖遺稿』 권5, 星山 丹城 거주.

直山臺記

有山於古汾陽之錦溪卽今之**山陰之雲里**也盖其山自頭流逶迤
東鶩數十里至此屹然若天柱而雄鎭東南有直而不枉之氣故以直名
焉溪水自山間出混混不捨隨山勢而屈折或成潭或成瀑丹崖翠壁林
立環擁如大隱屛之障立奇巖怪石神剜鬼刻疑仙翁之遊跡而中有長
流瀑卽臺之所在也全石削爲層臺不借人功而自天成之平正盤陀可
坐百餘人眞頭流之第一靈境也歲在庚午與同志九人因山名而刻直
山臺三字於石面遂前人之未遑而賀今日之盛擧賴山靈之默佑而得
吾人之粧點每與客登臨洒落乎塵埃之表而超脫乎人欲之窠向所謂
頭流之靈境者果不誣也然而歷千載而不見闡揚何哉以直爲名故不
容於世而然歟顯晦有時必待其人而然歟苟待其人而然矣則實天之
所以與我而我之所以得之者也朱夫子所謂居然我泉石非此之謂歟
凡我同遊之人顧此山名必以直諒之道交相勉勵壁立千仞不受變於
風波蕩揚之中則直之義豈徒曰山也臺也而已哉其十詠之隨處賦事
雜詠小序已錄之今不更贅焉若夫烟霞之變態猿鳥之吟嘯樹木之掩
翳不可盡記後之覽者可以自得之哉

■ 李道瀅(1881~1963), 『愚軒遺稿』 권3, 山淸 丹城 거주.

望春臺記

選**江城**之勝白馬山其拇也自**屯鐵**南走委蛇十餘里而止望之屹

然作一大奇絶四面壁立蜀道之難不能過焉上面軒豁數千之衆可容
焉祭天禱雨可以救生民之旱害者上臺也飮觴嘯風可以豁志士之胸
抱者中臺也修城屯兵可以禦邦國之難者下臺也混混之水自**新安**
而攬抱晦菴之正脈如在皎皎之月出**赤壁**而徘徊東坡之氣像宛然
此其爲江城山水之拇者果不誣也歲辛未春家兒馥洙與族人某某君
名其中臺曰望春刻之於石賦詩言志寓感古之懷與客携酒消物外之
累焉日諸君囑余以記之余竊以爲臺之命義可究也今諸君固志於學
者也學也者求聖賢之心法也聖賢之心法存乎書猶春陽之澤被於物
學焉以其書求其心則猶遊賞者之望乎物而樂其春也卽物而窮其理
因其已知而益窮之至于其極克己主敬明善復性以舜何人余何人之
心爲心則聖賢之事業卽在於我矣豈啻比望乎物而樂其春也哉彼騷
人墨客徒吟風詠月而止則適足爲景物役而已奚足尙哉余嘗遊於是
臺者也故爲之記且以望餘光之及於我也

※ 李道瀅(1881-1963), 『愚軒遺稿』 권3, 山清 丹城 거주.

寒泉齋記

人之有祖猶泉之有源也十世百世永永不替者孝之達也一坎二坎
涓涓不息者流之遠也惟我十代祖忠義衛玉浦萬戶府君之墓在**丹
城中村里**之後卽今之**新安坊**也閱三百餘年而墳菴尙闕焉子姓之
齋恨烏可勝言哉歲丁丑陽月與諸族合謀同力建三架四楹之齋於山
之左麓越明年端陽節飮落而顏之曰寒泉盖因地名而亦寓有源之義
也且聖智之山西立回抱集賢之岑前對拱揖登斯齋而瞻望焉彷徨焉
寓於目而得於心則依然寒泉講道之日夫子在座群賢列侍之氣像也
地名之今古偶合亦一可幸也若府君之事行則時値大亂狀德之述無

傳於後然惟李忠武公全書有曰公以忠武公之玄孫時任玉浦萬戶與
弟僉知公暹同赴忠武陣多有戰功錄原從勳又屢見於其日記中而當
時事實昭昭可考矣嗚呼吾先祖憂國忠憤之堂堂義氣崢嶸千古如此
則其生平志行卽此可槩矣惟吾宗入是齋而春露秋霜祀事孔明而慕
仰吾祖之心法敎子課孫絃誦洋洋而講習朱夫子之學俛焉孜孜無忝
所生而使吾家之文學忠義世趾其美無墜厥聞則吾祖子孫行將與寒
泉之永同其活潑矣可不勉哉是役也終始致力者某某而予亦同任其
事故門父老使余文以記之

※ 李道瀅(1881-1963), 『愚軒遺稿』 권3, 山淸 丹城 거주.

愚軒記

大學序曰盖自天降生民則旣莫不與之以仁義禮智之性矣然其氣
質之稟或不能齊是以得氣之全而淸者爲聖與賢得氣之偏而濁者爲
愚不肯且敎而後善敎或不善今余固愚之至而木石之冥蟲豸之蠢焉
者也雖粗嘗名於爲己之學而氣稟拘之物欲蔽之習於懈怠安於暴棄
是以父師之敎不能移偏濁之質全昧於灑掃應對之節安敢望知致力
行之道哉懍懍然作一愚人孔子曰四十五十而無聞其終也已如余之
謂也嗚呼年紀已過半百而一未能焉愚莫大焉人皆知吾之愚而余亦
不敢藏吾之愚於人故名吾軒以愚而竊俟夫或投以聰明散洗滌我葷
血也

※ 李道瀅(1881-1963), 『愚軒遺稿』 권3, 山淸 丹城 거주.

一經閣記

　古語日遺子黃金滿籝不如敎子一經余嘗以爲經者載天下之道明
綱常道德之理達禮樂刑政之務以之爲心身家國天下之敎者人類待
之以爲人類聖賢由之以爲聖賢彼黃金乃無所實用之一物何足與之
衡其重輕也哉抑亦衰世之意也聖王不作經行不興天下穰穰惟利是
饕競以侈靡相尙而黃金爲天下之寶其能向寂寥之中喫枯淡於古聖
遺經者蓋鮮矣于是乎此一語亦不爲無助矣不惟是也今天地將晦矣
歐洲之敎盈天下方且夷狄我綱常土苴我禮樂反欲異端我聖人之經
其所以爲心身家國天下者惟功利二字而天下之士皆礦矣雖欲以五
車之經博一粒之金有不可得矣嗚呼天下其將無經乎**晉陽之邵南**
有故寢郞趙公益濟**大笑軒**忠毅先生之後也早治家頗殖田業旣慨
然思有以敎子弟營一屋於所居**芝山**之麓而未克就子昌來遹追其
志歲乙巳亭旣成閣于其東儲經籍幾千卷扁之曰一經蓋將使爲子弟
者知所寶之不在乎金而在乎經也余惟天下之業常本乎一心之微是
經也旣基于其心而築而齋之矣使居業於是者常以是心爲心今年明
一經明年窮一經不徒誦其文必求其理而窮之不徒窮其理又必踐其
事而實之內而心與身皆是經也外而推之家而國而天下皆是經也則
其爲趙氏之寶當何如哉且天下之心本皆是經也安知此一經足以經
萬國之經而爲萬世之寶也耶姑記之以俟來者

■ 李承熙(1847-1916), 『大溪集』 권31, 星州 거주.

景賢齋記

　士之希賢希聖猶射者之以正鵠爲準的要在乎審括于度則釋故必

居敬窮理輪翼並進積久用力勤少物奏膚功以至德崇業廣則所謂舜
何人予何人亦不過如是而已然賢聖豈易而可希哉其必不累於騖外
求知之習不墜於巧文麗辭之弊無邪無欲惟義是趣然後乃可議到而
立志之初又必有感發興起景仰慕傚勇往而不怠者矣**元湖**之上有
塾曰景賢余嘗一造其堂周覽諸勝前賢芳躅累累存焉殆不能盡道就
其尤切於興起者而論之**方丈德川**乃曺先生倡道之所而之山之水
皆自北而南至于元湖淑氣停滀而元湖之下流又有名德川柳潮溪李
茅村嘗居于是梅芬月巖不沫不泐淵源之來蓋有自矣若其勳業聞望
赫于當時揚于後世垂亭號而闡地靈者柳尙書洪林柳相國順汀是已
今士之生長遊息乎此間者可無前賢之爲準則而思齊而又思其進於
是者乎朱夫子所云前賢遺跡正爾何關人事而使人想象愛慕不能忘
爲士者可不力於爲善正謂此爾姜君必秀年妙而志道旣諗齋名於余
又因書屬記遂略爲之言

▓ 李道默(1843-1916), 『南川集』 권6, 山淸 南沙 거주.

夏寒亭記

　　培塿之邱峙數間屋子于其上凜然有炎天氷雪之意非其高之攸致
無乃以王輞川詩所云落落長松夏寒者耶松固寒矣若不卽虛曠之野
納四面入方之風又惡能俾夏爲寒也亭間於龜龍兩洞**玉山**之峰**屛**
川之流並寒而挾其左右氣之所釀吹噓不息得尋丈掘起之岸而其
勢益張乃有蒼髥老木森列環擁恰似平頭奴子手大扇而前後籤揚使
人坐了其中不問四時其皆觱發栗烈之日乎彼三伏熾炎方薰蒸於咫
尺闉闍烘隆之不啻而至此爽塏縮慄退却莫之敢逼奚其異也人知是
亭之寒而不知是邱之敞知是邱之敞而不知是野之曠知是野之曠而

不知**玉山屏川**助長松而爲寒則豈可乎哉知是邱是野之山之川反
寒暑奪造化之功而不知天之造化能寒能暑設衆美惠居人之功則是
亦得其末而遺其本尤豈可乎哉然而亭之創也豈顓遊賞之娛起居之
適而已意者會文於斯習禮於斯觴酒豆肉咸其少長之樂以不負衆美
之具乎往在流火之月吾猶病其老炎之甚酷而一登于此寒砭肌骨沈
痾頓袪卽目親覩深歎亭名之不欲於實而箇中諸賢雍容揖遜威儀棣
棣麗澤旣足檢身有度寒棲之趣于茲益驗矣崔上庠三守公屬余作記
蓋亭以契成公其一也篤藝之英在在皆是而以多問寡謙光之美公實
有之余其敢辭諸

■ 李道默(1843-1916), 『南川集』 권6, 山淸 南沙 거주.

孤山精舍記

士之特立於世猶山之特立於野**丹城縣**都山之陽漢水之濱灑中
洲而闢島田島田之畔天作數拳石一峰孤山山之高不過八九仞而如
一碁子置了於三百碁全枰之上矣脈落於黃梅瑟梅之間有若一點梅
花粧地之勝而髣髴乎西湖林逸士之孤山焉岊岊壁立氣像淸秀茂林
脩竹連岡森蔚野而幽幽而野頗有城市山林之趣又若東坡之靈壁而
亶宜於碩人之考槃也　皇明萬曆季間長水李公諱三老愛其山之孤而
家焉築精舍於其傍扁以孤山圖書繞壁花藥分砌忘世靑紫中無愧怍
閭所謂士之特立猶山之特立者非耶公生長於斯饘粥於斯漁樵焉琴
書焉孝且悌不患世不知惟患學不至龍蛇孔艱犬羊充斥上而　君父蒙
塵下而生民塗炭公遂以報國拯世之志撝卷硏案而義旗南指爲國扞
禦及其功成而不伐浩然還山山依舊而不變黛色不染腥塵茲丘之遭
豈偶然而已哉於是乎指山問曰孤山可乎指人問曰孤山可乎乃歌曰

孤山之傍孤山是堂孤山景仰孤山有光南至月下澗陜城李圭木記

※ 李三老(1560-1645), 『孤山實紀』 권3, 山淸 丹城 거주.

夏寒亭記

　昔紫陽夫子詠雲谷而歌武夷今去夫子世遠矣詠其詠歌其歌亦足
以感發人志然而獨恨夫生晚左海無由致此身於**雲谷武夷**之間而
觀夫子之遺風也**方壺**之南得一名區山深而谷邃土沃而俗美山名
谷號偶與夫子之所居者相符斯固奇矣而未聞有歌詠而發揮之者是
地亦有遇不遇之異而然也其能惕然奮發慕夫子之風講夫子之學使
左海山水齊美於閩中名區豈不是居此谷者之責耶今年夏同志若爾
人始搆一亭於是爲狃寒消夏之圖因名之夏寒落落蒼髯環擁庭除茫
茫曠野四顧敲豁不知夏日之可畏則名此固當然若更於淸晨夕陽焚
香靜講坐寒泉之遺編尋夫子之所樂眞無愧於爲山水主人而庶不負
名亭之深意云爾

※ 崔孝淑, 『三守軒遺稿』 권2.

明翁臺記

　臺在**內院**高山平兩谷之口合水處此是太山心腹萬壑奔趨至此
略成拱揖之勢而猶逼塞峻矗無堪遊賞惟聞春撞激烈嗚咽悲壯無限
不平之聲饒臺而起蓋臺壓水作砥柱于谷谷水怒觸臺根不已也臺非
人築一石大如小屋子四面削立上平可坐嘯詠中刻明翁臺三字如斗
大余自髫齓時從長老知近古茲山中有明菴處士鄭公遯跡溪山以終

身焉其後往往於深山溪壁石面遇公姓名益信前所聞者而猶未見夫
明菴取義之何居也登斯臺也然後不問知其爲風泉之思所激發也不
然奚取於斯而臺焉而銘焉四山鬱塞人間隔絶彼百折老瀑庶寫我千
秋一斛腔血鳴呼其心亦苦矣而其功僅能保荒谷一片頑石爲皇明地
尤可悲也雖然正其義而已其功仁人所不計也況使天下之人皆斯翁
也則又安知大地之不爲斯巖也耶遂引酌痛飮醉而歸公諱栻首陽人
崇禎後五己丑上春客山後人崔琡民記

▣ 崔琡民(1837–1905), 『溪南集』 권24, 河東 玉宗 거주.

慕聖齋記

齋於縣庠之側扁曰慕聖顧玆㞟爾蝸屋居微末裔生而其所慕若
是之高且大焉名實不幾於太相爽乎蓋聞道一而已矣聖人盡此道者
也賢人欲盡此道而未盡者也衆人日用於此道之中而不知者也其爲
衆爲賢爲聖在人自用力如何而道只是此耳故非聖人之道而別爲一
端非道也爲道而不以聖人自期亦非道也然則人之自能會能言知讀
書入學而所當慕者非聖人而何哉繩墨不爲拙工而廢穀率不爲拙射
而變是豈可以人之長幼屋之崇卑有間哉況斯齋也出於古人三遷之
意而其嬉戲之兒皆良知良能愛親敬兄發於天性之自然而幸未至爲
物欲蔽痼之甚於是而正其所慕非所謂預養之者乎齋凡三間畫垕後
半爲煥室而前半通爲堂以備寒暑東室曰蒙養西室曰博約堂之左曰
時習右曰朋來爲東西階三等辨賓主之位堊其庭爲方圓之圖使之習
折旋周旋之節版墻以周之蓋非工匠所須擧諸兒之勤勞所成也地介
方丈闍崛黃梅三山之會新安江經其中演瀁淳溢蒼壁列立綠野明沙
蔭暎秀峰複嶺周遭百里儼然一府爽塏此皆縣庠之有也非有敢私焉

者惟密邇夫子宮墻瞻之仰之悅若攝齊周旋於列侍之間而觀受其音
旨不知千載之已去也牀十二聖書壁古今銘箴齋之畜也幼者訓而質
長者慈而範齋之徒也質疑辨難勸德規過齋之賓友也鷄鳴盥漱遵內
則之敎行有餘力誦詩讀書服紫陽之訓常存此心不爲他事所勝凡遇
一事卽當且就此一事反覆推究循序漸次用延平之工先其事之難而
後其效之得信夫子之無我隱未能有行焉乃所願則學以孟子之心爲
心此則齋之規模也此可使善居者居之亦曰苟完矣乎居於斯者可不
愼哉鳴呼余少而失學白首倀倀愧無以先後生謹次齋之所以名與夫
其所以綢繆之意以諷警之因以書土楣之上歲在屠維赤奮若復陽節
客山崔琡民記

■ 崔琡民(1837-1905), 『溪南集』 권24, 河東 玉宗 거주.

照寒齋記

水月之爲人所愛賞尙矣至紫陽夫子照寒之句而遂使千古聖人傳
心之紗昭然呈露於虛明一泓之中淵乎旨哉李生陽來居**水月之洞**
而齋曰**照寒**用意亦深矣其亦有感於此詩而致力於心學者歟夫所
謂心學約而言之不過敬之一字故欽明以下十二句皆此也然所謂敬
者必有事焉者也非擎拳竪拂懸空妄想之謂也必須深造以道有本有
漸內外交養動靜不違眞積力久下學上達以至人欲淨盡天理純然然
後有以復其虛明之全體而秋月寒水不離吾方寸中矣故孟子曰觀水
有術必觀其瀾日月有明容光必照焉又曰不成章不達有本有漸之謂
也聖道雖大其本不外日用爲學多方其進專在務實若於日用彛倫一事
之微一念之動有不能實用其力則雖萬川明月都糚點了亦無于事茅簷
裏二字扁於我何哉陽來必有所審矣齋則洞人所共搆而陽來主之齋東

數十武溪邊築水月臺吾友鄭斯文厚允記焉自臺緣溪而上頗有泉石之
勝陽來往往錫名刻之且爲之詩以侈焉獨齋記闕焉陽來謁余草創之

■ 崔琡民(1837-1905),『溪南集』권24, 河東 玉宗 거주.

岳淵亭記

德山山水磅礴齋淪走每過之未嘗不俯仰興歎以爲**南冥先生**之
道將與之相終始焉先生裔孫多從余遊者克卿景源最源源克卿庄寶
安景源庄梅上梅距寶里許隔兩椒椒之間呀然成谷實屋其中爲肄業
之所蓋兩君一室而志業同勢必相須皆親在不可遠遊於是焉往來路
均講磨有資定省無曠規模情誼儘綢繆密勿而其千疊崢嶸一帶泓澄
是玆山之所固有也取先生座右銘中岳立淵沖之語名岳淵亭而記則
屢謁而屢靳者竊有待也後五年重刊先生文集編摩校讐之役凡三易
所而卒成於斯亭不偶然也以諸君誠力而尋緖繼統其兆於此乎爲之
申誦銘語而勖之凡人爲學無成志卑識淺之爲崇也要須壁立千仞鑑
徹萬微然後可以語到然拳石而山勺水而海亦須眞積力久進之有漸
成大谷所謂知之已精而益求其精行之已力而益致其力此先生用工
之實也諸君姑從事於斯默默加勉毋速其成然後先生之道不墜於地
而岳淵亭方爲岳淵亭矣甲午首夏溪南崔琡民識

■ 崔琡民(1837-1905),『溪南集』권24, 河東 玉宗 거주.

南山齋記

頭流之東有洞北負山東西溪橫挹而南舊號橫溪記實也或稱紅

桂取音同而潤色之也就所負山之前占一亢爽區作齋曰南山不知
者曰非南山也北山也知之者曰頭流爲國之南嶽也乃名之者則演紅
桂之義而取朱夫子招隱操之南山也余惟夫稱物也芳騷人本相標準
朱子學士常規固善矣然爲齋而居子弟者將欲成材彙進藹藹作王國
吉士必隱者之是尙何哉余知之矣吾斯之未能信漆雕氏一人三年學
不志穀不易得也爲士者一念馳外則其不爲患得之鄙夫者鮮矣故立
志之初必須重內而輕外有攀援淹留抱月堪終之趣然後出亦可以有
爲古之畎畝囂囂簞瓢自樂是也其稱名也小其取類也大父兄之爲子
弟謀至矣噫橫溪時誰知其爲紅桂紅桂時誰知其有南山齋者起焉齋
起焉而林壑之幽澗石之鋪超然坐我淮南山中始知南山齋之爲南山
齋殆造物之早已準備於前者亦非人爲强排得來也然則其志伊學顏
以勉副斯齋者亦安知不早已孜孜於齋之中也第竢之經始者曹氏鄭
氏柳氏柳氏居多徵余記者柳君泰回

※ 崔琡民(1837-1905), 『溪南集』 권24, 河東 玉宗 거주.

<h2 align="center">則以齋記</h2>

　則以齋文山書塾也文山地僻而境窈俗古而人淳在珍城誌爲文
乙府是也吾友權子汝剛甫近祖文山公始屋玆土也敦孝悌之行詩禮
之敎抵此百餘年其謦咳矜式尙存不泯家家蘭玉莫不以詩書行義爲
茶飯桑麻爲生業而遠方士友之往來者擬作孟氏之芳隣庚桑之畏壘
然而十室屛力未遑闓塾之營蒙養無所村秀或抱經而延佇莊修有址
父老徒仰屋而咨嗟者久矣今春汝剛詢謀洞中同志僉員鳩聚若而財
買得數椽屋子於巷門之首石臺之東頗依山而有廓近家而若遠正合
入而制行退而讀書朝而遊焉暮而息焉可謂做得好境界而其餘泉石

之淸塈林木之翁鬱不可具狀地符文山天祥之高義可守也門莉杏樹
莊壇之春秋可講也又與文山舊塾隔一小嶺村秀之受敎者出入兩塾
絃誦之聲相續而不絕文山一境渾是鄒魯氣傷余每到此未始不挾冊
願從之想而尙瓢繫未果者也一日余過汝剛于梅下書屋齋之新己四
朔矣間名於余余反復思惟請以則以命之盖取論語行有餘力則以學
文之意也則以二字本義起接續之辭而便含緊切底意思德行文藝雖
有本末先後之序而二者常相須以成不可以此而信彼亦不可今日盡
行而明日學之也二者之間下此二字豈尋常說得也哉學於斯齋者須
於則以上用工先修孝悌謹信愛重親仁之行而小有餘力則以學詩書
六藝之文以考聖賢之成法識得事理之當然則庶幾不失先後之序而
無私意有錯之患亦不流於岐說之空虛也

■ 李道汶(1865~1908),『月湖集』권3, 山淸 丹城 거주.

彈振臺記

　　會稽之蘭亭下鏡湖上有茂林林之中有巖陡然圜立名曰屛巖以
其狀如屛障也宋斯文準夏甫粧點而自有之日夕嘯傲其上因改其名
曰彈振臺取楚辭中彈冠振衣之意也斯文蓋喜敦潔者也性耿介高尙
雖在溷濁之世而不欲與衆同流洗濯澡厲以潔其身心超乎塵埃之外
殆屈三閭獨淸者儔歟間嘗求余言記其臺余惟念今之人擧不冠矣且
無衣矣雖欲彈且振將無從而下手焉而斯文獨以舊衣舊冠不隨俗而
變焉則雖不彈不振固已無一塵着矣況復彈而振乎且夫物之顯晦待
人而消息玆臺之得名彈振亦未始非臺之幸也吾將異日携斯文而共
登此臺以賀其有遭矣姑以是記之歲戊寅之肇夏嘉義大夫吏曹參判
原任奎章閣提學驪興閔丙承記

■ 宋準夏,『魯菴集』권9.

元塘齋記

元塘在晉西三十里士夫之所居里也本朝明宣之際潮溪柳先生
以冥門高弟築室于此揭以元塘齋率村子弟講學於斯同時茅村李
先生寓此坊有手種梅二本至今尙在里中父老承餘敎立齋修契敎子
弟於此者已數百年矣歲久屋老修葺無策癸未春家大人以三十緡錢
買之爲家塾命夔等肄業其中坊內友人金明進戚君曺晦仲朝夕相追
逐先時齋名六龍以其五龍岡對案又臥龍山屛立於滄溟雲靄之外如
可遠挹而近注也一日余謂兩君曰前日之名齋景則然矣於顧思之義
甚無稽更因里名而命之如何兩君曰元塘之名抑何義也余曰潮溪先
生居此里而亦以是名齋則追慕先賢亦豈非顧思之義乎况元爲四時
之春而於人爲四德之仁也孟子曰仁人心也朱子曰此心何心在天地
則块然生物之心也在人則溫然愛人利物之心也孔門敎人亦以善事
父母善事兄長皆謂爲仁之本居是齋者苟能以仁民愛物之心爲心而
以孝弟爲先務則豈非吾大人建立之本意而無愧其爲人者耶兩君曰
唯唯因扁堂西曰修睦軒取韋家花樹之義也東曰敬義室取義易敬以
直內義以方外之義合以揭之曰元塘齋就當門南五步許有小岩可容
一人明進命之曰一畏岩緣送客出西三十步許又有岩可坐三二人晦
仲命之曰送客岩歸路登室西近北梅壇上有少平處一擧目無不觀者
余以靜觀臺命之臺之西數步許有泉種杞枸名曰杞泉又雜植梅竹柳
槐松菊蘭芭蕉薤梧橘石榴余與明進晦仲各賦小詩十有二篇以記其
實若夫山川之勝則方丈南走一百里至巴南山爲兩麓而下堂之右麓
坡坨旁引至此而盡其深邃處人多居之曰西村麓末種松成林以撝洞

口曰洪林亭林外大野千畝近坊人皆耕焉曰七星坪野外德川橫帶水
漲時江聲撼枕堂之左麓岊崺往復窈廓成區人多居焉曰東村村之最
上處卽堂之所在也東西之間有溪中分屈折回曲其曲處便成一沙灣
此所謂十里明沙玉潤流者也居此里而構此堂者追慕兩先生之節義
風流臨此堂而戰戰兢兢如親聞曾子淵氷之戒罔敢或怠則庶幾乎有
以卒成吾大人垂後之志是亦夔不墜受命之願而來者之幸也同好之
士亦相與規戒乎哉癸卯立夏前二日記

■ 韓禹錫(1872-1947), 『元谷集』 권3, 山清 丹城 元塘 거주.

塘谷精舍記

晉西三十里有洞曰**元塘**一名元堂本朝明宣時柳潮溪李茅村先生
並時居住潮溪講學於元堂書齋茅村築鄉梅窩而種梅數本至今在焉
曾年吾家大人築齋于**茅村梅窩故址**迎師教門子弟暇日臨齋聽其
讀聲觀其書法每旬聽講講訖府君自誦唐學之序洞前有川親自成橋
以便往來每年除夕明燈于齋祝不肖等學業之成就如是者六十年如
一日于玆矣嗚乎齋久而老後生輩敢不竭誠以重葺之哉歲癸亥之春
乃會宗族而議之募新材稍恢舊制瓦礎清楚堂階秩秩凉軒靜實鮮爽
幽靚適起居之宜極眺望之勝蓋吾韓一門之家塾也於是雲物改觀林
壑增美山之勝則天王之峰跨百里而來其勢未已左右含抱有若拱手
然大野平布德川江亦駛于其前練鋪鑑澄魚鳥相伴近而五龍岡爲案
遠而臥龍山如屛幛而前峙此非但縱目寄形爲嘯傲之資而已其蒼峭
矗空可以勵壁立之操其紺寒無底可以持淵兢之戒然今天下乖戾人
道息矣日星沈晦山河震蕩居是洞者誠能益豎所立自反於存心窮理
稼于田勤于學孝于父母友于兄弟睦于宗族各自操其躬而裕其家無

忘吾先人所爲齋之志而體述之則吾宗其庶幾乎哉齋名舊揭六龍蓋
以臥龍與五龍之前對今以塘谷額焉者亦因其谷名而左日典于軒子
孫肄業時念終始者也右日履之室祖先墓享時履霜怵惕者也是爲記

※ 韓禹錫(1872-1947), 『元谷集』 권3, 山淸 丹城 元塘 거주.

河南齋記

南冥曹先生講敬義之學於德川之上嘗愛川流之皎皎而不滓波
波而不窮詩之曰白手歸來何物食銀河十里喫猶餘自後東西士大夫
之過者不曰德川而曰銀河河之南望見花竹相暎曰堂山里里人士將
新築爲肄業之所乃委之于柳君基濟不日而見突兀其制凡十二楹有
堂有室明潔瀟灑可絃而可誦也君之仲兄希齋基鍾君顔之曰河南齋
蓋曰銀河之南也而潛寓慕程之義焉於是徐生丙文以里人士之言來
曰是不可無記吾子文近簡古敬請鳳壽三抗卒不得乃誦程子之說而
爲之一言曰君子主敬守義敬義立其德盛矣無所用而不周無所施而
不利旣河南齋矣盍相從事於河南之說乎苟欲從事於斯必先學曹先
生先生之言曰敬義吾家日月噫今天下晦冥久矣吾黨之士其有能用
力於斯使吾家日月復明於天下乎顧於敬義之說不復廣其義意獨以
吾家日月復明於天下寥寥一言以勖之其必有默識而着眼者矣

※ 河鳳壽(1867-1939), 『栢村集』 권8, 晉州 栢谷 거주.

習齋記

權君子德吾强輔友也扁其起居之室曰習齋盖取魯論時習之義

也求余爲說余以非其人辭之辭之而不得免焉則諾之諾之而不得踐
焉者又十有年矣盖將待年紀稍大知見庶幾隨進以不負君厚責之意
矣今君又不鄙我責之愈切吾又安可以知見之未進而終孤之乎嘗竊
自念夫子之言只言學而習之而已矣未嘗言所學所習者何事則朱先
生於集註特著後覺者當效先覺之說夫所謂先覺者在孔子則堯舜禹
湯文武周公是己在朱子則孔曾思孟周程張子是也是皆先知先覺乎
此理先行先踐乎此道而其一言一行又皆昭著乎方冊爲萬世之程式
學者學此也習者習此也仲尼之祖述憲章集群聖而大成者此也朱子
之稽經訂傳集群賢而大成者亦此也苟不以先覺爲歸而徒守學習之
說思焉而不愼擇焉而不精則其所謂學習者不爲異端之歸者幾希矣
如楊墨荀楊何嘗不學而習焉乎亦坐乎擇之不審矣然則其在東方所
當學而習焉者又誰也東方本夷也殷太師以洪範之敎首闢人文而圃
隱先生遠追厥緒自後群賢彬彬輩出而以吾所聞道之體用之全理之
精微之蘊無幽不著靡隱不彰者其惟退溪栗谷尤菴三先生乎三先生
學問造詣雖或不同其歸一也一者何也卽堯舜以來以是相傳者也今
其言論行事布在集中以之可以定天下之疑以之可以成天下之亹亹
則吾人之所當學習者微斯人也而誰與歸也古人所謂遠法堯舜不如
近法祖宗欲學朱子又當先學栗谷者眞知言哉苟或一毫出於此而別
爲一端道理則非惟不可以學習也亦當距熄邪闢以承三先生者君必
己熟講之豫算之也然君旣學習三先生之久吾知必有犁然而神會煥
然而心得者則是所謂說也說之之久令聞益彰則吾將膏車秣馬以信
從乎君而君於是乎得朋來之樂矣然凡吾所言自以爲知君而未知君
謂我知乎否乎知之則固幸矣如或不知而君無所慍以是刻之楣間而
爲習齋之記則習之道於是乎成矣君勉之哉**韓愉**記

■ **權載采**(1872-1918), 『**習齋遺稿**』 권4, 山淸 丹城 거주.

■ **韓愉**(1858-1911) : 希甯(字), 愚山(號), 淸州(本貫), 山淸 柏谷 거주.

喚鷗臺記

李惠山丈人愛丹邱山水之勝挈家而家赤壁之下且三十年矣延
賓客挈儔侶理艇擧棹溯洄上下遇一奇得一勝輒加品題最後得所謂
桐江者而慕嚴先生之義就其上因石爲臺名之曰喚鷗而屬余記之蓋
嚴先生懷抱道德而不屑於時高潔自守而不累於物者也方天造草昧
道可以濟屯矣及聖作物覩德可以施普矣乃不易乎世不成乎名耕釣
於桐江之上終其身囂囂非樂耕釣也自有所樂耳旣樂其樂而物不足
以累其心故物與我而忘之矣狎鷗於釣臺之上非有意於狎也夢鷗於
御座之前非妄生於想也適然而已豈心累於鷗哉況夫鷗已忘機矣豈
可喚而下耶使先生之心謂之累於物則將無以自守而超乎群物之表
者矣鷗之性果可喚而下則人皆得馴而不足爲隱德者之所狎也曰非
也先生之於鷗也非有喚之而其下也若有喚之者然臺非强名亦近乎
實也丈人潛郞不調遂徜徉山水間耕釣以自樂其亦有聞於先生之風
者歟乃作喚鷗操以歌之歌曰鷗之舞兮釣臺之側翔而不下兮擇所集
拳足戢翼翩將下兮忽何所見矯然而高騫日復日於滄江之上兮波萬
頃而月一天鷗之下兮釣臺之上臺上有人兮萬事一竿息機而坐忘夏
月羊裘兮與爾共相親歸來歸來兮不知人是鷗鷗是人

■ 崔東翼(1868-1912), 『晴溪續集』 권1, 泗川 固城 거주.

舒嘯亭記

湖嶺之交有巨岳其名曰方丈蜿蟺磅礴而高聳萬二千仞上摩天
碧者最上峰也群巒錯綜分馳突然成峰呀然成谷巍然成壁若牛馬之
角列而群飮若熊羆之交牙而咆怒且如赴賊之兵桓桓長驅釖戟參差

旌旗飄拂羅列左右其中一脈東馳至數十許里而窈然開別區者**石
南村**也村後左麓微微然如蜂腰而來自成孤峰是謂東皐者也主人
作亭於是而額其亭以**舒嘯**又賦詩而揭之曰愛誦淵明辭蓋因其地
名而取淵明舒嘯之義以名其亭也噫以若東皐之勝荒蕪棄置久爲鹿
場今得賢主而益擅其奇主人得爽塏之地於窮山絶壑之中而爲舒嘯
之所是爲人地相遇也主人誰也鄭君濟鎔亨櫓其人也爲人簡重淵默
囂囂然處雲林以養其志以樂其趣豈不猗歟休哉始余登斯亭也矯首
而觀焉淋漓四壁者銘也訓也圖也箴也翁葧庭實者蘭也菊也杞也梅
也薈蔚環墻者松也栢也檜也桐也此皆斯亭之粧飾也主人爰處而讀
書讀書之暇憑欄危坐西揖方丈南俯德川觀冥翁之遺風不識淵明之
舒嘯亦有是事否余謂主人之舒嘯賢於淵明遠矣因爲之記

■ 河啓洛(1868-1933), 『玉峰集』 권2, 晉州 水谷 거주.

晩修堂記

　　晩修堂者是吾儕晩年藏修之所也在州西**潮溪村**後岡其地面陽
爽塏俯臨澄江江上雷巖屹立千丈兩岸多白礫深松有泉出其傍甘冽
可飲日晦峰子河叔亨携數三同志逍遙于此掬泉而嗽跨石而坐顧謂
左右曰江山魚鳥之勝原野烟林之義雖謂甲於南鄉未爲跨也請與子
結香山九老之社而成武夷一日之茅占取自家境界則顧我晩節之樂
肯與三公換耶衆皆唯唯越明年辛未春始得貨其地而始其役凡同聲
而應者十有一人幹其事者老溪李鎔也及秋而告成堂凡三間二爲房
室而廳事其三之一也因相聚而落之取蘇詩下士晩聞道聊以拙自修
之義顏以晩修各拈韻賦詩而謂我詳其顚末強命以記之竊惟今天下
滔滔然全尙巧僞而不修本分久矣吾儕力微縱不得匡救一世寧不足

以自修於晚暮乎以是相勉而述晚修之義爲晚修堂記

※ 河啓洛(1868-1933), 『玉峰集』 권2, 晉州 水谷 거주.

景雲齋記

齋之稱景雲乃景慕雲谷之義也朱先生以淳熙乙未自屛山遷居于
蘆峰下**雲谷**自號曰雲谷老人蓋先生上沂洙泗之正脈下承濂洛之
的源旣不得於世則乃隱居于此興起斯文啓迪我後人千聖相傳之業
至此而可謂玉振之矣使學者不志於道則已如其志於道舍先生其誰
宗乎吾里僻處州北**集賢**之西**廣濟**之南齋舊名靑雲泊自先祖台溪
先生作而士趨以正鄕俗以化無不知聖人之爲必可學而朱子之爲必
可宗然則靑雲之變爲景雲蓋亦有由焉於是太守頒書以獎之絃誦洋
洋一區雲林便成海東關閩豈不休哉因竊念先祖私淑於山海其學以
敬義二字爲一部眞詮尤炳然於尊攘之義著於章疏見於哦詠者無往
而非是物也居是齋者必以先祖之心爲心出而有爲處而有守一遵其
成法則其於景慕雲谷庶幾近之矣乃若思皇之士出於是齋而集於朝
端致普澤於蒼生者則是又靑雲之未必不滋於景雲也謹書此以明吾
里之有吾齋乃吾祖之遺風云

※ 河範運(1792-1858), 『竹塢集』 권3, 山淸 省台 거주.

學松齋記

我族兄**松隱子**之室扁曰學松齋記松隱淵齋宋先生所命也學松
又其弟心石翁所名也二公之所擧似我兄必以松奚以吾東古有朴松

堂先生早業弓馬而終事儒學爲世名儒也然則今日松隱子之韠韋儒
行可知也歟松隱子素豪邁有折衝之志韠韋出脚五十年旣與時抹殺
不得遂其志始回頭易向方從淵翁伯仲遊彼揮戈事業奚足多也松隱
子以儒名家其高曾兩世淵源於渼上潭門至今鄕黨服其義而松隱子
一朝投筆執弓人皆疑其繼述之未善也而今返初服於是乎人將信其
家學之有本矣雖然銳意易退熟處難忘孟戒憑婦程云喜獵爲是故也
幸從此著跟做去歲寒以爲期則不但不負先生命名之意亦可謂不墜
厥家聲其勉乎哉松隱子請書以爲學松齋記

■ 李宅煥(1854-1924), 『晦山集』 권8, 河東 花亭 거주.
■ 松隱 : 李萬根(1846-?)의 號. 字는 國元, 丹城 거주. 李兆年 후손, 淵齋 宋秉璿 · 勉菴
　　崔益鉉의 문인.

玉樵齋記

　　頭流之南汾西諸峰惟**玉山**林壑蔚然爲環滁之琅琊山之下有鄭
將作玉樵翁圃隱先生裔孫也風度魁偉論議慷慨動輒傾座早有四方
之志一入京中當時宰相皆欲出其門而曳長裾於權要性所不喜是以
抹殺於世沈淪下僚旣不足以展其材志則遂翩然歸老於玉山之間樵
牧爲伍而自號曰玉樵其志誠可悲也吾聞昔有僧呈圃翁詩曰江南萬
里野花發何處春風無好山先生曰鳴呼晚矣竊念身不係國之安危則
見機自靖不輕犯世患亦未嘗不是先生心也然則玉山今日江南之野
花好山也翁亦早自決歸不及於亂而以將身心報佛恩爲畢生家計則
又不愧爲圃翁裔孫也翁之自托於玉山樵夫其亦有得於出處之義也
夫翁之弟應善亦讀書行義於其中余從而友善故翁命余作玉樵記

■ 李宅煥(1854-1924), 『晦山集』 권8, 河東 花亭 거주.

雙碧亭記

山曰**玉山**溪曰**玉溪**吾友晦溪子築室其間扁曰雙碧蓋取山之碧
水之碧而不言玉其韞櫝之意可知也吾聞山靜水動仁智之樂存焉子
之所存乎內者仁智仁智而今以形色於外者扁之何也晦翁夫子仁智
堂詩曰我慚仁智心偶自愛山水抑亦以是而不敢自居也歟因此心日
益琢磨靜存動察有以涵養於內制之於外實用工夫而求爲不慚之道
則不言仁智其亦韞玉之義也夫嗚呼子方懷寶遯世不求人知而惟恐
溪山之不深雖有美玉沽之何處復待價何時惟天晴日朗窮尋別壑嘯
歌觴詠夜久月明獨抱瑤琴揮絃度曲則山峨峨而水洋洋一倍增碧此
亦足以終年復何暇夫外慕哉余亦居在羊山種種爲亭上客要余記之
其以他山之石可以攻玉者歟請書此以爲記

■ 李宅煥(1854-1924), 『晦山集』 권8, 河東 花亭 거주.

鳴玉亭重修記

趙將作箕南翁築亭於**鏡湖之西箕山之南**蓋追其先大人判官公
遺志也判官公嘗仕於朝與時相違歸老湖上買園於山南之古寺遺址
百畝良田千樹杶栗可以資衣食滿目雲山一區泉石足以忘寵辱每欲
置一屋子以爲卒歲之計而詩成先矣荏苒之頃齎志以沒嗣子奇南翁
克家承志卽其地起亭扁曰鳴玉取諸晦翁雲谷記中陸士衡詩語也翁
寢處其中不問人間事貯經史千餘卷玩不釋手每臨流漱玉灑濯煩衿
或招朋酌酒嘯歌千古翁於是作今世之逸人箕山之云豈偶爾哉亭成
纔十稔有地圯棟撓之患今年春移築於其東數武許制度仍舊焉時余
過之翁愀然語余曰吾年已八耋匠氏之役豈其時也但斯亭也終有自

我不敢棄者嗣後事我何干焉成毀相禪亦理之常也豈知向日釋氏多
少樓臺色化爲空三百年間復容我一亭也子其記之余作而曰嗚呼翁
可謂肯堂肯構善述人之事者孝思維則不匱者存復何嘆乎嗣守之爲
難也余亦曾是洞中人嘗陪遊先大人公於此和其詩矣今於翁堂構之
日其敢以不文辭諸若其棟宇制作溪山雲物之可記者前人之作詳矣
吾又何述焉

■ 李宅煥(1854-1924), 『晦山集』 권8, 河東 花亭 거주.

玉陽亭記

　修齋趙可允爲亭於其所居玉山陽川之間而扁曰玉陽亭蓋因地
而寓之名也亭成已十數年尚未有記可允屬余以識之嗚呼世之亭榭
樓臺在在是隆棟傑閣而園佳志荒古今同歎竊觀君之亭背郭蔭茅緣
磎俯郊杜草堂似之籬下黃菊門前碧柳陶彭澤似之晨窓林影夜枕泉
響依然若隱求齋數點疏星一聲長笛君亦非倚樓人耶緣境寓慕想像
千古則足以自娛亦復何求也君方使子讀聖賢書於是亭而朝夕觀聽
每於春花秋月與逸社諸君子飲酒賦詩超然有遯世自靖之志可允之
志亦云佳哉余亦避世入山買宅於陽川者爲近於君之亭也不待膏抹
而朝夕相從於亭不知主者是賓乎賓者是主乎顧白首途窮與世相棄
而君之不厭我者獨何哉亦不能無所感云

■ 李宅煥(1854-1924), 『晦山集』 권8, 河東 花亭 거주.

愚軒記

築室於**月明山**下扁曰愚軒余族叔道瀅元善氏其主人翁也一日
余過其軒而難之曰愚者明之反也欲明而不欲愚恒物之情也今背山
之明而必曰愚其意奚居翁蹷然曰吾非以愚爲美而名之也夫山之明
天然之本象也吾亦有本然之明德得於天而虛靈洞澈萬理畢具萬善
俱足而但氣拘物蔽昏愚至此此實自病其愚而明之無術不得不以吾
之愚揭吾之軒其事實矣其情戚矣願吾子之藥吾之愚而開吾之明也
余斂袵曰方策所載聖賢千言滿語何者非敎人治愚之藥石而一言蔽
之則曰學問思辨篤行五者是其單方要劑也故其下結之曰果能此道
雖愚必明子思豈欺我哉翁嘗受學於**金丹溪**先生之門讀十年書於
大巖山中其於此等義諦豈不聞之厭而講之熟哉是則翁之不愚而
明也已在靑少之日矣今老白首猶且謙謙以愚不自爲明者其意豈非
所謂行百里者半九十里而一息尙存此志不容少懈者耶蓋自以爲明
者其終也必至於愚自以爲愚者其終也必有可明之日翁前日之明明
則明矣而若翁之心則豈可曰吾愚已明也行將炳燭矻矻益加千百之
工知明益明行篤益篤必欲開其拘蔽之愚而復其本然之明此翁之志
也果能充其志也今日之愚軒必將爲異日之明軒也吾將膏抹于明山
之下擧酒於明軒之上以賀主人翁之明也翁其惕念哉

■ 李定洙(1877-1957), 『浩齋集』 권6, 山淸 丹城 거주.

友仁堂記

友仁堂在**方丈山中德川**之上居士安君子居講學之室也居士嘗
受學於崔溪南先生之門得聞爲學大方求仁至訓退居於此隣居

之來學者構堂以居之居士以所聞於先生者告語于諸生諸生感服興
起多有用力於仁者遭時板蕩不恒厥居今僑居于 **集賢山**西新溪之
滸而前之受讀者猶往來問學焉故友仁之名隨所居而自在一日居士
謂余曰願吾子文以侈吾堂明以示學者求仁之方也余曰溪南先生之
所以丁寧教戒於居士者居士旣以是懇懇於諸生矣則又何余言之贅
哉無已則請以名堂之義奉質于居士可乎孔子曰爲仁由己而由人乎
哉曾子曰以友輔仁友輔不若由己之切實而一舍一取其於勉人爲仁
之方不其迂緩矣乎是殆不然夫仁道至大始自吾身一念慮之善端一
事爲之當理推而至於仁民愛物康濟天下無非爲仁之事也雖然人非
上知必由學知而勉行學知勉行者不有師友之指引規戒責善輔仁安
能知所知而勉所勉哉是則由己之事非友輔之益亦何所賴而有所成
就也曾子之言實羽翼孔子之言而名堂之義所由取者歟若言爲仁之
節度則孔子答顏淵之問只曰非禮勿視聽言動夫以仁道之大如彼而
其言學者用工之實則聖人之教不過如此是豈可以近小而忽之哉凡
居是堂者於一視聽一言動之際胥勉胥戒不使一有非禮而克而至於
克盡己私復全天理則求仁得仁而朋友輔仁之功於是爲大矣請以是
爲居是堂者勖

■ 李定洙(1877-1957), 『浩齋集』권6, 山淸 丹城 거주.

竹菴記

余讀衛風詩歎淇園之竹之遇之幸也夫竹一植物而古今人言竹之
愛多矣然苟非其人則雖千百人之愛於竹何哉今淇園之竹雖有猗猗
青青之美不遇武公之學之進益德之成就如此其至安能引而起興而
歌誦於毛詩詠歎於曾傳而傳之天下後世哉是則淇園之竹又迢出乎

天下之竹之類也其遇之幸爲如何哉**銀山朴君道和學**叟**吾州之
秀也**少讀書飭躬頗知名士友間際當天地閉塞九野寒威之日能自
拔於風霜浩惻之中而蒼然不渝乎吾林故色其亦出類乎衆萬之靡靡
者歟君嘗種竹於窓前而名**其堂曰竹菴**請一言于余余告以向所談
淇園之事而曰君旣竹之愛矣則曷不使幸之歟欲幸之君亦爲武公之
爲而已矣君蹵然曰正所謂策駑駘以千里也非曰無心奈年老力敗何
余又曰武公年九十有五猶箴儆于國者不啻懇懇而又作抑戒之詩以
自警蓋其進修之工老而不倦如此今君視武公乃三十歲以前人不爲
則已苟爲之則何衰暮之足憂哉且聞君自近年來世間悠悠都付之雲
外炳燭於新溪之堂而溫尋舊業日夕乾乾爲桑楡之收卽此於武公之
事思過半矣惟一此不懈日三復淇澳之篇而益加切磋之工進進不已
積至三十年之久則竹菴君之學何古人之不可及而牕前之竹亦可並
美於淇園矣吾將訪君於竹菴之上引牕前之竹以起興而歌誦竹菴君
德學之美且以賀竹君之遇君而幸也

■ 李定洙(1877-1957), 『浩齋集』 권6, 山淸 丹城 거주.

丹軒記

舊丹之治北數武有新構一小柎極淨灑者居士金君克守之所置
也君貌淸而氣夷性介而意豁如也力不能自存而心好急人之困身未
得親書案而最尊愛讀書士雖跡城市而冠裳體髮蒼然有古色豈所謂
隱於市肆者非耶余久欽君之爲人聞君之新構已落遂誦程先生謝王
佺期贈丹詩名之曰丹軒蓋君少治醫方業老白首以臻其妙旣自丹其
身得凍梨壽考之徵又多濟於一方之人其神之通與否可不論矣且吾
丹邑古稱士夫之驥北也地靈所鍾德學人材之出豈古豐而今嗇其

必有胸藏壽民之心丹而深伏於荒間寂寞之濱者因君之贈丹而得屈
正則長年之願則第待皓復之日其壽民之功將博施於天下矣君平生
尊愛之誠急人之心豈徒然而無所施哉吾且延頸以望之

■ 李定洙(1877-1957), 『浩齋集』 권6, 山淸 丹城 거주.

山天齋重修記

在昔明宣之世我老先生南冥曺文貞公講道於方丈山中於所居川
上別立齋榜其額曰山天取大易以畜其德之義嘗手摹四聖賢像安于
齋壁爲朝夕瞻敬自是厥后迄三百載擧國章甫尊慕先生如四聖賢用
春秋配食榮奠斯齋也於是乎爲一國之儒宮而視宋之石鼓白鹿諸院
可無愧也惟歲月寢遠屢易其礎惜其舊制不可復見而今焉老而支柱
識者恨之濟鎔猥以無狀見幹齋事遂與本孫秉鎭恒淳等慨然有重新
之志畫命匠手不日而完於是瓦之敗者蒼然而鱗棟樑之欹者秩然而
立牆壁之累然而渝者玲瓏而不可狎視遂移奉四像于中堂以便於瞻
謁噫齋之役豈爲是而已哉第惟夫四聖賢之道卽所以爲先生而斯齋
也卽道之所在也凡入此齋者體先生之志自灑掃以窮天理自居敬以
立其誠無躐其級無越其度要之不背乎先生則將大陸覩陽天下熙熙
其必兆見於斯齋乎顧濟鎔有不獲辭於齋儒之請略記大槩兼有所云
云吾黨之士盍各勉焉

■ 鄭濟鎔(1865-1907), 『溪齋集』 권4, 晉州 거주.

孤山亭重修記

　方丈山雄於南瀆其北迤而得巨川東馳遙遙四五十里與嘉坪川
合南折爲鏡湖又東奔爲赤壁江自赤壁南出二十里得大坪忽有蒼
崖劈斷欲背而還抱水至於此淳瀶而不疾駛演迤而爲澄潭潭之上下
明沙平鋪可六七里兩傍曠野盡目之力而不能窮中有姸姸一孤島出
明沙上如白琉璃盤上奉一朶玉方丈之勝至此用巧極矣島之兩翼端
拱而回若將低平而盡於是乎得翼然而出者曰孤山亭昔我先祖學圃
先生爲晚年藏修之所者也其制二層而四架中二架而爲房室夾左右
而爲廳事儒林之所矜式子孫之所慕敬迄今二百有餘祀不幸衰宗運
否去年冬初爲鬱攸所暴噫斯亭之厄能與世同一大劫耶郎以其日門
議峻發鳩金伐材各竭其誠越明年夏梓人告功其規制一是仍舊也濟
鎔於是竊有感焉蓋先生之道淵源於圃隱其間屈伸昇沈果幾變哉世
一沈而道一屈世一昇而道一伸前之萬古後之千劫同一吾家過界而
與斯亭興廢一條理也然則斯亭也旣燼而重新矣斯世之復有可昇之
日而先生之道復得重伸之日耶妄依三從兄世鎔與諸宗之請記遂俯
仰歎息而道此

■ 鄭濟鎔(1865-1907), 『溪齋集』 권4, 晉州 거주.

陽村精舍記

　余嘗倦遊江城以戚婣後輩過拜柳處士名之元於陽村之精舍處
士敍舊款甚旣風余記其舍余肅而叩厥義處士曰俺乃一無能窮措大
耳素乏供世之望雅蔑絶俗之尙故無意別揭堂名唯取故里前號地面
陽而名耳舍取溫而卜爾兹不足以辱子之敎然由吾舍至前山無百步

之遠而有一眉層崖宛若祇園丈室袈釋跌坐狀朝夕默對極有幽賞子
母斬觚墨餘瀝張一言以寵之余辟呭而復曰棲山觀水猶懼其不深而
自晦於名稱之表塞兌御光尙嫌其或知而欲逃於形象之外夫子之工
於隱也至是乎雖然充陽之施孰有加焉在德而仁在時而春以治則有
太平之象以人則爲君子之徒焉陽之時義大矣哉公之居不說溪山之
明麗花木之掩暎左有**杜陵桃源**之勝右有**丹丘碧溪**之奇豈少佳扁
美額可以侈公之舍者而獨眷眷乎陽之一字殆其有野人獻君之志而
靈均氏願一見之意亦未嘗不寓於其間矣而況公之居是舍也于兄弟
和于早幼不惡于鄉隣交舊恂恂夭夭黃浮大宅香滿一座無所處而不
得其懽焉曥所謂陽之一字容非夫子之樣子乎賢智者出言自以爲凡
愚而愈見其賢智其夫子之謂歟公艴然不悅曰少年敢戱吾乎余乃捧
手而謝曰小智曲辯冒敬瀆尊其爲獲罪也大矣然等萬事皆幻耳隱見
躁靜一幻滅耳得喪通塞一幻泡耳余之記公舍以文公之讓吾言不居
亦一幻夢境耳夫豈獨蒼巖而幻丈室粉壁而幻袈釋而止乎公笑不應
余於是次其彦以還云

■ 孫命來(1664-1722), 『昌舍集』 권3, 山淸 거주.

亦樂亭記 山陰正谷驛村姜友命基亭名

稽山鑑水之勝較中國未知優劣何如而亦不日山川以人物而輕
重爾乎賀監一清狂詩酒流耳榮賜臺池於告老之日侈矣而他無所著
稱王逸少掃經博鵝偶一至道士家道士何許人哉俱未若吳先生德溪
公忠貞道德自足千古至今士人尸祝而矜慕之已非王賀諸人之所可
希其萬一而亭主姜君以德溪公之甥孫能世其清閑之福此又吳儂之
所未得而言者也亭在德溪之小東顔之以亦樂蓋取諸魯論首章有明

自遠方來之義本指深遠未易言亦未易得君之所謂樂者不敢遽論其
果到乎不而其疏宕愛客之意自可見不如是吾豈得爲亭上客哉君嘗
素余記不暇爲誅君語先陳君之世嫩而要附于方輿家說將以誇于中
土人云

■ 孫命來(1664-1722), 『昌舍集』 권3, 山淸 거주.

餘齋記

尼山之下泗水之陽有村曰餘沙吾家自先世名公巨卿皆生於此
先祖台溪先生詩所謂玉珮金章聯四葉淸班華貫及屭孫者可見其善
蔭之有餘也村舊倣呂氏約設所而行之盖亦先人之餘風也一自風潮
蕩而桑海翻約遂解而不保矣識者之歎容有旣乎同約者凡五姓而吾
河爲十五家矣於是以其餘財別置一屋于村之奧規模節度參用舊約
以爲修睦講業之所功成諏所以名堂者咸曰以餘財構堂於餘沙承餘
風於先世垂餘蔭於來許餘之於吾家亦可謂行之有餘乃牓曰餘齋族
人某某屬余記其實余謂鄕約而行於一村一村而又一家矣王道之易
易而其難又如是耶然家者國之本居是齋者苟能以藍田之心爲心勸
規交恤各得其實又能留心於朱子洞規學問思辨不失其功則餘沙之
約豈特一家而止哉亦將國與天下而未見其不足矣尙其勉旃

■ 河龍濟(1854-1919), 『約軒集』 권6, 山淸 餘沙 거주.

雙巖亭記

南州之名山水而村者以百數餘沙最善有山從方丈而蜿蟺東鶩

屹然特立于村之西曰**尼丘**有水環尼丘而又逶邐東馳抱村而注**泗水汶川**泗水之西尼丘之東數三籬落自成一區者則曰**東山**下有兩巖挺然而對峙劉君錫謹卽其上得掌許之寬崩石以築之命其子漢淳構一小亭名之曰雙巖亭余難之曰凡名物之意意各有所寓以其地則山水之美足以夸大以其人則文學之富足以賁飾宜有嘉扁異署可以爲晚年顧思之資而乃點取乎塊然之老石何哉君曰唯唯否否性愛閒靜竊欲離紛養眞以補前刖而歲月易邁志業莫就頹惰衰爛之質非貞固堅確不足以自立是吾有取於巖也若夫山水名勝依然於聖師所居則又豈空疎者之所敢擬者哉余曰善哉君之名亭也夫學貴乎積小成大自邇達遠之巖也不過山水之一贅疣而君之必表揭于斯亭其意豈偶然哉故築之而傳說應良弼之夢棲焉而晦翁有微效之詩言其極則鄒聖氣象亦在這中苟能因亭而巖巖而至於山水則可以希賢可以希聖君之意其在斯歟余以是贊之又以是記之

■ 河龍濟(1854-1919), 『約軒集』 권6, 山淸 餘沙 거주.

靜齋精舍記

丹城之**校洞**權氏居焉松山梧岡靜齋三叔姪幷時挺生接甍相居門闌之盛聲振嶠南松山先生則以老柏先生之傳鉢秉拂授徒梧岡翁則以愚川公之冑孫受學于勉庵崔先生克昌先徵靜齋公則賦得英雄豪傑之氣通明恢弘之量淸高巖巖之儀步履鄭重語音凝重條理方方做事密勿至其產業則別無費力而自臻富裕隨時給補叔兄兩丈之不贍如公儘可謂孔聖所云富而好禮之君子人也當世人士每稱之曰若非靜齋公則松叔梧兄亦莫不爲少遜云兩翁捐世之後世亂區測公或恐先業之少替深衣大帶儼然聽講于仁谷堂中計篤紹先裕後焉公沒

之數十年嗣孫聖根君修繕平日所居之外廊而扁之以靜齋精舍以寓
羹墻之慕責記於溶求以其往來十數載詳知之之故也何可以文拙辭
之又有一言仰告者聖根君則可謂紹述其先業而至於子若孫之心則
未知其如何願君之心傳之子孫傳之無窮則靜齋公之善德美風亦隨
而昌大以傳可不勗哉

※ 田○○, 『訒齋私稿』 권4.

石田堂記

山陰之閔氏以簪纓文行聞於江右石田居士致溫氏其一也居士
早年上庠靑紫將在前而獨邁邁也能修拙分課農劬經爲終老計日以
師門有事邅我於勿溪山中因周旋數日揖余言曰吾先祖農隱公當麗
氏末局賦浮雲富貴石田王春之句而杜門謝世以自靖獻是子姓之所
當終身寓慕者故扁吾居楣以石田子盍記諸余辭不獲而復之曰後孫
而繼述先徽爲孝之之居士之志於是宜矣然天下至大而事變無窮故
易之道利貞而時義爲大若農隱公之時則社雖屋矣姓雖易矣天命有
德革用夷尙佛之治而爲尊華宗聖之敎其在勝朝之遺臣者苟能遁廢
田野以遂不二之節則一脈王春可無恙於石田荳秉矣今則下喬木而
入幽谷矣易冠裳而爲羽毛矣倫理綱常所以爲人之道將滅絶而無餘
矣呼吸吐納非傷寒續骨之計耕田鑿井獨可爲正朔王春之藥石乎然
則爲今之計者當若之何哉居士好從賢師友遊其授受切磨之間必有
神契而意得者矣居士之志槩可想矣易曰介于石貞吉居士之志不徒
在於田而其在於石乎今人心恬憒視大變爲無變蓋亦逸豫之尤者也
若非能中正自守特立不撓如石之堅者夷狄將縱橫於胸中心田王春
已殆哉難保矣居士之志其在斯乎然如石之个必由於知幾之神知之

148 지리산 누정기 선집

明然後可斷之決而守之確幾豈易言哉居士亦老矣能忘年數之不足
而日孳孳也否

■ 鄭邦燁, 『惕菴集』 권5.

捿山臺記

淨山水乃**德溪**吳先生讀書菴遺址所在也山高水長先生之風永
世不沫故至于今猶有聞其風而勉慕者卽先生傍裔相熙甫亦其一也
嘗築一臺而名以捿山請余爲記余辭不獲則乃詰其所扁之意相熙甫
曰吾性愛淸閒故取唐人詩問余何事捿碧山也余曰吾友平日躬耕以
養視讀書以守志視世之功名富貴若浮雲惟以紹述先懿爲一副規矱
及見山河變局腥塵溢世則鬱懷塡胸無以自解或登山而長嘯臨水而
放歌捿遲衡泌欲送餘年其志悲矣其趣高矣而眞可謂勉慕先生矣吾
知吾友之謙不自居於此而其曰樂淸閒則迹也外也其果然乎否乎相
熙甫默然良久曰子之論雖不着當於吾而可以爲吾警省之資願有以
序次其說也遂記之如此以副其懇

■ 金泰植(1880-1954), 『溪隱遺稿』 권2, 山淸 거주.

佳亭記

河南之勝境在頭流一脈而其中麓逶迤屈曲東走爲**九曲峯**自此
復蜒蜒蜿蜒南馳爲籠巖巖之下有村曰**佳洞**是洞也佳木蔥蘢佳山
扢繞居人皆率眞而吾族黨爲十餘戶三從姪時允翁性剛明而質淳朴
早業詞章頗得令名而其居家謹身之節酬世應人之規可謂一鄉善士

雖與時不合伏處澗谷而悠然自適以林樊爲終老計玆非古人所謂佳
遯君子也耶一日以佳亭二字示之曰此是余所自號也願得發其義以
爲省覽之資余訊其所以號之意則莞爾而應口曰佳之稱非余敢當而
只取洞之名云余謂自古士之取號者多因其地而寓其意焉今翁之志
余知之矣値世抹摋百營竝息萬念俱寂寄跡於雲石魚鳥之間而春和
景明則與佳賓佳朋陟彼佳山耽佳句吸佳景秋光稔熟則與佳子佳弟
出彼廣野摘佳禾供佳味天壤間復有何樂可以代此也耶然則佳亭之
意不在乎洞之佳而在乎佳賓佳士佳詩佳景矣翁聞余言而頷之遂書
此爲佳亭記

■ 金洛熙(1881-1960), 『民菴遺稿』 권3, 龍宮 거주.

華陽書室記

　　方希齋鄭君之江上書屋爲水所屢圮將胥華山之陽而遷之焉適
予與客從之藉靑草而酌淸泉前挹大江之縈流顧瞻孤山之秀碧江
上萬樹松柳江岸蒼壁百疊甫田畇畇黍稷或或客曰盡之矣幽深矣復
高明矣隱居求志安往而不得哉豈物之有待者乎盖客習地經者余曰
能亟就矣乎今春君來言曰書室之工役已畢矣未有名晦峰河子因地
而錫之曰華陽君可爲我詳言乎哉曰庖犧宗陽孔子尊華陽爲天道之
統華爲人紀之首明等威異物采定上下杜絶陵僭辨淑慝別嫌疑尙中
正皆易之道而華之法也然此特形容天理民彝自然之全體矣非想象
揣度而强言之也君子之近取諸身而終日乾乾審理欲公私之分心術
隱微之際察之愈密言行樞機之發辨之愈明貫諸事而剛柔晝夜之象
進退消長之機怡然默契涵養積累從容成就者其以此乎君殆無憂者
惟晨昏定省之外大人公不許君幹干而有子承述日用不以事物經心

150 지리산 누정기 선집

而百務畢擧讀書窮理希古人邁種今得勝處朝夕其進也孰能禦之若
夫江山動靜之妙煙雲變態之狀堂成之日幸與無事尙能歷階而爲君
賦之矣歲戊寅夏至節友人金在洙記

▨ 鄭鍾和(1881~1938),『希齋集』권6, 晉州 盤谷 거주.

<h2 style="text-align:center">華陽精舍記</h2>

　希齋先生鄭公嘗爲齋於所居 **盤谷華山**之陽扁之日華陽藏修其
中以卒世距其時今三數十年余始得有一造焉則公子漢永君灑掃庭
園室堂以延余坐談公平居之日而相與作感慨之懷者久之君因向余
言曰是齋之至今未有一記以著此山中故實不肖心常恨之幸子其文
之俾吾先人遺跡永有考於來後而不泯可以弛不肖之恨也余竊念少
時獲公之知愛而從遊周旋於文酒禮數之間爲多且久則實有見聞其
生平之詳者焉盖公天資近學自幼少無他嗜好好讀書甚勤旣而遊
郭俛宇河晦峰二先生門得聞古人爲己之學而講質亹亹者未嘗
不在此也二先生知其可與共學而勸勉諄諄者亦未嘗不在此也當是
時世機已有一轉而士之學亦隨以變而多岐有剽竊勦襲以求組纂之
工有穿鑿博會以資辭辯之科是爲虛藝浮談一切歸於無實之學而非
爲己矣公早知學之亶不如此旣正其趨嚮而秉執彌堅世變而不與易
衆馳而不與移是以乖違於時安此窮荒之中而講讀不倦其始終於爲
己之學而行修德成有如此是雖天資近學之所由致然其得資益於二
先生者亦多矣噫余亦嘗學於晦翁聞其爲學之旨當與公無甚異而不
早自爲力學業無所實得於己而忽忽老已至矣今執筆記公之齋茫然
自不覺鍼刺之在體也歲癸卯臘月大寒節昌山成煥赫記

▨ 鄭鍾和(1881~1938),『希齋集』권6, 晉州 盤谷 거주.

水雲亭記

昨年秋余客于**丹邱**之江樓遇友人李陽來於所館陽來掩抑而流
涕曰國已破矣君已亡矣吾輩其生云乎哉吾將往淸州之華陽洞哭神
毅皇帝之廟歸築一屋於巖崖之側牢關坯戶俾形影滅於人間是吾之
志也余聞而竦之心許其志尙之高矣今年八月余與晦山李諫議遊江
陽嘉樹之間歸路訪陽來於**月明山**下巖崖之屋已成倚楹對坐遍觀
其江山雲物之美因呼酒相勸訖陽來又流涕曰吾之爲此計久矣先師
淵齋先生在世之日親拈朱夫子船齋詩錫**名曰水雲**因書雙明日月
一區泉石八字以贈之勉菴先生亦書贈丹邱日月翠屛山水八字今兩
師皆已授命於國事而吾獨寄世忍見昨年之變嗚呼茫茫宇宙將安所
適惟當遵師之訓而成吾之志扁水雲之號於楣間遊於是息於是默默
作蝸牛殼裏閉藏人此爲吾今日處義之地是以僅鳩僝工式至有數椽
之成余聞之未旣不覺潸然而復曰吾先師一生拳拳愛君之誠于子之
亭扁亦可見矣夫水雲者滄洲物色而難忘魏闕之心也吾先師江湖廟
堂之憂常懸懸於夢寐間按住而不能得故其錫子之亭名也亦取此船
齋之詩而子又能書紳而不忘竟成其事若子可謂深致謹乎晦木之傳
矣況華陽之神毅廟是吾東方春秋大義所在也先師所以贈子以雙明
日月者意實在玆而子於國破君亡之日不憚繭五百里之足一聲慟哭
於風泉齋者尤可見平日所受於先生者矣豈不韙哉又聞是亭移自水
月之照寒齋蓋秋月寒水是千古群聖賢心法也吾知陽來之居是亭也
必當超然靜坐誦慕我淵勉兩先生道學節義之高又推而上之以及乎
千古之群聖賢而講究其心法矣然則水雲之云豈特爲滄洲物色而已
哉陽來收涕而起曰子之言足以發吾之志遂敍以爲水雲亭記

■ 鄭鳳基(1861-1915), 『守齋集』 권8, 延日 北坪 거주.

梧村書堂記

夫士忠義其身竿服不勇也暴虎憑河雖勇而不足取也以千夫難衆
之勇孝於家而忠於國知進退存亡之義者余讀壬辰義士司宰監梧村
洪公遺事爲之三復擊節而慨然發歎也夫以童子勤王古人有如汪琦
者乃若病臥山村猝遇巨賊挾父母左右腋背負稺弟登山越壑以辟其
禍狂虜再猘斬獲無筭設機流土賊兵遁逃乃使居民案堵是誠天下之
大勇而所養之正又非特北宮之養氣也亂已未嘗言平吳之功逡巡退
讓不卑小官而逮至昏朝群不逞啖之以利富貴可立致而乃作白鷗詩
以見志歸老於山水之間皇明旣沒不見異曆自終以崇禎處士易曰君
子見機而作介于石不終日其近之矣後人置齋于居里之倣而謂余年
老有言可信請誌楣而揄揚之噫不佞何言古臺臣鄭立齋先生嘗誌其
墓備著其忠義之美此老長杠廬山之高也後之人讀其文而可按是蓋
之矣崇禎後五癸亥莫春者玉山張錫英記

■ 洪以範(1624-1687), 『梧村集』 권3, 山淸 거주.

逍遥臺記

濯纓巖下數步許有梨花一樹隱於蓁莽之中人未嘗知其有梨花
樹余一日筇音所及適至其下其高不過數丈而其陰亦可蔽日殘花尙
棲於綠葉間澗水冷冷瀉出其下兩岸苔巖面目依然余知其有異乃剪
刑棘斸巖礨累石爲臺回溪貯流可詠可碁可濯可沿自是以後晨往而
夕忘歸焉無乃天作而地藏之遺我乎若遲數三年更得一番粧添嘉木
成林宿鳥知歸溪塘益深遊魚得所則見者刮目豈止如今日而已吾將
有待焉噫向之隱於林莽之間者一朝爲幽人嘯詠之地其可異也而其

亦有所感也夫天下有不遇時而不見知理沒以終者何限臺非余終爲
天地慳秘之一物孰知有逍遙臺我非臺何逍遙焉棲息焉不知老之將
至朝於此逍遙夕於此逍遙回命之曰逍遙臺

※ 朴汝梁(1554-1611), 『感樹集』 권4, 咸陽 거주.

石峯亭記

　　金君炳台彩彦爲亭於所居三壯洞之右石峯之陽將以爲晩暮棲
息且爲取便於其子擎玉居業也其爲峯不甚高峻而兩翼環抱中寬外
敞山多杉松楓栝冬夏常陰有泉瀯然出於其側而餘流爲小塘廣袤可
數畝往時有圃隱鄭先生影祠自玉山移建于此東南人士咸歸焉未久
還祠故處而地邃茂草荒矣君於是貨而有之蓋君不欲爭名於世天性
好儉約故亭僅三架不瓦而蓋以茅樸而無華所以稱也是年春余過君
之居信宿亭中見擎玉掃室堂靜坐讀書謂曰子得矣昔河南夫子見人
靜坐每歎其善學子之居於是幾年矣囂塵不到於簡編邪僻不萌于心
術無亦有犁然獨會于心而人不及知者乎擎玉曰非敢然也索居離群
無彊輔之益有固陋之憂學於何有余爲解之曰子何病是哉朋友講習
相觀而善古道宜然今也則不然非我族類而强相唯諾豈朋友之謂乎
非先王之道而惟異敎是崇豈講習之謂乎楚咻聒耳燕石欺目鮑魚久
則不知其臭膏油近則易以爲汚是以君子惟懼其地之不僻而患其居
之不靜夫道一而已矣而學則古今異宜是不可以不知也然而地僻而
靜居非遺棄事物以爲高亦非收視閉聽以爲僻也要必有所養以成之
而其終將以有爲也吾聞之天地之化不翕無發人心之妙不寂無通傳
巖之築窮也學古有獲而成濟川作礪之功百源之坐獨也歷覽無際而
爲鞭霆駕風之豪子何病是哉擎玉曰唯敢不敬夙夜以毋負明訓彩彦

間嘗造余請記其亭余乃悉次其所與擎玉言者而爲之說如此云

■ 河謙鎭(1870-1946), 『晦峰集』 권35, 晉州 士谷 거주.

道溪精舍記

鶴山處士朴公先生舊爲亭江城白鶴山下隱居行義樂而終身性齋許文憲公記其亭公旣沒亭毀爲茂草後四十四年癸未道溪精舍作公之次胤容和慨先蹟之日遠而就泯謀復舊觀經紀累年而其從子熙國出鉅貲竭力以成之是在道坪之上丹溪之里故名焉容和屬其友河謙鎭爲文書于楣謙鎭以嘗受知於公而知公事甚悉不敢辭也公少負不羈之才讀書以六經爲根本汎濫百家無所不究傍通擧子文援筆立就驟如風雨滔滔然出之不窮嘗拜文憲公于漢師之冷洞文憲叩其所存大加驚歎李侍郞建昌文章傾一世一見公輒推以鉅匠公之自漢師歸也文憲公出篋中一書與之傳鉢之意也公自是喜有依歸及後與朴晚醒金端溪金約泉諸賢刊文憲公庸語行之晚又得李先生寒洲集讀之灑然不逆於心作客問一篇以明其義其略曰身爲萬物之本而所本者心也心爲一身之主而所主者理也又曰聖賢之學明理而已於此看得分明則萬事萬物各有主宰各有攸當識者亟歎以爲名言郭徵君先生取而銘其墓是時寒洲之學爲世大擯甚者至或擬以餘姚而公獨能信如金石守而不失蓋公之始終坎軻於一世無有所成立以此其見推於時賢而爲不朽千古亦以此夫知公之賢而有才識而不知其所學則非所以知公也知公所學之正而不知其所由本則非所以知學也余是以特書如此以明告後人若其山川雲物之勝賦詩題詠之樂則登覽于朝夕者當自得之余未嘗一至其處不可以詳言之亦非余之所能爾也

■ 河謙鎭(1870-1946), 『晦峰集』 권35, 晉州 士谷 거주.

臨川臺記

德川之水東流過濯纓陶丘二臺又折而南至于鼎蓋山之陽文
巖之下滙爲澄淵綠波如練可十頃是名爲宗川其上蒼崖張兩翼凜凜
如隊下望之可畏友人鄭君景執與其隣里二十有二人同修契事就其
傍累石築臺以臨之每歲春夏之交選日登覽談諧竟晷坐臥及飲酒疏
數惟所便興到則賦詩相和此二十二人者黃冠古服白鬚彪彪然貌甚
間暇類皆非塵世人鄭君間嘗造余要一言記其事余謂諸君子之爲此
非若人之流連光景縱浪逍遙以自適而止耳是有由焉從前三十六年
之間天地翻覆山川雲物擧慘然帶憤是臺爲謝翶痛哭之西臺今則天
日重朗人天歡喜於是可以爲雩壇之詠歸如曾晳亦可爲斜川之遊賞
如淵明蓋隨其時世之變改而所事異焉無非義也景執曰是說也無乃
或是過與雖然亦吾志也請歸而刻于臺石

▪ 河謙鎭(1870-1946), 『晦峰集』 권35, 晉州 士谷 거주.

新安書堂記

新安書堂在江城縣治五里石臺山下新安江上縣之大族權李二
姓之先父老我肅廟之世始建于放牧之竹湫扁以新安壬寅癸卯間以
村井逼近移于石頭之陽後十年辛亥又移于惠湫復自惠湫而馬峴自
馬峴而佳谷蓋凡五遷其地而皆因新安之舊未有改焉何以故重其地
也曷爲重其地以新安朱夫子所居之鄕也江城之新安視建寧之新安
其相去不止萬里而名與之符焉名之所存慕之所存是以重也逮英廟
時爲祠於堂之東墻奉安朱夫子像蓋亦朱夫子就廬山之陽因其有臥
龍之名而縛屋數間置漢丞相諸葛公之義也其後又配以尤庵宋文正

公春秋祀之高宗在宥之五年有祠院疊設之禁而祠遂廢於是乃爲之
改立精舍用紙牌倣滄洲精舍故事釋菜如故其始末別詳在精舍記文
中頃年戊寅兩姓之人懼書堂之歲月屢遷老而将圯念學徒之風潮日
盛散而難合合謀暮材易舊而新之遣李君璋洙權君正熙再來請記其
事於余余惟諸君之爲此擧豈惟爲無廢前人亦豈止慕其名而已是必
有所事也嗚呼天下之生久矣世變已極朱子其衰矣於斯時也苟能誦
習朱子得其心法不失爲朱先生遺敎中之人則江城之新安亦與建寧
之新安異日者人不以差殊稱也地以人重道以學明余固知言耄之爲
可恥然不能無以是厚望於居是堂者

■ 河謙鎭(1870-1946), 『晦峰集』 권34, 晉州 士谷 거주.

愚溪書堂記

山陰會稽山下舊有愚溪祠享李敬齋及其弟孝廉齋二公先生我
高宗帝時以國中祠院太盛有大禁令愚溪祠毀焉祠毀而講堂亦隨而
爲茂草頃年庚午其遺裔相與合資重起講堂于舊址旣落改稱爲愚溪
書堂其旁室在左者曰追報齋右曰明承室正門曰進道門蓋以是堂將
以爲諸生講學肄業之所而亦以李氏累世丘壟在邇可便於齊湢也李
君圭貞鍾雷請余爲一言記之余曰其得之矣是堂之成也人必或以不
先於祠而先講堂爲疑者然是不然講堂可復祠不可復焉何則有朝命
而毀者必得朝命然後而復講堂之毀非朝命也是以爲可復也噫其得
之矣且夫講堂旣復則二公先生家學之傳可得以承受無替吾聞敬齋
蚤已啓發於丹書敬怠之旨而得忠信之詔於南冥先生孝廉齋於大學
有八條贊於朱書有講義於小學中庸有記辨錄時吳德溪先生居山陰
爲世名儒二先生皆與之切磋爲道義之交此其爲所傳之家學也嗚呼

觀法近者其收功遠爲二公後者苟能以二公之學爲其學更相策厲益
思所以闡發而昌大之則是豈特爲李氏之庥蔭而已雖以是而廣之于
一世可也敬齋諱世柱學遺逸某官孝廉齋諱擎柱用薦監延豐縣竝皆
有文集傳世

■ 河謙鎭(1870-1946), 『晦峰集』 권33, 晉州 士谷 거주.

望楸亭記

海上文善坊之後龍角山之南有望楸亭者姜氏先墓之丙舍也繕監
姜君永璂合謀其宗族而成之劃祭田具籩爵歲時以奉香火灌享有節
齊宿有嚴有事徵集則親疎畢至講衛先裕後之方敍天倫人事之樂君
復具其事走書請記于余余惟君故晉陽大族自流落江鄕至今六七世
之間聲猷雖若少遜于舊然其植根固而餘蔭益茂君又樂善好義有文
術尤篤於人倫常以祖先之心爲心故其於報本追遠之道苟可以力而
至者無所不用其極夫先王以孝爲治而下之人皆興於行墓必有祭祭
必有齋及夫王澤竭而此義不講彝倫漸斁而往往謂祭無益者有之君
獨以爲先王之俗不可失也其謹於禮如此以祖先之心爲心孝也謹於
禮如此誠也孝者仁之則也誠者厚之道也且其爲齋不爲飛甍隆棟噲
噲翼翼以駴視聳矚者其制樸而緻其禮質而章其謨簡而遠蓋一擧而
衆善備矣是皆不可以不記而使來者知也謹書此以歸之俾列于楣間

■ 河謙鎭(1870-1946), 『晦峰集』 권33, 晉州 士谷 거주.

武夷精舍重建記

武夷精舍明菴先生鄭公所置也蓋頭流一山磅礴雄深鎭湖嶺之界
其東麓曰**德山**山之中有所謂**武夷洞**者巖巒競秀澗流淸駛屢折回
合自成**九曲**此公之所以慕其名愛其勝而藏修焉者歟精舍舊在九
曲之臥龍潭上公歿而爲墟于玆二百餘年矣後孫珪錫慨然興歎與其
門姪泰憲謀所以重建謀于宗族及士友苦心拮据積十許年而可得以
集事以舊址太深難於守護移卜第一曲之西曰**菊洞**者旣落珪錫屬
不佞記之不佞亦嘗聞公之風而景慕者自幸其託名於楣間不辭而爲
之言曰不佞嘗竊以爲天地一飜大義晦塞則必有扶植而發明之者不
如此則永爲純坤而無以見天地之心矣之人也不獨在有爵位任世道
者之列或出於草茅淪落之中不獨在當時身親見之者或出於年代久
遠之後以草茅之人生乎年代久遠之後猶能烈烈焉以扶植自任者尤
難焉惟我朱明之淪喪實華夏變於夷者則其大義之晦塞極也當在位
者之以死扶植者固多焉至百歲之後而以草茅之士蓋然傷痛恥與共
載而精神心術行往坐臥無處而大明天地無時而非大明日月息交絶
遊與世長謝而惟以山水經籍爲家計以之寫懷以之求志沒齒而無怨
悔若公豈非所謂扶植發明之尤難者乎自古高尙特立之士往往于檢
身理家切實處未免苟簡疎脫而惟公以晦菴夫子爲依歸讀其書論其
世而奉其像是故其所以用工於身心日用之間者繩尺甚嚴毫髮不肯
放過世之論公者若以物外長往徒尙節者歸之則非所以知公也嗚呼
今天下大義之晦塞視公時益甚而晦菴夫子學爲弁髦之棄焉于斯時
也而重建精舍俾士之來此遊者無徒以流峙之勝幽敻之趣而追想公
扶植之義依歸之學感發而有得焉則是舍之興豈獨爲公之幸焉而已
哉閼逢閹茂之流頭日安東權載奎謹記

■ 權載奎(1870-1952), 『而堂集』 권28, 山淸 丹城 거주.

觀川臺記

　　德川江西九曲川下流有所謂觀川臺余之所築也其地自九曲透
迤至江岸而止其高約數十丈每登其上萬壑風烟縹緲入眼且夫灑灑
松風漾漾江月令人暢開煩胃此可爲方丈山中一佳勝也昔明庵鄭公
有九曲川題曰垂虹橋曰玉女峰曰弄月潭曰欄柯岩曰隱屛岩曰霽月
臺曰鼓淚岩曰臥龍瀑曰光風瀨近古悝溪曺丈於虹橋玉女之間置一
亭名之曰偶然距臺之北纔免數武許而今亭亦廢矣竊疑夫鄭曺兩公
常經由此間必無不知此地之可取而獨捨之何哉盖想造物者俾兩公
罔專其美留待後人耶抑或有見於此而事有不及故歟是未可知也今
吾就於此而臺之非徒爲遊賞而已顧吾一生所經如風如影於人世無
一事可藉者而姑爲此庶幾寓名於山水間耶可慨也已盆城許炯記

※ 山淸文化院, 『山淸樓亭誌』(2003).

永慕齋記

　　山淸之矢川外公村山麗水明自古名人碩學之駐杖感賞者多矣
德川江之源來自頭流山由中山村而曲曲回轉淸溪白石可謂天下
絶勝行至外公成一區名村利川徐氏世居也徐氏始祖諱神逸新羅孝
恭王時官至阿干大夫見國運之將傾與弟神通退居利川之孝養山下
自稱處士敎誨後學自後名公巨卿代不絶書累傳有諱選號草堂生于
高麗恭愍王丁未受業于耘谷元先生洪武甲戌中司馬丙子擢文科丙
申除通政大司成戊戌除資憲大夫漢城判尹己亥特吏曹判書公言辭
讜直氣宇峻正潛心性理之學與權陽村黃厖村爲道義交奉使八天朝
太宗皇帝時爲燕王愛公學識宏博賞賜銀縺一疋白壁二雙永樂庚子

十月二十六日卒我朝聖君世宗三年贈大匡輔國崇祿大夫議政府右
議政諡恭度公利川徐氏中顯祖也累傳有諱有福自順川移卜于此地
愛外公之山水兼得土沃而泉甘可以養子孫之福地遂奠居者爾來二
百餘年子姓甚蕃衍其麗不億各隨職業而散居於各處都市者甚多而
所恨者爲其入鄕先祖通政公而未有齋舍者也今年春諸後孫會合于
村中爲其祖先而築一齋舍衆皆樂而從之各出資金購材招工着工數
月工告訖制度不甚宏傑四楹三間之屋端雅暢明足爲名門之齋舍也
墻垣門庫亦備可以祭享迎賓聚宗族也後孫永宋五壽一千三君訪余
于晋州寓舍請其齋舍之記文及齋舍及樓之名號余以老耄累辭不獲
乃曰齋名永慕門名仰止如何盖不忘祖先之遺德者也衆皆拜而從之
余又整襟而言曰夫事之創之易而守之亦難可不愼哉此又徐氏諸彦
之宜留念也是役也後孫壽生恩守特有誠力故茲并記之歲庚辰七月
五日烏川**鄭直敎**記幷書

■ 山淸文化院, 『山淸樓亭誌』(2003).

道明齋記

晉西德山之上有村公田靈峰方丈之南麓也地肥而泉甘人厚而
風厖故昔松泉朴先生居之也今沒後四十年鄕黨士類咸頌其遺德不
有高行豈能如是也盖賢人所過之地山川草木皆有精彩也況其所居
之地乎元來先生博於文學四庫諸書無不精曉則眞斯文之宗匠也然
遭時板蕩自庚戌屋社之後遂無意於世事隱處山林安貧好學超然獨
行不改其志孟子所謂富貴不能淫貧賤不能移者是也磋乎草野之士
無志行何足觀也故蘭生於幽谷深林不以無人而不芳士君子立身行
道不以困窮改其節先生可謂止於斯者歟今者章甫諸君子修稧而鳩

財胤嗣元鍾及善鍾兩君殫誠竭力迺建一座精舍于山陽之吉地山川
照耀風景明媚允合先生杖屨之所也揭扁曰道明齋囑余爲記以余不
敏豈能當之祇述肯綮賀其落慶多士如雲牲幣豊腆華筵淨榻賓主盡
宴饗之樂風軒月榭襟紳有歌詠之欽則是固先生身後之遺韻也其於
百世之下繼往開來而扶斯文之墜緖則孰不尊尙而保斯齋乎先生密
陽人諱憲周字現述松泉其號也丙午仲春下瀚後學烏川鄭然龜謹識
※ 山淸文化院, 『山淸樓亭誌』(2003).

新安精舍重建記

　　新安精舍寓慕影堂而築者也粤昔英廟戊寅縣之居權李二氏謀鄕中
士友祠奉朱夫子眞影于新安江上蓋以地名之有符也至壬辰以其逼近
驛路殊無幽曼之趣移奉于今嘉谷而扁用新安之舊號焉純廟辛酉士
議以爲尊奉之道不可無配侑以尤菴宋先生得傳心之妙又甞過祠東赤
壁下而留手墨之鐫遂摹影而同奉於是祠儀漸備講堂門樓廊廡廚庫
秩然有序而春秋俎豆絃誦洋溢一方儒化宛然大興矣高宗戊辰命撤
國中院祠兩影遂移他所而祠爲墟焉自是士子如失函丈倀倀然無所
依歸二氏辛勤拮拒乃建精舍數間於講堂遺址以爲羹墻肄業之所又
殖零餘以資支用至辛丑以其位置未穩又改築而遂與遠近士子合議
春秋用紙牌以舍菜因設講席襟紳盛集濟濟蹌蹌昔日之儒風復回然
猶患精舍陋劣難客乃於甲子春增其制度而新建秋九月告落成以爲
精舍事實源委不可無傳於來後屬載奎以記之載奎不敢辭乃序次之
如右又爲之言曰夫立祠而奉影影撤而建舍誠以慕其人而不能忘也
苟慕其人必須道其道而學其學其道實堯舜孔孟所傳之道而本乎天
而具乎性者也其學立志以揭的主敬以端本硏理以擴知反躬以踐實

眞積力久以至從客灑落而切切乎辨異端而明正學懍懍乎尊中華而攘夷狄壁立千仞於洪流稽天之中而爲萬世準則者也惟今與後之遊於此舍者宜先於此焉講明而遵守之無爲異敎之惑殊族之淪焉夫然後其所尊慕兩夫子者有其實而不虛矣豈今日之建舍奠荣謂了吾輩之事哉若其舍役之一心句管克底有成李炳直安東權載奎謹記

■ 權載奎(1870-1952), 『而堂集』 권28, 山淸 丹城 거주.

新安書堂重建記

是堂肇自肅廟年間凡四遷而終於是谷是谷之又重建殆近二百寒暑矣其宏大鞏固固爲嶠右之第一學舍而歷歲彌久不能無滲漏朽敗之間間焉一日堂中老少咸聚而言曰與其恒有事於葺理而終未爲完孰若大力以重建而能保久遠於是斥土田以資費選幹能以任事材用新木而仍大梁制用舊舍而去空樓外門增附間架以處爨直經始於戊寅之孟春至季秋告成權氏輔容禹鉉李氏炳馨元相實任焉而至其一心擔夯始終不懈禹鉉是已歛落之日衆議以爲堂之顚末前記固詳矣而重建事實亦不可無傳俾余記之余乃述其大槩如右而抑有一言自夫新校之興舊學齋舍日以廢壞不爲茂草鹿場者鮮矣惟茲新安一谷精舍之重建在近年是堂又重建於今日而老成新進之無異議焉役鉅財劣之無難就焉是誠有不偶然者豈非吾兩家先父老世世欲其子孫之業於學以至堂四遷年數百之苦心血誠有以默誘而陰騭之耶惟吾輩旣知是堂之以先父老所置而不可廢壞則須求先父老置是堂之本意勉勉存心於學講誦洙泗洛閩聖賢之書服行四勿五典禮義之敎相觀而善有過焉規同歸于吾儒之科而無或異種新書之雜焉杯酒諧謔之事焉則庶不負先父老之苦血而雖謂之扶陽脈於窮泉之萬一可也

苟子曰千秋必反理之常也子弟勉學天不忘也盍相與勖哉

▨ 權載奎(1870-1952), 『而堂集』 권28, 山淸 丹城 거주.

上陽齋重建記

齋在**江樓西上陽之村**權明湖先生講道之所扁以上陽因村名而
亦寓上其陽之義也盖吾邑以山水稱江右者以有江樓一區而之齋又
擅江樓之勝焉先生自總角聞道傳沙上主理之學人之仰之者擬之以
昏衢之明燭志氣豪邁韻致磊灑能遺外聲利而無拘儒曲士之能人之
知之者稱之以季世之高士而性又至孝其所順志而安體者求諸古人
罕見儔匹環堵蕭然風雨不蔽而餘力讀書聲出金石當是之時以襃衣
優帶誾誾徵逐師友間談性道播文譽者動以百數而至於質行皆自以
爲不及也乙巳之變先生從老柏師門北走京師八百里爲號訴計而至
竟不知意則遂痛哭還山自此萬念休矣於是知舊門生爲之築齋于此
先生乃八處以爲課生講道之業而不幸年未高而且厭世嗚呼今思慕
先生者于斯齋焉而襲其精采因以究其義則其行講其學扶得先生所
上之陽於九野寒威之中以張大所以扁名之義則斯齋也必將有辭於
世而吾邑亦與之重焉其見稱於江右奚第以山水而已哉凡爲先生後
學宜知所以勉夫齋以丙辰起而本覆以茆故未多年有上雨之患乃重
建而瓦之役始於丁卯春至冬而告訖間凡五楹左曰壁立軒右曰瞻猗
軒蓋亦先生所命云

▨ 李敎宇(1881-1950), 『果齋集』 20, 山淸 丹城 거주.

西洲精舍重建記

丹城庠里之居吾宗世篤文行有聲鄕省而近世有西洲居士諱章
煥以愚川公之世嫡克承累世之緒厚德重望爲一方表率而嘗退避黨
來之榮名安分丘園惟益致力於紹述導廸之方故其子若孫有石愚松
山梧岡昆第父子者俱負望儒苑家聲益大振則實自公啓之也以其不
可無寓慕之一宇往者其次孫靜齋雲鉉倡於諸從而釀穀殖之者有年
至是購一屋里中而修治之揭以西洲精舍之扁以象平日之藏修而爲
寓慕之所歷歲旣久物漸耗而屋亦壞矣靜齋之孫聖根謀於其胄兄泰
根獨損其力而撤其舊而新之制因其舊而益以明暢盖遵其祖考志也
旣成因其從祖球鉉請余記其事累辭而累督之因惟念凡事有創有繼
而創與繼常相因非創則繼無所本非繼則創無所傳二者其功等耳故
周人稱文武之功德必本於太王王季者以其有紹前繼後之創也公家
近世文學之盛雖因後來諸賢之善繼而紹先啓後之創實由於公則正
如周之太王王季而是舍之作豈可已也幷有光於石東之舍仁谷之堂
矣此爲靜齋公創起之意而又有待於後人之繼也今聖根君另力而重
許之以復舊觀者豈非爲善之繼者耶是役也力雖出於君之所獨而誠
實因於諸孫之所同則今之繼之者又將爲後日之創而來者之復繼於
無窮從可卜矣是豈非可賀者耶抑一舍之有創有繼是特在外之小者
而反以求之又有大於是者諸宗於此必有所致思者矣余於公家之懿
範艶仰之有素者不徒以尋常族誼則不可徒以賀而無箴故以是復之
傍裔**玉鉉**記

■ 山淸文化院,『山淸樓亭誌』(2003).

把淸亭記

嶺之南有巖邑焉曰**丹城**丹城之埜有隱君子焉曰石樵權公公嘗
聞道於淵齋宋文忠公學問進修之方眞知實踐之工一遵儒家法度而
及其時象澒灚無復當世之念則守邃韜晦自靖以爲潔身之計於是作
幾間亭子日夕登臨嘯歌自娛錫名以把淸者此也赤壁之山白馬之城
周遭如屛障新安之江縈回屈折爲襟帶焉每雨晴之朝月明之夜群峰
蒼翠交映於萬頃玻瓈之面澄光瀲氣常時不絶軒牕欄楯不留一塵此
則亭之大觀也昔尤菴先生南遊至此愛其山水書赤壁二字於岩面銀
鉤鐵索龍挐虎攫淵齋與公皇考同樞公有雅契千里命駕相與逍遙又
以留客亭三字鑱之石焉前後賢躅之所過江山增彩草樹含馨此則亭
之故事也迨公觀化十數稔哲嗣載弘要余記之噫治心實爲學之妙訣
矣聖謨賢誦要不出此外先治其心以證其源視明聽聰志氣冲穆故雖
甕牖繩樞不蔽風雨人不堪其苦而自有觀物之樂況占得高明爽塏之
位臨之以亭榭助之以流峙其翛然洒然者又何如也若方寸之中塵垢
逼塞滔滔慾浪頭出頭沒雖有佳境焉知其樂哉然則把淸之義不在於
他而祇在乎一心公所以寓意者槪可想焉爲其後者當用力於治心毋
爲外物所移則始可以把其先世之淸矣何竢余蒙之贅丙子孟夏安東
金寗漢記

■ 山淸文化院, 『山淸樓亭誌』(2003).

仁谷書堂記

仁谷書堂**松山**子權君君五別業也始君築昭泉小亭所居**江城庠**
村之右以處學者旣以來者益衆懼其不能容也更相地於東峽**九印**

之谷建立書堂君從子應詔應圖暨諸受業者並力以助其成堂爲五
架十六楹翼室門廊具焉九印一名求仁君曰合矣是可以名吾堂也扁
之曰仁谷書堂遣人以書徵記於余余少與君古道相處其交爲四十年
餘雖未知君意如何而余則敢自謂知君之深無若吾者以君之有斯堂
也而余可以無一言以發君意乎且余嘗一再至其堂見君古服峩冠斂
容危坐一榻詰朝鳴鍾諸生以次而前俯首聽講惟謹旣退各執其事無
有敢喧譁失儀者余以是心服君及人之效雖古孫明復石守道無以過
也人有問於余者曰堂以仁名矣而松山之於諸生不以仁道告之所授
者講問思辨之末爾所習者言動威儀之間爾何其遠而無當與曰不然
仁者天地生物之心而人得所以爲性者其爲體至大而亦至微雖聖人
亦罕言之是可以輕語學者哉孔子於問弟子之問仁也必敎以爲仁之
方如曰克己復禮曰主敬行恕曰居處恭執事敬與人忠是則致謹於言
動威儀之則者也子夏曰博學而篤志切問而近思是則盡力於講問思
辨之事者也凡此數者疑若無興於仁而能如是心不外馳私欲不萌而
天理得焉斯以爲爲仁事與理一本非末殊有見於此則君雖不以告人
而亦未嘗不以告也曰然則松山仁乎曰未敢知也然君盖志乎仁者也
孔子曰我欲仁斯仁至矣吾以君之志而知君之至之必有其日也旣以
應客因書之爲堂記晉山河謙鎭記

▦ 河謙鎭(1870-1946), 『晦峰集』 권34, 晉州 士谷 거주.

静齋精舍記

丹城之校洞權氏居焉松山梧岡靜齋三叔姪幷時挺生接甍相居
門闌之盛聲振嶠南松山先生則以老柏先生之傳鉢秉拂受徒梧岡翁
則以愚川公之胄孫受學于勉庵崔先生克昌先徽靜齋公則賦得英雄

豪傑之氣通明恢弘之量淸高巖巖儀步履鄭重語音凝重條理方方做
事密勿至其産業則別無費力而自臻富裕隨時給補叔兄兩丈之不瞻
如公儘可謂孔聖死云富而好禮之君子人也當時人士每稱之曰若非
靜齋公則松叔梧兄亦莫不爲少遜云兩翁損世之後世亂巴測公或恐
先業之少替深衣大帶儼然聽講于仁谷堂中計篤紹先裕後焉公歿之
數十年嗣孫聖根君修繕平日所居之外廊而扁之以靜齋精舍以寓羹
墻之慕責記於溶求以其往來十數載詳知之故也何可以文拙辭之又
有一言仰告者聖根君則可謂紹述其先業而至於子若孫之心則未知
其如何願君之心傳之子孫傳之無窮則靜齋公之善德美風亦隨而昌
大而傳可不朂成歲庚午十二月上浣潭陽田溶求謹記

※ 山淸文化院, 『山淸樓亭誌』(2003).

龍溪書舍記

余同門友浩齋李君少日讀書受徒于隴雲先閣晚年築四楹三架之
舍于正寢之東龍岡下木溪上旣以有天山放洞用莊叟一而不黨之語
名其軒曰天放以有石臺用子思一卷石之語名其堂曰卷石以地近新
安室曰苟安而總以扁之爲龍溪書舍一日邀余于舍上飮之酒言曰吾
與子五十年遊從趣味之交孚雖古膠漆無以踰也今吾有舍而無子一
言可乎余曰然世之士吾見多矣而其篤志固守至老不少變如君者幾
人蓋君有嵬嵬之賦穎悟之資而又就正於明師良友睊睊服膺以成之
則其所默契而篤行之者爲如何哉而猶以爲未足也至作舍而因地寓
號以替盤盂几杖之戒安其身於興寢之室而要不貳不息以致盛大之
工又能蕩平其心公正其論以不失是非之本天于龍岡之特立而養吾
剛大之氣于牧溪之淸馼而洗吾纖毫之累則如君之學可求之古人而

豈今世之類也哉余曾年構小堂於後山之腰距舍不遠每春暄秋涼幅
巾杖履互相往來入室促黍人不知誰是客如司馬德操之於龐德公與
之細論經旨劇談世事則庶彼此有益而足以爲皓首相期之端也夫全
義李敎宇記

■ 李敎宇(1881-1950), 『果齋集』20, 山淸 丹城 거주.

紫巖書堂記

　　紫陽朱夫子承孔孟周程之緖推明姚姒以來相傳之心法以嘉惠萬
世之學者天下宗而嚮之篤信而誦習之無異辭矣逮于我東儒敎大明
群賢繼作禮樂之治道德之興駸駸乎軼漢唐而追三古者寔朱子有以
啓之也自是以還家六經而人四子莫不以朱子爲吾師今天下異類橫
行邪說懷襄東韓一隅尙僅僅如碩果之不食誠伊誰之力哉當是時國
家之所以造士養賢父兄之所以迪其子弟者尤不可不以朱子之傳爲
撥亂反治闢邪衛正之大一統也豈其微哉丹邱之石溪權氏居之其先
有退菴翁遊錦水之門與聞乎朱子之旨今其裔多樂善好義子弟之聰
穎醇雅橫經而志學者競奮也謂古者家有塾以立敎乃就所居西北有
洞曰慕朱有巖曰紫皐者而築書堂聚徒而獎育之一以朱子爲律扁曰
紫巖權君相喆相鶴嘗命余名其房室門楣余樂爲之道曰朱子之臨終
而囑其門人曰爲學之要惟事事求其是聖人之應萬事天地之生萬物
直而己曰是曰直此千聖之單詮三昧而朱子得之以一生焉而且詔之
後其爲白鹿諸生勖之以明誠兩進欲朱子學舍是何以哉請署其東西
曰是直庵明誠齋則何如書藏曰光惠室取惠我光明之語也何如門曰
萬雷雷一聲而萬戶之開夫子之有契於復卦也而後賢以贊夫子今天
下方夜矣將雷陽之不遠而復乎何如二君曰唯以是學朱子庶幾近之

矣請記其語以諗其徒余不能止且以竢朱子之道之煥然大明於天下
而紫巖之堂永有光於終古也苞山郭鍾錫記

■ 郭鍾錫(1846-1919), 『俛宇集』 권137, 居昌 거주.

泗陽精舍記

　故友溪齋子鄭君始居方丈山下石南築齋舍數椽以處學者盖放古
閭塾之遺規而拈出中庸尊德性道問學二語署曰尊道齋其取義則當
時數三老德實爲銘若記盡之矣君中歲移寓柏谷觀化於龜山書室後
數年君三子仁永德永夏永復自柏谷卜地南泗居之而爲異宮而連牆
棣華交暎胥敦友弟藹然以楊播家法稱於人久矣旣而世變日劇仁永
又不幸夭逝於是德永夏永及仁永之子鍾和懼夫不克致力於繼述而
溪齋子所傳之家學或至於泯泯也貨一屋于所居之傍爲泗陽精舍于
以取便於延賓客飲射行禮且以爲子弟居業乃以尊道之扁而揭于中
堂是由雖名泗陽其實尊道齋之移建也竊惟尊德性道問學爲目有八
而終之曰敦厚崇禮可謂約而該矣故其西夾曰敦崇室尊德性所以尊
心道問學所以致知存心致知之功其要以敬爲主而敬以直內又必義
以方外故其東夾曰直方室精舍之西有曰尼丘山者全石爲峯屹然聳
拔令人有仰彌高之思而其下泗水過之考亭詩中勝日尋芳泗水濱無
邊光景一時新者亦可以諷咏而得其遺旨矣遂名左軒曰仰彌右軒曰
一新規中堂之北爲樂存閣貯經史子集凡數千卷皆溪齋子所嘗爲至
樂效歐陽子者也階甋牆垣淸楚齊整而門於其南方曰光正門溪齋子
有尊道齋講義一通說明德義極其詳焉明德者朱子以有得乎天而光
明正大釋之是爲大學三綱之首而學者最初入德之門戶也溪齋子嘗
言夢拜晦齋退溪二先生講質甚多及寤惟記活潑眞源四字夫惟眞源

之活潑豈有他哉存心而極乎道體之大致知而極乎道體之小則道之
所極源之所存舍是而求源是猶韓子所云航斷港絕潢以望至于海者
也溪齋子有見於此而尊之道之之功眞有異於人者是以其精誠發於
夢寐而二先生親臨以啓之矣爲溪齋後人者尤不可以不知此義故於
鍾和之以余爲先友而請記其精舍也特書以發之云晋山河謙鎭記

■ 河謙鎭(1870-1946), 『晦峰集』권33, 晉州 士谷 거주.

尼東書堂記

　俛宇先生以高宗大葬之年己未啓手足於茶田山中如齋其明年庚
申草浦尼東書堂成草浦一名**餘沙**在**江城縣**西十里其山曰**尼丘**其
川曰**泗水**故先生之世庄也于時南鄕人士方議爲先生建書堂茶川
復以爲草浦先生嶽降之地是似考亭之婺源也其地不可壚募力經營
之而其成先茶川一年屋爲四架六楹其中堂曰三晦取先生集中晦窩
三圖也兩夾室西曰知敬東曰弘毅別規其傍爲小齋以翼之名以同文
南其門曰一直總以扁之曰尼東書堂以其在尼丘山之東而先生少時
讀書草浦嘗起草草亭書尼東二字於壁今亭廢而書堂作於其址然則
尼東者本先生所命也旣落擇域中德望有文學者一人主堂事每歲仲
春會諸生習飮壺相見禮禮畢設講以爲常焉嗚呼道之在天下不可一
日亡而平陂汙隆時有之是則關於時運非人力所能爲也吾邦晟時稱
比並神州中更衰亂駸駸儒化不競而禽獸至此盖百六之會而是時先
生何以生焉豈非至不幸哉行可以符神明而志不遂學可以貫天人而
業不著宣室承召密勿所陳天下之大計而主不悟函席接引橫堅所說
理學之正傳而人不知加以毀謗銷骨禍災剝膚飢餓轉徙備嘗艱險凡
此皆無足爲加損先生者而命之窮則極矣雖先生其如命何哉然而尙

幸及夫山梁旣頹風猷漸邈之日而諸門生徒友相與謹守心法懼夫一
朝失墜不足爲來世之傳隨所在建立書堂以資瞻儀旣又刊布遺文思
與天下共之是其精誠所到將必有濟夫天道有平陂汙隆陂則必平汙
則必隆人心有通塞晦明塞者可以開之而通晦者可以反之而明斯義
也先生於晦窩圖中以冬春晝夜乾坤旣濟未濟貞元動靜之理反復推
明之而終以晦之爲字從每從日取喩於日新之工盖能通能明之機在
於日新而不已而其要則知敬以致其節弘毅以立其本直事以正其趨
夫然後庶幾不負先生之所以敎而吾道之不亡終有賴焉此今日斯堂
之所以作也盍相與勉之哉諸君子以謙鎭舊嘗及先生門而受知深也
屬一言記之義不敢辭云晉山河謙鎭謹記

※ 河謙鎭(1870-1946), 『晦峰集』 권33, 晉州 士谷 거주.

望楸亭記

　　古者起寢於墓側以奉先墓我東士大夫齋室之盛盖其遺也**丹城
縣**西十里有沙月里上有望楸亭朴氏之三世墳庵而名以望楸者子
孫追慕之意也余嘗客于亭而訪其舊亭之建在正廟辛丑而其山故判
書松月堂公居廬之地俗傳以爲殯山者以此云因竊思之公漢陽人也
而葬母夫人于此廬墓三年三年纔畢身還于朝王事鞅掌省掃不時千
里松楸之思何嘗一日忘于懷也然則望楸之名其公之遺志也歟公之
子孫能以公之心爲心而名之亭則登斯亭而望其楸也寧無感發興起
之心乎公以明廟名臣忠孝節儉聞于當世傳之後人子孫所以砥礪名
節思不忝先者尤有異焉春秋霜露之際兄弟俱在宗族咸集灌獻酬酌
歡欣和悅歌常棣之詩詠角弓之什屬有遠近情無親疎怡然如在祖先
之側獲聞警咳之音則千年如隔晨百世同一室其所以尊祖敬宗敦倫

厚俗不在於是歟詩曰維桑與梓必恭敬止夫在田里則桑梓在丘墓則
松楸恭敬之心猶及於樹木而況於先人樹立之懿乎愚於望楸之亭有
以見朴氏之敬於奉先而松月堂公餘蔭未艾云爾著雍攝提格黃華節
盆城許愈謹記

■ 許愈(1833~1904), 『后山集』 권13, 陜川 吾道 거주.

草浦精舍記

尼山之東泗水之北有嵬然亭子卽月浦先生李公菀裘之所也公
兒時已有神童之稱服襲詩禮之訓探究性命之原早定歸趨以親命治
公車業及中司馬以不逮親在爲至痛自是絶意進取益肆力於四子六
經見解日臻昭曠其論太極動靜之辨曰涵動靜者理之體也能動靜者
理之用也有負笈來者輒爲之嚴課程敎不倦學者爽然如渴者之於金
甌玉漿也晩築室於尼丘山下其先祖梅月堂舊址扁以月浦農舍手書
誠敬二字揭壁觀省左右圖書靜存動察食息不弛且鑿池養魚築塢植
桐花朝月夕內屨逍遙嘯咏自娛前後三登有司之薦目輒斳免終不介
于懷牢守林泉固非果忘於世而適値世機澌塞之際進而不得展布所
蘊退而從吾所好竟以布衣終于世無悔此眞用行捨藏之君子者非也
耶歲已遠而亭隨毀士友之嗟嘆後裔之痛惜久矣日其曾孫晦根以八
耋之年踔三百里之程來余謁記曰吾祖有不泯之德之行而雖有遺文
之刑行尋得其影響然其於平日捿息之處杳無遺躅之可據吾先子益
惧世漸遠而跡隨寢乃與士友修契而拮据之亦關世潮日變事多蹉跎
飮恨而沒季君玄根體其遺志買屋於不遠舊基之地山川風物未嘗小
異卽當年杖屨之所同則不必費移建之勞乃因本搆而加修繕之工揭
而草浦精舍襲地名而亦有合於取號之義於是乎庶遂屢世未遑之擧

此又未卒事而遽即世嘆恨如之玆不恤癃衰往來躬幹今纔迄役來請
記實願子之發之也余從祖考寒洲府君所撰公狀文承讀之久景義已
深今君之捨有德者言必于我重其世誼也亦不敢以猥越而終辭然昏
耄之甚不能充孝孫之求不嫌妄搆反爲完璧之瑕是爲之懼恭竢覽者
之評騭焉昭陽赤奮若淸明節上澣後學星山**李基元**謹記

■ 山淸文化院, 『山淸樓亭誌』(2003).

培山書堂記

　　朝鮮爲檀君箕子浚人士莘莘諷孔經被儒服奉孔子爲國敎久矣莊
子謂孔子之道配天地本神明育萬物六通四闢本末精粗其運無乎不
在故孔子爲創敎之聖卽其運世之粗迹在春秋則有太平升平據亂三
世之異材禮運則有小康大同之殊其傳於七十子後學者則有今文之
六經而六緯副之皆以除民之患奧深功明矣惟自漢劉歆僞作古文諸
經纂亂聖統晋唐傳之雖以朱子才賢不能無蔽焉故朱子信僞周禮爲
眞周公作贊其盛水不漏疑禮運大同爲老子之學說謂春秋不可解不
知穀公董何之口說于是太平大同之義斷絶閉塞矣徒存據亂之說則
不能範圍歐美民主社會之義遂至孔敎爲新學所疑攻豈不耗哉夫朱
子無得于六經只能發明四書然所發明者猶是據亂之說僅能明朱子
一瑞偏安割據而已朝鮮所傳爲孔敎者實劉歆僞纂之經朱子割據之
敎非孔子本敎之眞也培山書堂會諸君悼大道之危微憫人心之離變
旣尊聖衛敎冒險犯難守死善道矣又能反本復始辨僞求眞疏附禦侮
命李君炳憲渡海問學訪求眞經以宏大道孔敎遂東其在培山書堂也
夫是堂也故李氏地李退溪先生曺南冥先生訪淸香堂李公于此而李
松堂李竹閣從學焉故**丹城晋州**數郡人士爲斯堂將以祀四賢李君

忠鎬退溪先生之裔也以爲私其家賢不如公爲尊聖但保舊學不若講
求眞經故就書堂立文廟而祀之來闕里求聖像而奉歸問廟樂而學焉
將刻今文諸經說講習而布傳之孔敎之復元聖道之光大東國人心風
俗之美其在斯夫其在斯夫諸君子遣李君炳憲求爲文累年矣孔子二
千四百七十四年七月五日 **康有爲**記

■ 山淸文化院, 『山淸樓亭誌』(2003).

九思齋記

　始鄭君安卿爲童子時其大人翁携安卿過余南岩書室揖而言曰吾
欲以是兒累吾子吾子其幸敎之吾老矣得無死尙及見使兒成其學得
如吾子者是吾願也是時安卿已名有雋才能雖經辨志綴文雖不能工
而亦頗有奇氣盖翁不知余之無狀不足以師安卿而猥有託焉且不以
當世第一人望於安卿而期以如余斯固未善也然而安卿徙余久信余
愈篤旣長大猶然余亦賴安卿往往有發焉幾幾乎古人所謂相長之益
矣翁旣沒世世禍作而滄桑屢變安卿急於幹蠱罷於奔竄雖未嘗一日
忘吾亦不能數數來也往年余在龜岡安卿復挾丹徙之留止旬月旣歸
亟以書請記其大人所築九思之齋仍述平日所聞於家庭者其言非僅
爲一家成法而懼復不能卒究大業以少酬父志余謂安卿以彼其才而
其心又如此顧余無足爲輕重然於安卿豈敢有慶於言乎夫自視聰色
貌以至見得此九者固皆各專其一而總以求其要則在誠之於思已矣
此乃心之所以能主宰一身而萬變是應無有窮已如洪範五事終之以
思與夫孟子所云心之官則思先立乎其大者是也安卿讀論語已熟必
能了其大義特患其有未誠甬誠之無它道焉是在安卿非它人所得與
也安卿其益思吾言而無忽哉能是九者安卿之於學已思過半矣先大

人名斯齋以遺後人之意亦得矣齋凡三架四楹盖以茅編竹爲扉昭其
儉也其曰九思者地名龜寺取聲之相近而易以是號云己未陽後月麗
山河謙鎭記

■ 河謙鎭(1870~1946),『晦峰集』권32, 晉州 士谷 거주.

濯然亭記

囊余訪子善晦敷二柳君於**江城縣**之丁台二君引余觴于其新亭
而語之曰吾柳之居此土以立門戶自吾七世祖處士槐軒府君而始府
君有文章行潔以完菀然負名儒林縣志有曰布衣行義通法先王盖實
錄也府君沒世旣累百年而遺澤之在乎人者至今未泯吾等雖不肖龘
知慕古讀書不趨時好殊言異教無得以亂其志焉是遵何力哉吾等豈
能一日而忘府君哉往歲群族募力就府君舊居經紀一屋爲悅親戚燕
賓客教子姓肄業之所而歲時無事相與習爲鄉飲鄉射投壺相見之禮
衣冠靜肅琴酒閑暇悅若朝夕陪侍府君於一堂之上而聽諄諄之誨焉
此盖爲繼述之一事而亭之所以作也吾子其記之余起而復之曰不亦
善乎夫人之情於其祖先雖桑與梓猶知愛敬況其有肇基業以傳於後
而後之人欲其地之勿之有廢則其所以以經以營以藏以修爲興想寓
慕之地者尤有所不能已焉詩斯干之云似續其祖周書所云旣勤垣墉
惟其塗墍茨宵是道也抑又聞之昔柳河東子寬非朝謁之日則自平朝
至暮不離小齋與弟及羣從會食燭至則命子弟執經史躬讀一過講議
居官治家之法盖其家法如此故朱子善之而著之于小學江城之柳其
門地與爲人視河東雖未知孰優然河東僅足於一家耳豈有幷羣族同
聚一亭繩祖武於累百年之後而其孝思愈篤其學業益修如江城者乎
余安得不奮筆特書以答二君勤勤之請也亭爲四楹左右庖序及門垣

皆備其曰濯然者以公墓文中有濯濯然之語而名之而若其平臨道川
遙挹賢山泓澄演漾靑峭兀聳斯亦足以見其濯然者是又登覽之一快
也晉山河謙鎭記

■ 河謙鎭(1870-1946),『晦峰集』 권32, 晉州 士谷 거주.

道東講堂記

高麗之末忠賢輩出啓我東方休明之運言其最著者則李文忠公益
齋先生其一也竊惟先生義勇忠信出於天性文章學識冠于當世早被
寵擢翊贊治猷歷事五朝而四登相府凡其所處皆國家難虞君臣危疑
之際而黽勉周旋不避難險而雍容密勿無跡可見卒乃不汚其身而得
全終譽匡救其君而安固社稷吁其盛矣然此豈无所本而如是哉一生
尊慕晦庵夫子讀其書而求其道是以門路正大造詣高明偉然爲宰相
中儒者宜其名流百世而遺像亦與之幷存儒人瞻肅而與慕也高宗辛
亥裔孫之居丹城者營築數間屋於所居道川之東悟理坊移奉眞像之
藏在沃城舘者而安于壁龕之榮圭李遠榮三李君實主其事而章甫之
來會者甚盛是日行荣禮而以每年仲春之丁日永準儀式至癸酉春多
士發議更立祠宇四楹于堂之北移奉眞像以舊屋爲講堂於是安儀益
嚴諸生會講及賓客燕飮亦寬其所而凡百儀度秩然有序越四年丁丑
爲書俌三章甫徵堂記於不佞不佞亦嘗景慕先生者雖老且不文豈敢
辭諸茲述其區區之見如是且進一言曰僉君子尊慕先生者可謂至矣
然先生忠義之磊落學術之純正此所以爲先生者也於此而不講明而
師法焉則其所事者特儀文之末節耳盍相與顧勉哉彊圉赤奮若孟陬
晉山**柳遠重**記

■ 山淸文化院,『山淸樓亭誌』(2003).

日新堂重建記

日新堂先生李公在山海夫子之門頗爲先進又其家世以官閥相繼
而獨不求進取隱居行義其行尤孝聞當執徐之難適丁母憂年近六十
而猶抱木主負祭器漂泊數千里避兵北郡定平之地竄深山朝夕不廢
饋奠祥祭得肉薦之若有神相者人咸異之定平古沃沮夷貊之墟其人
雕悍不識禮義之敎而卒能觀感慕化俗爲一變亂平還鄕里置數間屋
於山水間以日新扁其堂左右圖書以終老焉沒後鄕人立祠享之中撤
於邦令堂亦仍毁近歲後孫復其祠而幷建其堂屬兢燮記文兢燮不敢
辭竊惟日新之義始見於中虺之誥而湯取之以銘其盤其後阿衡之於
太甲亦擧而申之則二字之爲商家相傳之旨訣可知矣惟其如是故六
七百年之間賢聖之君代與累作赫赫明明爲古今王家之第一由二字
爲之基也然自成湯都亳之後仲丁遷囂河亶甲遷相祖乙遷耿盤庚遷
殷亦可謂屢新厥居矣而若商之所以日新其命者則豈以其居哉克終
厥德太甲之所以日新也嚴恭寅畏太戊之所以日新也不敢荒武丁之
所以日新也不侮鰥寡祖甲之所以日新也此四宗者未嘗一新其居而
惟德之務新故卒能克紹烈祖之緒有辭於萬世則知古之聖賢之所謂
新者意不係於居也審矣今諸李氏於創殘之餘重創斯堂以復舊之觀
其誠固不細矣然是特居爾曷若追求先生行義問學之實而服習之使
日新之義又日新而不已則商道屢興之幾將見於一門之內而堂之肯
構亦自屬於日新之一事矣是語竊附于仲虺阿衡之戒己巳十月望昌
山曺兢燮記

■ 曺兢燮(1873-1933), 『深齋集』 권20, 昌寧 거주.

心潭精舍移建記

心潭精舍舊在江城之內湖村畔李君采汝先大人清溪公爲其先人
心潭公所築也越二十九年之庚辰采汝以其地偏而逼村屋且苟簡移
建于村上月清峯下制度稍壯其地自成一區峯巒周遭小澗傍流頗有
幽靜之趣焉旣落采汝德夫兄弟間相徵記於余余惟公晚學惕惕之誠
心潭淵淵之義農山鄭公前記已盡無待乎余言第念余老病杜門不能
遠遊每興到輒往內湖留連玉洞後山二齋講書哦詩而歸今采汝兄弟
又置先亭而藏修焉則自玆以往余之遊樂又增一所且二齋皆累余言
則此可獨無乎乃繹前記心潭二字之餘意爲之言曰心之本體靜靜故
虛明而能照徹萬里一有物欲以間之則亂矣水止而靜曰潭靜故澄淸
而可以徘徊天雲一有泥土以淆之則濁矣此公之所以默契於潭而揭
楣也歟然爲靜有道敬是已苟能恒自儆惕儼然肅然若上帝鬼神之臨
其上深淵薄氷之在其下則主宰卓立外物不得侵虛一而靜矣以之持
躬制事何往而不宜哉心之不可不靜而靜之必須於敬有如是也夫惟
爲公後承者以心潭二字奉作家傳旨訣居常深味而實體乎身則不惟
不墜先徽足以爲安身立命之方矣嗚呼今天下皆動崩奔馳騖莫知所
向職由心不靜耳公之以是揭楣亦所以爲後世子孫無窮之謀也歟安
東權載奎謹記

■ 權載奎(1870-1952), 『而堂集』 권30, 山淸 丹城 거주.

玉洞精舍記

余與李君止齋兄弟甚善兄慈祥持重能鎭一門弟學宏文煒余視畏
友至其精悍敏劃可以立事獨推君是以家宂門幹蝟集於君而君不以

此自困猶能飄然有物外之想一日喟然曰吾老矣置一亭於奧靜之丘
以爲養性情課子姓之所可乎於是斬木燒瓦凡百已辦而地尙未定余
赴君兄孫之冠席時豪彦盛集君卽引之入所謂玉洞者洞蓋其先公置
亭之地今移築而墟焉君以爲與其選異區之勝曷若于玆山之中與其
謀蓍龜之幽曷若于衆目之明遂與之下上參伍得一丘於舊亭之西南
數十步越五月君過余于新安山中曰吾之精舍已就而將入處矣願與
吾子落之余卽往之舍凡五架四楹橫割而分之堂室相半可以處學徒
而延賓友直堂之左偏引水爲方池新移荷蕖而未花奇石佳卉異葩以
環之蓋地居洞府之最中氣凝而不流勢平而不陂窈窕高朗奧曠具焉
而非若舊亭之偏於一隅咸歎其昔秘而今發也是日也風流雅靜主賓
胥歡酒半有起而揚言者曰在宂幹浩劇之中而能辦物外幽靜地業在
新敎充滿之日而獨置舊學寂寥之堂者斯世有幾入哉吾爲君賀又言
曰君之志不寧惟是蓋將因之而益讀所未讀之書益講所未講之理知
日以明德日以進而子姓之課乎其中者亦皆觀感淬礪日月就將無不
如君之爲者夫然後不負其所以置亭之意豈但以寢酣雲霞吟哦性情
爲能事而不求其進於是者耶君愀然良久曰敎我者至矣君自始營精
舍時已囑余以記之念余有君兄弟之相善而又有精舍之勝焉則余之
往源源不絶而玉洞之溪山風月將與余緣益重不可無余言玆述其建
舍顚末及朋友之所頌勉者以爲記安東權載奎記

■ 權載奎(1870-1952), 『而堂集』 권20, 山淸 丹城 거주.

後山書堂記

果齋李君其少也游學四方中歲移置先亭于村裏仍居講授焉年五
十六之丙子其子姪及門生謀所以藏修者難其地其友人沈景晦來曰

果齋藏修自有其地嘗記果齋年十二三時有詩云性癖偏憐屋後山彼
屋後之所謂粉後谷非耶卽往相之其爲谷也雖小而內而氣聚敦確緊
凝外而勢開周遭爽朗咸曰樂哉遂建四間屋堂序房室可以處師生延
賓友乃因其谷名而扁之曰後山書堂屬余以記之余惟人之一生究竟
往往已兆於幼少時蓋君稟而有敦凝之質聰明之才勤懇之性學而有
淹邃之識精緊之思遒麗之文宜可以有用於世而遭時岡極一出脚不
得究竟爲後山書堂一老措大而止以今觀之幼少時一詩句乃爲君之
命辭歟雖然邵堯夫先生有曰隱几工夫大揮戈事業卑古之學者其爲
己務實如是收斂乎一心天理之全體虎尾春冰以保之玩索乎千古聖
賢之微言江河膏澤以潤之眞積力久以至心與理爲一皆從隱几中得
來此君之所嘗日夕孶孶不知老之將至者而彼功名事業奚足爲有無
哉君與余在江之南北而余置仁谷書堂之三年君之書堂又成事若有
不偶然者自今以後互相往來時月之間君不在乎仁谷之中則余必在
乎後山之巓講其所未精勉其所未篤同歸于善終庶不負生平相期之
至意而兩地書堂亦因而不寂寥也夫權載奎記

■ 權載奎(1870-1952), 『而堂集』 권30, 山淸 丹城 거주.

<h2 style="text-align:center">臨履亭記</h2>

　余舊與約山許子善約山子亟愛賞余文嘗屬記其所築臨履亭者余
曰可矣雖然耳聞終不能以詳也早晚屨及於亭上覽觀其山水淸奇雲
烟魚鳥之殊狀與夫圖書几案之秩然有序因誦吾子閒居題詠之作而
鼓琴和之然後奮筆一書之何如約山子欣然曰能如是是吾願也旣而
余守制于家三年又未幾而約山子遽爲古人臨履亭亦無因而至焉俛
仰今昔不能無太息以悲於絶絃也一日約山子之遺孤可淑君來復以

其先君子之命命余余於是惡得以無言哉竊聞之如臨深淵如履薄氷
始見於詩小旻之篇而曾子啓手足告其門弟子者以此朱子與陳龍川
論一種眞正大英雄人亦以此夫以曾朱二氏之幾於聖而其一生所以
拳拳致力而不敢少懈者乃在於此此盖學聖之極功存省之要道而苟
求其實亦曰敬而已矣有不學學之豈有舍此而它求爲哉約山子蚤親
有道志在高遠凡禔躬御家敎子弟動有法度每夜誦西銘敬齋箴范浚
心箴以爲常其存心敬畏而浟有感發於二氏之旨者斯可知矣惜乎無
其壽不能有以卒成其志而若其持是道終始不懈以爲傳家之規則可
淑君必能優爲之約山子其眞有子矣亭經始於壬子二月至秋告訖工
爲制凡三間左曰主一軒右曰寒棲軒規其中多聚古今經史其地在集
賢之北大聖山下忽峭壁陡立勢甚孤危凜然若墜亦見有臨履氣象云
晋山河謙鎭記

▦ 河謙鎭(1870-1946), 『晦峰集』 권32, 晉州 士谷 거주.

湖上齋記

丹丘之北十里而有山曰月明端秀可愛一支南馳爲蘆山又南馳
至新安江上而止曰堂山中有四尺之崇故郡守李公諱觀國之藏也迄
未有丙舍己卯年間後孫占右麓數弓許築三間屋扁之曰湖上蓋以滾
滾江流至是而渟滀成一湖也曰定洙炳馨以公狀文示不佞而徵楣記
不佞嘗謂墓而有齋子姓所以當歲薦之時而合聚於斯齊明其心身芬
苾其酒饌以致如在之誠者也然先須恒念先祖之平日心法事行相與
講明而要其嗣守焉夫然後其所謂齊明芬苾者有其本矣郡守公以超
邁之志兼詩書弓馬之業在家而有倫理之篤莅郡而有儒化之興以剛
直見忤被竄而疎齋夢窩諸公爲之救解尤翁之喪禍網方嚴而特遺子

助紼其心法事行有如是者公之後承恒念不忘以至八九世而風韻尙
存皆知行義文學之不可廢焉則其所以致誠於齊明芬芯之具者宜其
自不能已矣是齋也有江湖之勝每值中宵月涵斜陽魚躍之際其使人
有灑然無累悠然自得之趣者爲如何哉不佞雖老且病或從諸君之後
登臨徘徊溯仰前人之風義且做一日物外之遊實所耿耿乃不辭而樂
爲之記如是云重光大荒落天中節安東權載奎記

■ 權載奎(1870-1952), 『而堂集』 권28, 山淸 丹城 거주.

小溪書堂記

　吾友權君聖韶築居室於寢東溪上扁以小溪書堂父子同處其中講
學古道人咸艷頌之君有嗜痂之懸常愛看余文故以堂記見屬焉余惟
君自少有穎勤之性雖於摒擋幹務之中而猶不廢書策之工到老則專
心玩味矗矗不輟其心盖以爲自吾先祖東溪先生來十數世以詩禮相
付授至今有聞於人爲子孫者所當保守不失豈可只恃先業而不思所
以自勉者乎顧命明付授之重則陳列天球弘璧春秋貶付授之失則書
竊寶玉大弓彼不過爲一珍玩之物而貶明之猶如此何也物有小大而
守無小大況詩禮之付授其關係之重且大爲如何哉父戒子勉恐恐乎
如或不及如君可謂賢矣且夫所扁小之字寓義深矣小者大之本天下
之理自小者可至於大自大者終止於小滿損謙益盖亦如是易曰其稱
名也小其取類也大吾將見君家詩禮之傳日以益振如溪之受衆水而
渟滀以致大也歟是爲記全義李敎宇記

■ 李敎宇(1881-1950), 『果齋集』 20, 山淸 丹城 거주.

太虛樓記

日天者理而已矣據遠視之蒼蒼然其體則謂之易其理則謂之道其
功用則謂之神其命于人則謂之性人以眇然之身稟五行之秀爲萬物
之靈與天爲一混合無間一言以蔽之亦曰性而已矣聖人氣稟純粹心
體虛明一性渾然道義全具不暇修爲而泛應曲當過化存神如天之運
乎四時未嘗一日停息造化功用神妙不測其次大賢以下莫不修之爲
之以復其性衆人則其初固同德乎天與聖人不異而物欲交蔽氣質昏
濁不知吾性分之如何爲外物撓動泯泯棼棼以奄過一生其愚誠可哀
也已余衆人也猶有一端彝性不泯者存乃其志則恥同歸於愚輩故自
登科以來至今三四十年杜門自守潛心積慮一意下學雖短褐不掩茅
茨不蔽妻子之衍食粥不給而樂以終身不知年數之不足自見胸中日
浩浩千駟萬鍾不以易也若有人以意外浮雲事來言輒笑指曰太虛蒼
蒼在上矣許性齋先生爲記其略曰金君聖夫始來京師以士相見之禮
謁余余奇聰穎絶人擧止安詳居數月登明經科時年十九分隸槐院數
年不調見古道不行遽謝世而歸歲丙寅余自金官訪聖夫於丹溪破屋
數椽四壁徒立茅茨不蔽風雨外無橫木之門內有讀書之聲云云高宗
十七年庚辰年(1880年)麟燮撰

■ 金麟燮(1827-1903), 『端磎I集』 권10, 山淸 丹城 法坪 거주.

杜谷書堂記

堂在舊**丹城縣丹溪**之里杜谷之村卽端磎金先生尸祝之所也先
生諱麟燮字聖符金氏商山人世居丹城因其里名自號曰端磎年十九
當憲廟丙午以童蒙擢文科登朝官至司憲府掌令獻納而不以仕進爲

念退而名其居曰太虛樓其學師事柳定齋許性齋二先生望實俱隆晚
以啓發後生爲自任築大品書堂于集賢山中遠近人士趨隅受業者甚
衆及先生旣歿諸士林追慕不已定以每年重九行菊薦未幾而堂燬於
鬱攸又其地勢荒僻交通不便無計及於修復也庚申夏水潦浸濫丹溪
本宅太虛樓壹被壞敗其子孫移栖杜谷而乃就其傍別起一堂以爲虔
慕先生之圖始役於戊辰之歲而訖功于明年己巳堂凡五楹四架因其
地名名曰杜谷書堂中堂揭端硯精舍之扁又有光明室三架藏先生文
集十五冊刊板至我韓光復之明年丙戌春士林齊會始擧落飮而先行
釋菜於先生自後更定三月十二日爲每年常例曾孫千洙屬余述其事
實顚末以爲記歲癸丑獵月上澣後學聞韶金昌夏撰

■ 山淸文化院, 『山淸樓亭誌』(2003).

道溪精舍記

　　鶴山處士朴公先生舊爲亭江城白鶴山下隱居行義樂而終身性齋
許文憲公記其亭公旣沒亭毁爲茂草後四十三年壬午道溪精舍作盖
公次胤容和君慨先蹟之日遠而就泯謀復奮觀紀累年其從子熙國出
鉅貲竭力以成是在道坪上丹溪里名焉容和君屬其友河謙鎭爲文書
于楣謙鎭以嘗受知於公而知公事甚悉不敢辭也公少負不羈之才讀
書以六經爲根本汎濫百家無所不究傍通擧子文援筆立就驟如風雨
滔滔然出之不窮嘗拜文憲公于漢師之冷洞文憲叩其所存大加驚歎
李侍郎建昌文章傾一世一見公輒推以鉅匠公之自漢師歸也文憲公
出篋中一書與之傳鉢之意也公自是喜有依歸及後與朴晚醒金端硯
金約泉諸賢刊文憲公庸語行之晚又得李先生寒洲集讀之灑然不逆
於心作客問一篇以明其義其略曰身爲萬物之本而所本者心也心爲

一身之主而所主者理也又曰聖賢之學明理而已於此看得分明則萬
事萬物各有主宰各有攸當識者亟歎以爲名言郭徵君先生取而銘其
墓是時寒洲之學爲世大擯甚者至或擬以餘姚而公獨能信如金石守
而不失盖公之終始坎軻於一世無有所成立以此其見推於時賢而爲不
朽千古亦以此夫知公之賢而有才識而不知其所學則非所以知公也知
公所學之正而不知其所由本則非所以知學也余是以特書如此以明告
後人若其山川雲物之勝賦詩題詠之樂則登覽于朝夕者當自得之余未
嘗一至其處不可以詳言之亦非余之所能爾也晉山河謙鎭記

■ 河謙鎭(1870-1946), 『晦峰集』 권35, 晉州 士谷 거주.

鳳溪齋記

天水相涵大地如舟載沈載浮或沈而爲海或浮而爲田變易無定其
猶人事之倏往而倏來朝暮百慮形勢殊塗也哉曹君之鳳溪新庄其不
然哉昔我往矣蒼波汎汎今我來斯井竈旁旁東者西西者東今之淸流
激激豈非昔日之西也歟君梅庵翁之世也梅翁爲天嶺儒賢之一而子
孫之南下爲黃梅之峽者貧窮交侵幾不得守祖烈君隨諸父諸兄以丹
之水淸爲歸者稍積矣淸之違新居纔數弓而有小岡隔之矣君小孤失
學而性機驚倍人而事與心違頗困頓傾仄於城市海島之間而亦不售
往在庚申一方爲水所壞襄殆不可疆理君於時率西澨而喟然曰周原
膴膴蓁莽溢目莫與我爭也我其宇矣種木而食實種菜而咬根於分安
矣遂日事封培千樹栗千樹桃千樹桑薯蔗蹲鴟菁葱薤芹充物蒼茂朝
脯綽羨門無粟米徵索之憂伏臘有設隣有諸弟姻親之樂愛敬客客至
摘園蔬酌春酒以相歡松竹交蔭禽鳥和鳴有天然自得之趣人之從孔
路而望之恰如是物外桃源矣維歲之春君相其東水上作四棟三架顏

其中曰鳳溪書堂西曰梅雲東曰暮歸盖念祖而自述也噫君之姿年已
逝老矣回顧平生拂多順小如遠遊之人終歲奔忙罷敝道路所得不補
所失倦步歸家瞑色生簷群動皆息耿耿一念父母生我先貽我我雖靡
初曷不有終此非君之今日之懷抱耶書堂在黃梅南二十里山支水源
之分左右來者皆出於黃梅而至鳳溪爲終曲焉東曰鳳嶺千仞之翔而
其浣花溪層巖蒼壁脩瀨深潭峭寒紺碧日夕佳氣益多其西之支繞水
淸之峽而透迤盤蜒於大野之上見水而止作堂之眉目而亦有西南之
屯鐵集賢雄偉秀妍朝不離於几案間書堂之勝狀可記者多類此重軒
金在洙(1878-?)

■ 山淸文化院, 『山淸樓亭誌』(2003).

隱樂齋記

　　黃梅之山磅礴雄據於三丹兩邑界其傑然秀者稱三峯三峯以次稍
下而南復起爲傳巖山石勢峻嶒嵯峨全露齦齶使人可望可畏自是又
委蛇東走或起或伏若斷若續至古安洞別自成爲一部洞壑盖山至是
盡收靈氣拱揖環抱幽深窈窕無巉岊巖嶭之態自古神師稱梅花落子
我先祖提學公衣履之藏實在於此公諱後字覺夫號**丹丘**小以文章
位顯達嘗以寶文閣直提學麗訖後退居丹城賦詩一絶以見其意世以
比晉處士歸去來辭其詳載州誌可考而知公之子孫在合浦及居本縣
者厥數不下數百每値十月上塚之節至乏數架致齊之宮父兄之所齋
咨歎息厥惟久矣歲辛酉兩處子姓合謀鳩財召匠石計材瓦卜地于墓
之右始役於春二月告訖于夏四月爲屋凡北南兩夾室合三間各實廚
設爨爲備冬計敞其中爲堂二間又稍其北作廊廡四間典直者居之此
則以其物力未周只覆以茅背酉向東淸泉出階下佳木滿山麓又將以

來春治垣牆修門路引流鑿沼種竹成園爲休息遊觀之所姑未暇其年
秋歲大熟民物阜盛室家安康於是大會宗族賓友以落之余來自溪上
擧手執爵而言曰此先世百年未遑之擧今一朝乃克就之遂令窮山樵
牧之社變爲衣冠文物之地輪焉奐焉使人心目歡然以恔怡然以適自
玆以往禮無不備事無不敬周旋薦裸果之時邊豆靜嘉尊酌淨潔其香
始升先祖悅豫陟降庭只又異日將事不免暴風驟雨之有時或至冠屨
顚倒威儀喪失今幸獲所庇永無斯患至若族人遠來又於此命壺觴接
懃懃省丘陵敍來歷孝悌之心不覺油然自生此又一擧而並得之敢以
是賀父兄又爵而言曰凡父兄之爲此匪直爲祭祀設亦將使子弟來遊
者羣居講學於其中不作無益之言不作無益之行攻苦食淡銖累寸積
世德作求庶幾爲門戶重光其意不偶然敢以是勗子弟又爵而言曰凡
爲宮室不侈大不痺陋只適起居容周旋斯可矣昔宋李文靖公曰此爲
宰相居室則不足爲大祝聽事則有餘誠哉言乎苟以是心求之無所處
而不當今是役役鉅勢訕制度陝小間架草率雖無可觀而苟求其故則
皆諸父諸兄苦心費力所致可不隨獘隨治惟永久是圖敢以是古來者
於是三爵旣畢又諗于衆曰凡作室制名前記具載有曰思曰慕曰敬曰
誠要之並飭躬奉先義竊有取罄無不可而顧齋乃爲先祖而作先祖嘗
名所居堂曰隱樂請揭斯號使子孫視之不忘其本隱居自樂於此以詠
謌先王之道以紹述先祖之美如何僉曰諾謹退而爲之記麟燮謹撰

■ 金麟燮(1827-1903), 『端磎集』 권10, 山淸 丹城 法坪 거주.

隱樂齋重修記

夫墓之有閣所以寓慕將事而設也嗚呼我先祖直提學公棄紱金陵
退歸丹邱賦詩述懷以寓陶徵士晚節之意焉數株園花至今潤色山

村遺香未沫而梅山下古案洞卽公衣履之藏也子姓之分居合浦**丹
城**者皆本於公而以歲十月齊會于楸下禮以升香焉親以講睦焉逮
今五百歲如一日豈非我祖遺蔭種德之厚且遠而然哉第其駿奔之地
尙闕齊肅之所至或雨雪交至尊爵攲側多不能申禮致敬常以是爲慨
歲辛酉春我王考守分翁廣謀于宗族而經始之董子姪群赴倂作無或
敢怠至夏四月工告訖焉其成之神速有若天相者而抑亦時有待焉其
爲制不侈不儉因扁以隱樂式取公隱居樂義之意也我先祖陟降之靈
必將悅豫而我子孫瞻拜之所亦有歸宿大是吾族之慶也其落也諸父
兄會子姪而命之曰凡是齋之設一則爲先祖報本也一則爲來裔肄業
也汝曹宜日遊於斯群居講討庶無忝吾祖之德無墜吾祖之業則豈非
百世之孝子令孫也周時以弱冠趨在聞命之列退而記之如右甲子仲
春下澣后孫基周謹識

※ 金基周(1844-1882), 『梅下集』 권4, 山淸 丹城 法勿 거주.

仁智齋記 乙巳

丹丘多世族名家相尙以文學屈指於嶠下直黃梅之南山繚而麗
水駛而清彎環成區而朗然夷曠者曰**法勿里**金氏居焉偉人弘士代
以興推爲一鄕望爰有塾於巷北而扁曰**仁智齋**貯經史子集殆充宇
聚徒而講習之以余有鄕曲舊嘗屢過而不厭焉入其里聽絃誦之響匝
鄰而達見衣冠子弟雍容雅雅規矩其步趨而磋切以洙泗洛建之言未
嘗不聳然嘆善悼余之去鄕流離不得寅夕斯齋以自托於擇仁之智也
已而其徒益蕃四方之朋來者日集而齋不能容矣金氏長老相與謀曰
盍改作於是析其舊而規其新崇楹疊架宏堂複室視前增倍盖恢然而
裕矣乃速嘉賓歌鹿牡以落之旣又觴余以命之曰可爲記然而仁智之

義大矣哉余惡敢言人之性仁智爲最貴而學之道知行而已智以知之
仁以行之是以聖門之學必以知及仁守爲定本推而至於成已成物樂
山樂水莫非是也其用工節度不過曰格物窮理以致知克已復禮以爲
仁爾雖覺有蚤莫得有淺深而要之爲復聖之功而不畔於定本矣其曰
好學之近乎知力行之近乎仁盖所以勉人人之皆可與入德也居是齋
者亦惟從事於克復之目體認於窮格之方涵泳篤實日新不已以至私
欲之淨而本心瑩然則仁智合一而存之爲成已施之爲成物皆將不外
於性分之所固有者而足矣若夫煦煦以爲仁諓諓以爲智汗漫流連於
山水之樂而竊仁智之跡以爲高而止焉則非所以稱斯扁也夫仁必本
於孝悌智莫急於當務爲仁智者盍亦知所先焉嗚呼道之不明不行於
天下而士無所於歸矣余將見金氏之與有功於斯道而是齋之日大以
恢能廣吾韓於天下也謹書此以須之

■ 郭鍾錫(1846-1919), 『俛宇集』 권137, 居昌 거주.

勿川書堂記 丁亥

　　周夫子有言曰發聖人之蘊敎萬世無窮者顏子也意者以其嘗問仁
而發克已復禮之訓又請其目發四勿之旨旣自從事而得不違於仁爲
聖人之亞者仍遺我萬世學者俾有所依據而得端的下手不涉於怳惚
不迷於支離而卽精粗顯微內外本末可卽此而貫之于一也夫然後凡
諸書群經所以曰毋曰無曰罔曰不而多方以禁止之者何莫不輻輳玉
振於是而若其所謂惟精惟一閑邪存誠戒懼謹獨遏人欲存天理之斷
斷乎敬怠義理公私之別而設戒而致詳焉者皆是道也以此而言勿之
一字雖謂之聖人之蘊亦未爲過也夫人之所以與聖人不相似者爲其
所不當爲也非徒樂爲亦有黽勉戁頖而强爲之者欲之牽於外者重而

心之主乎內者不定故也誠能反而察之其所有視有聽有言有動纔覺
其不當爲我則勿爲也勿之又勿當勿必勿則人欲消而天理復聖人可
馴而致矣勿者心之所以爲主者也惟口耳目手足之比於心小體也心
之所勿彼豈有不勿者乎顏子之曰舜何人也予何人也其敢藐視乎所
不敢之地而說出人所不敢之大談不慴而不疑者恃此故也苟然矣則
克復之要固在乎四勿而四勿之要又專在於存心心之實體又不外乎
理心存則理爲之主凡厥氣之作用欲之闖發物之交引者皆將俯伏稽
顙惟吾所勿之爲聽及其動與理順而無勿可施則本心之德一團瀅然
隨處呈露無所往而非至理而所謂下學而上達者此也所謂天德王道
者此也所謂廓然大公以天地萬物爲一體者此也其與繚繞於文義之
末戀戀於形氣之粗者相去不亦遠乎後之欲希顏學聖而不從事於四
勿四勿而不本於存心存心而不一之主理者則亦勿學焉已矣吾友商
山金君致受嘗篤學力行已深契于存心主理之旨旣又爲書堂於勿川
之上而名之曰藏修於是且以居後進之求我者其左右兩室曰復齋顏
子之不遠復而無祗悔以其能從事於勿也曰蒙齋自幼子常視無誑以
上卽敎之聖人言動而欲其從事於勿也盖視聽言莫非動也而蒙之險
而止非禮而勿動也復之動而順動而禮也然而君子果行蒙非一於勿
動也至曰閉關復非一於動也蒙復之義旨矣哉是將使世之賢士大夫
爲我稱子國有顏子者其在致受歟致受嘗徵記於余余與致受離索久
矣謹姑書此以歸之聊備一時講說若爲記也則其當有大筆者將以煥
子之牆楣

■ 郭鍾錫(1846-1919), 『俛宇集』 권137, 居昌 거주.

三峯書堂記丁酉

寒洲先生歿十年乙未文集成越二年丁酉三峯書堂成嗚呼先生之
心之學庶其將有傳有守於來許者乎三峯在新安治東十里下臨
開陽坪昂而舒靚而端若翔禽之方集于地自遠望有氣瞥瞥瀲翠精光
若可掬然水自北曰白川西者曰伊川奔流灣抱而會于東南爲寒浦
而徐趍于江諺之稱二水三山者是已東直先生世廬不二里先生在時
惟肯承熙君規以爲園林于是因山而被松柳其堤栗其墅桑麻稻菽于
其中先生樂之思築亭以老焉今於集中可按也然而先生方孜孜于身
心性情之間窮天地萬物之理闡千聖之旨以憂來世於無窮凡於外物
之奉盖有不暇焉者亦不屑爲也已而先生遽易簀矣承熙君恒以是痛
焉迨文集工竣乃卽峯之面斸石砌土以址之爲屋三架五間瓦墁甃礎
不侈不陋適崇庳之宜堂其中三間扁以心源左一室曰誠存右曰敬居
齋總而顏之曰三峯書堂爲門於庭端取坪之名而名之亦爲堂之負庚
而向甲也嗚呼先生之於心學極一源之眞別本體之靈斷然以主理爲
宗訣而誠爲一心之實德敬爲一心之主宰其一通一復以存以省莫不
脗然以會於太極動靜之妙斯可以建天地俟百聖而不悖而不惑者也
乃一生邱壑曾不能以是心而溥推於一世獨其遺書海涵心法故在小
子後生之相與聚首而講明焉以謹守而傳諸來者亦不可以無所於瞻
依也是則爲斯堂之不能不急而又必於其起居之所嘗接杖屨之所嘗
及咳唾輝光之所嘗被焉而東望小通之阡又密邇儼儼若陟降之蚤夜
于玆者也雖然微承熙君竭衷殫慮于肯搆而堅膇焉者又安得以經營
擘劃辦突兀於斯今哉噫今天下陰而晦矣先生嘗論次易象眷眷乎尊
陽抑陰之義至是堂者苟能入門而諦開陽之額惕然以敬一洗夫邪闇
迂僻猜懟側媚之習而恢拓夫光明剛大公正之體象焉則其於晝夜人
鬼王霸華夷義利善惡之判抑已思過半矣而旣又居是室而聚是齋者

忠信惇篤立循理之基不敢以一毫邪僞雜之莊肅齊一立明理之本不
敢以一刻怠肆間之以至敬立而知徹誠立而行慊焉則斯乃爲先生之
心之學之有傳有守於無窮而是堂者不爲無助矣嗚呼其相與勉焉哉
堂旣落承熙君以予謂灑掃於先生者久責一言以涅楣予不能辭

■　郭鍾錫(1846-1919), 『俛宇集』 권137, 居昌 거주.

百源齋記 丁酉

水之派分汊別鶩百川而放四海汪洋乎不見滯者以有源也豈獨水
也號天下之物而謂之萬萬未有一不源而能達者厚其源者流必盛大
其源絶其流之涸可立待也人之生源乎親而孝爲之天則因而有兄弟
夫婦君臣師友之倫序別忠信之道推以至於仁民愛物而治國而天下
平是以先王之敎以孝爲百行之源不得於孝絶其源也百行乎奚有哉
晋之西水谷里有小區面陽而奧者曰達坊山輝明麗竹樹幽密可以
居士河丈人慶七氏家一里而南愛其地不欲虛與里人謀築宮爲里塾
聚里之子弟置師以敎之丈人之孫啓洛里之秀也馴敏志學蚤夜以塾
爲處日以丈人之命致于余曰宮之落而尙未有以名也子其惟之余應
曰是不遠矣是不曰水谷乎不曰達坊乎坊之西彼澄然而泓者不曰寒
泉乎泉而達非水之發於源乎丈人之居不曰孝洞乎孝者天下之達道
也其有契于達坊也夫洞非**松亭**子守制之地乎其亦有感於寒泉也
夫彼歸然綽楔於寒泉之上者非喚惺翁之子殉孝之旌乎翁殉于忠而
子殉于孝斯不亦善述而無忝者乎是三賢者非丈人之門先乎夫物莫
先於源行莫大於孝焉而孝百行源也敎者敎此而已學者學此而已敎
之從孝學之從子皆爲是也苟源於是百行達焉請扁之曰百源可乎昔
邵堯夫入百源山中究經世之學冬不鑪夏不扇夜不就寢者二十年而

卒以大就古人之於學有如是者今而居是塾者念此身之源於親入而
溫凊灑瀟灑掃唯諾惟職是誠出而一動一息一語一笑一膚一髮罔或
不謹愛深而和順積於中本立而仁道周於外暇而讀書于是刻苦不怠
視堯夫爲何人浸灌涵沐理義融悅盆有以資其行焉則其能逢原左右
而沛然德施未或不裕是則學之成也是將見盛世明倫之敎其倡自是
塾而先王治天下之至德要道抑亦可以求忠臣於是門矣是將見寒泉
之水達而放之四海而準矣於乎河君其歸相與勉焉哉河君請以其語
爲百源齋記遂書以與之

※ 郭鍾錫(1846-1919), 『俛宇集』 권137, 居昌 거주.

道川亭記 乙巳

江陽郡之西南鵝山之陰舊有伊溪書院享松湖月溪二沈公盖當
丙子之亂大駕被圍於南漢聲聞阻絶松湖公以鞈韋小臣奮不顧死齎
蠟丸鑽鐵桶達于行在及奉勅而還也轉輾格鬪殺賊甚衆力盡被執罵
不絶口而竟遇害凜然有張巡顏杲卿之風御題詩所謂忠義明千古死
生慟一時盖寫實也月溪則其從子也從遊於鄭桐溪姜寒沙朴无悶河
謙齋趙澗松諸先生之門文章行誼爲一時推事親至孝居喪哀毀亦高
子皐顏丁之流也忠孝之萃于一家而聲猷興起於百世鄕人士之歎慕
而俎豆之宜哉院之廢而又相與齎咨太息於其遺躅之日以湮沒而無
所於矜式也今上癸卯仍孫相東合宗族殫孝思而爲之經理建新亭于
道川之上寓羹墻之慕而講忠孝之傳於是乎山若增高水若增麗松
聲月色盼䁗悅惚於庭除簾櫳之間而東西過者咸歡然若覩二公之陟
降徙倚於其遠而其邇也其門子鶴煥若有需於余之識其楣也辭不獲
則曰人之道莫大於忠孝而尊賢尙德承謨襲美擧不外於是使二公之

後皆得以二公之心爲心炳葵忱於赤日播芬頌於白華則是二公之長
存不朽于終古也能事於斯亭之搆而臨眺以爲勝觴詠以爲達而已則
其於二公何有哉夫子之在川上歎逝者之不捨晝夜盖有契於道體之
無間斷停息也祖考之往而子姓之續其志也可繼其事也可述處焉而
孝于家出焉而忠于國造次終食不敢忘乎其所傳之彛則者其亦道體
之川流而不舍者乎登斯亭而俯于川者其必有顧名曾神而緬今古於
一致者矣若其泉壑雲物之趣魚鳥花木之賞則余不及目矣自可略也
亦不必道也

■ 郭鍾錫(1846-1919), 『俛宇集』 권137, 居昌 거주.

濯淸臺記 丙午

丹丘治南約七里有庄曰默谷背山面江人烟竹樹葱蒨掩映波光
野色呑吐隱露極幽閒遼夐之趣可隱者之寬軸焉友人李金吾明賚君
就而卜居誅茅開徑以盤旋占境界以寓襟抱直西山之趾厓石陡削數
十丈臨汪滂之淵而爲頂稍平可坐而憩也升焉者捫尖蹋凹蟻附而上
慄慄若集木已而颺空杳據旁礴俯幽宮而挹爽瀨狃寒門而盪埃壒灑
然若萬累之一洗而魂骨之俱輕於是乎嚮之慄慄者悠然以舒曠然而
夷幾不復知有世間何物得以浼我否也明賚樂之命曰濯淸臺囑余爲
記盖爲余狎慣於斯臺而且能知君之樂也余生長于江之湄自髫及冠
暇而從隊伴嬉輒風詠于臺之上陟降如飛猱競以爲勝而止寧知夫其
中之有實趣耶洎夫流離去鄕閱歷世變老已至而百念消歇有時抐往
覺少日之如昨而斯臺之爲獨高於淯漓之外也寤寐思歸欲卽舊境而
發新趣則斯臺者已得明賚爲知己神輸意合一致淸遠更不容以側楬
强詡之陳人俗子矣噫滄浪之水淸兮可以濯吾纓滄浪之水濁兮可以

濯吾足孔子曰自取之也余之不能久托於斯臺明賚之後至而爲臺之
肯是皆自取焉已矣造物者豈有心於彼此也無已則惟敬諾於君之囑
而得附名於臺之畔想天風之灑顔掬江聲之沃耳以自怡於堂奧之間
亦未始不爲淸者徒也雪窓天寒呵氷磨墨亟記此以寄明賚明賚當一
笑也

■ 郭鍾錫(1846-1919), 『俛宇集』 권138, 居昌 거주.

鶴林齋記 癸丑

　李君性彦丹丘之譽也夙有才性學勤而識博行修于內而信義孚
于儕流雖其天資之然而意其不由菑敎而豫養之抑亦未易爾也日以
其書室之稱鶴林齋者而索記於余曰此家君之爲不肖設在別鶴山之
趾境幽而敞可以靜息可以舒暢大聖之山峙于北集賢之峯拱于東而
道川之水瀉其間鏡涵瑤澄灑迤徐趨而不舍晝夜可以企仰沿求而發
深省也匝以蒼松茂竹儼然成行花卉艶冶不在于列可以厲歲寒之節
而不牽情于一時之榮悴也架庪經史子集數百部可以繙閱諷誦尋究
玩會得聖賢之心法而思欲追之講禮樂兵刑井地庠塾之遺制而有以
識經世御物之大法非智術功利之所可苟爲也推古今治亂興衰之故
而有以不迷於進退行藏之義此家君之所以敎不肖者然也若夫纂綴
奇麗以眩技於觚墨塗澤威儀以沽名於鄕里非家君願也不肖不敢自
逸朝暮兢兢焉惟懼失墜或慮其造次而忘之也請得長者一言揭之楣
顔庶出入常目而惕焉以警也余曰余固疑子之有所受也今果然矣尊
公之意無以復加矣子之能言其意又若是之詳而盡不翅若懷中之簡
矣余又何贅焉惟次君之言而屬之筆是爲鶴林齋記有餘矣不辭而爲
之書

■ 郭鍾錫(1846~1919),『俛宇集』권139, 居昌 거주.

春來亭記 癸丑

東方道學風節之盛莫尙於退陶南冥之世而德溪吳先生親承兩夫
子之音旨成其德達其材進而鳳麟於朝退而龍象於野其淵源之正心
法之密傳之無弊過庭而思湖之直節有授入室而寒岡之邃學有啓泊
今東南人士之履五倫而戴六經周旋于名敎文禮之中者蓋莫非先生
遺乎先生嘗愛西溪之勝謀置藏修力詘未遂先生沒而士林爲之宮以
祀先生且群居於是講習先生之傳邦猷不遠而俎豆撤儒風歇而世遂
以沈沈矣由西溪而南十許里有區曰芝幕境幽而勢阻泉石明媚視西
溪可甲乙其臨流而陡峙者曰春來臺相傳南冥夫子從德山來會先生
于此相羊累日歡晤而不能去歷數百載想仰謳吟之不衰鄉道人士以
爲西溪之草已鞠矣毋寧以此爲新西溪乎於是相與合金修契積十年
之勞而卽臺而爲亭卽山川動色雲物增輝儼乎若皐比重設而靈爽昭
臨於是簡吉日肅嘉賓以落之仍臺之舊而扁曰春來亭亭凡三間中爲
煖炕曰中庸室蓋先生之一生用力最於中庸而日用動靜出處語默無
不由之也兩夾爲凉軒左曰仰喬右曰尋淸蓋取先生之挽南冥曰喬岳
擎天柱退陶曰摳衣尋淸洛于以明先生之傳也今天下窮于冬矣天地
閉而頑陰沍山海之敬義日月幾已長夜而巖棲之古鏡將埋沒於無端
矣是則先生之深憂於冥冥也諸君子之殫力竭誠於先生者曷敢不以
先生之所憂者爲憂乎憂之如何亦惟致力於明誠之旨修道於戒愼之
功勿索隱而行怪勿行險而徼倖不得不措至死不變以求所謂中庸而
已矣先生之道有托而先生爲益尊矣其或否者空山流水堂仞壤尺於
先生何有哉無冬不春無往不來天之常也諸君子勉旃哉其契事之終

始效勤者權君相政李君圭翰姜君起香也經理董治於亭成者吳君英
鎬也玆來索記者姜起八李圭玄二君也可竝書以勸來者云

■ 郭鍾錫(1846-1919), 『俛宇集』 권139, 居昌 거주.

琴山亭記 乙巳

頭流之支散而東爲山陰西墅若牛腢然傅而居者蠶窠如也幽闃
蔥翳各極其趣可隱者之棲遁焉其深淺之適而朗然最可意者琴石坊
也李君東榮之琴山亭者在焉嘗求記於余而道其勝也余於亭尙未目
其境也姑卽其名而想君之所事於是亭可乎古之於琴也峩峩乎其山
也洋洋乎其水也君之亭鑑湖爲眉可以沿也可以濯也不惟山而已也
扁焉而不于洋洋而獨揭之峩峩者抑今之琴異於古之琴歟日何必然
先隴之妥於是山而思所以虔護而不騫也子姓之宅於是山而望其修
身飭行以秀峙於吾前也夫琴者禁也吾且登山省掃禁其樵牧而切切
乎其餘哀之琴也下山而迪以義方則懇懇然禁其邪心之琴也是亦古
琴而已矣水發於山得乎山則亦不失於水矣源吾先也流吾後裔也洋
洋焉如在吾上也福祿洋洋以繼續吾於來來矣則吾之琴未始偏於峩
峩也以此爲琴庶乎其攬徽音而不忘理絃調而長傳者乎亭之洞曰保
義左曰述義山右曰箕山其矗然聳空于亭之背者筆峯也惟君之子姓
啓處肄業于斯亭者莫不顧名思義以不墜君之義方則是不恭爲良弓
之箕而述之善而保之無斁也可不勉焉至若烟雲泉石之勝觴詠風浴
之趣則其將有大手腕者役筆峯之靈而爲之記焉

■ 郭鍾錫(1846-1919), 『俛宇集』 권137, 居昌 거주.

檜陽齋記 癸丑

麗氏之季有東都尹烏川金公棄官南遯于**山陰之琴川**盖已見幾
於崔文昌黃葉靑松之遺意而築求友亭誨後生之來學者講聖賢之道
排釋敎之陷溺人心而至於罔極其亦出於傷時憂世之志也已而聖朝
興杜門自廢嘯歌悲憤以沒世子孫遂以**山陰**爲鄕歷五百載蕃衍相
承頗以文學世其家亭之燬於兵燹者久則常指點躑躅而歡風徽之日
邈至公雲孫慶男遹追先志克啓其來迺卽琴川之西子孫之聚居而爲
之齋扁曰檜陽盖取公詩中山陽老檜之語而寓羹墻之慕也於是合門
族而綴食焉惇睦胥勉以體均視之慈集家秀而肄業焉文行交修以述
遺傳之懿凡所以周旋於是齋者罔非追公於旣遠而致如在於今日也
嗚乎金氏之其永于孝思乎齋之建而重新且有年矣金氏諸長老俾奎
華偉洹二君徵一言于余余辭以病且不文二君者曰子之今日非吾祖
之當年耶山陽之檜猶亭亭也肚裏陽秋宜可以相證也余瞿然曰噫公
肚裏固有陽秋矣如可證也蒼松翠栢亦未爲不可與語獨於檜乎何哉
夫檜體備松栢者也昔人之詠檜曰凜然相對敢相欺直幹陵空未足奇
根到九泉無曲處世間惟有蟄龍知此公之微旨乎何必余也人皆有肚
裏矣爲公後者尤宜以當年之心奉持於今日也吾聞太淸之檜左紐而
兆李唐中興之盛其然歟不然歟吁嗟感慨不容無言

■ 郭鍾錫(1846-1919), 『俛宇集』 권140, 居昌 거주.

六有軒記

從弟**子德**請額其所居之軒余題之曰六有軒取橫渠先生言有敎
動有法晝有爲宵有得息有養瞬有存之語也子德願有記焉余曰橫渠

之語足矣何用贅爲子德曰經之有註舊矣兄亦因其語而推說之何傷
乎乃記之曰天之所以命於人而人之所得而生者理焉而已矣故人之
於理若魚之於水須臾或離則生之理便息矣是以古之君子內而一念
之微外至萬事之應自能言能食以至易簀之時無豪忽之或差無食息
之或已而必致其戒謹恐懼以保其所生之理焉此橫渠先生之所以爲
六有之語而詔學者於無窮也盖言言動瞬息則一身之應用無不備言
晝宵則無一刻之或遺嗚呼簡而該近而遠爲畢生之須用孰有愈於此
語者哉若論其用功之要則亦不過曰敬義而已敎也法也爲也義之所
以行於外也得也養也存也敬之所以立於內也此所以二者有輪翼之
喩而爲學者之單傳者也抑有一說志也者萬善之本領比諸物屋之址
也木之根也向所謂六有皆志立後事不則非所議矣志非謂一時之義
氣好意也子曰三軍可奪帥也匹夫不可奪志也其力量筋骨何如也惟
吾弟益勵宿志而從事乎六有之訓敬義夾進無所間斷使吾所生之理
不至虧失也天之所以綱紀萬化者只是此理之不息也人之所以參贊
位育者亦如斯焉而已矣丙申復月君五記

※ 權載采(1872-1918), 『習齋遺稿』 권4, 山淸 丹城 거주. 子德 : 權載采의 字.

제2편 함양

醉菴記

漁川居慶君源宅自號曰醉菴請質于余余謹按淸州氏代有偉烈淸
義堂貞烈公翊贊聖祖之龍興其豐功懿蹟昭載國乘傳于順節公淸白
吏見稱雷灌一世至徵君莘巷先生以忠孝聞廟享于淸州地成宗朝特
額以莘巷字蓋兼伊尹之莘野顔氏之陋巷以方之歷在己卯史禍進士
公諱嗣昌謫**安陰**其後搬居吾鄕著以恬雅文章豈曾佗諸家之鐵爐
步而已哉今源宅有高世之思結茆于頭流之下鏡湖之南以蒼翠演迤
爲己有間以琴書嘯詠將老焉嘗觀其所著四無論苦雨文得其大槪矣
則信超然有才志而謹于身孝悌于家以篤繼述之責於世事若不省是
菴之醉與醉生者遠矣

■ 權相迪(1822-1900), 『海閣集』 권3, 山淸 丹溪 거주.

望北亭記

葵花猶知向日望北蓋所謂彝性者而全其所受者鮮矣若**藍溪林
先生**殆其人歟杜工部忠義稱秋色爭高而其詩曰每倚北斗望京華
北征詩全篇亦不過衍其餘意耳然則望北二字蓋公始終條理入而事
親進其孝養出而事君極其獻替而知不得大有爲於斯世則決退江湖
與世相忘而其所謂國而忘家君而忘身長往而不返則非公素志也是
以每春暄秋涼花辰月夕登屋後小山不禁倚斗之戀而又與二弟若鄕
後生酬唱講討蓋以躬行之餘推之旅人也觀聽者名其地曰望北臺爲
此名者其知公之心而剩許以今之杜工部也子孫世守而水不忍廢地
不忍荒則起亭於臺之傍而顔用望北蓋記實也公生忠孝故家菀有祖
風而世守之孫又能聿修祖德使亭名久長則望北爲林氏傳心而義不

可勝用矣嗚呼作亭於今日林氏其有深意乎所謂彝性者蓋極天罔墜
而或墜於今日蓋其修擧之無人矣及今而亭使公當日之心白於世則
彼親臣世臣販君而賣國者庶幾其改心易慮而爲家國重恢之消息歟
後孫馨澤求爲懸楣之文感歎而書之歲乙卯仲秋幸州奇宇萬謹書

■ 林希茂(1527-1577), 『灆溪集』 권2, 咸陽 거주.

永言臺記

華山十二曲屛潭爲第三曲最幽而奇焉潭之上有巨巖穹窿特立高
可十數仞稍上而有我遯翁炭叟之墓余每於省楸時必登臨而休憩
與釣叟野老共說漁樵桑麻之樂移時而歸復因坐臥之不便築石以補
空缺而以永言名焉薇翁咏屛潭之景而所謂上有永言臺孝思正無
窮者卽此臺也定軒李公以永言之稱謂無味更名以永思而又文以記
之士友之遊此者以爲臺若名之則永思爲勝云云皆盛意也蓋永思之
義本於葩經永言孝思之句而人家先墓下丙舍以此扁楣者殆乎指不
勝屈而以詩意考之則言字爲語助故定軒爲無味者也竊嘗惟之斯意
也甚鄭重非凡夫之所敢承當者無其實而冒其名縮縮不自安故無寧
仍舊而稱之使他人永言某人省楸時登臨之處可也若其江山之勝景
物之富亦非凡夫之所敢妄評者而只付於仁智者之所見焉

■ 姜龍夏(1840-1908), 『武山集』 권4, 咸陽 거주.

道南齋記

道南齋者文獻洞之村塾也塾嘗在於洞之右而扁以華陽今移洞

之上仍以舊扁似不相稱故改以道南蓋齋在**介庵子悟道峰**之南而
取程夫子送楊龜山而曰吾道南之意也夫道者天下事物公共之理而
人所當行之路也先天地而爲始後天地而無終不以大行而有所增不
以小行而有所減初非高遠難行之事但百姓日用而不知耳是以聖人
有憂之設爲庠序學校以敎之使人人皆知性分之所固有職分之所當
爲以盡其力此三代以前所以聖賢達而在上而道行於天下之時也及
三代以後則聖賢窮而在下道不得行于一世而只因化之所被力之所
及而少行其志故程子知龜山之賢足以行道於南方而以是稱之也歟
今此村塾則古昔庠序之遺制而文獻一洞雖僻在山陬曾被**蠹纓二
賢**可居之詔而改洞名以鄭先生之諡且洞居峰之南郡之南而程楊
授受之旨允爲準備語則大賢一言百世可徵而南方文學之興吾道之
行豈無其日乎深願村秀子弟講誦于齋者以詩書爲載道之具孝悌爲
行道之本夙夜孜孜日就月將則人無不稱之曰吾道在南矣以此爲期
待而無負乎齋與洞之稱名也夫齋成於家從叔之指畫而許君任憲宗
君在魯之勤幹亦可書也

※ 姜龍夏(1840~1908), 『武山集』 권4, 咸陽 거주.

湖山齋記

　　吾賢從舜瑞其名善馨早居**桐湖**之上而晚卜**方丈之下**名其齋曰
湖山蓋取於先湖後山之義也夫以山水之無情而惓惓不忘至於扁楣
則非篤好而能之乎君少有文名不遇良有司累擧不售性又狷介不喜
權貴者遊故無所用於世終老嵼巖只作山水間逸民而學水之汪洋以
自廣其胸次體山之高秀以自廣其志槪而已余自禍廢以來君亦數奇
落拓可謂同病相憐相違或過四五日則馳念不已故子不來則我往我

不飮則子沽相與消愁遣懷於山顚水涯之間者十數年矣但君則通敏
而有需我則迂踈而無用賢愚不同終始莫逆者豈非君之有容量也歟
吾安得如君之水以自廣山以自厲也孔子曰仁者樂山知者樂水蓋仁
智而後能樂山水也若不仁智則雖欲樂山水豈可得乎然則君之爲仁
智之徒無疑也夫

■ 姜龍夏(1840-1908), 『武山集』 권4, 咸陽 거주.

洗塵臺記

宗君遇汝甫中因世亂隱于**方丈山馬跡洞**洞卽高僧行乎之所住
而世以地勝稱焉蓋洞在山之北麓**文筆峰**下平夷處而其案爲法華
山其下卽**龍遊潭**爽塏孤絶殆無比類行旅之過者多擬之於仙境故
以勝擅名歟君孤露後入山而每語及父母姊妹平日之事則不淚者幾
希非篤於孝友而能之乎憂祖考妣及考妣之葬不得地累遷而不慮傾
家憂先世祭儀之不備極力拮据以奉香火非誠於爲先而能之乎憫從
姪及甥姪之無依斥土以報債置隣而營産非敦於睦婣而能之乎敎子
一念透於金石而竟能成功遇事剛果不以利害而有所撓奪見人有急
難則如己事而盡心力救之石田茅屋雖貧不自給而客至則勿論親踈
不計有無笑容可掬而人之過者如入芝蘭之室此皆群行之綽綽可述
者有如此之行而居如許之境則可謂逈出塵界矣然猶有所不慊於心
者卜距家數武巖石佳好處錫嘉以洗塵日與同志盤桓而散慮逍遙焉
苟非高人數等焉能如是乎夫塵有內外之殊內塵者物欲之塵心也外
塵者荒雜之塵事也知去內外之塵則可謂能洗塵矣若夫超然於物累
之表悠然於義理之中則是謂眞洗塵矣願君勿謂上項事吾亦能而下
項事吾難能推其所能進於所未能則無愧爲洗塵臺主人矣勉旃哉余

於君有百世之誼故過從頻數而共登臺上臨風論懷者雅矣因其目擊
者而記之以備異日山中故事

▓ 姜龍夏(1840~1908), 『武山集』 권4, 咸陽 거주.

養眞齋記

　　郡以山水稱而頭流在其南最著奇秀余晚卜北麓之一谷曰龜谷
未詳其命名之義而蓋以是谷宅幽勢阻如龜之藏六也余踦於世旣愛
其名又嘉其泉明石潔足以養性眞於其間乃捐錢買數畝築一小齋齋
數椽而依古巖俯幽澗覆以茆編以竹蕭然灑然塵土不起亦足以容倦
膝而將老焉況又靑山落陰流永響寒閑雲霽月霏微婆娑於几案間而
案上更有古今經史若詩賦之篇庭下列植梅竹菊梧及芝蘭之屬其所
蓄不貧於人而亦不侈於人不待鍾鼎之享而閑中計活誠可以飽飫餘
齒余於是謝友朋烏巾竹扙優游偃仰於其中旣絶往來之煩且無經營
之念昕晡之孜孜者只是看書灌花吟風詠月而已凡當世之得失聲利
之欣悴曾不向方寸中撓我天君則自可以養吾志養吾氣而不牽於外
緣不汨其內守性情之眞其庶幾涵養於斯矣故扁是齋曰養眞噫名是
齋亦多其義而獨取於養眞者非自今而實所以自警也非特自警而亦
所以自發也夫心是神明舍與是齋均是空洞森靜初無一點塵一
毫私而是心之或失其養任他撈攘終至於波蕩塵晦汨汨沈沈則顧是
齋之虛靜淸絶者實明師畏友之規警親切而居是齋處是齋玩興於是
賞心於是對月看雲思所以洗吾心訪梅滋蘭思所以淸吾心而滿案詩
書冥探靜賾思所以尤右人之心則亦豈非啓我發我之一龜鑑乎吁心
是活物走作無時倘使余雖處是齋之幽靜而未免私累之侵未保本然
之天凡然爲山齋之一老夫寧不愧於是齋乎玆以識之將以自警而自

發齋豈徒名也哉

■ 姜翼(1523-1567),『介菴集』권1, 安義 거주.

易安亭記

余少也家貧親老以漁樵爲事蓋於職爲易而於心爲安故也是以所
居不可不無山水取資用於漁樵然就中癖好則亦有在也中歲因世故
又盡室于方丈山中**龍游潭上馬跡洞**山水之深邃幽閒甲乙於東方
故大賢高士之費杖屨而窮尋探不一再於前後且洞之地勢處高爽塏
於全局之所有者無不管領焉足以副癖好之意矣顧乏仁智之術無以
追躡前賢之遺塵此恨曷其小哉山間闃寂無與晤語門外有石可榻有
樹稍蔭漁樵之暇招村翁野老相與說桑麻量雨晴盡歡而罷日以爲常
於斯時也萬象森羅者若昏明之異候雲煙之變態魚鳥之活潑花葉之
爛熳行旅之往來漁樵之歌笛之類不待顧眄而一一呈露於談笑坐臥
之際山人淸福可謂侈且富矣以其棲息之久而玩好之深妄欲加號樹
石而以有情之人名無情之物則安能恰當哉以是久而商量未定或者
以枕壺棲碧等語擬之竊嘗思之枕棲是古昔隱碩嘉遯之事而於余有
絲毫彷彿者耶凡吾所以就之無難而處之不危者以其石無語而不拒
樹無情而不禁故耳樹與石若或禁拒則烏能如是之易且安乎於是卽
吾今日之所樂追吾少日之所事徵於陶徵士歸去辭中容膝易安之語
而總名之曰易安亭蓋無其實則不讓於枕棲矣然抑有一說焉易安之
義散出於聖賢成說者多端而以吾今日切於用而合於義者言之則若
居易俟命以安等語是已吾將推而進之期以爲安身貽後之資豈但名
亭乎而已哉

■ 姜大延(1606-1655),『湖上趾美錄』권4, 山淸 거주.

富春亭記

渭城南一舍地有村曰桐湖其洞之爲勢背山臨水可樵可漁而山曰富春水是桐江古老稱傳未知幾百年于玆矣前有平原沃野水源深長雖叔李非常之天無灌漑不足之患居人安土而迫適朝耕暮讀村俗淳古合乎隱求者之奠居焉往在甲戌之歲余自**方丈山**中始居于此買數間茅屋於江畔山麓爲暮年寢食之庄煙朝月夕採漁隨宜春花秋葉吟弄自娛渾不知老之將至世之方否人間何樂復有加於此哉尙羊久之占得所居數武許松桂蒼菀魚鳥頡頏處因其地之稱號而名之曰富春亭蓋亭之爲亭亭亭乎山水間登臨望之隱然迥出塵寰之外眼界洞豁胸襟灑落自無物我之分不知蒼壤之間有寵辱焉

■ 姜大延(1606-1655), 『湖上趾美錄』 권4, 山淸 거주.

感樹齋記

齋以感命者所感者多矣吾父母同居四十餘年家貧多子四男二女婚娶已畢雖可謂人世之一幸而蒼頻白髮已迫遲暮當時年最長而稍有知覺者惟吾而生自髫齔親之所勸而望者讀書著文幸得科第以爲榮吾不敢不以父母心爲心螢窓攻苦奄過半世菽水之養亦未暇及杞國之憂已至風樹之悔莫追又值荒年疊遭罔極襄禮草草僅免親土終天之感曷有窮已其後六七年始忝龍榜出於仕路則北堂荒凉望無所從雖欲食黎負米其可得乎臨文則感吾親之勸敎當饋則感吾親之不及遇喜則感吾親之不覩遇悲則感吾親之不知身有疾則感夜有夢則感事事而物物而感感於羹感於墻然則悲愁愉佚瞻聆食息無非感也塋域十里之地護守無計常以爲痛幸賴監司李相國力濟築小廬于墓

右有室有楹有戶有窓坐臥起立常目雙壟風雪則感其得無寒乎暑而
則感其得無熱乎思體魄之藏於是而想警咳之無所聞而感之前日以
不能護守爲痛者宜可以少紓而其所感者何時而已乎此吾所以名齋
之意也早謝簪笏歸伏草廬春秋霜露往來瞻掃以盡吾感慕無涯之痛
此吾志也旣以名吾廬又從以敍其說

※ 朴汝梁(1554-1611), 『感樹集』권4, 咸陽 거주.

大孤臺記

咸之郡東十里許有大孤臺臺之名未知其所始傳者以爲於大野之
中特然孤立以高故謂之大孤臺或曰郡有小孤臺故名以是爲儷稱焉
萬曆丁亥仲夏十三日余適道經于此登焉其爲臺也北抱花林尋眞二
洞之秀氣西控頭流萬疊之奇壯東南接山陰山水之窟信所謂一邦之
奇勝也且夫俯視之壁立無依邈然爽塏野歌村笛杳杳而來聞周視之
山氣蔥瓏高者似起低者似顚雜然羅列而滿眼仰視之水色與天光洞
然相映晃朗搖蕩而醒懷臺之景於是乎雖欲無言不可得也遂詠絶句
二韻書于石臺之上盤石一大石三小石二皆可坐樹一株梢陰薄不可
久留登覽之越三日甲辰記

※ 吳長(1565-1617), 『思湖集』권5, 山淸 거주.

曰壽軒記

安陰愼丈居山水之鄕而享稀古之年詔顔黃髮逍遙于泉石之間
人望之若神仙焉嘗題其軒曰曰壽其意以爲吾於五福無足稱惟壽可

以云爾命廷瑀記之余跪而問曰丈人體淸健居而無事乎刀圭出而無
待乎車馬是非康寧乎性但夷身不行崖異之事口不出雌黃之言是非
好德乎晦養林泉無慕乎外可保其善終所少者只安富一事於五福可
謂備矣何遺其三而居其一謙於彼而夸於此哉丈人曰吾於壽得之偶
然而實天之所賜也受天厚祿而敢不自有乎其他則吾所不敢也余又
問曰壽於五福居先而又必相須不得其壽四者無可施之地而無是四
者則壽又無足貴也故壽爲五福之本而旣得其壽必責備是四者名軒
之意無乃擧一而兼該者歟丈人曰惡是何言也彭祖八百而無稱於世
原壞不死而見惡於夫子無以重吾愧也余乃起而言曰古人有道屈子
之志而言者曰恨不度世長年以見楚之殺秦顧今屋社已久夷而據夏
其所忍痛豈但屈子所遭而已乎若得無疆之壽以見皓天必復之日則
其爲快豁當何如哉丈人之意其將在是而姑據已過之壽以微其旨歟
丈人不答唯然而已遂退而次其語爲之記丈人名某因以軒名爲號乃
猿鶴洞中人也

※ 南廷瑀(1869-1947), 『立巖集』 續集 권6, 晉州 板谷 거주.

睡足堂重建記 玉山張福樞

　　睡足堂卽全州李氏讓寧大君八世孫諱秀完之扁號而攸芋者也公
以魁偉之氣孝友之性惠恤之風精博雄渾之文三入科選竟爲當路所
惎擬封經綸十策遇遯而止退處**安陰**名勝之地別構一堂于錦水上
鵬山下山水以自娛又取草堂春睡足之句意以自況若公非眞厄窮不
怨遯世無悶之君子人歟於乎世代玄遠文獻無徵公之事行百不存一
堂之興廢亦不知何年何日鞠爲茂草幾至百年之久漠然徒見山高水
淸粤在乙未其後承相與感慨鳩財募工拓舊址而創新之揭舊號而瞻

慕之工告訖在三在寬在寅不遠百里屬福樞以記其顚末顧髦廢不敢
當是寄然念吾旅軒先祖於公祖禰二公有輓誄與往復書在耳契誼有
所難恝跽而告曰堂廢而興僉賢之孝思可則若能推是心而不忕不求
一如睡足公之爲則讓寧大君之後其將興且盛矣豈但以此堂之興爲
張老頌而已哉書此爲睡足堂記

■ 李秀完(1676-1744), 『睡足堂遺稿』 권2, 咸陽 거주.

珠潭精舍記

余於壬辰春卜居方丈山**迎勝洞**銑溪瓊岳眞仙區也萬竹山中洞
天忽開百曲淸溪流出其間有原懸焉有柱砥焉眞珠散落碧玉回流黛
畜淵停作潭者再潭古稱天巖今曰眞珠今地主鄭侯宇柱氏名之也盤
石棋布奇巖角列溪草岸花呈奇效異蒙絡之陰在其上觸激之音在其
下風振山頭韻動水面紛紅駭綠縈靑繞白屛裏過翼弄暄如歌鏡中游
鱗浮空可數宜炬初霏霏而淡深草樹末浮浮而遍籠溪山朝朝暮暮興
滅無常宜雨憑雲飄灑終夕廉纖則谷巖出沒花竹依微如畫隨風大至
滯日何頃則狂雷震壑怒雪掀山可畏若夫春風之和夏雲之奇隨時生
態各有可觀而月宜於秋淸波躍金雪宜於冬層巒攢瓊其千態萬狀不
可盡述至於赤箭靑玉採採盈筐可以療飢亦足長年此秦皇漢武之所
以長想永慨死魂猶望者也今我一朝而盡有之可謂壺中之繁華物外
之富貴也余乃日逍遙其上有酒必飮飮盡必吟吟盡必臥臥則口誦周
召之詩心醉唐虞之世不知世外之欣慼人間之榮辱山川隱隱若生色
四時佳興與人同幽貞其吉所樂無窮而其所樂亦何事必有知者知矣
知者知之而樂其樂不知者不知而樂人之樂是知亦樂也不知亦樂也
始覺此樂萬古之至樂而但未知朱夫子武夷之樂何如耳鄭侯見而樂

之書今名於潭上石而謂余曰昔遊蓬萊見眞珠潭形勝若此不知何年
飛落此地云爾上之三十八年臘月旣望珠潭畸逸手記

■ 金聖運(1673-1730), 『珠潭集』 권2, 花亭 거주.

仁智堂記

仁智堂何爲而作也蓋得於山水而寓於仁智也壬辰夏余卜居**頭
流山迎勝洞**結茅數椽於眞珠潭上名曰方丈精舍錦城丁敎官書其
扁息山李處士記其實癸巳冬新居火精舍亦未免惜哉甲午秋九月初
一日更構於舊居之稍西丙壬之地堂實十一楹正寢三楹室一楹堂二
楹西翼四間廚二間房一間藏一間板其上爲樓東翼四間庫二間廳一
間房一間間其房爲壁前間三其間而二之後間三之一而退三尺合以
爲斗室曲出板門通中堂始有妻子婢僕世間事名曰扶世門西有一戶
山分秀色水送淸聲絶無一塵之惹而便有赤壁羽化想名曰喚仙戶南
開一牕景物之森羅氣象之萬千不可俱狀而草茅賤生方處江湖之遠
一寸丹心惟有向日者焉故名曰向日牕合以命之曰仁智堂額以顏之
仁智之義在山水也旁有難者曰環堂皆山也樂山而以山名不亦可乎
水無見焉水哉水哉奚取於水也噫若此者果可謂知山水乎夫我治此
堂列書畫於壁日臥起其中掃几而坐開牕而望目而見耳而聽者何莫
非設象於彼而成趣於我耶見瓊岳峯崔之形而慕厚重不遷之德仁以
之學焉聽珠潭觸激之音而想周流無滯之勢智以之進焉不必登高而
知山之理而臨淸而得水之性也目寓之而成色耳得之而爲聲則亦何
可形者而親焉聲者而疎焉哉形聲一理顯微無間吾堂之名其可獨於
山而不於水乎觀山有道觀水有術而山水之樂得仁智而行仁智之義
待山水而明彼之山水自具於吾方寸間矣知之在我耳目何擇焉名之

得其實人無難焉於是乎記

■ 金聖運(1673-1730),『珠潭集』권2, 花亭 거주.

詠歸亭記

含城山水鄕也霜山之下桐水出焉東馳滔滔數十里至帆川屈折
而長流入于鏡湖水之自休川來者其維稍緩循循過柳浦而合焉其
汭有村曰西洲村之入口土墩突怒偃蹇磐石平鋪可坐數十人洵奇
觀也昔在英廟末默齋河處士達盈自晉來占籍于此絶意世路嘯詠自
適與隔隣魯鄭二隱君昕夕相從命其墩曰詠歸臺登而望之湖山淸曠
法華花精拱揖而應長流一帶匯爲襟抱樹木掩映颻颻然蠲煩析酲塵
埃遠人春和景明隨水玩漪悠然便有沂水風雩之想可知當日命名之
意有以也余少之時因事楬來二川間慣遊于此去鄕流離數十年又過
其處則河氏門欄昌熾布實周密殖貨鳩材就臺糚點而洞開之榜以詠
歸之亭流峙增暉飛潛騰喜時隆熙紀元後戊寅也處士之曾孫載淸氏
以爲亭者停也宜常居停以迎接遊觀之賓客兼應後進之挾笈而來者
不然豈作亭之本意哉自後爰居爰寢未嘗一日虛焉其慕先裕後之間
架井井如此余與主翁舊交也欣然倒屐先敍契闊之懷酒半曰聽哉銘
者不忘也願爲我銘焉以表不忘曰諾言念前事怳然如昨抵此又數十
星霜矣歲之孟秋其弟載範見訪于渭上爲請記也余色然迎謂曰詠歸
亭無恙乎曰不變舊樣聊復爾爾曰不變舊樣是吾鄕惟一之儒規何善
如之觀夫今日域中一般學舍不頹廢則封鎖終歲不聞剝啄伊吾之聲
而斯亭則獨不然處士公之風聲氣脈依然猶有存者庶愈久而彌新矣
至若詠歸之旨紫陽夫子已道之學者固領會矣其餘波溢於邦之者舊
俊秀牙頰間者尙不絶也自此含城之南儒風稍振髦士輩出而嘐嘐狂

簡者亦復知裁則未必非斯亭之賜也

■ 權道溶(1877-1963), 『秋帆文苑全集』 권3, 咸陽 거주. 含城은 咸陽의 古稱.

睡足堂記

皇明翰林學士朱之蕃登鍊光亭大叫稱快書天下第一江山天下二字後爲蒙虜所鉅令人可笑予於三洞之回登李氏遺亭山遠水平亦可謂第一江山蓋睡足堂李公以豪傑之才上承讓寧大君無得稱之德下守君子不變塞之矯終之以蠱上之爻於人可見第一於江山亦可見第一以第一等人物處第一等江山做第一等事業則豈獨李氏之福也百世之下必有聞風興起者矣嗚呼今天下蹄跡通行不復宗周何時復見皇華東馳得如朱學士筆力書此第一江山之扁耶是可恨也爾

■ 鄭煥周(1833-1899), 『薇山遺稿』 권4, 咸陽 介坪 거주.

慕華臺記

春秋之義尊攘最大故孟子曰春秋作而亂臣賊子懼嗚呼孟子以後明此義於天下者齊之魯連宋之胡銓是已以吾東言則秉此義於天下者仙清桐三大臣洪吳尹三學士乃爾嗚呼夷狄入帝中國天地大變而麗元混爲一家此不足道矣至若驅人臣子之兵攻人君父之國夷狄中又一大變律以春秋反爾之報彼焉敢辭諸今之亂華者浮於五胡而靑邱一片亦不免淪汲嗚呼士君子抱遺經而將安歸乎法華山中有所謂慕華臺吾同門友武山翁所古而翁學道而守義者也癸巳春共登此臺論此事翁復喟然曰子盍爲書之噫此萬古不盡長懷也後三丙申六

月懷陽子書

■ 鄭煥周(1833-1899), 『薇山遺稿』 권4, 咸陽 介坪 거주. 法華山 : 함양 휴천면에 있음.

誠敬齋記

律身以敬向學以誠兩句八言一蠹先生所以淑諸身而牖來後者也先生生乎絶學之後褊荒之域抽關啓鍵爲倡道之儒宗者以此而已先生天嶺人天嶺之灆溪書院立先師以享先生直院北數弓地有村曰孝里鄭氏居之裔於先生者也築書塾爲子弟肄業之所凡三遷而某年月日始建于村巷之側蓋倣古巷門有塾朝夕考察之義也歲在乙未延權君基德子厚爲伯强子厚以誠敬顏其楣使諸生出入觀省如聞警欬於其側也鄭君觀鉉造余請記其事且曰子厚今亡矣其指引之意不能忘也載圭斂衽而告曰主敬存誠聖賢傳受之眞詮而其源出乎天昉於包羲氏先天心學而吾夫子發揮於乾坤之繇自是以來傳之曾思而得其宗者得此也孟子以後失其傳者失此也至周程朱子續不傳之緒者續此也於乎先生出而吾道東矣誠敬之傳賴而不墜於地諸生之居斯齋者苟能以之律身則視聽言動自不敢慢以之向學則聚辨居行自不能已不惟扁之於楣又當銘之於心參前倚衡于墻于羹常若有見則庶幾希賢希聖而無愧爲先生之子孫子厚之意其在是歟詩曰無念爾祖書曰予有後不棄基哉

■ 鄭載圭(1843-1911), 『老柏軒集』 권34, 陜川 默洞 거주.

崇陽亭記

自古山水之亭何限而必由人而著嶺之南**咸陽**之東**渭水**北有山
曰道崇山之泉石林木皆有精釆者盖以一蠹先生蒭軸之所也山之下
卽余渭陽而余生于渭陽迄今老白首往來玆土與士大夫遊竹軒鄭承
宣泰鉉蠹翁裔孫而自童年憧從之畏友也早年筮仕小大其秩謂將拾
芥而目見蹄跡遍天下逐卷以懷之築室於是山之陽擬邃其幹盡繩武
之意而棟宇楹榭之制園林風月之勝已悉於本記及諸賢所述不復評
品第其傾困倒廩盡求天下好書籍而藏之又與遠近士友修契以共之
則盖不欲爲一己之私也又收取我先王朝儒冠儒服巾佩帶履日用常
行之物傍書籍偕藏則盖慮世變之無窮而欲保守於昔日典型也又延
道德之足爲師表者講論之刮劘之模範之薰陶之則盖欲講明斯道養
成人材以爲異日來復之基也其心可謂苦矣其憂可謂遠矣是非一人
一家之業而實爲一國一世之所須也亦足以垂範於天下後世矣斯亭
之有關於世道斯文豈不大矣而其名之著豈不由是而益遠哉感歎之
深略記其顚末

■ 鄭闇敎(1850-1933), 『竹醒集』 권3, 北坪 거주.

白華齋記 在咸陽華藏山下

余往在十數年前遊於**渭城**之南路出**華藏山**則嘗一遭閃過愛其
清麗奇秀未遽忘于懷是年夏劉君錫謹以其先尊府同樞公墓齋創新
求余爲記曰齋於華藏山下玉女峰峙于北玉溪縈于前瀧州鑑湖暎帶
下流筆峰案其南法華環其西黃梅列其東聯綿拱揖歷歷若指諸掌耳
聞過於目擊可喜也已齋之役自殷春曁正憂閱月至四庸費鉅萬而功

乃告訖爲正堂者四間東西夾者各三間中爲門一間外門爲三間旣瓦
旣墍規制甚壯繚以崇坦井井有序堂扁曰永言軒吉蠲室曰著存而統
會齋名曰白華白華孝子詩也孝子思親跬步不忘淬廣淸操其志可則
斯齋命名不亦宜乎蓋白取其潔華取其鮮以言乎人則澡身浴德竭誠
事親終始無忝是也以山言乎則華藏一麓渾成吉地慳秘有待是也尊
府體魄永寧于玆經紀傑閣歲祀儀物無不盡美者非君之能事乎余惟
堪輿家之說其來已久若無地理而不求則已求則孝子必得之以其誠
于天而天無不感也夫是之故程夫子有彼安此安之說朱子之喪門人
行綍七日始到山所苟其無益何安之可道而何求之甚遠也要之積誠
如君而後乃可言其得地也且吾竊觀夫世之粗有産業者頗多狃俗專
尙貨殖不然作無益害有益其終也自養不暇孰能自居庳室而盡力先
隴自菲飮食而致孝鬼神有若大禹之用心乎維劉君居室茅茨苟完而
觀其齋閣瓦屋雲搆劉君服食尙儉不侈而觀其奉先百需皆豊以至隧
石煒煌仍田贍繞蓋亦孝思之人所難及也卽此一事其百行可知之人
也務本而篤倫志古而通今諧於俗而不流於俗吾知其臨財適用而不
入於苟賤汚卑之域也審矣白華詩所云沮而不淄無營無欲莫之點辱
等義意所歸亶在是乎亶在是乎

■ 李道默(1843-1916), 『南川集』 권6, 山淸 南沙 거주.

一五堂記

　予讀松菴先生朴公實紀知忠孝勤儉爲傳家之訓而皆身親履歷
者也可謂盡物則懿德之實而應人中星嶽備世間倫福於乎盛哉吾友
朴君昺一建五甫卽其後承而端厚沈靜愼重寡默四歲而孤奉偏慈
無違禮蓋有古家之風焉遂名其室曰一五請予一轉語予告之曰人之

初生稟五行之秀賦五性之德所謂學斯焉已矣正衣冠尊瞻視乃入敬
之門格致誠正乃實下功地耳願一五子五惇哉無忝所生

※ 鄭煥周(1833-1899), 『薇山遺稿』 권4, 咸陽 介坪 거주.
※ 朴昊一 : 咸陽 木洞 거주.

漱玉亭記

　　咸陽天王峯下其水渭川渭川東流與潘溪合從渭川而北曰愚洞
是河氏庄也河氏世文艶爲咸陽之望從潘溪而入則兪公先生克己舊
嘗築亭溪上今廢遺址存焉直潘溪之西曰甘巖谷蓋至是而境盆絶居
民鮮少山多深松白櫟水瀯然出其下匯爲深黝有石臨之名爲石湫者
也河議官雲仙翁嘗往來愛賞擬卜菟裘於湫傍以其湫之爲莽蒼於愚
洞而自愚洞視之不知有湫爲可隱也某月日鳩材召工經始之因扁之
曰漱玉亭其爲石不甚平廣劣容二間松床石堭淸楚圓淨有茶酒可以
娛賓有圖書可以玩意每春物敷榮秋霜脫木淸月時至谷瀨噓涼翁輒
斟飮淸流疏瀹神精迢鴻濛混希夷不知人世朝暮之爲何日而得喪福
禍之爲何物亦不自知其何所因而獲此淸餉也於是京鄕縉紳士夫能
文者聞其事多爲歌詩以侈之而翁又命余爲記余不敢辭云

※ 河謙鎭(1870-1946), 『晦峰集』 권33, 晉州 士谷 거주.

光風樓記

　　余嘗讀野史有曰寒暄精於理一蠹精於數余竊嘗疑之曰夫所謂數
者若如邵子所謂一生兩兩生四四生八之云則是乃大易之根樞而所

謂利子實在其中矣故朱子曰周子從理看邵子從數看都只是這理然
則二先生之道不可差殊觀也其相與沿溯於濂洛之源派可知也蓋我
東自圃隱鄭文忠公倡明宋儒之道大中至正之規如日中天夫豈以先
生資質之高明其學顧偏於數也哉不然李文純公何以編於儒賢錄而
前後章甫何以有聖廡之請乎今年春安陰縣監張候世南以書來謂曰
縣有光風樓霽月堂乃一蠧先生之所創也斯二者歲久而未免支柱矣
堂則朴尚書長遠已葺理之而樓則今方裒財力以治之此實先賢之遠
跡盍爲記以侈之余渙然而應曰前口之得於聞而質於心者今皆氷解
而凍釋矣噫先生其溯濂洛而達之殊死者乎夫光風霽月乃黃魯直形
容無極翁之氣象者也其後兩程夫子有言曰再見周茂叔吟風弄月而
歸有吾與點之意朱夫子亦曰風月無邊庭草交翠然則此一句兩言雖
以海上單方其蘊實無窮而其趣實難言也然則此其旨終不可知耶曰
此非外襲而得之者必須剖判於敬肆修悖之辨而從事於明通公溥之
功使胸中灑落無纖毫人慾之累而涵太極於方寸之間然後可庶幾也
然則先生之所以修己治人之道亦當不外於此矣抑又論之朱夫子旣
以太極先天之圖爲相爲表裏數中有理之實於是盍可徵矣故邵子楊
柳之風梧桐之月未嘗不與濂溪同其氣象則縱使先生汎濫於數學亦
何害於與寒暄殊道而同歸哉後之登斯樓而想像先生者無徒以氣象
揣認而必知其所本則其於學道愛人之實豈曰無所補哉夫朴公以孝
友之政好淸淨之風而先修此堂則其意遠矣而今張候適値歲儉手拊
口煦之不暇而乃能留意於此眞可謂追仁賢新耳目而得爲政之本矣
樓北又有點風臺舊址臺下有浴沂巖候又欲修復舊貫縣之經生學子
苟能因名而責實則眞可以由濂洛而達洙泗矣吾將側耳而聽之也宋
時烈記

■ 宋時烈(1607-1689), 『宋子大全』 권144, 忠淸道 懷德 거주.

風詠樓記

藍院之創設久矣始於周茂叔竹溪之後而創之者惟介菴姜先生也介菴生于文獻公五十載之下慕先生之德講先生之道與鄕士若干人同心協贊立祠于講堂東西齋及前門數十餘間以爲尊先賢後學之地而仍以命名焉各有義若明誠居敬集義之類是也且夫曰愛蓮曰詠梅者齋前鑿塘塘外築塢蓮可賞而梅可賦也曰遵道者由是而行道在斯焉於是乎院之制始大備矣然而學者於講論遊息之暇不可無暢敍之所先父老圖惟經始之未遑者數百年于茲矣迺於庚子秋儒議復起屬家兄煥祖幹其事盖以其尊賢衛道夙有誠力故耳于以營繕百務實檢擧是盧君光表姜君大魯族弟煥龍亦與有相焉咸以謂與其創立層樹徒取觀美曷若因舊貫增新制恢拓我胸次也遂就遵道門上茸之以小樓樓凡上下十許間以翌年辛丑六月二十日落之遠近章甫濟濟趨賀主守姜侯彝文亦來會揖讓之風進退之節蔚然可觀也夫樓之爲制也不甚宏傑而奐輪翬革然改觀不百尺而迴臨有四望之攸同郊垌平曠川澤縈洄遙林蔚晚靄依巖山數黛入暮雨而半隱碚溪一面帶朝旭而全露竹栢前村啼鳥催春■稺占巷老農如秋風月呈美煙霞獻技一瞥千奇恍惚難狀登斯樓也則心廣神怡涵泳灑落攸然有自得這意矧乎頭流萬疊之峰花林九曲之流庶可以覽先生之清風抑先生之氣象怡若列侍函筵有點也鑑爾舍瑟之趣故因名之風詠樓若遵道舊楣則介菴之錫號梅菴之心畫列揭于門上以示不泯先賢遺蹟之意噫曾點夫子之徒也吾儕先生之徒也學夫子而有風乎詠而之趣則學先生者烏可無一般這箇想耶遂援瑟而爲之歌曰麗景遲遲兮增乎春服無小無大兮冠童五六鳳凰高騫兮盍余遊息優遊厭飫兮使自得已見大意兮融理而脫慾藍水之洋洋兮可以浴孤臺之屹屹兮可以風茲樓之適成兮吾將詠歸渢渢落成之日鄕長老屬余爲之記余以諛識極知僭汰

而長老之勤託有不可孤是爲之記後孫煥弼謹記

■ 鄭汝昌(1450-1504), 『一蠹集』續集 권3, 咸陽 介坪 거주.

風詠樓重修記

大行王十三年丁未灆溪書院之風詠樓燬粵三年己酉始克重建
上庠生鄭煥弼一蠹先生裔孫致多士之意命其友生奇正鎭記之正鎭
跋躇不敢卽滋筆先問樓所以命名之由煥弼曰蓋聞聖人之於道未嘗
爲一隅語且言其一二則如山水言仁智之樂崇卑狀知禮之德堂室況
造道之域者皆是也推斯義也曾氏之沂上風詠與顔子之巷居如愚規
模氣象雖有不同而學者不可廢一而不講也明矣是院之有居敬集義
齋者蓋將追曾孟之志以事體用之學是所謂學顔子之所學而張而不
弛文武不能發舒精神休養性情又烏可無一段事乎此樓之所以創於
後而命名之不得不然者也正鎭作而對曰不亦善夫其名之也此固鄙
生之所願聞學者之登斯樓入斯齋者卽齋樓之扁而體認之亦可以不
迷於所從矣正鎭又何辭以贊第念風詠之旨與鳶飛魚躍同活潑潑之
地豈可但以張弛言乎哉此事只問天姿學力曾氏惟天姿高能不由階
級而優見大意無曾氏之天姿而慕曾氏之風詠非學力何以哉惟守之
久而後居之安居之安而後資之深資之深而後左右逢其源於是乎舍
瑟之對在吾方寸間矣所守之地豈有他哉不過所謂敬與義而已先生
之淵源實學雖非後生之蠡測集諸先生之尙論而想像之蓋所謂不動
而敬不言而信者其深厚篤實何如也及味孤舟下江數句則隱然有風
俗氣象此豈懸慕企望而得之哉守之久而自至耳正鎭衰遲錮廢雖不
獲趁於藏修之列願與諸君子相勉焉院有正宇以享先生而桐溪介菴
二先生配侑焉有別祠雷溪松灘二先生享之頭流白巖灆溪渭水皆眺

望山水之可記者云奇正鎭記

■ 奇正鎭(1798-1879), 『蘆沙集』 권21, 전라도 長城 거주.

望月亭記

古之名亭者或因地名或以志喜或以述意其事不一要之取適其意
表其樂意已修道之君子攬物之騷人莫不愛山水喜淸聞者以其塵埃
之累不可不去活潑之眞理不可不玩也其義深矣豈可與不知者說也
大嶺之南古稱賢士之淵藪也人講仁智之術家傳絃誦之緖故淳樸有
古俗焉而**咸陽**之郡地接頭流之脈技地千尺尖矗淸秀者**白雲山**自
其顚東迤一枝別開一區洞天者函谷關也有水漣漪回抱者渭水也盖
其形勝有似乎秦地之雄偉也關之上有所謂月下坪古人之命名者以
其宜於玩月者歟坪之傍有盤石臨于川上平濶如基坪可坐百人有二
大樹挺然特秀於左右陰覆石面自成行者休息之所朴斯文小山惜其
名勝無人關領乃構數椽於石上樹間以時登臨逍遙自適扁之曰望月
噫登斯亭而顧眄則雲山千疊如鸞舞鳳翔淸流數曲如琴韻瑟歌烟霞
幽閟泉石窈窕禽鳥和鳴於林間魚隊出沒於水面可攬而起興者何啻
千百而小山之必取於望月名亭者其意何居噫我知之矣顧今大地滄
桑風潮焂變炎炎燎原如夏日之可畏觀者瞠然却步不知所以爲計或
自甘於沈溺隨波逐浪莫之覺悟小山安得無慨然發歎思以振濟也雖
然大廈非一木可支狂瀾非隻水可障無寧超然獨遊物外以全吾所好
乎故良辰佳節與二三素志人携手登亭寓樂于盃酒寫志於諷咏觀淸
光之照潭驗吾心之澄澈推晦朔之盈虛時運之汚隆默然端坐不以世
所謂得喪榮辱動其心此非得望月之眞趣者耶時或乘興散步於亭下
有如滿床牙笏滑潤可書者習字巖也壁立於激湍飛瀑可以洗濯者洗

塵臺也此數者亭之眉目尤不可不表而出之自餘淸秀奇麗之象花鳥
景物之繁不可彈記亦不必書小山之意不在於探勝搜可而在於觀其
象而究其理也是知其心之光明如望月之無掩翳也何可與不知者道也
　　關逢困敦(甲子)重陽節嘉善大夫宗正院卿海完山 李明翔記

※ 咸陽文化院, 『咸陽樓亭誌』(2001).
※ 李明翔 : 1900년대 초반 인물.

望月亭記

白雲吾鄉之鎮山也其東迆一脈尤爲幽邃淑氣停聚烟霞富麗最
宜隱者之所棲息也渭之源發於其間隨山曲折累開洞府幽絶可玩而
至所謂函谷關稍爲寬濶而藏鎖愈密谽谺吐納幽賞盆奇關之上有月
下坪月下云者不知古人肇錫之意然抑或有取於月下之景而命名者
歟舍之所居相距數十武矣有巨石臨于川上盤陀平鋪可容坐百許人
而二大樹生於其上亭亭對峙其勢候旬故往來之人無不避暍而留憩
焉咸曰如此佳境合有一亭樹云者久矣顧余以一畸人才疎而性拙自
知無用於世而素酷愛者山水與風月也遂不顧事力之如何乃構數椽
於盤石之上二樹之間顏之曰望月盖因本地名而以寄意者也雖欠華
譙壯麗之觀然憑欄縱目則雲山千疊鬱鬱北立 渭川一帶決決東流
千形萬像各自獻奇顧眄之間應接不暇其於仁智動靜之妙雖不敢論
徜徉自得亦足以暢幽情而發閒趣則於分亦已侈矣至若霽天淸霄登
亭翫月則桂魄初騰流光滿川明沙白石粲然玲瓏晃然的皪使人心目
俱朗古人所謂仲秋月夜如逢堯舜之世諒非虛語而顧今全球開熱炎
炎如酷月之可畏尤不能無望於良夜之月也且觀夫昏明朒朓之象而
時運之汚隆人事之興廢亦庶可以推矣誠能有得於此而於世俗所謂

得喪榮辱利害欣戚之私不爲撓奪則此亭登臨之樂其將不以物看月
而以心看月也不亦韙哉亭下有石如鬼刓神刻無不滑澤而正宜揮毫
故名之曰**習字巖**又其下一石臨于激湍壁立數仞可坐以洗濯故名
之曰**洗塵臺**此爲亭之眉目故先已標題者也其外煙雲魚鳥之樂汀
花岸柳之媚陰晴朝暮之殊候漁歌樵唱之相和不可盡記而亦辭不能
達意也厚望諸君子之登斯亭者諷咏之際摹寫眞境益發我所未言而
潤色之歲壬戌七月旣望主翁**小山**記

■ 咸陽文化院, 『咸陽樓亭誌』(2001).

望月亭記

　　咸陽古之**天嶺**也素以山水名而華人至稱灆水一帶片片金然西
有白雲山來自德裕節然而高窈然而深餘麓蕃羨包含一境而渭水去
其中東馳遙遙合灆水而南栢田距邑三十餘里內寬外密俗稱函谷關
而幽邃淸淨必有勝於東南之名區矣惜乎臺樹亭閣枉枉相望而松亭
以上無聞焉竊嘗疑之久矣是歲癸亥之秋朴友小山君七甫斗灝來言
作亭之由而强請記文余老且病方伏枕昏憒不覺欽艷而對曰雲山渭
水豈無主人昔者之感於是乎雪見晛矣雖得仁智之二樂而又兼小人
知之意味耶每當佳節招邀同志風而答酒而詩逍遙永日玩月忘歸命
石之意亦可想矣後人之登斯亭者體得主人淸趣可以滌盡物欲仁智
之性庶幾復初裕後之惠遠且大矣嗚呼滔滔此世其誰與子攬物興懷
必不能無憾於天地之大也起亭顚末已悉於原記不必加疊而病若少
間將理謝履以賀白雲山之靈癸亥九月下澣通政大夫承旨弘文館應
敎春崗河東**鄭承鉉**記

■ 咸陽文化院, 『咸陽樓亭誌』(2001).

▪ 鄭承鉉 : 1800년대 후반 인물.

碧松亭記

文章之顯晦盖緣氣數而然也有顯於當時而晦於後也者有晦於當時而顯於後世者寧晦於當時必顯於後世者乃佳已奏漢諸人言語工矣文字麗矣幷與鳥魫草木同歸於澌盡腐壞歐文忠之所以發歎者也惟本郡故處士松亭姜公則不然嘗師事**玉溪盧先生**又遊於林葛川門遭遇宣廟城除宜其飛騰之不暇而功名焉鮎魚之竹竿命途焉磨碣之身宣位不獲一命才未展千里其對殿前詩有曰九八蓮池蓮未寶三登桂殿桂無花蹉跎未遂平生志白首功名統吾家雖蒙聖朝之難賞終未見用於時是以懷其寶歿其光身退巉巖到老無死必尤捿止崖水筵占一區逍遙之地手植諸松自號松亭公之固窮安命有如是矣其後歷三百有餘年公之雲仍三四章甫日巡舊址不禁愴慕而泣曰不肖疲於負薪吾先祖杖屨之所日就灌莽何以稱人遂殫力而搆小亭翼然如偃盖之松遠近觀者謂諸賢貧而好禮南鄕名士咸知松亭之爲松亭斯非晦當時而顯後世者乎姜生達祚袖先蹟詣余請記余莅玆三載朝暮與民按輒詢溪山名蹟僉曰姜松亭舊遊處在治西一舍地所謂函谷關者是矣第欲往觀之今於姜先生來懇也嘉其能世其家記以贈之若夫烟雲泉石之勝山水登臨之樂公退之暇與邑中諸名碩把酒而賦之尙未晚也聖上三十四年丁酉季春上澣知郡**吳成默**謹識

▪ 咸陽文化院, 『咸陽樓亭誌』(2001).

▪ 吳成默 : 1800년대 인물.

碧松亭記

天嶺白雲山下有栢田里晋陽姜氏先祖松亭公文弼所居也後孫
嘆其遺躅湮沒於荒蕪之鳩財董工構亭工扱墟扁以公之舊額卽聖上
三十三年丙申春也工力訖達祚甫屬記於余其言曰先祖早沒盧玉溪
林葛川兩里生學篤行孝友聲聞曰播屢擧鄕鮮不利於南省乃以落講
充衛士執殳之列入直禁中月夜朗誦函風土月篇宣廟微行聞而嘉之
特設別科使之先呈病未應命遂引見拈韻先祖製進曰九八蓮池蓮未
實三登桂殿桂無花蹉跎未遂平生志白首功名統五家上嗟賞不已特
復其身又令入格人勿應軍淆以爲定式先祖還鄕與曺梅庵鄭竹軒摯
結爲梅竹松三友徜徉泉石安於阪窮不求榮進斯不爲子孫所痛恨乎
余曰君子之渾五世而斬而公之行誼能使所不知者愈不應復起斯亭
以明微蹟於世此之以勸後人之爲善世又非雲仍追遠之感烏能知是
哉然衆卉之中唯松之貞獨秀於歲寒之後子宣除體先公之行屹然有
立於頹俗之中如蒼松之不變中風霜則其於繼述之道此不賢乎肯構
者耶請以是揭諸楣間俾勉於無窮焉今上三十四年丁酉仲春上浣恩
津宋秉璿記

■ 河受一(1553-1612), 『松亭實記』 권2, 晉州 水谷 거주.

漱玉亭記

咸陽之瓶谷山明而水瀏林木葱蒨泉石窈窕令人依然有掛冠之
想中其里而前議官河君錫箕居之君曰廬足以供起居琴書足以娛一
生素性慈諒喜施惠見人貧窮必賙邮無吝蔚然爲一鄕三達之尊早年
筮仕自寢郎至樞職見世與心違遂勇退歸隱自號曰松窩處士韶顔鶴

髮盤桓乎雲林之間築一亭於渭水之上名之漱玉使其荏在劤徵余以
記余難孤其淸答之曰君之居山之秀水之淸岩石之磅磚松槐之蒼蔚
一縱目而可盡得名之亭不擇於此而必以玉爲名者其有取乎夫內溫
而淸玉之性也外堅而潔玉之質也君須蘊淸堅潔爲性質臨事必淸白
對人必溫潤談笑風彩盡是一團春風令人望之自然心悅神賑亭之名
是由乎君之心而自取也余早晩脂轄過渭水之東歟漱玉亭主人欣然
酌春酒而聽得其溫和無瑕之談己巳肇夏前崇祿大夫禮曹判書原任
奎章閣提學安東人 **金宗漢**

■ 咸陽文化院, 『咸陽樓亭誌』(2001).
■ 金宗漢 : 1800년대 후반 인물.

詠歸亭重建記

晦翁嘗以曾點之風詠比諸千仞鳳翔這箇氣象非識得聖賢大意者
不可尙也如陶靖節賦歸之志固亞於此而微不願乎外無適而不自得
者亦難矣哉松溪李公諱之蕃以忠孝華胃宰于遂安郡見燕山之政亂
解組而歸築亭於 **天嶺** 之西扁以詠歸自敍其志曰偶爲俯仰風塵者
將二十稔投紱而南 **白雲** 一巒依舊叢翠渭水一鑑天雲涵影山冠野
服優遊仰息于其間絶不道當世之得失榮悴要與童子佺尋行數墨又
曰余於詠歸之日知吾之所止好吉之所永樂吾之所志人知之囂囂樂
之人不知亦囂囂樂之蓋觀於此可槩其胸次灑落不爲外物所累偉哉
公乎聞曾點之風而行陶靖節之志者非耶當時名碩多推詡而敬重之
至有以天地之間綱常之主稱義者則公之爲公此又可見矣是以遺韻
餘馥播傳于簡編鄉人之誦服訖于令不沫其詠歸之敍將與彭澤歸去
來辭匹義而同傳乎然自經兵燹亭爲舊如何而軒豁爽塏溪山增輝噫

余觀古今人雲仍鮮能守其先業雖以裴晉公之積累餘廕尙不保綠野
之堂李贊皇之苦心遺戒亦不保平泉之庄此盖由嗣守之難也近世巨
室名族亦無不有是憂而斯亭也復覩奐輪之義於數百年之后使前日
指點興嗟者皆嘖嘖聳賀違哉李氏乎祖先之英靈若有知亦應陟降于
斯依舊諷詠矣然則諸君之肯構實多於孝思之不匱奚徒爲后人之觀
義也哉公後孫壎與鍾必聯袂徵記于余余不避蕪拙遂書其歆歎于心
者以歸之登斯亭者亦庶幾有聞公之風而興起焉爾歲彊圉協洽孟夏
之下澣德殷**宋秉珣**記

※ 咸陽文化院, 『咸陽樓亭誌』(2001).

※ 宋秉珣(1839-1912) : 본관은 恩津, 字는 東玉, 號는 心石齋, 忠淸 懷德 출신, 『心石齋集』.

慕隱靖舍記

予之父皇光武元年丁酉以凉德菲才濫蒙王爵恩沾桐葉感激楓陛
雨露之澤盒深涓埃之忱極淺廣咨八荒欲補一毫嗚乎痛哉奄及二十
三年己未仙馭賓天龍髥莫攀四海憂密九宮岡涯杜門叫號自後每涉
朝野流史特按南國奇諸花林地靈而人傑出焉惟我成廟忠臣文愍公
濯纓先生金海金馹孫玄孫諱赫慶號石隱居其石盤洞洞古而士逸也
世焚銀魚代守青氈有諱淑號蘆隱六行素著六藝兼通亦居本縣西上
面蘆川洞承述甚善士友推仰鄉黨模範垂裕後昆花樹繁榮於花林花
林人咸稱以聞于日下慕隱亭翼然其兩隱遺墟云噫春衙已閉繡馹且
絕予雖老矣秉彝好德遂命家臣金相默寫此幷賜慕隱靖舍額又次其
後孫原韻以助風化之萬一爾次贈兩朝賢士薦皇城高尙其操孰可輕
不朽芳名因化俗追思隱趣更舒情紫陽遠遠難相照白鹿寥寥恨未行
豈忍忘墻新卜築後孫佳句使人驚**高宗光武四十九年乙酉**春三

月望日春菴

■ 咸陽文化院, 『咸陽樓亭誌』(2001).

學士樓記

天嶺之官閣東有一古樓超然出雉堞之上棟宇軒豁控引一府風物此崔孤雲先生所創也先生際羅氏長夜之世崛起東土抉植斯文蔚爲百世之先覺其偉功盛蹟炳烺如日月之不可刊而是郡也迺先生一麾之地至今黎元實被當日陶甄餘澤而樓亦經有劫星霜制度維新學士二字照耀人耳目自有使人興感者也故登此樓則無往非先生思見室堂深奧則思先生之道德見丹靑煥爀則思先生之文章見樑月而思容儀見庭松而思節操怳如親炙於千載之上斯樓之有補乎後輩者豈尋常臺榭比哉世之登者若以此而置諸絲竹管絃淸歌妙舞之間則大非景慕先生之意也夫

■ 權正容, 『春坡稿』卷下, 山淸 丹城 거주.

菊窩記

余嘗讀濂溪先生文至菊之愛陶後鮮有聞竊以爲古今愛菊者想多而惟淵明是稱何也余解之曰盖菊有隱者氣味愛之者非山林韜晦底人莫可然則淵明非其人耶故菊因淵明而品高淵明因菊而寄意此可謂兩相遇也然淵明古人耳徒聞而知而以余所親見孰如菊窩車君者哉君夙有逸才業于詩書意謂靑雲可立致不幸楚璞見刖而飽歷世故動忍心性天用玉成者多矣一日遂挈妻孥入天嶺南華山中買數椽

屋種一本菊于庭顔之曰菊窩餐於菊飮於菊造次斯須不離於菊無乃
聞淵明之風者與假使濂溪在此世應不曰鮮有聞也

※ 權正容,『春坡藁』卷下, 山淸 丹城 거주.

訪花齋記

蓋嘗驗花之理必先培其根順木之天及遇春氣流行枝葉繁茂自有
萬種名花爛然而開爭奇競艶盈溢乎林壑如北阮之錦曬于朝暾淸香
艶色襲人衿裾此皆有本而然非一朝驟而得者也是齋乃諸君子講習
之所也今諸君俱際妙齡慧竇不塡如日之初東不爲物累所蔽誠於此
時朝益暮習矻矻以不解則百氏書籍雖充棟宇而汗馬牛莫不載空洞
之腹而其大關鍵皆不越乎忠孝禮義數件事然則讀書者豈欲作書肆
哉近而家遠而國將行其所學也及遇治世明君則登龍門而擅聲價其
爲發榮也如春林之花此非稽古中得來者乎噫世之無勤苦工業而欲
取富貴于智巧之末者奚以異求花於無根之樹哉不成也明矣**齋在
天嶺南柳村**訪花其扁也

※ 權正容,『春坡藁』卷下, 山淸 丹城 거주.

三悔堂記

吾夫子嘗曰言寡尤行寡悔祿在其中誠哉是訓也人能飭身力行勇
往直前今日知一非明日改一過則可悔者稍稍減矣而其間有自然之
福祿稍稍增矣若不顧其行之如何僥倖乎榮名至老死尙不知悔則有
負乎聖訓也大矣今夫三悔堂鄭公有行君子也宜其寡悔而於所居堂

反以三悔扁之常若不足之意可見也公**文獻公賢孫**其家世襲先訓
往往有宏儒碩學出焉而國家之用人每拔尤於是是故簪纓搢紳照耀
乎一門惟公超然脫榮名之外**築菟裘于華山下**甕牖繩樞緼袍水飲
以爲終身計余一日訪公于**訪花之屋**屋中有一髫髮儀容端莊如鳳
鳥出鷇非凡雀所群而其呫畢聲瀏亮淸暢有勝乎絲竹余異而問之公
曰此吾兒也吾幼而不學壯而無業老而無成是三者悔之莫追然槁木
殘生少無收桑楡之望故敎子以書將欲成吾未成之事也余遂斂衽而
作曰公之志如是公之子又如是眞故家擩染也又復進曰觀公平日之
行庶幾寡悔而今逎悔之如不及公之子克承公之志不懈益勤以至於
無行之可悔則公今日之悔安知不爲異日享祿之基也歟因以所告者
綴而爲之記

■ 權正容,『春坡槁』卷下, 山淸 丹城 거주.

居然亭記

　　花林齋者桃源全公萬軸之所而目而爲記者也間嘗爲其先祖採薇
先生西山祠講堂曁祠輟堂亦不免後孫在澤在學在甲等作亭數間於
舊址西一喚地水石奇絶處中爲外爲堂室揭舊額堂則取原記中居然
泉石之語名以居然將落也書來四百里請記盖嶺之勝三祠爲最三洞
之勝花林爲取花林之勝此勝此亭爲取亦勝者最難人傳亦里也彼平
泉別野不過探天下珍木怪石以備園池之翫者亦有鬻平泉者非吾子
孫以一樹一石與人非佳子弟之語而猶爲有力者聊取去惟斯洞固天
作也是何等靈區而爲全氏物傳之十數世無癈至於此亭而尤擅其勝
寔垂裕於後昆諒無隕於前搆者也較諸李文饒其難易得失何如哉是
不可以無記記於何辭惜乎吾老矣無以作山中客崇貞五甲戌孟夏日

西河 **任憲晦** 書

※ 咸陽文化院,『咸陽樓亭誌』(2001).
※ 任憲晦(1811~1876) : 仲明(字), 鼓山(號), 豊川(本貫),『鼓山集』.

居然亭記

上之元年壬申**安陰**之新坪居然亭成矣余嘗聞之人於先美不明
不仁俱是不可則憂懼之至斯亭之役烏可得己哉鳴呼惟我先祖花林
齋府君通才邃學固可華國經世而不幸值皇朝屋社之日不勝填慨結
情天山自迎勝故居西來五十里武夷上**花林**之洞誅茅卜築因邃晦
迹鏟影之志卽所謂新坪村是也平日琴書嘯詠之地舊嘗有齋而中世
盖重修焉仍爲西山祠講堂矣尙亦忍言哉祠撤堂亦不免也然則惟其
扶義嘉遯之蹟邈然無憑故余於是乎暢然興念興族姪啓鎭博謀僉宗
就其舊址西水石之區肯構斯亭扁之以居然者竊取朱子詩居然泉石
之義而又仍舊花林齋之額於其室庶有補於似遊之道焉若其泉石之
窈窕雲林之瀟灑登斯亭者目擊焉且夫登斯亭者無次泉石雲林只爲
勝區遊覽之娛不忘大界陸沉之禍因於一部春秋之書講明究索則庶
可爲識得尊攘大義而不失其秉彝之天矣玆余由先美而肯構豈徒爲
子孫宗族之私乎哉府君諱時敍字景三姓全氏旌善人官至同知中樞
府事花林齋其自號也少從相望鄭文簡公學雅志尊固實有所愛云
崇禎後五庚辰(1940)仲春上澣七代孫在學謹記

※ 咸陽文化院,『咸陽樓亭誌』(2001).

居然亭記

亭以居然名志其實也黃鶴之山雄鎭於金陵西北南支環抱而成一
奧區內寬外密隱屛小瀑懸其背冪源幽臺臨其趾泉石奇絶松竹圍匝
殆若遺世之士藏踪晦跡焉先爲緇流所占溪山澗谷漠然而不遇其主
矣歲丙戌夏烏川鄭雲采景九甫買得此址而起亭五架取朱夫子詩居
然我泉石之意扁其顔又取撤僧舍建學宮一擧而兩得之訓名其軒曰
一兩以書藏之築池種蓮繞庭蒔花蕭灑有靈源之趣琴歌詩酒起居飮
食於斯也不離昔之不遇者亦果增其輝矣遺其胤煥琦請余記其事余
曰古之聖人設爲棟宇之制而未嘗立名後世始侈輪奐之飾又從而名
之多不以實別取其新奇之說是豈不可惜哉斯亭也旣據實而命名則
溪山形勝吾未之見也雖欲記實其可得乎然璀璨於目琮琤於耳者無
非實理之所在則若默然神會得喪遺乎外義善足於中以之養浩然之
氣可也實事實理俱全而無所欠闕儘有得於武夷卜築底意矣斯亭之
名可以無愧於實奚待吾虛飾之文乎辭不獲已遂爲之記

■ 宋秉璿(1836-1905), 『淵齋集』 권26, 忠淸 懷德 거주.

冠雲亭記

祿位高乎人者可以耀一時而不足以傳百世節義備乎身在可以傳
千古而不足以貴當時有志之士將安所取則哉梅軒廉文敬公當麗季
鼎革之際與同志諸賢固守罔僕之義汲齒自靖大義高節至今照耳目
光史策而處士公繼其後篤守先志隱遯于掛冠山下仰視白雲之悠悠
逍遙自適視祿位如桎梏嗜節義若芻豢嚴捿谷處至死靡悔若是者義
篤乎靖獻心切乎扶植而知所取則也歟戊午夏十一世孫煥弼慨遺跡

之寢微與族人正吉基爕謀搆數楹於昔日隱居之地名之曰冠雲盖記
其實而著其志也囑余爲之記余惟節義之於感人也深矣自處士公至
今三百餘年其遺澤盡矣而此亭之作人猶指而相語曰此某處士之遺
跡往往談其事如昨日而爲之感嘆歔欵而不能己由是而言則雖無亭
可也然表揭遺跡使人人者一倍瞻視而雖百世之遠無或忘失則亭又
安可無也詩有之曰無念爾祖聿修厥德處士公有之詩又有之曰高山
仰止景行行之煥弼甫有之己未(1919)小春上澣嘉善大夫同知敦寧
院事永嘉 **金容鎭**(1878-1968)謹記

■ 咸陽文化院, 『咸陽樓亭誌』(2001).

東湖亭記

花林山水鄉也其峰巒蔚薈林壑深邃**黃石山**下綃峴村也水波明
媚巖石奇絶玉女潭中遮日巖也余曾莅是邑得聞古蹟之詳也粤在嘉
靖丙子東湖處士章萬里卜築于村遊釣于巖博學篤行若將終身逮宣
廟癸未北胡冠六鎭朝庭選壯士公自願赴戰躬冒矢石累立奇功辛卯
除箕子殿參奉移定陵令龍蛇之燹大駕避駐龍灣時值潦雨暴注賊鋒
猝至公負玉體走十餘里而得免以癸巳六月公年四十而卒于行在所
宣廟嘉之時贈以及永世不忘者敎旨策扈聖功臣今上二十八年贈通
政大夫在承旨命旌其閭嗚呼公忠義特立萬夫朝家恩襃勸獎百世可
謂無遺憾矣公之孫大奎載憲東憲等追慕其先祖遊賞之意搆小亭於
遮日巖傍要余記之余觀夫人得山水而樂山水因人而重遮日巖上刻
章處士釣臺五字遺跡尙存公之得水水而識仁智樂者也搆亭遺址闡
揚先懿用■今與後遮日巖之因人得山水之重者也余有感於此因述
舊聞而書之如右云上之三十三年(1896)仲夏上澣輔國判書崇祿大

夫奉朝賀 **金在顯**(1808-1899)謹記

■ 咸陽文化院, 『咸陽樓亭誌』(2001).

松亭記

德裕山之麓南馳爲 **華林洞**之 **松溪村**水石玲瓏巖壁岐偉卽旌善
全公謹之所盤旋也其宅畔有兩松夫松者卉之類而有歲寒後凋之節
雖雪霜文下風震震疊而其所性則無改也誠物之可尙者故因以松亭
爲自號公自少坑靜簡重性贊剛毅事親以養志爲務鄕里皆敬重之嘗
讀唐書至張淮陽顔常山立殣處輒掩卷而歎曰千載之下尙有不死底
氣令人有激感至英廟戊申賊亮稱兵於本縣之南里一境鼎沸擧國震
駭公不勝塡悅聞晉陽官軍來住山陰徑造陣門與中軍禹夏亨議檎賊
之術願爲先鋒遂進至居昌之省草峴賊徒聞之潰散公追斬其十餘魁
亮等次第就醎公將歸禹公詩以贐之曰嶠南七十又餘州得一書生義
凜秋遂投歟而遂葛巾野眠謙退自晦其不伐之德泯然無跡聞人或欲
上遠者必力挽而止之至正廟戊申因本道啓聞蒙賜表忠論音純廟癸
酉因道儒上言特贈吏曹參判朝家七酬勳顯忠殆無遺憾矣蹟公始終
果符以松爲號之義豈不猗歟舊有亭舍歲久頹圮至癸丑重建而其玄
孫潤壽衡壽等跋履數百程謁余爲記余應之曰公之實蹟旣載於御製
賜書兼有其松尙不改柯易葉蒼然依舊則讀其書攬其松不待別爲文
字而可傳無窮矣然是亭之興廢大有所關翼然肯搆以然一方之耳目
遊於斯者沂當日之風烈知耶激愾則異日國有緩急安知無復如松亭
公者出而使人稱之曰嶺南果多義士云爾耶卽吾必曰此亭之功也余
不能無望焉崇貞紀元後四甲子(1864)季春恩津 **宋來熙**(1791-1867)書

■ 咸陽文化院, 『咸陽樓亭誌』(2001).

望北亭記

葵花猶知向日望北蓋所謂彝性者而全其所受者鮮矣若灆溪林先生殆其人歟杜工部忠義稱秋色爭高而其詩曰每倚北斗望京華北征詩全篇亦不過衍其餘意耳然則望北二字蓋公始終條理入而事親進其孝養出而事君極其獻替而知不得大有爲於斯世則決退江湖與世相忘而其所謂國而忘家君而忘身長往而不返則非公素志也是以每春暄秋凉花辰月夕登屋後小山不禁倚斗之戀而又與二弟若鄕後生酬唱講討蓋以躬行之餘推之於人也觀聽者名其地曰望北臺爲此名者其知公之心而剩許以今之杜工部也子孫世守而水不忍廢地不忍荒則起亭於臺之傍而顔用望北蓋記實也公生忠孝故家菀有祖風而世守之孫又能丰修祖德使亭名久長則望北爲林氏傳心而義不可勝用矣嗚呼作亭於今日林氏其有深意乎所謂彝性者蓋極天罔墜而或墜於今日蓋其修擧之無人矣及今而亭使公當日之心白於世則彼親臣世臣販君而賣國者庶幾其改心易慮而爲家國重恢之消息歟後孫馨澤求爲懸楣之文感歎而書之歲乙卯仲秋幸州**奇宇萬**(1846-1916)謹書

※ 林希茂(1527-1577), 『灆溪集』附錄 권2, 咸陽 거주.

歲寒亭記

一松鄭公**一蠹先生**後孫也嘗手種一松因自號曰一松又築一亭於所居泉石之間爲晚年藏修之所蓋述先生種竹蒔梅將老蟾津故事也公之胤在璟以亭扁問於艮翁告之曰不須遠求尊文齋號旣是一松世變又如此名以歲寒不亦宜乎此亭之顚末也在璟又講記於余余謂

公嘗松亭中有討曰靑山匪舊三千里白髮當今七十年噫其重陰洹寒
生意憔悴而松栢獨蒼然不變者乎又竊念觀法近則收功易盖亦觀夫
先生所遇之變所守之主乎盖先生當戊午茂貞之會流離竄謫至於七
年之久而不改常操卒爲東方道學之宗此非歲寒然後知後彫者歟傳
者謂先生之學尤精於魯論其不誣矣乎今誦公之詩講先生之學則亭
記在其中矣是亦不須遠求也若余之願則欲與公一登頭流絶頂看盡
千萬疊然後泛孤舟而下大江還坐亭中相與講先生之學因以大冬松
栢四字大書亭額以贊公之志範而老矣不可得則只宜對君長松下淸
風遙貢栢悅之忱云乙卯中春節悳殷**宋炳華**述完山李在哲書

※ 咸陽文化院,『咸陽樓亭誌』(2001).
※ 宋炳華 : 1800년대 말 1900년대 인물.

春睡亭記

嗚呼我**一蠹先生**東方五賢之一也血胤瞀宗師表百世而盖於燕
山戊午罹于史禍歿于鵩舍凡儒衣冠者尙至今哀傷雪涕四百載如一
日焉先生曾孫春睡堂公隱居講學不墜先緒有小一蠹之稱其賢又何
如哉歲丁亥闔宗僉謀締結於**藍湖之上**仍以公之號扁之曰春睡之
亭志不忘也後孫在祥徵余語公之微意談何容易家禍之餘歲月雖久
畏約尙存至慟愈深不欲自同於平人故乃託身於睡鄕悠悠人事了無
干涉無乃風人寐無聰之遺旨也耶嗚乎悲哉凡爲公苗裔者當讀公之
書志公之志繼述家風一如公焉然後方可謂不忘也爲若棄置寓事瞌
睡而已則雖同華山千日未敢謂善學公者也諸彦當自知之何待余言
哉余畸人耳匏繫林垌萬念灰冷山外紛哤不欲問知而適觀放翁詩得
萬事無如睡不知之語犁然有當於心遂閉戶搘枕日游乎華胥之國然

則余之生雖後於公知公之趣莫余若也乃力疾草此託名于亭上戊子
陽復後六日安東**金寗漢**(1878-1950)記

※ 咸陽文化院, 『咸陽樓亭誌』(2001).

歸來亭記

前縣監鄭公棄官賦**花林**新築南郊別墅名其亭曰歸來亭亭南小
軒曰花南精舍舍幷小扉曰日涉扉出小扉涉川有巖松曰盤桓臺庭東
作短籬種菊九月落英可餐門巷樹九柳自號曰九柳公日夕構學每閒
暇郊居感陶淵明歸來之賦而寓物自暢如此善乎足以寵辱俱忘者也
昔蘇子瞻慕靖節細和淵明詩歸田園田舍擬古諸作尤亹亹焉者亦此
意也別墅在南郭外沙田鵾舞山下深松隱隱前有平川白沙其下廣路
有社稷壇又其外東岡越有僧寺圓通並有長水浮屠菴南望智異列岫
連雲去城市不遠每淸夜無人聞角聲遠馨此皆九柳先生別墅幽趣勝
槩也幷識之成均進士八溪**鄭惟明**(1539-1596)謹記

※ 咸陽文化院, 『咸陽樓亭誌』(2001).

弄月亭重建記

安陰之月淵上有**弄月亭**故判書知足堂先生朴公之攸濟而皇明
翰林朱之蕃之所扁書者也不幸衛完難久楚定重輝今年乙未公之後
承膺煥與諸宋鳩財增舊判而工告訖屬余以記之余作而曰公以水月
襟狍加日月征邁工年二十一大闡君東堂事君盡禮恤民損廩與夫被
時雨之化蒙魚水之遇觀於聖朝敦諭賜祭文寒岡往復書龍洲撰碑銘

己盡之矣若乃崇禎大義則與相桐翁矣苑變退伏淵息交絶遊惟有淵
上月造物者無盡藏也取之無禁吟弄不倦噫月似人耶人似月耶出海
底而宛見氣橡到天心而科得意味登斯亭者如以俗心遊斯樂斯則能
不愧於今月之照古人也是爲記以歸弄月亭主人崇禎紀元復五乙未
冬至節前通訓大夫慶尙道都事土山 **張福樞**(1815-1900)謹記

▨ 咸陽文化院, 『咸陽樓亭誌』(2001).

弄月亭重建實記

　花林一洞卽吾先祖**知足堂**先生昏朝十載廢處藏修之地而扁其
■曰鍾潭精舍題其石曰弄月亭盡取諸還山蹈海之義也嗚呼先生之
道學也忠孝也仕宦也功業也則觀於聖朝放論賜祭文寒岡先生答禮
書淸陰月沙五峯諸先生贈行詩桐溪先生伸■章龍洲先生撰碑銘已
盡之矣眇末後生不敢贊揚一辭而蓋其亭廢不修三百年于玆矣越在
白羊惟我先考痛惜先蹟之煙沒合族立議重建以新之允爲四方之仰
瞻而雲仍之遠誠矣不幸靑馬氛火於非徒嗟余不肖夙夜憂懼粤明年
正月會宗誓心卽擧重建之役是歲十月望工告訖翼然棟宇煥然如昨
遂令溪山改觀草木增彩滿潭明月悅然有魯連氣像宛然包先生意味
噫此莫非賢祖遺化所及先人孝思陰隲豈敢曰一二殘裔效力也哉嗟
爾來人志先生之所志學先生之所學相戒勿怠則庶斯亭之不朽也係
之以詩曰花林洞闢境全幽吾祖當年杖屨留避世還山雲共宿憂君蹈
海月空浮松髥歲慕生琴語石篆風磨驗竿頭俯仰亭楣因慕像芳名
千古出塵流**聖上**卽祚四十三年丙午秀葽節下浣不肖後孫**膺煥**
謹記

▨ 咸陽文化院, 『咸陽樓亭誌』(2001).

弄月亭重建記

唐人詩曰魯連特高妙繼而曰明月出海底蓋以魯連之大義特高處惟明月可以當之爲此詩者其知魯連乎**安陰縣**故判書**知足堂**朴先生寒岡鄭先生高弟也已自少日經學文章爲斯門所推重及出而需用於世偉蹟嵬烈赫赫在史乘至今塗人耳目吾何必贅疊爲也方公之扈駕在南漢也和議已成事不可爲矣棄官而南爲亭於縣西月淵巖上與弟樂汝軒爲終老之計以弄月亭三字特銘於巖者是何意也公與桐溪鄭先生所秉義理又是今日魯連也未知公之登斯而望月也無乃以淵上明月把作魯連看耶魯連一明月也明月一魯連也嬴秦以後一幅神州種種陸沈腥塵彌然滿眼更不見出海面目令公東海上人也乃能以尊周大義又復明月之於東海于魯連有光焉何其壯也余嘗出宰長水路過安陰縣得見所謂三洞者儘嶠南泉石之絶勝也彷徨乎猿鶴花林之間因上弄月巖拚餘光而仰末照以寓羹牆之慕矣亭廢不修距今百有餘年其嗣孫東陞與諸宗同誠鳩財克重新之以增舊制翼然棟宇宛然如昨日遂令溪山重輝遺芬來沫興廢雖謂之有數亦不可謂之不肯構也以倫以晦以煥北走屢百里過余江上顧余謂先契之重屬余記重修余非其人塵腔俚辭或恐累及於明月分上旅思之若以是而自附於往昔名碩之後亦某之幸也敢爲明月之說以歸之多見其潛妄也已癸酉之黃華節上浣大匡輔國崇祿大夫行判中樞府事致仕奉朝賀豊山後人**柳厚祚**(1798-1876)謹記

■ 朴明榑(1571-1639), 『知足堂集』 권8, 咸陽 安義 거주.

濃隱亭記

　　昔者濃村李公隱居**安陰**之楚孝友之政行於閨門講學之風施於
鄕鄙在世八十八年近者薰其德遠者慕其義禮焉餘二百歲剩馥遺韻
當有不沫者存焉仍孫熙淳亨淳相與語曰積之以寒暑幼之以滄繫先
祖遺跡將泯有不傳是豈非後孫之所恐懼者乎肆於丙子孟春乾擊壤
山之下弟一小邱構亭三間善其生而杖屨生玩沒而堂斧於斯故扁之
曰濃隱是志其實也要不伝久之我幼學而壯行士君子之道也除莊而
不市者豈其願也哉隱與不隱惟其時已矣時可隱而不隱是汚其行也
時不可隱而隱是究其倫也鳥獸不可與同聲者亂其倫之謂也揑竈焉
乞燔焉病予夏畦焉在汚其行之謂也是故吾以爲隱與不隱惟其時而
已至若明陵盛際聖人在上厲精圖治旁求後人嵓穴側陋莫不陽之動
危公不可曰不遇其時亥而刺史不能薦仍埋劍草楚豈非命與若使庸
衆人當之必讚刺而圖進沽街而媒榮公則不然耕焉鑿焉守分安命甘
作聖世之逸民豈不賢哉爲後承者揭先德於亭額朝夕觀省而不忘焉
則公之跡雖隱於當時而公之名可以顯於無窮不亦善乎公星山人諱
時彬字而燦用優老恩階至嘉善云丁丑(1937)黃華節安東**金寗漢**
(1878-1950)記

▣ 咸陽文化院, 『咸陽樓亭誌』(2001).

三五亭重建實記

　　安陰古稱山水奇偉之鄕而名公碩儒輩出其間如**花林**之花南祠
尸祝幷時四賢而其一三五堂朴先生也公以近道之姿服習詩禮之化
所以養成其德器者自有不勞而就旣之就正於陶山之門觀善友仁於

吳德溪林瞻慕諸賢則文章經衡益煥然而著聞矣用薦爲谷山訓導大
興文化以變其椎魯之俗嘗討賊左邊不避艱險功成而不伐旣歸築室
武夷山下錦湖之上庭植三槐五柳因以自號曰三五堂日處其中詩酒
自誤囂囂以卒世公旣沒子弟門生就平日杖屨之地別築亭而署其號
以寓慕焉昭敬王壬辰災純廟癸巳改建于錦江之滋後二十五年丁巳
被洪流震鑿址嚙而亭圮又五年壬戌後孫潤權以炫以洙以生相一爽
塏地合謀而新築之亭其凡三遷而棟宇之設益壯以大矣噫公之取槐
柳爲亭豈止覽物寓興以供一時之娛哉是必有精義其間而今不可考
意者公年二十九康陵乙巳之禍作忠賢華粉國氣沮喪公杜門傷慟不
復以常世爲念慨然有慕於淵明之爲人盖淵明懷岡僕之志而公持歎
貞之戒事異而心同近殊而義孚聲氣之感自有千古而朝暮遇者矣然
公之世源於羅伐之璿璜而上下千載冠冕相承公又積德累仁以裕其
後如古王晉公而諸子之賢皆觸目琳琅今雖卷懷松禽魚雲石之壑隨
所遇而行其所志然安得不以晉公之期子孫者自期哉此公所以取陶
之柳王之槐以自標者哉竊嘗攬公之述而得公之心第有景行之思而
已今於以承君記事之請畧書其所感使登是亭者有以考焉戊寅仲春
節冶城**宋浚弼**(1869-1943)謹記

※ 咸陽文化院, 『咸陽樓亭誌』(2001).

尋源亭記

安陰有三洞尋眞其一也溪流盖自名峽中出來杳不知其源而遇
石之磋砑嚕呔如鼓鍾遇石之徒截喧轟爲鴈瀑或洄滙而成澄潭或淸
冷而鳴幽琴石與水宜水與山稱蒼翠四圍林壑窈窕曲愈奇殆若武夷
之漸入佳境瑞靄恒鎖香飈不休彷彿有仙靈在邇庶幾遇焉果能尋眞

者倘有其人歟今余於簿牒之暇乘喜雨之興溯流而北行六七里而有
亭翼然溪林隱暎之間問其名則曰尋源也問其主則曰鄭氏也適前知
鄭雅翊周甫與其諸族盃因酒迎拜固言先祖遯菴公作宰巨濟浩然賦
歸搆亭於德湫之上爲恬世棲遯之所雲仍零替未能克紹先業而尙此
修葺遺亭以寓感慕云余其言而不覺整襟日安陰有三洞而尋眞亦有
三佳也德裕山脈毓靈於此水愈淸而石愈邃其奇一也遯菴淸操解紱
歸隱尋其源而慕其尙一也賢裔世守不隊士先志肯其搆而傳其名其
嘉一也偶坐爲林泉而亭主事實亦復可歆於是乎與之飮而醉之遂爲
之記壬申秋孟知縣坡平**尹秀東**題

■ 咸陽文化院, 『咸陽樓亭誌』(2001).
■ **尹秀東** : 1800년대 중반 인물.

尋源亭重建記

水石雖佳必有亭榭而後尤有稱焉雖有水石亭榭主人之世守亦難
昔唐相李公置平川之庄敎戒其子孫雖一草一木勿使許人公卒未幾
竟爲他人所有則水石亭榭得其主漸世守之難如是夫縣治之北十里
之近卽**尋眞洞**門也自此沿流行六七里林壑邃峰巒尤奇而翼然乎
介于兩崖之間者乃尋源亭也山勢蘊包而無遠無逼水流淸瀉而潭以
可爲一邱一壑之勝賞也何以名焉由是以溯流則漸入佳境山水之眞
面窮其源探其根譬如人下學上達得道原之所出也歟此亭雖不得與
花林搜勝齊名然凡遊翫者隨所遇而改其觀然後始得眞趣今以余論
之彼花如高閣之上大張聲樂風流豪宕暢人心胸彼搜勝如紗窓之下
錯施粉朱情態閒都媚人眼目此則如端士對義耶亭舊在乎德湫之上
故巨濟府使鄭公投紱歸鄉築於斯以爲終老之所矣其傳之幾百年守

以不墜至若川谷之陵夷乃人力之所不容湫之水稍稍泥淤而淺不足
爲賞公之諸孫深懼乎仍爲湮沒越乙巳移建于此以克紹先業若公之
子孫可謂世其家肯搆而肯堂者也崇禎紀元後四丙寅(1866)孟秋旣
望知縣吳達善記

※ 咸陽文化院, 『咸陽樓亭誌』(2001).

詠歸亭記

天嶺之南洙水之上有臺曰舞雩余稔聞於童少時也昔元陵之世
有河公默齋達永自晉陽嘉遯于玆絶意仕進託跡漁樵爲人冲澹典雅
常沈默寡重倡開書塾敎導後進而不事雙冀之業人或語及時政得失
党色是非殆若聾啞者然至於春和景明鳶飛魚躍之時則與同志數三
冠珮濯足於洙上披襟於臺邊竟日嘯咏帶月而歸時人以公有曾英廡
之遺風名其臺焉者也臺距吾家不過一舍地而身縻斗祿屢未嘗暇及
且念世道之不古久矣未嘗無然疑於何樓也往年春有山陰金王陵誠
士之行過其前而躡其上方丈萬疊對雩臺而羅列東南鏡湖一帶合洙
水而環抱前左炯塵咫尺靈飇襲人仁知之樂自合於方寸中而浩氣冲
天覽其躡想其人頓覺前聞之不誣而感古傷今自不勝不同時之嘆矣
日公之曾孫載淸甫顧余於刀圭中申其宗父老之命曰先臺之傍謀營
一棟者久矣而昨年春經始三間屋子迄至今春竣功扁曰詠歸亭盖遵
吾曾王考之遺意也願賜一言而發揮焉余辭以病廢不能而觀其誠意
藹然於動作遂强病濡毫略抄臺之事實而爲亭記以寓平日欽慕之義
云爾戊寅端陽月下澣通政大夫前行弘文館應敎知製敎兼經筵侍講
官春秋館編修官河東鄭承鉉記

※ 咸陽文化院, 『咸陽樓亭誌』(2001).

■ 鄭承鉉 : 1800년 중후반 인물.

詠歸亭記

天嶺之南洙水灆江合流之上有村曰西洲河氏世居也村之東皐一巨石屹然斗起上可以數十人容坐可絶勝也默齋河公愛之時與志同士友登焉嘯咏竟日而歸時人以公之雅趣殆與曾氏風浴有所髣髴而名之曰舞雩臺誠美矣哉公之曾孫載淸聖三克循先志而詢同乎兄弟叔侄遂築九棟一亭于臺傍推演臺名之義而扁曰詠歸又遍謁弘碩諸家之詩文以發揮焉余雖棄廢顧在比閈世好不可恬視强刷頹神著詩以讃之聖三又囑使記焉竊念唐之李文饒鋪治平泉庄而奇花美石亦致力以備品遺訓于後仍曰壞此一花一木者非吾子孫也至孫延古廢之爲邱墟今此舞雩臺閱曆百餘年而修築無廢垂至曾玄之肖而肯搆亭舍以繼述其先祖未遑之事默翁誠有後矣乃感欽遂書此以爲之記屠維單閼孟夏上澣順興安孝鎭謹記

■ 咸陽文化院, 『咸陽樓亭誌』(2001).

■ 安孝鎭 : 1800년 말 1900년대 인물.

詠歸亭記

祖先之有遺志而爲其後嗣者克體其志而卒成之孝也此傳所爲善繼人之志者也不如是何以哉爲其有曾祖府君默齋公之志也如默齋公隨母夫人曺氏自三嘉入咸陽西洲居焉嘗與魯公聖一鄭公東僑就洙水灆川二水之交築舞雩臺每風淸月朗杖屨逍遙以樂之魯鄭二

公者公之所爲心照交而洙水濫川者天嶺佳處丹崖翠壁昭耀水心如
濯出雲錦自此溯而上之則一蠹濯纓二先生游賞之龍湫也又其下則
山陰之鏡湖也公又欲爲小亭於臺之傍爲晚年藏修之所命名曰詠歸
夫名臺曰舞雩亭曰詠歸蓋取浴沂風乎之義也亭雖未就而公之所以
爲志者於是槩可見矣公自小絶意榮途不以事物經心常言曰適於用
則瓦樽不異玉杯安於身則茅屋不讓大廈深味其言則是與曾點卽其
所居之位樂其日用之常初無捨己爲人之意者雖謂之千載一轍非夸
言也蓋公之志卽曾點之志而若又以公之心爲心此亭之所以作也抑
又惟之沂水在魯城之南直一小水之潺湲耳冠者五六童子六七人之
風乎詠歸亦非甚難行者古人極言此至謂鳳凰翔于千仞又曰便是堯
舜氣象是何說也要之必有義焉異時余將膏耕至于亭上以吾平日所
嘗蓄疑于中而未敢發者與夫君之所傳聞家庭而得之者交互而講明
之則當必有犁然以會無遡於心者矣君其幸俟之壬午穀雨節龜岡病
倧**謙鎭**(1870-1946)記

▨ 咸陽文化院, 『咸陽樓亭誌』(2001).

華心亭記

天嶺之陽熊坪一區環之以四山帶之以長川盖山之磅礴而來鎭
者曰華丈也蓮華奇拔而碓於北菊峯挺立而衛於東月峯暎秀而屹於
西藍渭二水西北逶回而合流於此此其形勝之大勢也余曩歲南遊路
于此指點而望之流峙之佳麗足令畸人逸士囂囂然可以棲息焉適緣
從者之佗傺恨未能窮探而歸一日徐生丙昭來謂余曰踐華糚點卽我
世居之址也王父華軒公嘗選泉石之最勝擬構亭榭以爲晚年嘉遯之
所積久經營竟焉未遂吾大入昆季乃繼志始成扁其亭曰華心華是仍

山之名心是取中之義小子以大人之命而來矣願得題額及記實以侈
亭楮余歆袿而難其辭曰吾老且病矣有何筆力可作掛墻壁之具乎然
詩人所云未到亭中名己好者正此亭之謂也遂信手揮毫旣又歆艷而
歎曰夫肯構肯堂古亦難其美今克嗣克終信其賢矣若非紹先裕後之
誠能如是乎如念韓文公登華嶽之顚顧視其險絶心悸目眩度不能下
乃發號哭未知玆山幽險與中州之太華高下何如而翁之爲亭於其麓
抑亦處危而思安之意也歟偉哉翁乎明窓棐几日與英儔良朋磨礱經
史以娛其心倦而休之則葛巾藜杖逍遙于林壑烟霞之間一世誼啾不
到耳根四山爽氣入我襟袖灑然醒其心矣亭之名義顧亦信符于斯歟
樂哉翁乎肯構斯亭豈徒在嗣守先志也哉覽物寓懷之樂可令人流涎
因請分華山一半結偕隱之契矣翁其肯許否歟時彊圉恊洽肇夏之上
澣德殷**宋秉珣**(1839-1912)記

▩ 咸陽文化院, 『咸陽樓亭誌』(2001).

<h1 align="center">敎授臺記</h1>

　謹按地誌曰竹巖之東去數里許有一麓層巖巖下有川其源自竹巖
來先生入山之日卜築于巖上園養松竹庭植梅菊好觀性理書開心寫
懷志學而從之者衆日與生徒講究經義不出戶外一步地時人名其亭
曰敎授亭後人銘其臺曰敎授臺**德谷之陽**有臺焉曠然以舒窈然以
深山川帶媚草木留香**此我德谷先生隱遁敎授之地也**先生以堯
舜君民之志當殷周禪讓之日伊尹就湯之事尙父揚鷹之權只在一跬
步之間而義罔臣僕守死善道草衣木食獨載王氏日月於一隅孤臺悲
歌感慨之意往往白發於吟諷之際其詩曰幾閱興亡屬一官咸陽舊物
但靑山豈無三月無君歎只愧干名甚乞墦又曰負山臨水卜幽居月夕

烟朝興有餘京洛故人如問我竹林深處臥看書其畢義靖獻灑落出塵
之想字字可掬嘗以興起斯文爲己任早歲淹博得斯道於圃翁之門本
之以忠孝衷之於禮樂而求益則有冶隱薰德則有竹堂竹堂之後再傳
而爲一蠹探頤性理以詔我信古堂府君亦粤靑蓮玉溪介庵諸賢接武
繼起蔚然爲鄒魯之鄕以裕乎家庭則世代之綿遠紱冕之舃赫直母論
彬彬然昭揭日星者忠孝之彪炳也節行之草犖也學問之淵深也而踵
襲前光指不勝摟則推原繼開之功貽燕之母曷不歸其盛於先生哉有
以知善敎善援名不爲實之賓矣嗚呼是臺也如圭如削見不過尋常一
片石耳得我先生撐柱五百年綱常之重啓發二三子淵源之篤便與伯
夷之雷首叔子之雪門今古相埒廉立頑懶尊嚴師道其有力於　聖朝
文明之化大矣夫孰不高山景行過闆必式也先生之後自直學司諫五
孝諸公世厥肯堂奉守益虔夫何時移事往物之成毀勢也近去壬子僉
樞丈任基氏劗刈榛莽培植花卉結茆數椽于臺畔舊址圖所以修述習
禮之儀而不幾何齋又墟矣遺芬剩馥鞠爲茂草大關斯文之氣數吁其
可慨也已趙友日榮甫彷徨休愴謁余爲記以竢後之重創者昔程夫子
顔樂亭銘曰水不忍廢地不忍荒嗚呼正學其何可忘斯亦可以銘此臺
矣**崇禎後四己丑**(1889)遯月日

■ 咸陽文化院,『咸陽樓亭誌』(2001).

教授亭重建記

郡治之地**德谷之陽**有敎授亭卽德谷先生與諸儒講習經義之所
先生高麗社之屋志誓岡僕隱於咸之德谷自號曰德谷於竹巖東數十
武有層巖巖下有溪一灣先生卜築於巖上列植松竹梅菊履不及后外
潛究性理有志學而從之者日與之計論以終餘年時之人名其亭曰敎

授亭云先生孫有直學司諫五孝諸公世肯堂搆奉守栗虔歲月浸久亭
遂墟矣其後有僉樞公諱任基結茆數椽圖所以修述未幾又圮而墟殆
過百年于玆梅竹與菊無存焉惟有古松四五株蒼鬱於溪巖上凌霜雪
耐風寒宛見先生不貳之行人爲之指點士林莫不興嘆歲庚午春先生
十五世孫煥國泰植甫慨先蹟之或泯感遺址之尙傳鳩財謀建諸趙氏
公議協一前後十有二楹礎而瓦覆之始於二月十日訖於四月念日以
十月日落之余亦與是筵揖詣趙氏而進之因揚觶而言曰先生儒行節
義載於國乘見於野史備述於誌狀照耀炳烺與日月爭光顧何關於此
亭之成毁也然此亭先生隱遁敎授之地也在後昆固不當空其址矣今
翼煥德壽甫倡其議檢其奉不以貪難之不以勞憚之參古制而廣之仍
舊號而揭之其闡先貽後之志誠遠大矣先生之靈其心曰余有後乎諸
趙氏僉曰未能揖郡諸生而進之又揚纓而言曰敎授亭之重建豈徒然
哉登斯亭也思先生潔已之節以自勗焉先生誨人之德以自勵焉帖謹
乎詩禮彬彬乎揖讓非但爲觀感之要是乃寓師尊之義豈不誠休美矣
哉至若花朝楓辰携酒哦詩來來往往者遊觀之樂也此何足道噫噫此
亭存則先生之道愈光此亭廢則先生之跡易晦此亭之修補永傳來必
爲諸趙氏之責抑亦郡諸生之事歟僉曰唯唯於是乎記其言而敍之知
郡**韓致肇**謹書

■ 咸陽文化院, 『咸陽樓亭誌』(2001).
■ **韓致肇** : 1800년대 중후반 인물.

斗隱亭記

斗洞柿木里之舊號也白公樂善嘗隱居養親因居以自號及晩歲爲
亭推號以名亭亭公之精神心目有詩曰呼兒時讀古人篇其戒後之志

畧而盡矣胤子南台以完議文表閭記示予而請其文有曰孝子白樂善
號斗隱系出水原休菴先生十一代孫天性純孝事親志體俱養其母氏
以難醫之疾三年侍湯殫誠竭力靡不用極醫云人肉有效聞其言窃入
暗室割腹以鷄肉而進供得效以亭遐壽克盡其孝其記有芝蘭良玉劈
不說來其行則孝性根天溫凊甘旨猶爲疎節一動一靜未嘗少忽只知
有其親不知有其身左右扶持以藥以禱誠無所不至割股與上文同耳
二篇皆重所高名巨筆發揮闡揚纖悉已盡無容更贅焉盖存者百行之
源旣誠於孝則百行皆可知也其嘉言懿行見於家庭見聞者多矣願南
甲與弟南台南圭相友克遵斗隱公之孝則無愧爲斗隱公孫亦無愧於
是亭是亭之名可傳於無窮矣勉哉勉哉乙亥(1935)六月流頭節河東
鄭在璟撰不肖孫忠基謹書

■ 咸陽文化院, 『咸陽樓亭誌』(2001).
■ 鄭在璟 : 1900년대 초중반 인물. 1956년에 간행된 李仁亨의 『梅軒集』 발문을 지음.

松月亭記

道崇之山迤南而東傑然作華岡之幹而稍右闕嵒谺一谷一林泰天
雲霞鎖地是所渭杜洞十室成聚民淳有古俗錦溪發源於此曲折處往
往作秘區異境下流與德川合入于灆湖余家在上華岡沿溪而上甫里
許卽杜洞入口而錦溪之秘區也蘆鳳嶺卽鶴峯前後對峙如賓主揖讓
之容長松簸影於錦石明月碎光於銀流尤令人叫奇余素有奇癖每遊
憩於此草茵石榻住情起居唫哦弄墨或夜而忘攸不省風露之滿巾衣
者殆積有年所矣今年春鳳麟二兒協謀購當地數畝爲縛笠樣子一間
凉樓余不能禁而因取其亭中長物扁之松月竊有感於陶詩中秋月揚
明輝多嶺秀孤松之意且松有不變之操月有盈虛之像不變者在心盈

虛者在時也余與杜洞樵夫錦溪漁子課日微逐玩時而論心可乎遂叙
此以爲記甲申至月日主**盧淳謙**自序

■ 咸陽文化院, 『咸陽樓亭誌』(2001).

慕賢亭記(思雲亭)

郡治西數天地有所謂大館林者世傳孤雲崔先生莅郡日所手植也
渭水出白雲山迤演三十里至此而彎環漣漪成一奧區先生慮其邑居
被囑遂築堤而藝樹延袤幾近十許里其樹也非世間閑草木皆自靈山
福地來者也是以烏鵲不能巢蟻螻蚿蝎不敢近渺人用是恃以無恐皆
以爲先生精靈尙有存焉每春夏之際濃綠滿地幽香襲人入其中心與
境會依然坐我於濠濮之間且引水爲渠琮琤而鳴玉交互成洲渚可以
序坐而流觴至秋微霜渲染丹黃交映如千尺錦步幛潢互半空今人愛
玩而不能去眞塵世仙境閻浮淨土也余以匪才承之來兹者三載矣每
朱墨之暇觴咏于此朝而往暮而忘歸一日謀諸郡之士友曰如此勝地
班荊籍草亦未嘗非韻事然其在尊賢之道抑有闕焉出金若干士友亦
多傾助建數間亭于其中不數月而工告竣遂顏之曰慕賢試一登眺山
若增高水若增淸怳然如復挹先生之風余揚觶而言曰昔豫章太守爲
余孺子起思賢亭吾於此亭亦云然余則古人所云不知明年又在何處
而亦不能無桑宿之戀矧夫郡人生於斯長於斯邑居之賴以尊安良辰
之得以優遊皆先生賜也勖哉諸君益戒棠芟之勿剪永圖竹樓之不朽
是所區區之望也掛名其間亦學有榮焉故庸綴數語而志之時**光武
十年之丙午**(1906)孟秋也知郡**朴晶奎**記

■ 咸陽文化院, 『咸陽樓亭誌』(2001).

十九人亭記

粵在己亥庚子之際同志十九人渭叟河在九酉山田復淳月舟金在絇樗山趙鏞奎珏山鄭璀鉉南岡鄭容九素石鄭友民晦山盧斗鉉芝山安孝鎭秋湖李圭正雲田朴中澮渭樵朴昌來海丁沈宜洙庚梅河錫禹石川盧海鵬簣園鄭宇鉉史楚盧近泳雨蕉鄭世鉉及不佞創立天嶺詩契而觴詠之所則選大館林之勝林下豫定築亭之計而爲成其計劃輪設饌開詩會省其費息餘剩以初據千九百文僅少之資至沓十月五斗落田一日耕錢九十貫之多前後幹契務素石南岡簣園諸子而契長渭叟翁也不佞爲形役于湖西南若汾晉十許年修契闕參未辜負築亭館林之期待也但歲一再歸鄕石川子之肖胤昌植輒造門言契務甚悉而每頌素石簣園諸長老擔挾契務之功之優越焉余聞之未嘗不歎賞而自訟不敏者久矣挽近家于林下之愚息永寅幹契務供詩羞而營詩會契事與有微力盖補余不敏而亦所謂童烏預玄云者非耶辛未冬簣園子及渭叟翁之哲嗣翼鉉氏奮然記曰築亭于館林以償夙願吾事也詢謀僉同募材於契有招丁於契員越明年二月始役三閱月而功告訖亭之敷地仰助于公有而庭園及門路則投六十貫買田自給也亭凡四間柱聳八而棟橫三全爲緣而四圍設欄于椽高四尺許鍊瓦覆之取薪買田所收置守亭者一戶費凡三百六十餘貫顔之曰十九人亭有志事成不比之謂乎旋又思之創契未四十年而十九人擧皆奄忽獨芝山海丁簣園知石及不佞在焉山陽隣笛之悲可勝道哉安得我五人會于斯亭擧觴一酹于十四英靈以告遂起亭館林之初志繼而觴詠以落之也聊書所感如右至於嗣葺圖不朽申囑我十九家子孫於來許無窮焉玄鷄乾月下澣愼庭**盧興鉉**記

■ 咸陽文化院, 『咸陽樓亭誌』(2001).

■ 盧興鉉 : 1800년대 중후반–1900년대 인물.

十九人亭記

天嶺是嶠南美鄉也頭流雄乎南靈鷲屹于北遠近廻抱而洞澈瓦暎其扶輿淑氣之凝化者不惟丹芝竹箭之異産也道學文章忠孝節義之弘儒碩德歷世輩作曜日星而煥區宇淑人心而存天理風氣之醇正最於南服曷不休哉噫惟我以是邦後生生當斯世逎有晉代嘯詠之趣旨略倣蘭亭故事老少同修契丹十有九人也相與聚會以優遊者閱旣三十有餘年而今玆構一亭爲會所有擧而扁之曰十九人亭在郡西大館林林乃孤雲崔先生手植之林也萬章喬木連條接叢遍乎十里鬱鬱蒼蒼城市雖近而不爲之露雲壑遠媚而不爲之僻幽而深繚而暢可以寬無限襟懷也昔我十九人之微逐於林泉也觸焉而同醉詠焉而偕暢度某邱占某池寄傲物外以相資益而無所欠反者豈徒然哉盖以其志同道合不以窮達而變其守不以憂喜而過其度不以老少而疎其交也噫自十數年來長老及少壯之後先觀化者至於三之二焉回顧前塵不勝感慨系之矣然而咸有胤肖參同于會事不其幸歟鳴呼凡爲我十九人之後者體乎其先志蹈乎其先蹟講服舊規而勉修世好則庶斯亭之不朽而將與天嶺相終始也昭陽作噩之夏四月戊寅篲園**鄭宇鉉**記

■ 咸陽文化院, 『咸陽樓亭誌』(2001).
■ 鄭宇鉉 : 1800년대 중후반~1900년대 인물.

十九人亭記

亭我天嶺十九人所築也十九人嘗欲築亭以嘯詠逶與修契也而迄自三十餘年亭始就焉轟然是四敝一宇也北列白岩千峰南抱渭川一帶地旣形勝又區域鬱蒼之文昌賢村尤復壯麗亭足爲天嶺之長物也

十九人中長老與少壯之沒焉者皆有后而參與同會紹述其先志亭亦
足爲十九人之世物也於乎世物以長物而可以垂百世固美矣凡爲我
十九人之雲仍其與相勉而勿替哉癸酉孟夏之下澥芝山**安孝鎭**記

■ 咸陽文化院, 『咸陽樓亭誌』(2001).
■ 安孝鎭 : 1800년대 중후반~1900년대 인물.

華漢亭記

　　頭流之北**華山**之南有水出焉曰**嚴江**此吾鄕之最大源流也傳江
而村者無慮十數而惟**文獻里**爲著者世傳**鄭文獻公**與**金濯纓**過
此而稱之曰前臨大川後有陟三峯君子可居之地故肯余聞華山姜公
周龍生長是里氣宇軒昂篤於自守未嘗屈撓於勢威性又慈善窮春賑
穀多活坊曲之飢民可知爲山南之偉人而江邊有一大峭岩屹若中流
之底柱是又公之釣隱臺也竊惟公起岩穴而附於靑雲始以忠勳府都
事晚陞樞院階至三品不可不謂之顯榮而乃友脫帽載笠投笏指竿迫
然有忘世之志何幾抑炳幾於滄桑之變而遊心於茗雪之間歟其季方
漢溪公周伯亦持身雅飾用心仁厚嘗借人巨貨追焚其券所謂積陰德
於冥冥之中者耶每從伯兮遊於此坮之上朝往暮歸有唱斯和其一聯
曰桃源避世非無路蓂露懷人宛在坻誦其詩不知其人可乎昔章泉逍
昌甫兄弟俱隱於玉山蒼顏華髮相從於泉石之間當時皆謂人間之至
樂何其異而相符也　　忽忽二公之宰樹已拱而釣臺之刻尙無恙漢溪
公之子琪鍾玹鍾謀欲樹亭於臺側而以地勢之不便宣齋意未就者久
矣令年夏胥宇於距坮一帿之地購田一稜經始二間覆之以瓦繚之以
檻前日之荒原僻塢突然改觀因度二公之號而名之以華漢亭使華山
嗣曾孫東哲乞余文爲記余惟不有二公之標榜是坮坮何以自高不有

孝思之若心述先何以得是亭然不有二公慈善仁厚之實雖有是亭而
人安所稱哉蓋人與物之相須名與實之相因有如此者噫凡登眺是亭
獨不有懲創於心者乎其或兄弟乖戾不相和睦者可以知愧貪榮嗜利
不知恬退者可以知戒爲人子孫不念祖先者亦可以知懼則其有裨於
頹俗顧何如也若其巖巒之壞奇雲霞之縹渺具眼者自當評品余不必
贅論惟書此而歸之丁亥(1947)流火節下浣晉康**河琪鉉**記

※ 咸陽文化院,『咸陽樓亭誌』(2001).
※ 1954년 간행된 河受一의『松亭集』을 교감하였음.

白雲精舍記

咸治之西北四十里村白雲山其爲山蹟絶靈秀扶興淸淑爲嶺湖
間重鎭名嶽也上下千百載之間名人傑士多出其下松亭先生姜公諱
文弼亦其一也公晉州人麗朝關西大將軍諱元老十四世孫而自祖只
七十餘也俱有文行又蒙顯職寔晉陽名閥也公之父參奉公自晉州移
奠于咸陽栢田村公生而天稟異常才諝超邁自力爲學聲聞日播篤行
孝友餘事文章嘗從盧玉溪林葛川兩先生得聞爲己之要居喪盡禮撫
養諸妹又無間言忠信艶於鄕黨餘力爲公車業累擧鄕解不利於南省
乃以落講充衛士執殳之列入直禁中夜靜月明誦邠風七月篇憲廟微
行聞而嘉之特設別科使之先呈不幸病未應命遂引見拈韻公卽製進
九八蓮池一絶詩上嗟賞不已特復其身又命入格人勿應軍講以爲定
式仍除授咸平縣監公辭謝不就還鄕藏修樹植二株松于函谷上以寓
歲寒之操與曺梅溪湜鄭竹軒摯爲梅竹松三友徜徉泉石不求榮進家
史失傳生年事行及生卒年月幷無可考但基在栢田里甑寺洞艮原公
之手植松閱歷數百星霜爲風雨所仆空餘遺址鄕中人士甚加嗟嘆況

子孫尤當如何哉遂協力鳩材伐松搆亭所謂碧松亭者是也憲廟年間
儒論奮發請以立祠呈狀于官啓聞終不及天門挽近以來鄉道儒林修
契寓慕每年會講至于十數年殖財之餘創建一畞儒堂于東栢村右蒼
崖之下甚佳勝也經年而落之居在白雲山下故扁之以白雲精舍於是
乎松亭先生之講堂成矣竊惟公之事行始終前人之述盡矣後生末學
敢何更評但先時鄉儒以立祠累次呈狀不幸不得天聽而成事然士林
之公論則已定矣蓋天下有道則公論在廟堂天下無道則公論在士林
今宗國之喪已久而廟堂之論則無處可求只據前日士林已定之論而
繼擴之行縟儀則顧非後學之能事哉鳴呼世道之不明人心之不淑何
哉不佞猥蒙契長之任而鄉中諸彦責以精舍記吟病之餘不得卒辭遂
塵浼如歲在白鷄之仲夏長節潘南**朴仁緒**謹識

※ 咸陽文化院, 『咸陽樓亭誌』(2001).

九思齋移建記

在昔清香堂李先生就所居丹城之培養里作讀書之室名之曰九思
齋請記於吾先君退陶夫子先君以苦纏寒疾未暇搆思辭之其後**先
生後孫移于咸陽之海平村齋**廢已久今年春晚華氏議于宗人**追
建是齋于海平**其意則竊取乎橫渠及紫陽世旣落遣炳憲甫謂晚燾
曰君夫子家孫須以夫子之意卒業於吾先祖之室可也晚燾時在某巖
山中凡在文字一切以病辭之而況是命責之尤重則非不肖所敢承當
也以此恭揖送之未幾月炳憲又以書固請不已竊惟我淸香堂先生與
吾先君及南冥先生同幸西降生故先君詩曰三人初度有誰知先甲三
年酉是期南冥詩曰四同之不在新知擬我曾於鍾子期盖三先生相與
之情於此可見而淸香先生之於雷龍堂上論及理氣而以吾先君四七

說爲據依南冥亟稱其不爲苟同又觀言行錄中言戒懼謹獨未發已發
勿忘勿助之說居多而皆與吾先君之言不異則其平日用力於九思之
日而躬行心得可知也然以後人法九思則又何所取則宇盖古人說敎
令人易知故多於動處示用工之方如九思之目皆是動慮思得其當然
之理也先生曰思便是已發者不其然宇若就九思之中而提其要領則
事思敬之敬字爲是通動靜而貫八目也先生又不曰敬乃聖學徹頭徹
尾始終事耳乎凡此皆以先生之言返證先生之齋欲與吾輩後生共勉
而已非敢曰仰體吾先君之遺志也壬寅三月日後學眞誠 **李晚燾**
(1842-1910)謹記

▨ 咸陽文化院, 『咸陽樓亭誌』(2001).

省育齋記

郡之西玉溪村有前主事金昌守者與其從叔司果國寶棐其擧族
就其先壟下築一齋齋佐溪之上擬以妥其先靈而資其子弟隷業仍請
名於余余聞而嘉之曰此誠由義而服義也嗚呼今世道凌遲異疑橫行
不爲化獸者幾希矣而斯人也能存心於古道乃爲承先裕后之計誠賢
乎哉俎豆於斯講磨於斯仰瞻封域有雨露霜雪之感俯育子姓爲讀禮
劬經之資則人之道備矣豈不偉歟遂扁之曰省育省者省其楸也育者
育其材也欲使居是齋者先修孝道餘力學問服習施敎皆爲後乂也爲
其後昆者當一體斯遵永久勿替則其於古人肯構肯望之義可謂得矣
而亦不負於老夫錫名之意也其勉乎哉歲戊申榴夏正三品觀察使

鄭泰鉉書

▨ 咸陽文化院, 『咸陽樓亭誌』(2001).

永慕齋記

南斗山川元氣積置七十一峰滴翠於家家淸叔之氣水土之生不惟
於橘柚石英竹箭之義而已林下宿德魁奇之士往往生其間至今爲鄒
魯之鄕於吾邦最重南服咸城儒生朴炳一吾友也誦其先生祖省齋公
風詠錄詩且說永慕齋重建之事求文爲記余於是鄕欽嘆者久矣況於
省齋公聞之夙矣雖在遠古薰香聲名百世不朽凡其實蹟善行雖不待
此言而已備於野史家集矣並而起敬讚義之心豈可得已乎噫公於大
明成化年間生於白雲之下瀶溪之上孝里之洞地靈絪縕天才鍾發七
歲讀孝經學究淵源及長六藝百家無不精通事親之孝孚格神物援人
之敎蒙興風化德旣高邁禮備文章及試禮圍驟登上庠坐鏞黼庶幾賁
餙治化以鳴國家之風矣及其觀光之際主試曰今科朴君當爲魁捷矣
公曰科事天之所賜何爲主試之所私乎入場屋卽爲還鄕謝絶榮途固
守東岡抱書入山搆亭於泉石松檜之間咏芝蘭之幽馥樂琴書而自娛
優優爲洋洋焉以庶餘年武夷精舍同志一二公擇山房藏書五千若其
孝友之行菽粟之文矜式士林遂爲南方師表於是多士三薦刺史以聞
授以寢卽終亦不起盖公之學尤長於易遯世無憫確乎不拔之義得之
易以行之身也公之子慕軒公庭受詩禮倣成眞儒亦以孝聞無愧前修
又繼家聲升諸司馬其後子孫世居是鄕篤學偉行遂爲家法遺風餘韻
至今不泯盖根培則枝達源深則流長理勢故也今去公三百有餘年故
亭已壞地尙在積瓦破礎埋沒於荒蕪野草之間爲其子孫者寧不悽愴
而感興哉奈其事力不逮歷世經營尙爾未遑遂於丁丑月日諸孫合議
畧鳩材瓦重建十數楹于玆風窓溪樹古木降靈雲攏山扉明月涵影當
年杖屨之地先人之逍遙宛如昨矣於是題其楣曰永慕齋盖慕其先祖
之志永世不忘之義也諸子雲孫登斯亭讀先人之書慕先人之志繼志
述事之心孰不敢發于中哉且矯南淸淑之氣豈鍾於古而不鍾於今耶

抑鍾於物而不鍾於人耶必有如省齋者相繼而起以述家風吾以是俟
之正憲大夫前史曺判書光山**金壽鉉**(1825-?)記聖上二十四年丁亥
十一月日揭

■ 咸陽文化院, 『咸陽樓亭誌』(2001).

扶溪精舍記

　扶溪精舍者田君彝叔讀書之室也語山水之勝必稱東南而安義爲
東南之最扶溪又**安義**之佳處云扶溪舊扶田浮屠氏嘗居之今爲彝
叔之有改田爲溪者梅山洪文敬公所命而築室以遺于成者其先志也
彝叔述山中勝槩且道其故要余爲之記余老而病顧何能文也雖然彝
叔之志甚遠而其事甚美是不可以無言也彝叔受業於文敬公之門隱
約守道無求於名而闇然日章聲譽流溢又得佳山水置屋其間背囂塵
挹淸曠俯仰自得欣然樂而忘老牓堂牖軒楹皆爲學進修之序而朝夕
且自觀省其進於道也又胡可量哉古之人學修於家而身不出鄕黨重
巒層壑邃林嵌谷非超擧遠逝果於忘世者未嘗往焉自士之無貴於世
捨名山美水無所於捿遲寄托以求其志而其神秀淸淑明靚幽迥與吾
心之靈妙活化觸境融會亦學道之助而爲儒者之所樂也今彝叔之居
於此也念嘉惠於楣扁踵遺躅於泓峥昔之香幢梵唄而庤經儲史群居
講誦凡此皆事之美者而其志固甚遠矣然則不但爲彝叔賀得佳山水
而山水之得彝叔爲主人豈非幸歟余少時嘗一遊嶺外每遇奇境異觀
心目寥郞尙覺衣袂飄擧而獨恨不能投筇於此今因彝叔而得臥遊焉
推其所自樂以反余者又多矣何其幸也川流嶽停雲興霞蔚使人應接
不暇者彝叔自有記余不復道云庚午首夏淸溪病士**申應朝**(1804-
1899)記

※ 咸陽文化院, 『咸陽樓亭誌』(2001).

恭正齋記

安陰之三洞雅稱南工勝區而花林洞九窈而廓也中有屹然據之
宛如人丈高揖之像者曰黃石山山之一麓蜿蟺抉輿迤至鳳坪而頓開
清曠之境全氏桑梓故社是已社之上隆然有堂斧之封卽其先世壽藏
也雲仍肯構數間齋舍於羨丁問名于我伯氏受恭正二字旣又講余演
其義余固有躬不逮之耻嗚呼以文之無已則有一然凡堂室揭扁寔出
乎顧名思義而若係奉先謹齋之事則必稱追遠感慕今玆所取有異於
人者豈其徒然哉詩云維桑與梓必恭敬止夫桑梓祖先之所樹植而遺
厥子孫之瞻於斯依於斯者固必怡然而恭愓然而敬瞻依恭敬旣常存
乎心則追遠感慕之誠自可油然而生矣易曰蒙依養正聖功也夫敎養
必自童蒙而其方亦莫如正苟主乎正而循不已則聖賢之域終可幾矣
今全氏之登斯齋者奉先謹齋之餘敦率門內子弟肄業乎時禮母失規
矩不亦善乎觀其立規則追先裕後可謂兼有其美也語其用共則晦翁
所謂動靜弗遠表裏交正者亦非聊我伯氏所以命名者意實在此此盖
一而二二而一者也全氏諸君子其交修而共勉哉修勉之暇又團合族
親做花樹會於花林之中玉缸相屬叠叠講睦則唐韋氏家風可復見於
今日倘不以余言歸之虛美否耶徵余記者全君明可也時玄黓攝提格
暮春德殷**宋秉珣**(1839-1912)記

※ 咸陽文化院, 『咸陽樓亭誌』(2001).

花林齋記

利安(安義縣舊號)嶺之右一勝地有三洞焉花林也猿鶴也尋眞也惟我六代祖江陽(陜川郡舊號)郡守府君解官而歸也愛縣之山水始居迎送里臨溪搆亭因作菟裘爲猿鶴之主逮至司直公(花林齋曾王考)重葺先亭以農桑漁樵爲四樂退陶李先生賁臨題其額說其眞趣於諸詩今此新坪亦花林之粤區也德裕之正脈磅礴於黃石大盡于屋後道川之眞源活潑於龍湫彎環于林前盖山自西北而洞口屹玉女峯幾重流水東南而右面有君子亭三字略具武夷之勝而慙無德以當之誅茅編蓬經始於聖上仁祖十七年己卯冬翌春屋就而始來之居村曰新坪齋曰花林棲遲暮歲爰得我所然則四樂先亭盡猿鶴之美吾廬又得花林之勝以繼先世之緒業而且備來裔之藏修焉係以詩曰新卜花林闢小扁靜觀物物各呈形德山南下藏天府道水東馳滀地靈知止欣聽黃鳥樹忘磯間對白鷗汀居然泉石琴書樂雲谷詩中自在銘**崇禎十四年**辛巳仲春日檀紀三九七四年**西紀一六四一年**全時叙書

※ 咸陽文化院, 『咸陽樓亭誌』(2001).

鼓山齋記

咸陽林君玟圭卽其七世祖嘉善公之隴下而爲之齋爲齊明具脩於斯爲聚族講睦於斯扁之曰鼓山者指山而命之也來問余以記其楣者盖公自幼以孝聞壯而膂勇兼人倜儻有志節雖韋布落拓常以忠義自勵英廟戊申賊起鄰壤咸爲首刱賊方抄募武士脅發數百人以公二子有弓馬技差健校持僞帖敲門促行公則奮罵而裂其帖搏賊校礫之

並奪其脅募者遂與禹昆陽夏亨李星州普赫相得竟辨殲賊之功已則
復囂囂於耕桑之舊而絶口不道當日事人或問之輒曰禹李諸公之力
也吾何與焉以此勳蹟不登于啓剡褒錄不洎于幽巷尙論者至今稱鬱
在公何多寡也今雲仍之奔走掃省於其體魄之寓而履雨霜而興怵愴
蠲饎醴而展哀慕者其爲孝曷有不至竊聞之孝莫大於繼其志而趾其
美焉忠義者彛性之同得而公之遂其志也謙退不伐恬靜求公之至美
也而常人之多敗德於是者也惟公之世世孫孫莫不以公之志爲志而
思有以無忝其美箕弓裘冶篤業而勿失墜服襲而愈加勉焉則是公之
大有後於來永也是公之不朽於終古而將大顯揚於無窮也其爲孝於
公顧何如也玟圭君之所以竭力殫資合族而謀是齋以依歸者其意固
不在是歟噫見今九有蕩潏東維震撓忠臣志士之爲國家長憂久矣設
有不防余不能無望於鼓山之一鳴也是庸慷慨而樂爲之記歲甲辰莠
幽節通政大夫議政府參贊弘文館經筵官兼侍講院書筵官苞山**郭**
鍾錫書

■ 郭鍾錫(1846-1919), 『俛宇集』권137, 居昌 거주.

龜南精舍記

昔**一蠹文獻**以道德學問爲儒門大宗師錫類不匱德業相承若松
灘公弘闡家學詒穀于後一傳而有滄洲公三傳而有東峯公尤表表可
稱矣長陵乙亥太學章甫請以栗牛兩賢躋夫子廟而一種醜正之徒搆
而捘之沮而抑之滄洲公乃與一二同志力排衆論陳疏辨誣意至被黜
然其尊賢衛道之誠聳動一世寒泉狀德之文可按也英廟戊申希亮擧
兵反列郡風靡陷於賊藪東峯公激發忠憤倡率一門八人建榮抗義卒
反于正其稟然風節求有辭於後世烏虖二公可謂文獻之肖孫而士林

之標準也自有一世之公論已剡薦于前又綽楔于後度可以彰明較著
然尙闕俎豆之奉後人之景仰無所於寓而遽値閑寒之會衿紳之所齎
恨皿胤之所遺憾愈泩而愈甚焉天嶺之東龜川之北有所謂孝友里者
卽鄭門所也居而曾有茅屋爲二公講學之所者名歲久傾圮矣住在乙
丑闔宗僉謀就龜川之南結構四間越三年而落之名西室曰滄洲齋東
室曰東峯齋榜其堂曰龜南精舍羹墻於斯弦誦於斯用繩先武甚盛矣
哉其後孫在烘要不佞記其顚末噫凡爲人後孫者不忘其先祖則幾於
孝矣世級日降人道日晦惟功利是趨權術是崇一部曾氏之經無地可
講能不忘先祖者果幾人也耶於是伐桑梓而不獲棄鄉井而不居東西
漂淪如醉只有踰文之貉而絶無首邱之狐苟有仁人君子安得不盡然
而傷心潛焉而出涕乎哉今鄭門諸彦世守先祖之鄉世講先祖之道先
祖之懿德惟恐其不揚先祖之遺躅惟恐其或泯是豈不忘先祖者非耶
然則大賢所以垂裕無窮者名於斯乎可覩矣升堂四望山高水長鳥乎
先生之風可挹於百世也夫甲戌(1934)孟夏安東 **金宵漢**(1878-1950)記

■ 咸陽文化院, 『咸陽樓亭誌』(2001).

本然齋記

　　維**天嶺**東孝友村之立石洞坐艮原卽逸老堂梁先生百世之藏也
雲仍就其丘壟之下審築齋沐之所命名以本然有蓋用先生詩話而然
耳先生嘗鮮歸德川時有時曰吾心自擬若靑天下不欲秋毫蔽本然點
撿歸奬還有愧布衾猶出德川田觀此韻語先生平日居官本然之淸白
從可知矣非惟是己先生早有孝友之至行及丁內艱哀毁踰禮啜粥三
年每鷄鳴上塚而哭其墓前揮淚之草皆爲之枯雖古人居喪之篤豈能
過於此哉服旣闋與一蠹鄭先生及門人諸先行鄉射禮講孝經小學等

篇其爲學不務高遠循自勉强用力於誠正之功從事於省察之方處幽
獨隱微之中常若接物之時當時如雷溪兪先生推尊於先生以卽之溫
望之畏之語倚重於斯文苟不有學力之積於中而著於外者烏飛如此
之浹感也哉且先生位登列卿思渥日隆務自謙退晚年喫著不過仁智
上做出來則其道學之精淸白之操想像於千載之下矣此吾後生之所
以深感於先生者也奉請先生後孫不推以瞻省薦享爲能事而於先生
本然之學實體認之永久勿替則尤有光於先祖之德而此又奚但梁氏
一門之所事而已哉凡世之今與後之人必有聞風而興起凜然有薄夫
敦宵夫廉之義故今於其後裔在祥采容甫之請記也樂爲書之如此云
歲靑兎之仲冬中浣潘南 **朴仁緒**記

■ 咸陽文化院, 『咸陽樓亭誌』(2001).
■ 朴仁緒 : 俛宇 郭鍾錫의 문인.

如在閣記

祭墓之禮昉自中世經無據也或曰慶都之塚堯耶祠也而武王上祭
於畢畢文王墓也此可證古人祭墓云而皆出於傳記之不經禮家多難
言之夫鬼也者歸也神也者伸也人之死也魄歸而魂則伸故爲之主爲
之廟爲之依歸古之專精於廟祭者此也先儒曰鬼神如何可合而爲一
非確知鬼神之精狀不能道此然亦有爲之說者曰祭於奧足矣復祭於
祊何也孝子之心不知神之所在故博求之忘其或在彼或在此也則祖
宗體魄之藏又安知其神不有時而在乎信斯義也雖聖人不能易之玆
墓祭之成俗已久而自程朱以來莫之有遠也歟鄭候東老甫一蠹文獻
先生祀孫也世其家于嶺之咸陽郡近以書千里諗余曰先祖左尹公及
文獻公兩世墳墓在本郡昇安洞惟歲時牲醴之所未遂焉今始鳩林募

工創一閣名之曰如在盖取祭如在之訓而自文獻公之葬三百有餘年
祭閣成其難有如此不可無貽後者子其識之寅永曰是所渭或在彼或
在此之義也祭廟固如在祭於墓亦如在乃無往而不致其如在之誠也
安可以古無墓祭疑之鄭候純篤人也今年己垂八耄有五丈夫子或處
慶路或列館閣頷問安者永幾人世以厚德歸之而安謂先正之裔與凡
人殊以先正事曰訓迪于厥家之閣之經紀卽其一也凡爲先正之裔而
承候之訓者有不恪遵於此者哉且**文獻公**以盛德大業配食于孔子
惟我血氣之屬莫不致力而尊奉焉則其衛護馬鬣都不專在鄭氏也雖
一草一木亦當相戒勿替況乎祭先生與先生之考考墓者在是閣乎崇
禎紀元後四癸巳六月上澣資憲大夫議政府右參贊兼藝文館提學豊
壤**趙寅永**(1782-1850)謹書

▦ 咸陽文化院,『咸陽樓亭誌』(2001).

蓮山精舍記

天嶺之瑞坪鄕古有**林薝溪先生**經明行修風儀高潔爲一方師表
焉明廟朘際釋褐登朝歷敭臺閣縮駴五城及其歸休也曰登家後小臺
北望京都於雲天縹緲之間以寓瓊樓玉宇之戀其憂愛之忱可知已後
人謂其臺曰望北鑱石而記之胤子義菴公力行孝弟善繼善述而每値
列聖諱日不御酒肉北向瞻拜有先公之典刑云義庵嘗築精舍爲藏修
所而鑽燧三百墟已古矣爲後承者不忍廢荒重建四間中爲堂左右爲
室名其左曰薝溪右曰義庵而揭其堂曰蓮山精舍以其有蓮華之山峙
于後也外裔鄭君在烘徵余語昔朱夫子爲曾南康記氷玉之堂而盛稱
劉屯田父子其高懷勁節許之以一世人豪如公父子者亦何遜於劉氏
也哉人人而慕公父子之風而興起焉必無負國遺君者而乾坤復正指

日可卜然則今玆堂構不獨慕其先而已自有微意之攸存者棨可想也
雖然虛其位而寓慕者曷若觀其象而起敬乎若繪公父子之像如氷玉
堂故事尤有所親切焉然寫照不可妄意髣髴則揭其別字日夕瞻仰一
如明靈之陟降亦無異於遺像也林門之擧不亦善夫噫孝子慈孫相繼
而起不墜先德是舍也將與蓮華之山同其悠久肆將朽筆以替張老之
頌甲戌(1934)肇夏安東**金審漢**(1878-1950)記

※ 咸陽文化院, 『咸陽樓亭誌』(2001).

瞻慕齋記

墓必有齋而齋必謂之**瞻慕**者何也孝緖朱父公家禮著于時祀文
而有曰瞻掃封塋不勝感慕凡爲人後孫者當其時祀于先塋也瞻掃感
慕之誠固無待乎齋爲而齋之設所以寓瞻慕之義也粤我十一世祖官
至正憲大夫公始居于**咸陽**其墳墓在于本里琴加洞丑坐之原十世
祖縣令公父子繼窆于余本山下兩麓壬子之原敷處墳山相距爲一局
內而子孫之在山下及各處者每當祀時以無齋宿之所爲恨矣逮至去
年宗議齊發爰創齋宇于墓下密通之地月未旣而工訖先父兄迷遑之
志迄有成於今日矣進而將祀洋洋乎儼有臨於焄蒿悽愴退而燕私濟
濟然秩有序於宗支長幼嗟我後孫之世修時祀者瞻拜慕仰申之以孝
悌之心油然而生焉則其無庶考乎勿替引之益益勉旃庸敍顚末以示
來裔云爾崇禎四戊戌三月上澣後孫尙質謹稿

※ 咸陽文化院, 『咸陽樓亭誌』(2001).

景賢堂記

頋然一儒生姓廉錫九其名造我于沃州山房留言其志曰早遊系師
役心於靑紫之門及外夷出來見其亂我東魯無意斯世卷而歸鄕結搆
數椽於盤溪之上地據匡盧之陽而與李愿之居相待頗有幽靜之趣爲
乃中其堂奉揭先祖忠敬公像就側而爲書塾肄茶之所勉菴崔公聞而
嘉之以景賢扁楣顧焉一言爲記余曰深山究谷歸去者多而未聞有如
君之慕先與藏修兩得其宜也且安陰是桐溪翁講的麟經之地而先生
之風當與流峙俱長矣古人有言曰思其人不若思其道噫蹄跡交侵浮
於漠北之構衣冠滅裂甚於城下之恥志士之腐心嚼齒顧不下於當日
之刺腹也然漸染耳目擧世胥溺天理晦塞至此而極矣于斯時也潔身
欽跡守志讀書吟唉千秋庶無愧於尊慕浩哲矣玆豈無崔公命堂之義
耶追思前烈亦不外於是君其勉乎哉時彊圉作噩復之上澣德殷**宋
秉璿**撰

■ 宋秉璿(1836-1905), 『淵齋集』 권27, 忠淸 懷德 거주.

弓山齋記

世稱**安陰**之山水者以其**猿鶴尋眞花林**三洞之陽有山自猿鶴
而來有水合花林尋眞出三洞而爲一區者曰弓項李氏之居也余每過
其下望見山愈高而水益淸疑其有碩人君子而可行誼於其間矣曰沃
仁鍾轍輔源甫履雪而來余曰吾先祖汕翁公嘗築齋而曰弓山齋在弓
山之下也公沒之後葬于玆山今重建而扁願吾子之記之也因示其族
弘基氏所撰狀公之文余辭不獲奉緐之公以文質公之賢孫早遊愚伏
鄭先生之門聞格致之要旣又與蘭谷許公講磨道義有以見吾儒之學

必本於孝悌而一以事親爲主以志以體靡不用極先公之病也有神人
見夢曰某處有死獐何不速往求之以試之以也其翌從指示而果得獐
肉見効喪也廬於墓下哀毀有節三年如一日先妣之病也喪也亦如之
雅癖山水永矢蒿軸頤神養性翳然以沒世嗚呼此向謂行誼者歟乃知
山水之以人益著而吾之所疑者果信然矣夫祖先尊慕之道桑梓可愛
惜也松竹可恭敬也況斯齋之爲攸宇而丙舍焉則其遊焉息焉而洋之
靈臨之在上乎然此亦外爾乃若其所本則有之盖人之有身實受祖先
則凡吾之言行事爲一如祖先然後乃可爲善慕祖先而慕得其慕矣晷
撒公一生大槪以爲弓山齋記歛君子其勉乎哉戊辰閏二月朔朝坡山
尹昌洙謹撰

※ 咸陽文化院, 『咸陽樓亭誌』(2001).

懶拙齋記

安陰山水鄕也郡之東十里弱山明水瀯洞壑幽邃松梠鬱茂成一
別區卽處士李公諱師燁攸芋也其曾孫敎直氏以書徵記于余曰吾先
祖玅年志學嘗受業于宋櫟泉愼黃皐兩先生之門深被師門之獎詡濟
流之推重盒自刻勵旣通六藝之文又於經禮性理之說靡不洞貫焉晚
築茅齋數椽于擊壤山下扁之以懶拙以爲講學肄業二所時以野服葛
巾逍遙於烟雲泉石之間優焉遊焉自適其樂因自警曰懶於爲是而亦
懶於爲非拙於爲善而亦拙於爲惡然則斯翁也是耶非耶善耶惡耶古
詩云是非善惡都兩忘其斯翁之謂歟且記之曰生於懶拙死於懶拙人
謂我懶拙則是知我者也不謂我懶拙則是不知我者也此明其內不欺
心外不欺人者也哉噫世降俗渝邪說肄行誠正之學爲世所忌諱守志
不變者其鮮惟公能植立于頹波之中以講明仁義飭躬砥行爲務使鄕

黨州閭皆得以觀感而興起焉則其淸標遠想眞不負兩先生當日獎與
之意而趨向之正操守之篤槩可想矣詩之無念爾祖聿修厥德凡爲公
後人居斯堂而讀公之書追公之志則其於似述之道顧庶幾矣勗之哉
遂不敢辭而爲之記丁巳三月上浣延城 李祚永謹識

■ 咸陽文化院, 『咸陽樓亭誌』(2001).

鹿峯書堂記

古有白鹿洞書堂唐山人李渤之所建也至宋咸平中增修其屋郭公
祥正刻諸石記之甚悉矣後朱夫子因石刻得頹址復其舊而新之石之
有關於堂大矣至今傳之爲美事至吾東亦有一白鹿故鹿峰先生劉公
之塾是己地之相去萬有餘里歲之相後千有餘年一何名實之相符也
公歿之後門生等慕其德欽其義以二八月酌獻一依滄洲故事歲以爲
常嗣子瑚亦世其家學詩禮不廢歲乙亥因堂之火增其制而稍廣之堂
其成爲不朽圖營立貞珉以吾有世好且炙公熱請其記顓未余以非其
人辭辭不獲乃言曰公乃吾王考黃皐先生高弟也自幼聰悟絶人孝友
出天讀書史不數遍輒成誦且曉大義十餘歲聞長老說皇明敗衄淸虜
僭號等事奮然有慷慨志人多驚異之至於懷橘之誠讓梨之義乃是疏
節而婉愉之愛志色之養盖其天性也甫弱冠廢擧業傳聖學潛心玩繹
律己自嚴而常以家貧親老爲憂躬魚獵親炘爨以極滋味定省之餘退
坐書室對越經傳而庸學心近諸書無不成誦且邃於易學微辭奧旨多
所發明而有時就正於黃皐先生先生每獎許之晚從櫟泉宋先生遊宋
先生亦器重之親病嘗糞血指沐髮禱天及喪勺水不入口幾不能保其
生及葬廬墓泣血六載如一服闋仍其立地小堂以爲終身瞻慕盤旋之
地卽所謂鹿峰書堂堂之名是黃皐先生所命也每日晨起拜祠展慕訖

退與門生難疑答問分毫析縷天人之辨理氣之別太極陰陽造化之原
連山歸藏乘途之妙必極其歸趣而後已吾先考老溪府君於公爲道義
交也公諱彦一字子精居昌人生於英廟乙巳十二月二十九日歿於正
宗丁巳二月五日壽七十三以其年三月葬于於堂後枕酉之原從先兆
也公之啓手適値釋奠大享而訃至齋儒爲之撤餕人心秉彝之所同於
此可見而抑又非公之德感於人而服之深者使之然歟公天資高明充
養有道內積自得之妙外多師友之益以公之才之行之德之學少展其
所抱則庶乎可以激濁揚淸陶世範俗而懷寶遯世考槃以終宰物者必
有司其責者矣於公何有哉第幸生而講道於斯歿而薦芭於斯使後之
過是堂者必嘖嘖指點之曰某先生平日藏修之所口已碑矣顧何必區
區於三尺之刻哉所以爲此者恐或久而蕪沒無徵謹依郭公記白鹿舊
例敍其梗槪俾錄于石後之君子苟有如朱夫子者出而因是石尋其址
嗣而葺之如白鹿書堂則石亦不爲無助而庶斯堂之不朽也銘曰鹿之
山磅礴而峻極兮先生之德鹿之水渟滀而淵深兮先生之心山不崩而
水不渴兮維令聞與之相終始於是堂於是碑而石不可泐兮後千億可
徵諸彼**崇禎己卯**仲夏下澣後學巨創**愼性恒**謹撰門人文城柳雰篆
後學丹陽**禹夏聖**書

■ 咸陽文化院, 『咸陽樓亭誌』(2001).

德川齋記

咸陰縣治水之北十許里有**尋眞洞**其溪山泉石之勝與**花林猿**
鶴相甲乙而人之僂指於東南山水之美者必以三洞稱首焉尋眞郎
其一也正廟丙辰後谷鄭公生于此盖公鍾尋眞以降而尋眞遇公以重
則所謂地由人而勝者歟公天資穎悟氣度溫剛幼而上學才思逸發讀

書三遍無不成誦稍長益自奮勵力學有文稱而不屑擧業專心向上近
裡著己之學超然於俗儒習尙之外事親左右承順忠養無闕旣遭憂啜
粥廬墓式禮罔愆其興人言必依於孝悌忠信樂道人之善而末甞及其
惡故賢者悅其德不賢者服其化號其里曰鄭公里公之孫東燮東濠等
懼遺躅之蕪沒乃於辛酉秋營立小齊於杖屨之所扁之曰德川袖顚末
東走四百里令記其事窩惟賢人經過之地一水一石猶爲後人所愛護
況公一生棲息之所泉石尙帶光華松籟如聆音旨者乎東燮克追先志
賁餙溪山使一區雲物煥然改觀亦可謂不忘其所本而善於繼述者矣
今按三洞花林之弄月亭猿鶴之樂水亭尋眞之尋源亭各壇名匹之勝
狀大譟於世而獨尋源深而流長八世孫德川齋翼然繼起於其下而上
接乎尋源使遯庵先生遺風餘韶益遠而益著是齊之作豈惟一時之輪
奐而已也雖然足來躡於堂宇目未接乎形勢而强爲之記則無異於瞽
者之求文章仍叩東燮而訊之以齊之爲景則曰上有飛瀑懸厓墳壑巨
石陡立如列屛障盤陁鋪錯如散琉璃石隙瀏淙如鳴琴歲玉抱外遙岑
聳翠滴嵐累累如遇牆之髻凭欄縱回惹遇而神會終日不倦是記也余
何加焉因記其言結之以數語而歸之甲子三月日通訓大夫前行弘文
館副校理知製敎兼待讀官春秋館記注官兼西學敎授驪江 **李中久**
謹記

※ 咸陽文化院, 『咸陽樓亭誌』(2001).

道山齋記

義者五性之一而人所共有然能全之者鮮矣惟星州李公諱克凱當
穆陵龍蛇之亂晉陽之急以妙年一書生倡末百義旅直赴大鑒之前佐
三壯之幕及城陷而同殉於何其烈哉凜乎秋霜視于宿武守文尤有光

焉公嘗近守大人之義敎遠宗孤隱之忠節卒取衛國之大義盖有所自
素養而然非一朝慷慨襲而取之者也是非能人之鮮能而全其所付之
性者歟其上護錄勳國之崇獎亦云至矣然未蒙特㫌後代之憾恨愈深
而且懼泯焉今己卯春建一齋五架揭以道山其北曰惟日心石宋先生
嘗取爲善之意而記者因其塾之舊楣可謂一擧幷美竊惟善也義也語
殊而總之則皆道也雖因地美而命之抑有待相發者存耶夫義者事之
宜也無待於外公旣義而自若其崇卑之班資不足爲公之損益況齋何
有於公哉然在公固是而子孫則豈無肯構之義乎今齋之者所以慕其
義非徒慕之必體之身心義者內也齋者外也居是齋者惟日爲善事合
宜能全吾之性則向所謂道者也其外者亦傳於無窮之世矣己卯七月
上澣河東**鄭在璟**記

■ 咸陽文化院, 『咸陽樓亭誌』(2001).

東陽齋記

　　張季鷹之江東蓴鱸陶臥龍之潯陽松菊仰之若霄漢上其淸風孤節
求諸百世之下而不得其人惟盤谷柳先生之**花林**嘉遯可與二公幷
其高躅此今日東陽齋之所由起也公諱績貫文化盤谷其號也據**咸
陽**吳舍人尙文狀德之文文化氏之源發於麗初歷世絓組輝映史冊
而本朝名相忠景公諱亮判漢城尹京生寔公祖若孝也公起於奕世公
孤之門忠孝爲根基文學爲箕裘早自振拔聲名藉甚登蓮榜通桂籍歷
敭淸華成廟遺弓之年出知振威縣政尙嚴明事治理成未幾喬桐主昏
虐日甚公預卜史草之媒禍遂投拔遯于嶠南之安陰縣石盤洞韜晦其
跡以琴書自娛於山水間有召命而竟不赴抗志以終其年鳴呼炳幾不
竢之見孤往不屑之操至今見稱於世公沒而葬于是子姓仍居焉安之

有柳氏實自公始雖其後承不甚蕃衍而猶以文行世其家後孫載億懼
遺芬之易沫慨餘韻之莫追乃就公楸下築數間屋子以爲歲薦之所扁
之以永慕顧庇以曰白茅歲久爲圮今其族孫基俊與其孫基正謀于諸
宗更拓永慕之西北隅建瓦屋四楹爲久遠之圖于可以備蒸嘗于可以
肄講學揭其楣曰東陽齋走書于其友鄭君文燮介而求余記余不嫺於
辭何能道其詳但東陽之義聞之夙矣蹟公之蘖大雅所謂旣明且哲以
保其身者非歟觀其遠避繒繳永矢巖阿蟬蛻於汚濁之中鴻冥於雲水
之淮樹我不拔不脫之德而使子孫世業而不輟其視溺跡於利途絆身
於名韁朝冕而暮鉗者其得與喪孰多也宜後人之追慕公不置也至若
登臨流峙之勝吾將膏車秣馬尋公盤谷之居撫公遺躅繼和昌黎子之
盤谷歌一闋以道巖阿之邁軸姑是之地歲在戊午梧月下澣資憲大夫
前行司憲府大司憲兼同知經筵春秋館成均館事鄭寅學記後學**林
苾熙**書

▒ 咸陽文化院, 『咸陽樓亭誌』(2001).

慕義齋記

　　易曰龍蛇之蟄以存身也君子之時義微矣哉昔義山李公値壬辰之
亂盡室於**安陰之黃谷**耕焉讀焉敎誨子孫焉與世相忘歿而葬之此
之謂時義也歟子姓世居其下餘三百載尙無齋沐之所往在丙戌始合
謀幷力締構一齋揭眉以義而追慕焉元雨甫將命而來徵余語噫以今
之時比古之世又何如也滄桑百變閉塞日甚義理說話無地開喙而全
州李氏之門能不改鄕井篤守先志以耕稼講讀爲畢生家計可謂慕其
先而知其時義也不亦善夫病不能多言略擧易說而復焉公諱尙俊宣
陵王子完原君之後云丁亥坤之上浣安東**金寗漢**(1878-1950)記

※ 咸陽文化院,『咸陽樓亭誌』(2001).

慕忠齋記

嶠南之安陰鄉獨山面陽之原有封畢如松欖鬱蒼樵牧相戒焉實
故寧國功臣通訓大夫金公衣履之藏也公以勳庸齊肅公后孫奮義敵
愾素所蓄積逮夫順治三年之難意參錄券泊然於要勘伐勞遯居咸陽
以終世至今數百載遺風剩韻今人起敬十世孫淑熙君慨墓儀之未遑
謀于宗積誠鳩材至今年春建齋于塋底齋凡三間門坦祀廡略備相其
役者普熙在壽謂壽允壽等也介人而屬余以記之余曰孝之道莫大於
報本亦莫先於肯構而就其幽竁樹之菀然卽而爲宮題之曰云云有力
者類多爲之是將校焉已乎抑亦觀美焉已乎今金之門亦奚異焉介者
曰不然金之後進皆雅飭承家而儉口約體鍤累寸積有是之役其異乎
有力者之爲之也余曰子孫之於祖先後生之於先賢愈遠而愈慕固秉
彛之天也廟而祭焉尸而祝之愾然若有臨止自世之降也保有彛性者
鮮矣今諸君感深於滄桑志切於堂構創是丙舍而瞻依於斯灌薦於斯
然則祖依於孫孫依於祖一般情事槩可想像旣不敢志祖先矣則矧敢
忘祖先德之行乎第言乎勳業則不惟子孫之寓慕亦可與士林共之也
夫祖先之於子孫愛之而欲其賢亦猶子孫之於祖先遠慕不衰諸君裸
將趨走之際先公陟降之靈默有以詔之曰爾曹之拜牙慕我者母徒以
楹桷之輪奐牲體之豊潔爲盡其誠宣其讀書明理孝於親忠於君不負
吾冥冥之心則吾之靈永寧于茲矣亦曰余有後矣昔孔子不欲觀魯褅
旣灌之後嘆其誠敬之失也諸君如此而相與加勉而母忽也哉茲掇問
答之說以爲慕忠齋記歲辛巳白露節嘉善大夫掌禮院少卿原任奎章
閣副提學延安李炳觀識恩津**林苾熙書**

※ 咸陽文化院, 『咸陽樓亭誌』(2001).

三樂堂記

堂以三樂何孟子曰父母俱存兄弟無故一樂也仰不愧於天俯不怍
於人二樂也得天下英才而敎育之三樂也盖聖賢之樂始於家庭中於
天人終於育英重且大矣哉其樂之第次有級井井不差夫在昔肅景英
廟之時有遯菴李公卽文質公薑川先生之后裔世隱德不在仕結廬花
林弓山之深邃以獎進後學爲己任而有孝學言三行爲終身之樂又有
三子皆擩染於家訓就其儒業矣公沒后贈通訓大夫距今垂二百餘祀
公之肖孫等每於春雨秋霜之際不勝其惕悶之感而其寓恭之無其所
曾宗合議邃始役於壬戌春越其年十月而工告成仍落之其爲制也不
儉不侈正符香品供需之房而顔之曰履露齋其傍楣曰三樂堂竊想公
之平日所樂之三事與鄒夫子之三樂同歸於其樂一也歟曰其七世孫
鍾爀君訪余於猿山之僦舍以堂之實事囑以爲文顧此愚騃誒闇猥乔
篤好之誼不敢以辭自蒙僭汰略掇激昂于深衷者而其賢仍慕先生之
誠戒後之規可以與甄氏之思亭相上下然此實非吾膚淺者之所能形
容其萬一姑俟夫后日之巨扛而閣置但以是樂爲之此三樂堂記旀蒙
赤奮若八月下浣恩津**林圭煥**謹記

※ 咸陽文化院, 『咸陽樓亭誌』(2001).
※ 林圭煥 : 許秉律(1857~1918)의 『頴溪集』에 輓章이 전함.

三慕齋記

　　國之南嶽曰德裕其淸淑之氣蜿蜿蜓蜓率于**安陰**分爲三區東曰
猿鶴北曰**尋眞**其南則古縣治也烟霞泉石隨處綺麗如展畵幅愈出
愈好也頃年不佞嘗登光風之樓齋月之堂慕一蠹之遺風想燕巖之淸
標訪愁送之臺滌愁之巖悠然瞻仰葛川凜然如拜桐翁彷徨躑躅不勝
隔世之嘆而聞有**尋眞洞**天極其窈窕意必有隱遯之高士鏟跡晦名
而余未能往從茫然有失而歸日鄭君翊相訪余於漢城湫然曰吾家宅
玆尋眞己數百年矣昔我祖府使公寓趣山水投紱歸隱修治林園以遺
子孫至于德溪公拓而廣之而列植松竹梅菊于庭際逍遙其間自渭天
山逸民事父母有兼珍之味與兄弟有塤箎之和淳宗族睦鄕郇里有淳
厖之風裕庵公述父志而篤孝敬尤專心於硏究經史誘掖後生諄諄道
孝弟忠信之本友勉朋友侃侃朋道德仁義之說傘躋十二孜孜不倦天
爵自摩人望之如神仙其遺風餘韻式至今模範于一鄕梅谷公天性至
孝母夫人享壽九十公己老矣須臾不離側恰聲愉色先意承順欲行則
背負而適所之至於甘旨輕煖奉養之具躬自執役不使人倩誠孝所感
隣里化之自此一鄕稱吾家爲法家雖然見今世代日下我後人恐不克
負荷殫思不參之道築齋於舊於宅之傍扁之曰三慕于盍贈以珍重之
辭使之常目而有所戒嗚呼世趾其美聖八猶難而今鄭氏三世父作子
述孫繩祖武隱居行義扶植風化較際會風雲澤施一時者優有加焉宜
有野史氏書之於簡策垂之千秋顧何俟裵癃愚魯之贅言也雖然請以
一言而復之諸賢旣築齋於是朝夕於是思其言行思其所樂優然如承
警咳湫然如見典型是做是則紹述家聲則尋眞山川淸淑之氣與之長
存不愧不慚於林澗也諸賢勉之哉丁丑惜月下澣完山**李明翔**撰

※ 咸陽文化院, 『咸陽樓亭誌』(2001).

※ 李明翔 : 1800년대 후반–1900년대 인물.

石林齋記

趙文貞之門有石林崔公諱瑾自憲府出守清道爲時宰所搆卒于
安陰之匪所墓在宿只艮坐之原而子孫因居爲迄歷累百載未遑齋
宿之所今琪煥升煥經煥與諸族齋丁道林之北上揭以石林盖追慕石
林之義也夫齋者齋也齋之爲言所以齋其不齋之心者也於瞻掃之際
以祀事爲事誠以致之敬以將之則油然而亦可善矣是誠敬者學之要
也以是而正心則身可修而家可齋崔之門不其盛乎吁以公行義未卒
施爲來雲亦未郁郁福善之天果安在哉然前而隧道之銘闡發今以追
慕之齋繼興是亦非顯晦有時理之定者也僉公不徒肯搆而克趾先德
從事於是學則其所以慕之齋義不待余言之一二而自可盡達也夫辛
巳淸和節河東**鄭在璟**識

■ 咸陽文化院, 『咸陽樓亭誌』(2001).

二友齋記

環**花林**皆山水山高水長仁人智士棲息逍遙奐鰕爲侶麋鹿爲友
耳淂之爲聲者淸風目寓之而成色者明月療飢於紫芝貼悅於白雲靑
山流水陽春白雪摠由乎知音許己之間矣昔日我高宗朝贈嘉善大夫
禮曹參議友蘭朴公諱瑾楠友松朴公諱瑾樅兄弟友愛隆重其臭好蘭
其盛好松坡杖履攸遇增輝衣履攸藏倍感象孫與多士屢發褒賢闡幽
之公議於列聖朝然尙稽旌閭易名之典鳴呼惜哉至若季氏因其舊贈
往在高宗朝壬寅加贈嘉善階掌禮院鄕居未幾進贈正二品資憲大夫
中樞府事配貞敬夫人星山李氏從夫職焉今爲十餘世姓孫相煥相順
益善爀箕諸章甫等省其先塋掃其遺趾相地卜齋釀金鳩材建一間而

享諸二公無異於一間茅屋祭昭王者凡人生三事君師父一體故故慕
其虆墻義也非不義也賢者遺化便是別天地鳳飛千仍於東虎吼千里
於西梅花逐水而南二公當世德望如泰山北斗因是距北曰望德山山
可崩而公名可不朽戊寅落成斯齋齋値荒年功未迄以泊近涯修繕卒
業千里擎狀乞上樑文於匪聲李台酬應其文詳略備盡乞腕於不佞幷
捺章寄尾後盆之以京師鄕黨儒林本孫紳衿次二公原集詩徧輯爲一
篇嘉史伯氏公之遠害從遊林下鹿忘機相近水中鷗季氏公之惟恐失
期忙飼鶴幸因乘暇亦隨鷗謹按此二十八字可以徵諸千秋百代何庸
他時立言之君子乎不佞老至稀世始覺豁然乘犂攸激忘讒書此歸之
噫昭陽協洽嘉會四月上浣熙政堂恩門司馬杞溪人漁島 **兪鎭晩** 撰

▨ 咸陽文化院, 『咸陽樓亭誌』(2001).
▨ 兪鎭晩 : 1800년대 후반~1900년대 인물.

鍾潭書堂記

　　兒卽偉月淵混混鳳岳峨峨山川儲淸淑之精久鬡勝地邦國啓文明
之運閒出巨人 **知足堂朴氏先生** 門厥鼻祖羅王公子功高一代萊箸
三朝甫成童而籍籍名譽冠盖相尋於華戶自巍歲而牧道學箸箸早及
於檜淵千一際而河始淸躬逢聖世四十中年最少策天門禦鳩虜於南
方兩路之畢謀克贊扈龍御於西塞一埤之王事遂敦孤城吊黃石之魂
百里負赤裳之米建至天綱下墜令人紀昏蒙萬里風濤送逐臣伸球三
旬王獄慍羣小而被拘雲鎖日霽明會朝聿見聖人之復作玉潔氷淸宣
聖化首膺方伯之重任胡風捲地而來忍說澶淵之大耻明月還山而美
每思齊海之高蹤能事畢於人間遽乘箕於天上念此鍾舊築寔惟畏畢
攸居古亭之精宋尙留謙舍之經營乃肯一區泉石仰景行於後人數架

茅茨改舊制於華構灑淸風四壁如承杖屨之未臨娟玉雪於千山尙聞
笙簧之迭奏以之而室堂以之而牖戶奚告落於良辰於是焉飮射於是
焉絃歌造髦於多士玆擧四方之襧乃歌六偉之詞共余歡呼勖爾童耄
兒卽偉抛梁東扶桑瑞旭鬱窓莊天地今長夜先覺何人喚衆蒙抛梁西
于丈月巖天與齋峻極元未升自下請君努力攀躋抛梁南武夷山下客
停驂虹橋斷垂消息何處擢歌聽兩三抛梁北玉宇輝輝星拱極綱憶當
年諸命時天翁應感孝思則抛梁上卿月煌煌衆町仰多小世間醉夢人
看他事業如斯壯抛梁下錦湖日夜門前鴻梁頭活水無休時道體洋洋
如逝者伏願上梁之後棟阿益固洞壑增光方善箕良勉後孫而嗣守竹
苞松茂共君子而躋宇崇禎五庚申(1920)黃梅節仁州 **張錫英**(1851-
1929)謹撰

※ 咸陽文化院, 『咸陽樓亭誌』(2001).

白華齋記

余往在十數年前遊於 **渭城**之南路出華莊山則嘗一遇閃過愛其
凌震奇秀未遽忘于懷一季夏劉負錫謹以其先尊府君同樞公墓齋創
新求余爲記曰齋於華莊山下玉女峯峙于北 **玉溪**水流于前灉川鑑
湖映帶下流方丈案其南法華環其西黃梅列其東骿綿於北歷歷若指
諸掌耳開詳於目馨可喜也己齋之役自肇春曁正夏閱月至四庸黃鉅
旣而功乃告訖爲正廳地者四間東西來此各三間中爲門一間外門爲
三間旣瓦旣堅規制甚壯繚以崇坦井戶有序楣扁曰永言軒曰吉躅室
曰著在而統會齋名曰白華白華孝子詩也孝子思親跬步不忘淬厲法
操其志可則斯齋命名不亦宣乎盖白取其潔華取其鮮以言乎人則保
身洛潕躅誠事就終始無忝是也以言華山則華莊玉女渾成吉地懍秘

有待時也玆府體魄永宇于玆經記傑閣歲祀儀物無不盡美者非君之
能事乎余惟堪輿家之說其來久矣若無地理而不求則己求則孝子必
得之以其誠効于天而天無不感也夫是之故朱子有彼安不安之說夫
子之喪門人行紼七日始到山取苟其無益何安之可道而何求之甚遠
也要之積誠如業而後及可言其得地也且吾窺觀夫無之粗有産業者
歟多獨俗尙專貨直不然作無益害有益嬴於此則縮於彼厚於簿則簿
於厚財有限而用無窮其終也自養不暇孰能自居■室爲盡力先壟自
菲飮食而不致孝思神有若又禹之用心乎維劉君居處茆茨苟完而觀
齋閣瓦屋震慄劉君服食尙儉不侈而觀其奉光百須皆豊以至遂石煒
煌仍田瞻饒盖無孝思之人取難多也況夫墓閣多邑世久雲仍衆力卽
同而就山端力惟君取獨揆之累俗此之計較利害勿論力之當否其若
萠嗇心而有憂憂難之意耶卽此一事可堆其源百周編之行而之人也
務本而篤倫志古而通今諧於俗而不流於俗吾知其臨財適用自無嬴
縮厚簿之患而不入於爲賤汗卑之誡也審矣白華詩記云浬而不渝無
營無欲莫之點辱等我忘耶歸亶在是乎亶在是乎昭陽赤奮若漢案戶
初吉隴西李道默記

■ 李道默(1843-1916), 『南川集』권6, 山淸 南沙 거주.

蓀谷精舍記

　蓀谷精舍者在**天嶺**之東蓀谷里爲玉村居士金公而作也居士晚
而自山陰胥宇於此隱居授徒從而請業者多旣沒而猶誦慕不裏爲之
設契立資以圖久遠而一方之士聞而興焉者多至數十百此精舍之取
藉以成旣成其季子容宇奉居士之遺事而謁余以記其舍惟天嶺山陰
者一蠢德溪之鄉也自二先生後數百年間山川之淑氣猶有未盡散先

賢之遺風猶有未盡泯故至今往往有文學自修之士作於其間若居士
者亦其一也今考其事盖以超拔之資用刻苦之上究心經十尤邃於易
自少徒月皐趙公學厭簿時文力求古道篤於行誼考反成族家而乎信
著於鄕襟懷沖澹興物無競而餘事筆翰又臻其妙宣其爲一方之誦慕
而有足設也雖然精舍者士之取以自託於藏修也而今居士不留於世
己二十稔矣則雖有是作何有族居士而是名也不已虛乎柳居士則雖
不留而其所講文學所行之實爲遺臨餘思者猶有在焉則后人之居是
舍者局能繼而理之因以修之以張其緖餘大其風猷則是爲居士之遺
敎而以是爲居士之精舍豈有間於存設哉爲然矣則不性居士之遺風
可傳於久遠向所謂山川淑氣先賢遺風者亦將於此乎可驗而是舍也
豈不益有光矣乎夫天下之物有其名則必貴其寶蘭蓀之爲美以其香
也居士之族蓀谷則可謂當其實矣而培壅其根使其香益播是又爲蓀
谷精舍之實而在乎后之人焉爾靑巴之季冬花山**權龍鉉**記

※ 咸陽文化院, 『咸陽樓亭誌』(2001).

永華齋記

廢華藏之麓頌用永華吳先祖**咸陽府**院君祈産是托而爲永世芬
芯之所世公以高麗名臣功存扶儒勞著攘夷民到于今受其賜家戶戶
稅未足爲榮報而也遠墓逸雲仍十餘世歲一香火闕而莫修其齋咎興
愴豈但爲吳氏一家之私而已後鴈月洙之得古竭豈公下昧之靈臨其
哀歟於是而修墓監石置田建齋以次一新一心齋力有孫取同而倡宗
議抬前特作相告奔走竭廢彦三相弼秀東在傚在永齋治於去年壬子
今年癸丑卯將竣在産在倫匡烈以宇萬世好詳其家德徵爲記事之永
華乎爲此名者其知道乎盖扶儒攘夷爲東方小中華消息國祖五百年

文敎斐蔚雖謂公有以啓之非過語也見今儒風頹華而賴有志士願作
古君子於九原以圖挽廻之策而公其一也此特而久晦之臧復現於世
亦亂極思治之一文兆朕永華爲齊其亦有見於此思欲長永其華脈乎
吳氏繼者今每春秋霜露體族於斯肯敎肯告爲吾世之孫者宜以永華
二字作貼身元符服華而行華無忝祖德庶斯齋之興此山同其長永可
謂不負齋名矣盖聞古之盛德莫靈必久遠吾知公之靈必陟降於此齋
莞爾而默佑焉昭陽歲中呂之月幸州**奇宇萬**謹書

▧ 奇宇萬(1846-1916), 『松沙集』 권18, 전라도 長城 거주.

思成齋記

　　思成齋者**琴齋介庵**兩先生墓前齋室也墓在**渭城**治南十里華丈
山下木洞負亥之麓距先生舊居一舍而近齋成於三百年之後後孫追
遠之孝也曰先生年十六名聞于朝以白衣爲接伴使從事後監知禮高
山兩縣儒化大行燕山時棄世入頭流惟探頤聖賢經傳及吏福起超獨
免鄭蘿溪玉堅權睡軒五福鄭湖陰士龍皆出其門金慕齋起拜曰公非
安國之友乃安國之師梁九拙喜狀公之德曰過人欲而存天理內六經
而外百家本孝弟而體敬義此士林所以腏亨于龜川者也介菴以琴齋
之孫善繼善述遠宗于一蠹近法乎南冥以盧玉溪吳德溪金東岡諸大
儒爲道義之交而値戊申士禍之後奮然以道學爲己任使旣絶之緒煥
然復明於世有功於斯文大矣而官止昭格署參奉位雖不稱於先生何
損焉鄭桐溪狀行曰學之正守之固執德之廣任道之方贊之不足而歎
之曰不得行道於當世天奮之遂痛矣哉以是觀之配于灆溪廟食百世
不亦宜乎然則思成齋之作何子孫之心也昔無而今有何墓之歲一祭
今昔無異而齋之設追先人未卒之志也且龜院之中徹由於邦禁尤感

慨而寓慕於是齋取商頌邦篇中思成二字以名之云上之十二年乙亥
八月白露日資憲大夫前行刑曺判書兼經日讀官知春秋館事弘文館
提學藝文館提學同知成均館事陽川 **許傳**記

■ **許傳**(1797-1886), 『性齋集』 권14, 경기도 抱川 거주.

無悔齋記

嗚乎我許之河陽自麗朝戶部郎入我朝肅齋簡肅公家政淸嚴祀事
必敬肆敬庵文敬公尤致力於奉先昮季俱爲世宗朝名臣子貞簡一寧
公眼訓先美端廟忠與六臣同子修撰凝川公處義成仁御製莊陵配食
壇祝文而父子有位板從祀也歷代敭顯屢經興贊丘壟率多碑沒可勝
痛哉惟德水坡山六七堂得守護後從子開寧公始入**咸陽**子進士公
樂簿公三世葬于**郡北池內面**新榮洞仍兵燹失傳其後主簿公判官
公僉樞公六位皆雙窆新榮局內長子並配雙封於階下次三判官公亦
葬階末第四直長公葬于內曉山也形原雙封以孝旋闆公仲兄主簿公
葬同原佐以公之子繼也子孫居山下爲立祭閣盖數百有年所每奠墓
時三世失傳之位只設齋享以其有墓而疑之也墓閣之扁以無悔抑奚
義焉舊以慕名我性齋先生易以今扁盖取生民詩庶無罪悔之義也嗚
乎悔豈易無乎聖人猶恐或有悔而特深戒之而況以後代雲仍履霜露
怵惕之辰不知洋洋陟降之靈在彼乎在此乎侑酌之時但上齋而不之
墓雖以莫著存之誠視無形聽無聲悽慨廓自不能哀情之已已然則悔
豈易無哉特以庶或無悔之意今心茲存茲名焉在茲恪守塋壟不絶香
苾致誠禋薦知先祖之必敬必戒是其沒世不忘之意則其於報本追遠
之誠其或庶無悔乎齋閣亦歲久頹圮子姓愁感傷合謀鳩財仍舊新之
是亦無悔之義將至無窮而勿墜耶我大人心齋翁嘗功戒訓於堂搆之

責不肖孤以告兄長楡與姪行燁燉廷斗衡斗煜并主是役也遂記此以
示先志之不忘且與諸宗顧齋名胥勗之云爾崇禎二百五十九年戊子
冬後孫正言元杙謹識

■ 咸陽文化院, 『咸陽樓亭誌』(2001).

東山精舍記

大嶺之南古多名賢實由淳滷之氣有以鍾之也**咸州之介坪**山秀
而雄水淸漪使覽之者快其目而爽其胸自不禁怡然而興感直其東有
所謂東山精舍者屋宇極其淸灑濟濟衣冠有時聚會以修契宛有古昔
之風韻舍之以築何盖其想像遺躅而不忍地之荒也禊之設何盖其追
慕懿德而欲其享之潔也其意豈尋常哉肆昔**盧松齋玉溪兩先生**爰
宅玆地修身勵行松齋則任於世宗文盛時入侍經幄黼黻皇猷出按藩
臬澤被三省錄淸白案與諸學士註解經史膺旨撰進治平要覽訓民正
音麗史等書厚蒙衮褒官至都憲玉溪則佐明宣兩朝章奏懇懇無愧陸
宣公經筵講說克體程伯子風韻密勿揀在大冢宰而及其沒也栗翁嘆
判銓之無人講說大學也退老稱其精詣翹首程朱思庵所以讚也庶幾
禮樂月沙所以期也百世之下可以想其盛德大業也後人羹墻起慕創
立俎豆之所道谷之祀溏洲之院崇報之禮不爲不腆問因禁分而撤享
今餘五十年矣人士之愴感愈久而愈菀儒契之設良有以也年代旣久
兵燹屢經中間興廢亦已多矣秋潭之扁鳴玉之堂申義之齋名雖屢改
此皆子孫以表追慕者也今於衿紳之契舍仍用其號考之於禮參之於
義有所未安改以今名以爲藏修之所因時制宜可謂得其當矣噫當今
人文晦塞民生困瘁孜孜焉謀生之不暇鮮有及於尊衛之事而唯此咸
州之人士篤於慕賢克擧縟儀旣築其舍又修此禊以振勵俗頹興起斯

文咸反于正勉勉前進則其於風敎豈日少補哉其在聲氣相感不勝躍
然而喜樂爲之記歲乙丑暮春資憲大夫掌隷院鄕原任奎章學士**閔
京鎬**題

　※ 咸陽文化院, 『咸陽樓亭誌』(2001).

제3편 하동

岳陽田舍記

古者士農分而不易業入于學則有學祿故也後世敎法不備而無學
祿爲士者讀而有暇則耕耕而有暇則讀於是士農其業相通而合而爲
一矣李君汝直讀書士也嘗從學於吾友愚山李子盖以族生而師事之
也君姿安而才明愚山期待之不少矣旣而愚山沒君又上奉下率而養
育之不給焉則卜居于**巴陵之岳陽**以其地廣土肥而灌漑之利稼穡
之便事半而功倍於他故也君遂躬執耒耟而以農爲業又相其土性之
宜而得樹藝之法收穫之夥殆過於十年老農而上養下育之無憂矣乃
名其所居之室曰岳陽田舍請余記之余竊惟民有四士農爲首士尙志
而爲義理之主農資食而爲生民之本又質野而謹守其本分故也然則
士農其業雖殊而其心所在則未嘗不同也士而爲貧寒所因兼治農業
是乃爲行其素履而無損於德也故古之君子見有帶經而鋤朝耕而夜
讀者則尤以爲難而推許之有別矣今君爲農於斯而得安其居亦可謂
士而農矣顧天下爭利滔滔是工之工商之商而厭彼之爲有取於此寧
手足胼胝而不憚其勞苦隱然自附於古之隱野之士其事則卑而其志
則高矣不亦善乎然士而爲農所貴者在士而不在農也苟或忘其平日
所學之事而農焉而已則不過爲口腹之計而終爲鄙野之一夫矣何貴
之有惟身農而心於士雖日事田疇而常加警勅毋使本原田地反被荊
茅之侵塞至冬而農功畢則掃案塵而對舊編溫尋而有得焉以從事於
伊昔尊師敎法之中而不虛其期待之意則不但爲農之士而庶同歸於
士之士矣君勉之哉君以余爲愚山之友而有相從之義又嘗有結鄰耦
耕之約矣竟不諧焉則竊欲託名於斯而爲朝暮遇遂記之如此云

■ 南廷瑀(1869-1947), 『立巖集』 續集 권6, 板谷 거주.

松岡齋記

趙氏**巴陵**巨室也宗族之盛擬諸古山南之崔而追遠之誠尤出於
人百世先塋楸林鬱然而相連齋舍巍然而相望見者莫不嗟嘆焉松湖
之上內松之里有松岡齋趙君利濟與其族黨爲其五代祖學生公歲享
而築者也蓋公居於斯而葬於斯故因地以扁而松之爲物有歲寒之節
故慕節義者取之則又豈特因地而已乎竊惟漁溪先生當莊光禪受之
際隱遁而守靖節所謂六臣之一也其後宣仁搶攘之日先生之孫十人
相繼而效義烈人謂十忠是知節義二字卽趙氏世傳之靑氈而趙氏其
可謂大冬之松乎若學生公窮而在下而無慕乎外者也卜居於斯而田
園膴美江湖浩渺隱身於耕稼寓樂於漁釣其中固有所存焉者而湖曰
松里曰松抑亦愛其名乎然則扁之以松乃所以承先志而慕先徽也善
乎其名之也然名外也實內也不有其實何貴乎名惟諸公居於斯而講
學自修明乎義利向背之別審乎熊魚輕重之判其心以爲爲國而盡節
義則當如溪爺十忠善身而自守則當如學生公以是自期而自勉焉則
不負爲巨室之名族而賢祖之肖孫矣然後春秋奠掃之日精氣流通而
神人感應致齊於斯而乃見其所爲齊者祼將於斯而乃有洋洋降歆者
矣於是節義孝弟脗然爲一而人道蓋矣不亦盛乎諸公勖之哉苟或不
然而逐逐乎與流俗同歸爲世變所奪而失其義理之心則齋舍雖備儀
物雖盛神將不享矣其又不愧於名扁之義乎利濟及其弟祥濟志學者
也文行俱茂而與余有遊從之舊以楣記見囑不可以耄昏辭遂書之
如此

■ 南廷瑀(1869~1947), 『立巖集』 권15, 板谷 거주.

岳陽亭重修記

岳陽本晉之屬縣英廟末移管河東治其地背靠崇岡前控鉅浸雄
麗爽豁獨得頭流以南名勝之最我一蠹先生鄭文獻公舊嘗避地其中
遺風餘烈蓋將百世不可泯而禍劫之後宅里爲墟野草荒烟鞠茂町疃
衿紳過者莫不指點咨嗟而興想矣粤在上皇庚子河府人士相與合謀
以爲是地先生之所薖軸也不可廢也就而亭焉聚郡中秀才講小學書
行釋菜禮同祀晦菴夫子寒暄濯纓諸先生蓋以先生之學得於晦菴而
寒暄濯纓其同道也今者又謂其屋老而隘有不堪事事改修而增新之
位置亭當間架宏敞大功旣訖金君琪權以諸章甫命命壽安以記其事
者壽安竊惟先生道學之盛履歷之故國乘與前輩之述備矣至於山川
雲物之明媚堂宇規制之纖密與夫財力工役終始艱難之狀亦不暇盡
述而第於其間獨有所感歎而不能已者夫道之廢也久矣循環往復此
天之常則其先廢而復明無其於此焉爲之兆歟悠悠數百載之間非無
其地也非無其人也又其時非無可者也斯亭也乃作於一番鬧劇之後
山河垂暮之日及今雲變烟幻莫知所定而重修之功又在此時嗟乎此
人事而天意也碩果不食豈偶然而已哉諸君子脚色不迷於風雨之夕
誠心益切於板蕩之際不惟尊衛之道不遺餘力能且立規講學使後生
輩皆有以知倫綱之敎與天地而不可亡者其功又何如哉苟因此不懈
益究其實益蹈其規則河之郡其亦可以廣之天下矣此先生之道之所
以不以一時之或屈有害於百世之必伸者也異時携我同人登亭暢懷
萬疊頭流仰天王之眞面孤舟大江樂光景之無邊則先生當日昭曠之
趣庶幾有覩其髣髴者矣是亦一快也以余人微言淺恐上累先生下不
足爲後來勸也然亦自幸其與聞於是役遂忘僭而爲之記以寓高山景
行之思云先生沒後六回甲五十七年中春日後學載寧李壽安謹書

※ 李壽安(1859-1929), 『梅堂集』 권5, 晉州 麻津 거주.

炭山亭記

松竹權公作炭山亭於河東梁李之山徵記於予予辭以不文則公
又識其志而敍以言曰吾家籍父租積勤之業車馬足以供出入詩書足
以資講磨而郭外桑麻沃若于養生治性無所不可至今五十餘年遂泯
泯無有而所存者只詩書數百卷而已吾懼其竝隨而泯泯焉欲藏之名
山而世其壽也直亭之西北而雉燔之得田百餘畝勤力其中足以庇飢
寒也至若穹林墟莽風煙雲霞之出沒兎獐麔狐樵人牧夫之奔放歌吹
皆適吾心目足以爲逃名頤性之資然蓋聞逃名者必先晦其身欲晦其
身者非卑其業不能吾方湮淪於茲山而安四體儼其衣冠行不易其舊
而欲人之不知得乎亭之後有嵌窪然而黝者世傳業炭者之遺墟也吾
將增治其坎壞斬木以積之縱火以焚之焦其髮而煤其手足蠢蠢自忘
其形然後可以成吾之志而實亭之名也且吾之欲有記於斯亭非欲其
侈之也蓋欲使吾子孫知消長之有數而各安其時也子無固辭余敬諾
而爲之言曰夫士之忏於世而從貪賤而隱其名者有之然能順於命而
全其眞者蓋寡也至不爲苟異而取舍進退合於道理者尤寡也今公不
以豐約介心先汲汲乎先人所傳之詩書而次及於其身若子孫能勤儉
之隨遇而消長之適變公於是乎可謂賢矣不然世之窮濱絶崖漁鹽
屠販沈其影而減其蹤者又豈眇獨公也歟哉公名泰容字敬夫花山
望族也

■ 李鍾舜(1895-1928), 『月州遺稿』 권2, 山淸 거주.

心亭記

君子之道不患人之不己知故凡士之處陋巷者雖不用於世不知於

人然至老而不悔者知窮亨之有命而不汲汲於求知不苟屈而合世也
吾鄕有李斯文仁玩西遊十稔而返悔其前迹全意於向裏之工故趙
月皐以晚存之說贈而勸勉焉其所志可知矣歲屠維閹茂春與余又有
結隣之好而朝夕講磨爲麗澤之資其樂頗不淺也一日以心亭記屬余
識之曰吾欲構數椽將爲講學之室而營之則久而緣於勢尙不能然以
其耿耿不暫忘故豫扁之以心亭子亦豫惠記文則豈非促其有成耶余
袵斂而坐曰晚存子乎子少遊於名利之場忽覺其非而翻然返于桑梓
窮峽之地韜光斂輝以從事乎爲己務實之學如君可謂不負其所受之
美而庶幾爲安分之君子矣古人云苟有志焉則所待者必有時而獲所
蓄者必有時而施安知他時懷抱利器有參於賢士彙征之日乎又安知
瀟灑新亭有突兀於眼前之日乎晉鎬將以竹杖芒鞋從子於其上胥討
扁亭之義也

■ 文晉鎬(1860-1901), 『石田遺稿』 권2, 河東 稷田 거주.

河東五寒亭記

純剛至正之氣知風節者知之河東古城也拓客舍東頭搆別亭額以
竹玲瓏蕭灑爲一邑形勝最兵火來聖上特軫其彫弊不用武用文士以
蘇之由是壟西李公景益以成均典籍來代權渫下車未久政寬事簡夫
其政寬故民和事簡故多暇暇日公嘗登是亭探其景物而歎曰實於庭
者皆佳卉異植獨取竹名亭不旣偏乎於是易之以五寒松一竹一菊一
梅一栢一昔以一竹名也五者咸失其所今則五者各效其節青者盡其
青綠者盡其綠黃者盡其黃白者紅者亦盡其紅白疾風之急不能加雪
霜之嚴不能威天地之純剛正氣咸萃於一亭亭之名信不賓矣公退之
餘把酒鳴琴挹西湖之風流問東籬之消息徂徠爽氣淇澳清風灑然冷

然醒我心骨非風節之知者歟睿念之勤果得其人邑民之殘亦得其蘇
矣傳曰保初節易保晚節難欲晚節保請此亭看又從而歌曰微我夫子
後彫誰知又非詩人曷興猗猗暗香之咏處士佳句隱逸之愛未聞陶後
寥寥千載亦有我公合以名亭凜然其風其風凜然不可犯也凡百君子
盍爲範也

■ 河受一(1553-1612), 『松亭集』 권5, 晉州 水谷 거주.

梅軒記

吾友鄭淳中子正之室扁以梅軒取地名也子正世居天嶺其大人春
岡學士公侍從我太皇二十餘載見大廈將覆痛哭還山挈家于**方丈
深峽梅溪洞**中爲遯世自靖計先君與春岡友善春岡約與同歸先君
遂以庚戌仲春搬移于程里距梅溪數里也間日與春岡嘯詠於烟霞萬
疊之中子正及余常從御其後甚相樂也後數年子正復撤歸天嶺之玉
梅後七八年余亦移寓晉之文山一日子正訪我曰吾以梅扁吾室非欲
爲侈吾牆壁也卽記吾遷徙經歷矣子可無一言乎余曰從古賢人君子
多愛賞於梅者豈非以九野寒霜挺然孤秀如志士之屹立於板蕩之中
歟今君之居必與梅爲隨實有不偶然者君其益勵志氣挺然於衰世則
君亦爲人中之梅而人與地相符不但爲嘉名之偶然也是爲記

■ 鄭衡圭(1880-1957), 『蒼樹集』 권7, 陝川 雙栢 거주.

岳陽亭會遊記

一蠹先生看盡頭流千萬疊孤舟又下大江流一絶知德者以爲人欲

淨盡天理流行嘗竊味之蓋與沂雩風詠發聖人吾與之嘆者同一氣象
然曾氏得聖人爲之依歸自身涵濡於太和元氣之中舍瑟之對固其所
也若先生生於絶學之後倡明肇自己身誰從啓發只一同德之友有寒
暄先生者其得之之難賢於曾氏遠矣且曾氏狂者也行有不掩若先生
夷考其行孝弟通於神明踐履中於規矩然則先生孤舟大江意象之悠
然得之資深居安之餘而非直天資是爾也嗚呼盛矣先生所以資所以
居果惡在乎朱先生所編小學一書敬之如父母信之如神明魯齋以後
未之有聞惟寒暄皓首蓮纓自稱小學童子謂光風霽月不外是矣先生
與寒暄志同道合當時有大猷唱之伯勗和之之稱是則先生之所以資
之深居之安者亦不可外小學而求之亭在頭流之南蟾江之上號以岳
陽因地名也先生自天嶺與濯纓金公上頭流順蟾江而下孤舟大江之
句乃其時酬唱也愛其山水之勝因寓於岳陽之縣築亭以居之後值陽
九亭爲墟今幾四百年亭墟而地就僻遺風之猶存亭楣之嗣葺已無議
爲至於行過是墟寓高山景行之思者南冥所歎千頃水一月十層峯一
玉之外亦無聞焉嗚呼唏矣載圭與湖南友人鄭季方有蕭寺之約過岳
陽金君豐五偕焉豐五嘗寓於是與居人朴生濟翊劉生啓承李生炳憲
炳郁鄭生基洙議掃遺墟修講契以致地荒井廢之感而以余過是置酒
相邀設小學講會會者數十人各誦一章酒一巡而止豐五遂歌孤舟大
江之句亂之以寒暄小學詩一絶因曰亭廢之後不知甚人於此處講此
事繼此而修而張大之又有甚人是在朴李劉鄭諸君自勉之如何耳又
曰不有以唱之孰有和之者吾子之今日聽講於此或將爲諸君和之之
資歟子盍記之以待焉余逡巡沈吟有所感於心者先生余朝暮遇者也
而今又周旋於考槃之遺墟可謂目擊道存而古人所謂吟風弄月以歸
有吾與點也之意者於我有絲毫彷彿者歟方且愧縮之不暇而又文之
耶姑舉先生所以資焉居焉者爲諸君一道之辛卯秋八月下澣八溪鄭
載圭記

■ 鄭載圭(1843~1911), 『老柏軒集』 권34, 陜川 默洞 거주.

西山草廬記

士君子平日讀書窮天下之事理蘊天下之經綸幸而得志則擧而措
之事業立世敎澤民萌四海仰其名迨其老也退而占築閒曠窈麗之地
談風月延賓朋春秋設社聽弟子詩書仁義之說悠然送老於其間此固
士君子之所欲也而豈以隱淪荒谷侶木石而友麋鹿枯項黃馘以終身
爲可樂哉第其世道翻覆進無所試退無所歸則與其往來熙穰之中以
察察而投汶汶無寧高飛遐擧於大山長谷之間身世兩忘囂囂然與古
人爲徒此又君子之所不得已也雖然非特立獨行不顧人之是非者亦
不能也**晦峰居士**安翁南方豪傑之士克繩先武學有淵源爲人慷慨
有志節苟使得志則庶將匡時澤民有足可觀於世而世且亂矣羽毛縱
橫冠裳墜地人之類幾乎滅矣則翁輒屛棄妻子之養几席之安翩然入
方丈山中依依數月得**文壽之洞**西山絶頂構一廬而居之山高眼界
闊遠而廬凡三架室大如斗地窄無庭獨巨巖當廬隅可時登而嘯也人
家迥隔饔飧之辦爲艱況其他乎而貌不加瘠言笑風味常豁如也觀者
危之而不惑朋友沮之而不撓依然以生壙自居向所謂特立獨行不顧
人之是非者翁其庶幾矣乎孟子曰君子所性雖大行不加雖窮居不損
惟其能窮居而不損是以一朝大行而不爲泰也惟其能大行而不加是
以一朝處窮而無怨也士平居孰不誦此而其能身履之而無悔者余於
翁將見之矣余與翁分宅於一山上下其居也相思其接也相得白首源
源情好彌篤翁其肯許我以半山之薇半壑之雲與相終始否旣諗于翁
遂書此爲西山草廬記時木豕流夏節也

■ 鄭琦(1879~1950), 『栗溪集』 권14, 陜川 栗溪 거주.

秋堂記

閼逢閹茂秋余訪金仁夫於士林山下雲谷里之寓所仁夫扁其所居曰秋堂謂余盍爲之記余疑其題扁之義仁夫曰吁今莫非秋也在天則怪異之變熊莫甚而蕭條慘澹之氣象極矣在人則憂愁悲苦百千其端而偏集於余居然爲鬢霜之秋豈不允合於爰處之揭乎余曰否秋之時義大矣五穀百果之成實莫非物之秋也一身萬事之成功莫非人之秋也古人有悲於賦興於詩感於聲者各因所遇之事各追所感之跡其歸一也今寰宇震轟華夷人獸混雜莫辨吾門心法傳之無人苟能實見得實履行充積無已則好還之天豈無其日乎夫物不受其變則材不成仁夫素有聰敏敦實之資困苦拂鬱有倍於人然不爲外侵所動老於藝苑尊所聞行所知百錬之金不渝衛武蘧瑗之五十九十而德益邵學益進豈可專美於古耶自今以后仁夫其有成功之秋也余爲仁夫企願焉而余之來亦秋矣因敍仁夫堂扁之秋如此云爾

■ 鄭珪錫(1876~1954), 『誠齋集』 권4, 山淸 丹溪 거주.

詠歸臺記

方丈一支騰踔南走七八里至雲谷之陰屹立千仞者曰佳士山山下東南數弓許洞壑窈窕而平廣曰安息洞洞有慕寒齋故徵士謙齋河先生藏修之所也先生作書室于其中就前一武餘因大岩築臺累石方整名曰詠歸臺蒼松老栢鬱鬱擁立一帶淸澗自中谷而繞前縈洄渟澈其幽閴淸閑允合先生風浴之所也因念先生崛起南服私淑山海而其相與講磨者皆一時碩流且及門執經者來自四方而多斐然成章焉先生講道之暇與六七冠童風于此臺吟而而歸則胸次悠然物累無留

298　지리산 누정기 선집

清趣盈溢可以想像矣昔聖朝屢聘蒲輪及於岩穴而先生知當世之不
可攺爲安於佳遯嘐嘐古昔履仁服義主敬立誠至樂在斯不知年數之
不足是以后來之士誦其詩讀其書莫不知欽慕先生過此臺之下相與
指點不忘也珪錫雖藐然末學亦景仰之不懈今年春携經入寒齋數月
有時登臺其草木泉石若留帶精彩而使人不覺襟懷之脫洒也但生后
數百祀之下恨不得親睹大德之光輝今與同志二三子讀遺詩文而興
感于中也則亦微分之所幸也一日風詠之餘書此爲臺記

■ 鄭珪錫(1876-1954), 『誠齋集』 권4, 山淸 丹溪 거주.

安息亭記 甲申

　代間幾人有不爲熙熙穰穰利來利往者乎山曰士林孫於方丈者
也谷曰安息牝於士林者也士林之左麓曰安溪安溪樵牧路自村後
穿兩崖間沿溪六七里而至是谷呀然而豁窈然而幽成一壺中別有有
作亭於斯而皓髮丹顔飮水看書蕭灑送日月於泉聲嵐翠之中者視諸
利來利往豈非超然蛻之者乎安溪故老相傳古之隱君子居是谷而後
之人以安溪上流隱君子之所棲息故名之以是而隱君子之姓名晦而
不傳豹死而皮不留至今嗟惜云余曰此眞隱君子也臺孝威向子平跡
隱而名不晦未爲全隱也安息君子之晦名求之於古其漢陰丈人之流
乎吾知其機心必息矣機心息故不蘄知名名所以晦晦所以愈高者也
今亭之主人請亭號余曰舍谷名而別擇美號則亭於是谷之意安在請
亭記余曰記是亭而露出主人名則主人所以慕隱君子之意安在朴不
曉文强顔援筆者亦不蘄名則烏可曰記是亭之客乎

■ 趙性家(1824-1904), 『月皐集』 권12, 河東 檜山 거주.

靑鶴白雲亭記

走也于花岳不疎但**梅溪**屨未及焉然其境則知之矣靑鶴以奇峰聳於後白雲以巨嶽峙於右蓋花岳曲曲皆仙境而梅溪指亦摟焉孤雲壺中別天之句一蠹孤舟大江之詠括盡方丈之勝至矣哉今**金君豊五**跡遍方丈而結緣於**梅溪**思以儒風振仙境從豊五遊者洞人朴生俊賢劉生贊叔泊同學諸卅助豊五風詠之趣就洞之趾盤陀巨石若房室之奧而名梅菊臺者腹窪而面平前有石闌干處縛亭一間命名曰靑鶴白雲亭峰巒屏列眺望獻狀境旣超塵名亦蛻俗豊五以亭記屬余雖衰甚而蹔乍聞亭名竭蹶往賞之志如泉湧不可遏然記則何敢枯槁塵土腸豈有摹寫仙境之一句語哉姑舍是竊有奉賀者今距一蠹先生三百有餘載岳陽亭舊址爲不辨之仙源而豊五以不忍水廢地荒之意考南冥先生頭流錄自鍤巖入雙溪里數而覓其處垣痕泉脈礎迹畢現無疑不待鹿洞樵夫而知之矣遂議于同志之尊慕先生者將以明春起亭於舊址而設小學講會於是亭以講曰禮一蠹寒暄兩先生預定講規云豊五慕切羹墻誠透金石亭必成矣此是斯文盛擧豈直賀靑鶴白雲已成之亭而已哉豊五出於蘆沙門下而可謂學不可誣顧余忝同門而七十斂手束脚做不得一事者其愧何如哉

※ 趙性家(1824-1904), 『月皐集』 권13, 河東 檜山 거주.

成樂齋記

程夫子嘗言天下有多少才只爲道不明於天下故不得有所成就且古者興於詩立於禮成於樂如今人怎生會得又曰古之成材也易今之成材也難火以大賢制作之資其猶有此歎而况於今之世乎**檜山**金

雲翼宗燻有志於道者也所居琴山也而有鼓舞琵琶鼓蕭等名又有
配樂洞自成一區甚可樂也去丁酉築小室於其中爲晚年讀書之所因
其地扁之以成樂請余記之余竊謂樂之崩久矣古人之詠歌以養其性
情聲音以養其耳目舞蹈以養其血脈今皆無之雖欲成樂豈可得乎學
者之所可養者惟義理心而已義理心者何天地生成之理賦於人而爲
此心主宰一身苟得善養之則溫柔敦厚條暢和平樂之大全不外是矣
何必鍾鼓羽籥之爲哉吾聞主人晚而勤學讀近思錄不輟必將有心於
義理之原以爲成於樂之本是爲之記

■ 許愈(1833-1904), 『后山集』 권6, 陜川 吾道 거주.

小山齋記

檜山南二十里有沙芭洞洞西南隅有小山岡壟窈窕巖石秀潔金
斯文文範甫築書室於其下扁以小山命其孫溶馥跋踔數百里請記於
愈再往還不已余惟小山之義大矣凡天下之物必以小成大滄海之廣
涓涓之積也泰嶽之高塵塵之多也不小而大非物之理此翁之所以以
小名扁歟余聞翁嘗摳衣於性齋許交憲之門得聞爲學大方退與諸生
子弟講學於斯夫自灑掃應對推之於格致誠正戒懼謹獨極之於中和
位育皆吾事也苟能於此而積累漸進自卑升高九仞之成無一簣之虧
則吾知此山將大於海上矣翁之意其在斯歟余老矣未及與翁周旋於
此山之側其作室年月與夫山水烟霞之勝未得詳焉略識所感於心者
以歸之云

■ 許愈(1833-1904), 『后山集』 권6, 陜川 吾道 거주.

慕寒齋記

慕寒齋者吾友謙齋曳山居別業有巖泉茂林脩竹其意慕晦翁之寒泉云其側溪上臺曰詠歸臺曳與物閒暇亦其樂可知曳潔身隱居上累召累不出非其義也一介不以予人亦一介不以取諸人囂囂而樂義又其巖居之樂詩所謂考槃之寬者也今曳亡而其門弟子以曳知老人老人知曳請一言以識君子古事上章閹茂夏正日長至台嶺老人眉曳記

■ 河弘度(1593-1666), 『謙齋集』 권11, 河東 安溪 거주.

日新齋記

岳陽孫君光彦徵余其日新齋記余曰苟要日新日新焉已矣記奚爲光彦起而對曰此吾所受於祖考祖考作此齋命此名以遺不肖枸迨無以自新焉願有以發揮其義使人知枸不能奉承祖訓爲枸之罪而幸有仁人哀矜而敎誨焉則庶幾枸益知懼而加勉也余感其意而爲之言曰夫日新二字是商家家學而爲千古聖學之要訣孔子書之於易而盛德之實著焉曾子引之大學而明德之功序焉君之王大人於聖人千萬言中表出此二字作燕翼家計君之擔負於是乎重矣宜其日兢惕若不克負荷也然此事初非高遠難行只此兢惕若不克之心卽是其基本而日用彝倫之際存養省察向善背惡去非就是自不知而知自不能而能則新矣因其知而益廣其知因其能而益精其能則新又新矣以至資深逢原接續光明則新新又新新而明德之序盛德之實備於君之身而王大人之志事輝光於無窮矣古人自銘而爲反之之聖在君卽是王大人所銘視自銘尤別焉敢不勉哉岳陽吾慕也未死之前課年一行不敢廢苟能日積而年焉則其新也大矣竊自喜吾之昏眸將不知幾度爲光

彦新也姑書此俾歸刻楣間己亥日中溪南老人崔琡民識

■ 崔琡民(1837-1905), 『溪南集』 권24, 河東 玉宗 거주.

鼎山書堂記

鼎山是江西諸峰之傑然者也北揖雷首南列士林可伯叔視也下有
德川不能休匯而爲文巖之深可東俯而酌也中藏**宗化坊**徵士**謙齋**
河先生俎豆之墟也鳳壽卽其墟而書室之顏其楣曰鼎山日與一二同
志講究古人爲己之道其志蓋曰吾豈若今人爲哉吾豈不若古聖賢爲
哉乃抱其志就正於茶田郭先生得聞主理求是之學篤信而行殆將成
性也日有李君進源來曰子之取鼎山何也如曰因地盍取宗川如曰寓
意盍言其義可下一說惠我同志之士鳳壽作而謂曰鼎之爲物器之重
也三足象三德也中之實可以享上帝也玉鉉可以節剛柔也是以君子
取象以定位凝命后王象物使民不逢不若噫此鼎之淪久矣世到衰季
氣機橫決理不能管攝天而失主張之權人而亡主宰之心至使獸蹄鳥
跡徧於天下魍魅魍魎接於日中爲吾學者亦不能定于一各以所見自
鳴其不平當此之時復有能知百怪之面貌情狀鑄鼎象物則神奸鬼雄
自不能肆其跳躍今日師門主理之學乃象物之鼎也千邪萬魔豈能逃
形於主理之眼乎抑吾聞之致知所以明此理也居敬所以存此理也力
行所以循此理也克己閑邪所以去其害理者也凡吾同志旣得此學同
業吾室發明師門之旨接引坊社之秀立正位凝正命則以此理爲田地
斥異端闢邪說則以此理爲前茅使吾道重於九鼎不能無望於吾同志
於是進源又要我述問答以榜于室之南壁

■ 河鳳壽(1867-1939), 『栢村集』 권8, 晉州 栢谷 거주.

望夷洞記

自洞而西望之屹然如天柱者曰方丈方丈一支南走爲鼎山爲**士林山**是爲洞之東西屛也中有斫然如皷樓者是爲水樓巖也鮮然翠礐凝臨水樓上者是爲玉妃峰也直峰之下隱然如以手相拒者是爲白雲關也俄而東者西西者東戀然若相顧者是爲冑峰也自此東走爲傘立峰又東迴爲文巖亭是西屛之所自出也自東屛稍聳爲盖峰少平爲長嶝又圓起爲小麓又嵡衧爲小洞忽見朗然而明者宗川齋也窈然而幽者草堂也環左右者竹林自東西屛直窮數里則始焉發之石罅噴然瀉之幽崖逐直春東屛下則曰噴玉瀑也於此便南折至一里許觸水樓下則曰聞雷溪也又南流至雲關下淵然而深者曰心淵也自此東折至冑峰下瀅然而淨者曰白石灘也又東流至數武琤然而鳴者曰瓊瑤瀬也又東流至一里許忽靑幢翠盖參差臨流者曰三亭也又東流至數里許忽蒼烟紫燄蒸鬱繞溪者曰鐵爐步也又東爲勞農亭爲瀹茗磯又東流至傘立峰下俄然渟滀而匯噴沫而瀉者曰屈宋沼也沼上有磐石可坐十數人者曰咏歸臺也其曠然而空者金塘也斗絶而坦者嘯風皐也凡此數者皆左右於草堂而統之爲望夷洞者也於乎望夷之所包豈不廣且大乎舊名望末而其山水之奇絶可以班武夷故妄以已意改之僭越之罪實有難赦而於羹墻之義或有可恕焉中古河寧無成河謙齋河松亭三先生慕曺夫子破牛脇之遺意遊於其間而亦不之奇也豈望夷守貞不獲遇於三先生乎雖然山水之樂自聖人已下皆有之樂之豈必皆視其人之高下乎又豈必五嶽三山然後爲可遊乎雖得一泓崢一奔峭足可怡然自娛但使天機暗沓乎此而已矣然則望夷之遇於今日亦宜矣乃援琴遊於其間忽聞一聲樵歌起林樾中遂賡吟武夷櫂歌而還

■ 河鳳壽(1867-1939), 『栢村集』 권8, 晉州 栢谷 거주.

百源齋記

齋以百源稱以洞名孝子而名之也是洞古稱**孝道谷**而**喚醒齋覺
齋松亭三先生居焉**松亭公嘗廬墓于是喚惺公之死義于尙州也其
子梅軒公殉于孝旌綽楔于是洞孝道谷之變位孝子洞始於此也吾家
之家於是洞者亦已百年餘矣築書室于覺齋公之舊址者屢矣旋或爲
風拔或入灰燼興廢無常我王大人慨然乎此歲丙申秋與一二同志庀
材鳩物更爲齋於達坊之奧凡三架五楹未旣月而告成于斯時也俛宇
郭先生適過之余跪進曰屋已就而額未定願丈人之有以命之也先生
曰惟孝者百行之源也子居孝洞齋曰百源何如昔邵堯夫讀書百源山
究內聖外王之學吾子其亦勉矣夫啓洛竊惟孝悌是行仁之本而仁又
是孝悌之本仁譬則水之源而孝悌譬則是第一池也第一池亦爲第二
池第三池之源孝爲百行之源蓋以此也夫然則自灑掃應對以至於修
齊治平無非孝悌中事也凡我誦讀於斯者先以三綱五典作大間架以
百行塡補去則凡厥應事接物取之左右無不逢其原也如或惰其四肢
害仁悖德內而虧孝悌之實外而墜百行之懿則獨不有愧於齋扁之常
目也哉所當顧名思義日乾夕惕以盡孝悌之道而推之百行之全以毋
負百源之扁非吾輩責歟書曰若考作室厥子肯堂吾齋是父祖作也爲
子孫者相與敬守嗣葺而不墜廢則入此洞登斯齋者孝悌之心其將油
然而生矣是則又錫類於無窮也

■ 河啓洛(1868-1933), 『玉峰集』 권2, 晉州 水谷 거주.

岳陽亭重修記

一蠹先生岳陽亭在頭流花開之南大江之上而先生沒後廢而爲墟

者久矣曾於己亥春遠近章甫慨然興慕始得重建於舊墟而以每歲四
月十五日行釋菜儀於先生講小學書於亭中從此河陽之儒風可觀焉
但其時制度創猝瓦材未完數十年之間復患滲漏將不可支久於是鄉
士之公論齊發本裔之宗議協同鳩材招工始事於庚申春而增其舊制
易以新材數月而告功亭凡五楹廣其堂室爲諸生講學之所亭後建一
屋爲釋菜行禮之所可謂棟宇完美規模大備矣飮落之日僉曰是役也
不可無記屬余爲文嗚呼世有汚隆道有晦明亭有廢興氣數之所不能
免而賢人遺躅地不忍荒水不忍廢木彝性之所必同也頭流不頹大江
不盡則先生之風將與之終始亭之廢興有時相禪而人之彝性極天岡
墜則又何患於嗣葺之無人也噫道之不明於世久矣登斯亭者能奮然
自勵朗誦孤舟下江詩想像先生風流餘韻熟復做人樣子書以究先生
爲學實地扶得一線陽脈於窮陰之中則不愧爲先生後學也若以一亭
修葺爲吾事已了而只作一時遊觀登臨之美則非亭之實也可不懼哉
余於斯亭重建之初得相其役而與湖嶺諸君子一再會講於此矣當時
諸公今已零落殆盡而余亦老且病焉不能無程夫子興國之感也若其
堂室之名湖山之勝詳於崔尙書勉菴翁所著重建記不必更述焉特書
其所感於中者如是云爾

■ 李宅煥(1854-1924),『晦山集』권8, 河東 花亭 거주.

千仞臺記

歲戊子秋余自山陰寓於**昆山**之**梧川**海陬荒僻居人鮮少自語於
心日孰使余樂居此而忘故土者歟意悽然久之忽望屋後山崢嶸入眼
蓋山之勢自北而南浚巡透迤又屈折而西止于川上上圓下殺繞以蒼
屛隱若有淸淑之氣與人起居相接始異之乃緣磎附壁努力而至其巓

放杖擡眼凡數州之土壤皆在衽席之下頭流蓬海又是几案間物凝瞻
久之胸衿已豁然矣於是心欣然艶之謀所以名其臺臺乃**鳳溪之南
山**因名曰千仞臺蓋取鳳翔千仞之義也噫人生世間不能無累內而
聲色臭味之奪外而名利禍福之攻不勝其端雖以英雄豪傑之才尙有
所困而不能自克者況我苟賤汚卑安能做得一半分這氣像其必陶澄
物慾樅貼道義然後可以語此非一時風詠者所可襲取是以先儒論孔
門言志獨以曾點舍瑟之對爲有此氣像是豈易言哉雖然立志必有準
的則雖不跂及猶不害爲向上志苟不尙則日趨卑下轉眄之頃墮落坑
塹者又千仞可不懼哉聊爲之記以寓自警之意云

■ 李宅煥(1854-1924),『晦山集』권8, 河東 花亭 거주.

夢晦室記

庚子夏余同**金山石**將赴**岳陽亭**小學講會入孫君光彦書堂**堂曰
日新**室曰夢晦日新蓋湯盤之意也**溪南崔公**記之詳矣不知夢晦抑
何義光彦曰疇昔之夢有一大人峨冠博帶風儀灑灑偉然入我室呼余
以前曰我古所云安晦軒也聞子讀聖賢書特來見子子其勉之覺來耳
畔尙有警咳聲所以以夢晦二字揭諸室示不忘也余作而曰異哉子之
夢也吾道旣東自麗迄我群哲之興蔚然相望奚獨晦軒先生來入子之
夢噫我知之矣香燈處處皆祈佛簫管家家盡賽神獨有數間夫子廟滿
庭春草寂無人先生詩也今天下何世子之所居又何地一自岳陽亭小
學聲絶寥寥三百年間但見環山四面盡是祈佛賽神今子生出其間能
自知力學杜門讀書先生未泯之靈其或感應於是也歟異哉子之夢也
先生吾東倡學之賢也百世之下親承辟咡之詔於一夜之間君之學眞
可謂卜於夢寐者矣願光彦俛焉孜孜日新又新覺不異夢夢不異覺夢

覺之間常若對越先生則庶不負先生而亦可謂朝暮遇也夫且念光彥
是岳陽洞中人又是小學講中士況亭之興適在今日彼香燈簫管將一
洗塵埃山更好矣抑天之未喪斯文其在此也耶願與君勉之光彥請書
此而爲記

■ 李宅煥(1854-1924), 『晦山集』권8, 河東 花亭 거주.

西岡精舍記

月峰之下有村曰月橫村之西有精舍而扁曰西岡趙君復齋攸芋
也君克紹家學老白首矻矻不怠近苦多病有屏居養閒之志其子虎濟
承厥志築精舍經始於辛酉秋而粤翌年春工告訖軒窓堂室克美可居
溪山雲物亦足自娛君屬余以記之遂爲之言曰近日層楹別榭在在皆
是而吾於君之精舍竊有感焉君能不墜貽謨克紹祖武可謂善繼善述
矣君之子又克幹厥蠱能遂父志可謂肯構肯堂矣豈不休哉吾見君之
居精舍也繞膝兒孫不絶朝暮課讀之聲滿架詩書可以應學者無窮之
求山廚粥飯可以供往來賓客之奉花開葉落可以驗春秋鍊形服餌可
以度長年悠悠人事復何干我況士生今之世不東蹈海則必西登山每
春雨初晴山蕨正肥盤肴樽酒招朋喚友嘯歌千古則自覺淸風滿室西
岡之扁豈徒爾也余於茲山非生客豈不欲往來數數但念楚囚遁踪自
不禁新亭之淚竊恐北山勒文將謝客而請回駕也書此以寓其所感於
中者云

■ 李宅煥(1854-1924), 『晦山集』권8, 河東 花亭 거주.

江軒記

忠宣公三憂堂文先生八世孫練江齋先生諱後之雲裔世居河東之稷田世襲文行推重於鄉省余少時以老柏軒鄭先生之事共一二同志訪老田翁于稷山齋翁以古冠衣整坐堂中圖書左右披閱古典有始玉潔氷淸之像門子姪定省靡闕揖讓進退皆有法度余何敢曰賓接款而留宿講通淵源之義幷論經禮之奧翁之次胤名曰愿根表德誠中承襲庭訓言正理當行方心直精明史學不問可知爲儒家子弟心嘗欽之不已世變日甚東西落落未能逢着挽近以儒林事間間相會言論風儀爲座上之珍每語余曰余何敢曰有號余三四十時秋淵權丈爲練江齋堂任命扁以江軒者以其練江齋之后孫也其時未敢煩請君其記之以爲昕夕顧念之資年先肩隨何敢曰辭但以不堪未副後復言及悚縮些筆曰練江齋先生以鄭寒岡高弟士林享俎豆德學之崇遂爲後世之可式賢父祖之下難爲子孫至老田翁世承文行無愧爲賢祖之孫而西敎日浸人家子弟朝變夕幻靡哲不溺或恐江軒子如何而誠之否也秋淵先生命扁之義不敢曰必而亦不在斯乎今江軒子之持己處事亦無愧而書經曰惟聖罔念作狂惟願江軒子未死之前常爲顧念終爲無愧焉

※ 田〇〇, 『訥齋私稿』 권4.

眞正齋記

金鰲山南州之鎭望也西趨四五里阧然而起者曰龍山山下有莊曰眞正里全氏久居之近有全君在弘嘗築一齋於里中購峙書籍居子姓及村秀以肆業宅奎宅魯其子姓中最敏者嘗從余有所質疑余顧嘗

于學者也烏得有警發之助哉日宅魯君自茶峽還袖致俛翁之書余者
而又語以其命扁眞正齋者曰齋不可以無記仍請余一言以疏于楣余
於是竊有感焉夫起例則因其里名而取義則可謂要言不煩也夫一眞
渾然百邪可除蒙以養正聖功可期士之意不眞實學不能就正而能有
成者鮮矣滄洲夫子云眞正英雄從戰兢臨履中出來此蓋語致敬節度
也夫進德居業之實修齊治平之要誠不外乎敬其爲用功貫始終徹上
下做到此箇地頭然後方可以語眞正扁名之義不亦遠矣大矣乎噫風
雨晦冥九有震蕩人文澆漓日趨虛邪世之急於外而遺乎內苟於得而
忘其失齷齪漂淪於風潮之百變者滔滔皆是居是齋者顧名思義造次
顚沛念念以之則安知異日者不有眞箇英雄之起於其間也耶姑書此
歸之俾朝夕視以爲警

■ 鄭奎榮(1860-1921), 『韓齋集』 권6, 晉州 金南 거주.

岳陽亭重建記

　　岳陽亭卽文獻公一蠹鄭先生講道之所也在頭流山南蟾津之上先
生愛其山高水淸自天嶺卜居焉奧自戊午禍作草茂榛荒已三百年矣
雖然岳陽遺址梅竹猶存我聖朝賜祭文語而玉索輝映十層蜂頭冠一
玉千頃水面生一月南冥頭流錄語而將流傳千古則亦終有埋沒不得
者矣郡章甫以文學名者數十家竊嘗慨然其久爲榛蕪創設小學講契
思爲庇風雨之計而歎其綿力久矣今上己亥之春鄕論齊發經始重建
而方伯知郡亦皆相役而訖功焉亭凡三間扁其堂曰小學左右兩室左
曰做樣右曰思道門曰敬信盖先生之學一從朱子而與寒暄金文敬先
生倡明小學啓我朝道學淵源之首是以每春秋會講以晦菴夫子爲主
配以寒蠹兩先生而行釋菜禮用滄洲精舍儀也嗚乎彼亭一浮菌耳累

竟有無相禪理所必有惟先生之道與流峙相終始而民之秉彝又極天
罔墜者況今亭中諸生旣有志於學與遠近間志約定講規苟能一此不
懈必讀小學書以明先生之道每於涵泳之暇昧看盡頭流千萬疊孤舟
又下大江流之句則先生風浴氣象在此而山益高水益淸矣諸生其勉
乎哉吾方側耳而恭俟焉是以於來徵者樂爲說如此辛丑四月日後學
崔益鉉謹書

■ 河東文化院,『河東樓亭誌』(1997).
■ 崔益鉉(1833-1906) : 贊謙(字), 勉庵(號), 慶州(本貫), 抱川(居住), 『勉庵集』.

慕寒齋記

慕寒齋者吾友謙齋叟山居別業有巖泉茂林脩竹其意慕晦翁之寒
泉云其側溪上臺曰詠歸臺叟與物間暇亦其樂可知叟潔身隱居上累
召累不出非其義也一介不以予人亦一介不以取諸人囂囂而樂義又
其巖居之樂詩所謂考槃之寬者也今叟亡而其門弟子以叟知老人
老人知叟請一言以識君子古事上章閹茂夏正日長至台嶺老人**眉**
叟記

■ 河弘道(1593-1666),『謙齋集』附錄 권3, 河東 玉宗 거주.

守正堂記

故贈大司憲**守愚堂崔先生**國朝名儒也當宣祖時朝廷淸明善類
彙征不幸黨論裂逆獄興而先生模罹其禍蓋黨人之乘時報怨構虛織
無自陷於纏賊者已爲當時君上之所追聖然而至今國論猶未定其異

趣者固無論已惟是知尊先生而冤之其說亦不一或以爲先生平日不
能孫言以自速其禍或謂先生實未嘗如此又未嘗爲黨人所陷是二說
者持之亦有故然皆未爲合於情理夫所謂孫言者謂夫居亂邦者之爲
爾若當時則世固治矣士大夫雖有論議之崎而皆附托淸流自與以君
子夫使彼誠君子也必不以先生之非已爲怒若聞其非已而怒之是誠
小人也君子之於小人亂世則詘於勢而不得匡治世又畏其禍而不敢
議則是非將何所定而人心將誰使之淑哉若謂先生未嘗如此黨人未
嘗以此陷先生則朝野所傳記不可一二數安得謂之皆誣況其出獄之
一言自是故舊不匿怨之意而非相懲之辭若果相懲也則以先生之峻
厲當正色不答以絶之必不爲此言且先生亦安知此言之爲再罹之媒
孼耶摠以論之先生襲山海壁立之風値黨議橫流之日雖未嘗陳力就
列而聖主固嘗畀以風憲之職矣目見是非之混殽紀綱之頹敗不忍於
含默而時發之言語以身爲淸議之主雖不無少過激而要亦仁人君子
之所用心也昔范文正公好激濁揚淸而身名俱泰寒暄金先生口不言
人惡終陷大戮蓋禍福之至不皆繫於言之危孫此豈先生之所能與哉
且夫易之道固以中正爲貴然非幾於聖者不能其次則正而不中者猶
不害爲君子若中而不正則不入於小人之無忌憚者幾希此聖賢尙論
古人之道也今必欲以中庸而率先生爲若病其過而諱其疵然伯夷之
隘未足以廉頑立懦東漢李杜晩明高楊諸君子實不免於自取而醜正
戕賢之輩皆有辭而逭其罪矣豈其然哉先生舊享于德川書院以配文
貞先生院之廢今五十年南之士慕先生而無所於寓方營建一堂以爲
異時崇事之地晉陽鄭君英壎與其族人奭基攝基出貲以敍之蓋其先
石亭公嘗株連於獄事力拒州司之喙以暴先生之冤故今其後孫之慕
先生爲尤篤也堂旣成諸紳士會而落之而馳書兢燮使爲之記兢燮竊
嘗有感於先生之事而病末世議論之苟不揆僭妄書之如此以復于諸
君子其堂名以守正者取先生臨終之言云戊午三月日昌山曺兢燮

■ 曺兢燮(1873-1933),『深齋集』권18, 昌寧 거주.

蟾湖亭記

夫樓觀亭臺之作何以哉非有前修遺馥之地而寓其慕想則必就崢泓之秀麗風烟雲水之供人姿眄者無是數者則雖有宏營崇構之窮極侈靡適足爲觀美而已亦有如**金陵之錢塘巴陵之洞庭**其地固可稱而不臨之以有美之堂仲宣之樓則是徒焉耳矣揭足以擅形勝天下哉**河陽之蟾江嶺湖中之一大形勝**也人或比之洞庭而地名多假稱之者識者知其非誇言也歲丁卯春余寢郎琮燁君以有其地而無臨觀之美爲慨悒焉因與一郡章甫謀所以營築一樹相址于文廟之右地勢之稍凸而爽者不數月功竣而落之顔以蟾湖亭盖亭俯跨蟾江之腰而西通花岳兩界百里無蔽遮也江則合湖南十數列郡之水都湊于此而兩岸皆軟沙脩竹頭流白雲之山挾其左右或岌嶪而欲墜或誇妍而效奇此又錢塘庭湖之所無也又其漁艇商舶之絡繹于朝暮者乍遠乍邇或散或騈俱難形狀然則亭之所畜居可知矣而蟾江之上流有曰陶灘一蠹鄭先生之舊居也南冥曺先生之遊花岳也亦由蟾江而入焉大江之詩頭流之記至今國人皆傳誦之夫先賢所過之地雖尋常之一草一木一岩一石俱可以發吾耿矧乎湖山猶帶精光久而不沫沫攬物起想千載如隔晨者乎噫思其人必慕其蹟慕其蹟必欲得其心之學河陽人士其相與勉力無怠體二先生之心學二先生之學無徒登覽之爲快而使斯亭廣之天下則幾矣余君準奎李君炳龍請予爲文以記之予不敢辭而書之如此以告登斯亭者晉山**河謙鎭**撰

■ 河東文化院,『河東樓亭誌』(1997).
■ 河謙鎭(1870-1946), 叔亨(字), 晦峰(號), 晋陽(本貫), 晉州 士谷(居住),『晦峰集』.

岳陽亭重修記

　岳陽亭是在頭流山下蟾津江上故一蠹鄭先生隱居講學之所也先生初與濯纓金先生同遊頭流仍舟下蟾江賦一絶詩已又挈妻子居之而別構小亭以藏修吟弄扁之曰岳陽及被薦至京闈大科進位於朝光顯矣而其心未嘗一日不往來於頭流蟾江山水之間兪濡溪岳陽詩序所謂入院侍講之餘談論剌剌因語岳陽之事者是也嗚呼戊午之禍尚忍言哉先生謫鍾城七年不復至岳陽以卒而亭亦隨而邱墟矣往在我高宗己亥庚子間河中人士以爲是先生之有遺躅不可使其地而荒也相與設小學講契取其贏經營重建而方伯知郡亦皆樂聞而助其役亭旣成名其中堂曰小學左右兩室左曰做樣右曰思道門曰敬信蓋以講契以小學爲名故堂室之號皆放而爲之而思道則取先生在泮宮不寐思道事也每春秋會講先釋茱于紫陽夫子配以先生及先生同門切友寒暄濯纓二先生及鄭公某用竹林精舍儀也後二十年己未又後二十五年癸未以其屋老而隘相次重葺而改新之間架稍廣庭宇有序居處有客于以暢舒眺望于以立定規約于以率勵風敎以俟來後於無窮夫以環一世殊言異敎所在皆是滔滔如水之流而不返而獨河之人知愛慕先生之道如此其至何其懿哉雖然知愛慕先生之道而不知夫道之所以本則不可也其本者何也昔皇明詔使許國魏時亮來問此國有傳孔孟心學者何人退陶李先生歷擧以對而先生之名與焉夫傳孔孟心學是其本也先生平日著述盡火於戊午之日微言至論惜乎其無所尋推然知其爲孔孟心學之傳則先生道學之盛履歷之故皆不待他求而得之於此矣朱夫子記濂溪二程之祠必擧太極通書與夫居敬致知之說於應城縣上蔡之祠必稱生意論仁實理論誠常惺論敬求是論窮理之實蓋因其地必思其人思其人必慕其道余之所以眷眷致意於先生之道之所本亦豈爲無所據哉是役也河君大淳捐鉅款以擔其費李君

炳執躬董勞以終始之是其風義實有過人者其志非以爲名也來請記
者曺君受煥其人

■ 河謙鎭(1870-1946), 『晦峰集』 권35, 晉州 士谷 거주.

理明山房記 壬午

理明山房者余所善鄭君基軾別業也智異之山於南方諸山爲最鉅
是號南嶽其一支又東南行未百里而或起或伏至此如怒馬之脫鞍神
龍之騰空者曰理明是在昌島辰橋海上與白雲金鰲二山拱對爲三其
力勢之渾雄地位之曠遠雖若少遜於二山而淸淑則過之第一峯其名
玉女者爲尤奇君直峯下貨一谷築室以居之采椽茅茨竹欄麓牀儉而
不樸窈而有容其外被以萬松雜植靑柳烏桴杞菊葡萄復有靈泉出靑
壁之間淸洌可飮每花明之辰月朗之夕林鹿遊庭谷鳥喚客君山巾古
服蹈靑松炊白飯手經卷據枯梧欣然如有獲也淡然若無營也蓋優哉
悠哉聊以卒歲凡世間雲翻雨覆龍拏虎吼則略無以動其心此豈非安
分任命觀變玩占深明夫晝夜陰陽之理之致然也夫山之曰理明雖未
知其何人所命然要必有其義焉以君識理之明而居理明之谷名與實
符人與地遇吾斷謂天下無有爭是谷者君雖欲辭讓其名而不居山川
其舍諸是歲之夏余爲就閑養病客于玆旣數月方歸索紙筆亟書此以
遺君俾列于楣

■ 河謙鎭(1870-1946), 『晦峰集』 권35, 晉州 士谷 거주.

敬慕齋記

河東之有公州李氏自吏參諱時俊而始焉公我宣廟時人自少淹貫
經史慷慨有大節讀宋史至秦檜矯詔令岳武穆班師忿憤不已晝檜壁
上挽兮五射之及執徐之亂欲倡起義旅病甚未果痛哭昏倒幾絶者屢
矣亂平筮仕立于朝官至吏曹參議及光海失政掛冠南下自綾城挈家
逃于河東隱於隴畝間以終其子孫因以家焉理明山下冷井是其世在
也公墓在良甫之禮洞今年壬午諸李聚首而謀曰墓必有祭祭必有閣
不則無以肅齊戒嚴祀事也遂乃募力營構閱數月而棟宇屹然燠室涼
軒窓牖階咗淸楚整暇咸適其宜相地於所居之冷井而不於禮洞蓋以
子孫者祖考精神之所聚亦以地近而利於備守也旣落署其楣曰敬慕
李君斗煥錫煥請余爲一言記之余惟慕者思也思之爲言不忘也思而
不忘豈惟墟墓興哀祀事孔明而已必須讀書則思先祖博古而有通明
之識臨亂則思先祖草野而懷敵愾之心出身則思先祖見幾而遂勇退
之義各敬爾儀毋敢失墜然後方始爲敬慕之實詩曰無念爾祖聿修厥
德思之謂也記曰禮不忘其所本不忘之謂也其深矣乎

■ 河謙鎭(1870-1946), 『晦峰集』 권35, 晉州 士谷 거주.

心谷精舍記

故友鶴皐河君洛範往在壬寅癸卯間自佳湖卜居**晉西之梅巖**梅
巖或稱**心谷**其地介在於**德川下流七松臺**西畔中窈而深有小岡
包絡於其外類心字形故名焉君好古讀書固窮自守不心名利非其義
也一介不以取予人有來學者則樂以所得於己者告語之常欲爲諸生
別求閑曠一區築書舍如古家塾之制以處之不幸未就而終諸生追慕

君久而不已釀金屬君遺孤祺鎬逌以君歿後三十年癸未之春就故居
屋後竹林中爲屋三架四楹署之曰心谷精舍祺鎬以余爲先友而深知
其父事者請一言記之余竊惟江山臨觀之美賞心者樂之而心谷無可
賞也陂池亭臺之築有力者爲之而諸生非有力也然則諸生之爲此擧
也何哉所以成君之志耳君之有此志也何哉所以爲諸生地耳雖然君
之有待於諸生其心豈第爲一時藏修遊息之得其所而止哉是必有其
義矣而顧諸生未必能知也異日者余幸天借之便而扶病一至其堂則
當爲諸生畢陳之

■ 河謙鎭(1870-1946), 『晦峰集』 권35, 晉州 士谷 거주.

養心齋記

養孰爲大養心爲大天下萬事之本是身身之主是心故養其心得其
正爲華爲人爲賢爲聖失其養爲夷爲愚爲禽獸不養其心欲正萬事萬
物實猶染物以黑而求物之白其不能若觀火持養有道孟子曰莫若寡
欲人孰無欲爲賢爲聖私欲汨其心願孝而不能孝願忠而不能忠願悌
而不能悌私欲之於人奚翅若木之斧斤苗之孟賊哉世之有道興動人
之善心者爲多鮮克保心況今動蕩人之私心不得聞古道果能以何克
養厥心耶養心而寡欲今尤不可須史忘河治之北有花心洞余氏所世
居山抱水廻境甚幽夐闢養心齋以爲子姓肄業之所勉翁爲訪聽其講
以詩勸獎之予自昨歲寓于同郡今春登齋以玩樂主人屬之記勉翁詩
義已盡復何加焉但養心固莫寡欲苟不知寡欲之道不能養矣朱子曰
窮理而明之勇猛以行之讀聖賢書深知此理之可樂私欲漸消決行奮
迅其日用間天理得流行當此日厥惟獨非華而何爲賢爲聖實由分內
事諸君勉旃旣得學問之要正己而物正不可讓于別人通訓大夫行弘

文館應敎知製敎兼經筵侍講官春秋館編修官河東鄭承鉉記

■ 河東文化院, 『河東樓亭誌』(1997).

遯山齋記

愚嘗讀李梅軒先生實記數板深歎夫吾東黨禍貤毒甚於漢唐而彼
宵小之種下種生椓人家國一至此哉先生五世孫諱友白自晉之東山
移州西赤良面東山村改坊號曰遯洞鄕人因謂遯處士自浴革後赤良
與旁面皆隷河東府處士公旣望絶榮祿以耕蚕爲遺安之計而就洞後
一弓地卜牛眠處士沒因葬之果吉阡數世後子姓綿綿滋滋跨列數省
而歲修一薦之禮常以齋宿無定所宰庖亦多不修備李之先父兄經營
者久而猝未擧遂於乙酉春正遠邇諸李氏議乃合而就洞之後阡之趾
克成五棟六樑之屋曁門堂三間甃垣整緻景致俱瞻粤四年戊子四月
功始訖可謂艱而於是諸李氏相與語曰吾先祖處士公炳世道汚隆卜
兹地改洞名得無深意於其間乎況此世已純坤而緬想戊己酷禍吾儕
之得有今日非惟先蔭之有在天實相之而且吾家傳法以端遯爲性畏
陷鬧場則以遯養時晦之義推之以遯山名吾齋庶幾可乎咸曰諾送琪
煥在陽徵記於晉康河寓復曰善苟以是義扁齋壁而絶彼柔道之暗牽
成此嘉遯之幽趣先以敍昭穆講睦婣次以時物伸孝思則諸李氏將亨
西燐之果福而昌大之祚可甲管以俟之如不然而嗜利徇慾昧天敍之
有典較長量短傷祖先均視之意則此棟之成恐未免作虛器而報本之
誠果安在哉諸公宜顧念而勖之哉歲戊子八月下澣晉康**河寓**謹識

■ 河東文化院, 『河東樓亭誌』(1997).

제4편 구례

梧潭精舍記

　　號物之數謂之萬而受形於覆載之間則不拘血氣之有無動靜之小
大受其形者必有其名旣各有名則亦不論貴與賤微與顯通不通知不
知而各自爲萬物之一物當其受形之始渾然大公之天一源而萬殊至
微而甚顯雖曰吾人之至貴至靈不過是陰陽合散之際只得其正通之
氣而爲人爾旣得爲人則靈通周全可以參天地而同其德但氣有淸濁
則受是氣者不能無粹駁之別若任他四欲之橫不念五常之德則爲獸
爲禽之賤與彼物何異而上所謂得之爲人而靈通周全者果安在哉顧
我亦不過天地大化中一物受命之初其仁義禮智之性有不異乎聖賢
者然一不幸而氣質重濁二不幸而自少失學三不幸而陷溺名利斲喪
廉恥但所謂滅不得底良性闖見感發而爲人之道粗聞其萬一私自講
究經傳留心於聖賢之學者邇來十有三年之多旣無存養於從前接物
焉視聽不自由又無省察於今日應事焉思念不自制動靜語默之間心
與事知與行逕庭不相合喜怒難制之時戾悖不正之習依舊是十年前
人究厥所由豈有他哉以受氣濁駁之極重之以半生戕賊之久或不無
看讀之工然弱不勝强寡不敵衆理勢之固然而寡與弱者亦有時消散
無餘矣況復所謂出入無時莫知其鄉者安得以存焉應接外物之暇留
意乎收放之工則片時端坐兩膝傷穿數行敬讀萬念飛越一日之間昏
憒少醒則思慮輒生思慮少靜則昏憒復至除此兩端更無莊敬主一萬
變是監底地步雖曰讀書買櫝還珠之嘆何從而得免乎無事則洞然澄
澈有事則以理卽應底時節亦安敢窺見其萬一耶有時致身於川聲山
色之間則頑然特立者厚重不遷浩然長逝者周流無滯頗與吾人心性
情有相近者遊詠上下之際省得此心則不待收回而自然與此物存在
雖欲更試走乎東西南北而不可得者强半矣旣失持敬於少壯之日而
徒勞扞格於衰暮之年悲嘆窮廬空言莫及無寧浮念少作步此物而凝

定之昏懶將至觀此物而活潑之則操舍動靜之間矯揉存養之方反有
勝於强讀力執之術茲於黃梅下流尋得一小區忽地溪山隱屛於荒阡
廣野之中而奇巖怪石亂瀑澄潭始一源而中分爲二洞末復合爲一區
觀賞極富游泳不窮而流峙含畜光景不露行人野老近不得以闚望與
囂世隔截者然矣況復暮春花辰五七冠童分類散策則形殊谷轉巖巖
可坐水水可弄蒼崖疊嶂雪瀑爭喧使俗客來者猝難得以相尋何必待
雲深而不知處也就精會心之所舍此而何求焉旣築之以茅棟又粧之
以花卉天人造化之功相須而益備藏光發輝閒靜窈窕之態又非聽聞
者所可臆想而因物起興之時庶或少助乎存此心養此性之一方乎
鳳城之縣山有飛鳳野有梧坪則枕梧坪而成潭者非梧潭而何哉亭
旣成遂扁之曰梧潭精舍以爲記

■ **權必稱**(1721-1784), 『**梧潭集**』 권1, 山淸 丹溪 거주. 鳳城 : 구례의 옛 지명

桂山亭重修記

物之興廢物之理也而修而葺之在乎人斯亭之創我族大夫桂山公
也久後重修而無廢茲非德老繼述之道歟嗟夫**桂山**公卽**菊軒秋溪**
兩先生之賢胄也洪枝奕葉甲於吾李而夙承家庭之訓晚尙天山之志
始遷于**鳳城桂山洞**築亭于其後而儲書幾籤以資來學有篤實之工
不事公車與湖南士友日講論於此所著詩若文傳于世公眞可謂斯亭
主人也亭之號蓋因其所居之名而其義則有在焉夫桂瓊樹也終歲翁
蔯不似片時之穠豔嚴霜獨秀豈若衆芳之早歇昔武陵詩云忽逢幽隱
操如見獨醒人以公之才且賢勉回遲心俯仰晟世則其取靑紫如芥而
終乃棲身於山水之間簾离塞兌存心養性爲斷了一生計有幽隱之操
獨醒之標以公而觀桂桂不專美以桂而觀公公乃人中桂也是歲春有

事湖南訪斯亭則主翁已世矣徘徊曠感自不禁生晚之嘆憑軒一覽汝
水之澄澈者與心謀鰲山之巑岏者與目謀左右奇觀不一而足矣嗟乎
百歲在前千歲在後嗣後之葺復有如德老君者乎

■ 李祥奎(1846-1922), 『惠山集』 권11, 山淸 丹城 거주. 鳳城 : 구례의 옛 지명

映波臺記

映波臺在鳳城之南兎川之上望之隱然一培塿耳別無選勝絶景
之可言而屢毀屢興名著於百世之下者豈非以賢人杖屨之澤有存與
賢人謂誰南冥先生曹文貞公是已先生以經綸之才佐王之學捲抱不
市遂乃終老於泉聲嶽色之間作嚴光論以自況此其垂釣處也噫先生
豈矯情傲物邁邁長往者耶嘗有詩云秋江疎雨可垂綸春入山薇亦不
貧要把丹心蘇此世誰回白日照吾身其眷眷不忘世之誠如此然則吸
光飮綠託意於數尺之竿一綸之繩者蓋亦時使之然歟余嘗登是臺而
望焉時則白月滿空淸流汨㵒朗誦蒹葭蒼蒼之句悵然有懷伊人不可
見之嘆爲之躊躇者久之蓋地無貴賤之殊而所遇有幸不幸之異泰山
之麓淸流之濱宛然而丘突然而阜者何限古往今來棄之而不顧過之
而不問者皆是也乃或其間得於貴介公子之愛賞者有之見於縉紳遊
士之風詠者亦多若是者則宜其可恃以爲幸然而曾未幾時滄桑一變
則宛然者已缺而頹矣突然者已墊而凹矣其未及乎此則又爲荊蔓榛
棘之所蕪穢鵲群狐兒之所侮弄而已向之所謂愛賞而風詠者今誰得
而復記耶物之得遇固不易而遇之得其幸者亦如彼其難也惟人之處
身則不然如得其道雖枕山谷友麋鹿未足謂之不幸如不得其道雖食
萬鍾列千駟不足謂之得幸若先生之淸風高節其視諸營營碌碌而得
志於一世者其所遇何如也先生不遇於廟堂帷幄而得遇於邁軸之區

此臺不遇於貴介公子縉紳遊士而得遇於道德之老宜其永世流芳愈
久而愈顯也余於是重賀此臺之所以幸也

▪ 李羲錫, 『恥菴遺稿』 권3. 鳳城 : 구례의 옛 지명.

杏亭重建記

萬曆崇禎之間國家多事士之讀書講義有志節不苟於世者往往因
事而見焉如故杏亭先生李公諱重光當丁巳廢母之議起而不八會闈
丁卯翟人躪海西公以官微不能負羈靮而徒費升斗爲恥遂棄歸丙子
值南漢之變運餉至鳥嶺聞和議已成遂封還郵印慟哭而歸其處義之
明制行之高有如是故所與聲應氣求者有如李石溪金瓢隱洪杜谷諸
先生相與把酒論夷齊仲連之淸風高節其首比山中唱和一篇恰如杜
門洞諸子言志雖謂之左海一部春秋可也卷而歸淸源故里築一室扁
以杏亭蓋取夫子杏壇之名而寓春秋之義也數百年來事湮跡沒今諸
昆氏慨先芬之已歇愴美號之無傳卽其舊址之傍而重創之制爲四楹
三架亭固依舊而古杏則已不可見矣噫亭榭樹木特外面影子爾公之
卓節高行可以棟樑宇宙則雖不亭可也況乎樹木之榮悴不可常者耶
雖然卽其地思其人而述其事者又慈孫之所宜盡心也盍借曲阜之新
幹而植于其前以待干雲之長且貯春王正月一冊于其中耶請余記者
公之十世孫甲鍾也全義李種杞謹書詩崇禎五庚子鞠有華節也

▪ 李重光(1592-1685), 『杏亭遺集』 권3, 전남 구례 거주.

鸞棲軒記

華嚴寺屬菴有七而寶積菴最高且深山峭而四環松林茂密路偪
側多岐雖窮奇遊喜之士非有導之者終歲不一至焉歲甲戌仲冬余自
川上移棲于此以爲一時之間養計從者若干人時吳君誠一携艸弁寄
此幾一歲見余至甚懽老尼之徒亦莫余厭也爲借斗室二間而庫湫不
能容翌年春寺僧特許所謂別堂者二間以居之於是可偃仰誦習以自
適也余取南華老子語名之曰鸞棲軒盖玆菴創自有明之崇禎三年中
間屢經修改而屋老且敝塵泥滲漉烟煤黯黷殆不堪居迺謀從者及老
尼稍稍修飾之正所謂苟合矣者也有客難之曰玆庵也靜僻則有之而
軒櫳不甚淸楚近無泉石之佳而遠之眺望之美朝雲暮覆但聞鳥獸之
嘐嘷齜齬之悲嘯則豈無怵然而動憮然而思者乎顧乃舍川上之勝而
淹留乎此亦有其說歟余曰古人不云乎凡物皆有可觀苟有可觀皆有
可樂非必怪奇偉麗者也哺糟啜漓皆可以醉果蔬草木皆可以飽是故
君子不濡其身不懷其居超然悠然優游萬物之表而不知其所窮余雖
不敢遽議於此而其志則誠非欲區區役於物者且余非棄彼而慕此也
家居里處閒愁攢眉冗擾聒耳書疏之煩劇賓朋之送迎往往體倦而神
疲也時輒杖履翩然盤桓徜徉於空曠寂寞之濱聽泉看雲賞花穿林寄
遐想於千古遺世累於一身朝而往暮而歸隨其所適意無不可如鸞鶵
之棲林一枝斯足無擇於上下則方丈千疊無往而不吾棲也奚彼此之
足云哉客氣去次其酬答語爲之記以示從者

■ 鄭琦(1879–1950), 『栗溪集』 권14, 陜川 栗溪 거주.

朝陽精舍記

舍於鳳城之東鳳坪之里而名曰朝陽者友人朴明菴應範之所藏修也舍旣成屬余以記之噫今天地閉而頑陰亘世盖漫漫乎長夜矣君之居獨非今世乎而扁之以朝陽固若甚迂而無當矣然昏朝迭替不易之常也天地至十月則純坤也而君子謂之陽月以剝盡於上而復生於下陽無可盡之時也是以寒威閉野大界窮冬而地雷一作萬物咸春晝夜亦然方其冥晦黏昏俯仰漫漫而晨鷄一唱曉曦亘空君子能察其消息之理而識其轉移之機故天下雖亂而吾所以潛養默息者未嘗已也寧靜而勿躁也貞固而勿遷也昭昭而勿汶汶也內而澡其心外而潔其身斯其所以養之之道也歟今君以慷慨不群之資處窮陰剝蝕之時身不著非古之服口不讀非古之書寧慕古而無得耳不肯趨世俗之所好返已而無成耳不肯顧外至之嗟譽其於所以養之之道得矣入其室而視其扁亦可以見其志之所存也雖然善終難嗣守尤難余願君自彊不哀益兢兢於臨履之戒而君子弟甚盛亦皆遺之以此使其志專乎古而守篤于內引之至久長無替焉可也詩曰鳳凰鳴矣于彼朝陽夫鳳凰非必五彩九苞之羽也人能出乎衆人而可瑞于世是亦鳳凰而已矣是在君與君之子弟也已

■ 鄭琦(1879-1950), 『栗溪集』 권14, 陜川 栗溪 거주.

鳳德亭記

鳳城之有射亭不知創自何時而中經亂離鄉射廢亭隨以圮但爲鐵鑪步已往甲子郡人士建鳳城樓於鳳城山下向東之塲因爲射亭而樓狹人衆恒庸慊然至癸酉金光訓金在旴銳意改創與諸同志設契

損資撤其樓直其傍社稷壇故址經始於乙亥秋翌年夏告訖於是崇甍
傑棟聳然於松篁積醉之中風其欄月其楹灝氣相映山環焉龍騰鳳翥
水抱焉雲蒸霞■洵乎其孕英招傑之區也飮落之日設布侯列豐爵衆
禑秩秩名呈其技立飮其不勝者其雍容揖遜殷然有淳古之風焉遂顔
其楣曰鳳德亭屬余以記之余逡巡久之乃言曰射是六藝之一而其潔
侮之意反己之思幷行而不相■此君子之所以不可不講者也而近世
來槍礮出而資革息便射興而觀德蔑東西超集未免一時遊戱之具是
豈古人設敎之意哉鳴呼升斯亭者其各周施中禮正其志立其體持之
之審且固然後可以言中可以觀德苟無其實而遊戱是事則何補於身
心何益於家國哉矧今天下何世一朝立乎對壘之間果能奮其材力逞
其藝略以之立不世之功業否雖然德爲本功業次之功業之成亦未嘗
不由蓄德而致之惟諸公之屢顧亭扁而益屬其志使斯亭永有聞於世
也是役也其程工賦事克低有成者金在旿鄭方彦高光秀也索記于不
倭者射首朴東鎬其人疆圉大淵獻陽月庚子瑞州**鄭琦**記

■ 求禮文化院, 『求禮樓亭誌』(1998).

夏寒亭記

　　友人金鰲樵炳彦舊居**鰲山**之下相隙地於屋之西爽塏處揖一間
茅茨不突而床屋極如撮髻榜之曰夏寒亭屬余爲記余觀未亭之上下
林颷增爽亭之而甫衆壑蒼凉每歲五六月君與村秀才若干人不巾不
襪偃仰于亭上或傳觴對奕或曬畵談詩雖十笏之床百指交樓頓忘夏
畦之病者皆亭之所助也亭以夏寒而顔之果不誣焉且夫人生世間何
厭何企金門正堂容藤則止矣華門圭竇廣居同視盖而眼孔粗具不患
外誘之喧闐也今鰲樵君讀書談道至老白首而志固不苟可與歲寒相

期也豈惟以夏寒爲一時心眼之爽也耶然則亭以夏寒人以歲寒可謂
兩寒相得自顧譾劣羨企如異世人而不可及矣然而君之愛我乃愛人
以德也當今之世微斯人吾誰與歸是爲之記庚午夏四月念七日陽川
人許奎記

■ 求禮文化院, 『求禮樓亭誌』(1998).

枕流亭記

鳳城之南鰲山之北有佳士高其姓元厚其名也自少以儒者學自
任讀書之外更無他事簞瓢屢空而枕肱之樂熙熙性嗜麯糵而藉糟之
興陶陶其抱蘭馨而不求聞達者耶其保安貞而惟道是耽者耶昔余寓
仙壇閑居寂寞之濱有一人翩然來訪觀其外則形容枯橋有淸脩之氣
叩其中則心地貞固有雅尙之趣余始焉怪之終而好之挾策過從往來
問字者有年逮余返梓之後道里僻左雖未得源源相見而靜中瞻想常
有意乎其爲人也近者孫兒夾自仙壇曰高生築室於江岸不斫椽不朽
壁茅其屋而土其階頗有陶唐氏之遺風焉欲索余言以侈其舍余聞其
言而憪然曰異哉高生余少也猶不如人不會記人之壁應人之求況今
髦矣久廢鉛槧安能操觚綴文以疥人壁耶旣而自解曰世之掉袂詞壇
以文爭鳴者其麗不百高生不求於燕許之大手而必慾得弊箒之拙語
者其意有在遂忘其固陋歸之以數語曰方丈在東兮壁立天中子所宗
兮大江繞舍兮晝夜不捨子所化兮案有典籍兮先聖遺則子所篤兮冉
冉歲月兮忽忽駒隙子所惜兮時己丑七月下瀚記晚悟**房元震**

■ 求禮文化院, 『求禮樓亭誌』(1998).

■ 房元震(1577-1650) : 而省(字). 晚悟(號), 南陽(本貫), 南原 거주, 『晚悟實記』.

雲興亭記

余嘗欲窮搜方壺全勝路由龍鳳兩城之間至外山洞門四顧眺矚蒼
屛重疊列髮呈態若虎踞而龍盤神剡而鬼刻始不可而名狀竊境此間
有士人君子之遺風高躅徊徨悽愴而後歸焉是年春訪朴學士海昌於
龍城之犬頭山下談古道今評山論水信宿娓娓之際學士以雲興亭詩
與文示之而徵記焉蓋曩余所過之地而亭成纔五年于玆迺知尹楸溪
金襄武二公之風韻尙依俙於雲林渺靄之間而且河敬齋之按湖南也
巡到于此有神龍夢感之異吁亦奇事行旅之讀其碑者亦有以感公之
惠澤及物猶如昨日也自後名其潭曰龍淵蓋潭之發源於山之東北蜿
蜒屈折至此而石益奇水益淸一帶川瀑噴搏直瀉如喉舌吐響琳球而
散珠玉雷動虹騰璀璨奪目宥岸老石彷彿萬千宵相月旦於山水者以
一片金剛擬之礁賴谷砑匯而爲潭深無底測有若神物守之每歲旱禱
雨最有靈驗云是靈也向所謂河公夢感者非耶名亭而雲興者學士之
所命而其因地靈之有龍瑞兼寓氣類相從之義也鳴呼學士以瀛閣仙
班遭時不辰含忍而歸施政于家孝思惟則以其先大夫承宣公壽藏在
於是洞之侍郎山麓每春秋展省之暇與洞中諸士友永日嘯詠於潭之
上曠然有沂上蘭亭之趣因結社修契構成是屋而爲碩人考槃之所此
眞琅環福地也登斯亭也憑軒遊目彼一時風煙之異候魚鳥之殊態謂
之變則變矣俯瞰馮夷之幽宮神龍之變化能雲行雨施厥施斯普君子
以之居庭而慕尹公感天之孝爲國而致金公敵愾之功臨民而推河公
及物之仁隨事應變是乃易所謂在田之見龍也今學士克體乎此其迺
心忠孝期與古人同歸而社中諸君子之竝所以同聲同氣而興起者也
感歎之極書此而寄之以備異日山中故事云爾歲上章敦牂(1930)載
陽節小華遺民**李道復**記

※ 求禮文化院, 『求禮樓亭誌』(1998).

▩ 李道復(1862~1938) : 陽來(字), 厚山(號), 星州(本貫), 丹城(거주), 『厚山集』.

雲興亭續敍

雲興亭在龍鳳城間山洞之口水石之壯雲龍之異最爲方壺山西
雄絶者也水皆透迤回互自聖峙者噴薄濺灑到獐項潑潑於盤隙聚散
廣狹姿態幽奇訖倉巒遇石坁數十步而瀉流北納福臺者倍之其怪匿
側出層承潔洗之勢相敵矣邃南出伏巖介沼釜潭沙湫石碧皆數扁舟
可以逍遙西受水落之瀑玄川之源淙散懷襄圍而南注大澤曰日淵兩
岸礦峙嶙峋嶕峛部皆突兀晶屭面各壁立硎磚俯而瞰不自知其身之
高鑿之深悸莫能保子巖如鼈介其間東西巉削席折而如垂練水趨其
中彭湃如雷沖㳖如海又泡有驗檮則澍窰有神社爾凡自外來者至此
樂觀蕭爽覺與人境隔異河相之夢崔氏之祿曾有兆而然乃曳而長與
霧里數折者合而過星院接龍頭江入于海歲丙寅夏朴晦汕李竹下尹
又溪諸公耽風詠與磊落之彦三十餘員塡箎協議立亭於水西槎牙之
間董役金石愚也演澤之義曰雲興與河相閣崢嶸爲谷口關可使志士
幽人舒嘯於此靜觀雲濤彩翠之萬狀默念神龍變化之回測笙鏞詩律
唱酬慷慨又刻名姓於石以侈其勝庶幾不負命名之志也噫我先雅意
林泉家於塔里今五六世嘗結構於介沼之南先局之下庭橉圓松翠密
環擁不見間隙然終莫利於利見大人故自不顧不文惟意於麗澤以時
而追暢闡蹟以義而討論儲蘊醉香於金蘭飮赴於流峙要爲登龍之資
云爾龍集戊辰小春望日又竹 **李慶燁** 書

▩ 求禮文化院, 『求禮樓亭誌』(1998).

狎鷗亭芝山齋記

　　將爲讜族之堂肄業之所乎則必擇水木之區高明之擧然後可以極
眺觀而愜心意故其設恒在乎幽奧空曠之地使人不可易至若其閭閻
烟火相接於咫尺而左右郊野前臨水泉可以滌耳目之煩適情性之養
則雖好遊者難得而今於是乎在鳳城之芝亭村朴氏居之自其先祖司
勇公始司勇公昆弟講擧授徒一方後又有狎鷗軒光夔以至行著子孫
傳以詩禮且屢世矣每春秋佳日聚族讜飮子弟相逐藏修肄業患無其
處謀有以設施之有年其門老海龍氏與族海榮捨址捐貲歲熟輒釀族
斗粟以畜之以甲午春卽其所居東溪上爲齋舍至冬飮而落之盖自比
歲搶攘民物凋療瘡痍未完非其齊闔門之誠一衆人之力何以致此非
衣冠詩禮承襲之久知天倫樂事不可以不敍先人遺基不可以無設則
亦何以致此自玆以往吾將見祥徵和氣融融洩洩萃於朴氏之堂而盧
陸氏所謂林木交柯禽鳥不爭亦有不難致者矣余嘗寓玆鄕習知朴氏
諸長老今雖去此久槪想其新楣突兀風欞月欖然出田舍竹籬之外而
方丈之秀色蟾津之灝氣可朝暮得於呼吸之間行當以芒屬竹杖携
酒一登而朴友海佑來屬記姑以此先之甲午孟冬之上澣光山**金文
鈺**記

- 求禮文化院, 『求禮樓亭誌』(1998).
- 金文鈺(1901-?) : 聖玉(字), 曉堂(號), 光山(本貫), 陜川(거주), 『曉堂集』.

水寒亭重修記

　　有一水一石爲善人所賞而題品則其子孫必徊徨顧眄惕然而有思
況其平生所築室藏修芬馥歷十世未沫者乎鳳城之水寒洞金氏居之

自其居沿流而上有山磅礴而峻嶒者曰方丈山瀉出峽谷間奔放爲川
澤渟滀爲泓潭淸澈宜遊泳焉金氏其先有寒泉公當丙丁媾和絶意進
取晚構一亭扁以水寒爲講道燕息之所時同堂兄弟有隱谷百拙二公
德學俱隆公與之究出處精義律己以嚴尊攘大防立規以迪鄕黨子弟
嗚呼今距公之世殆三百餘載而亭廢不遑嗣葺其址爲人耕稼者亦已
久矣裔孫德烈不忍其荒克傾誠物以還之於是學烈玎軯釀金爲資復
建三楹諸族人相與爲之終始始於己亥春而至秋落之因揭舊扁人之
至其亭者猶髣髴見公山巾野服逍遙其中而方丈之淑氣寒泉之淸籟
颼颼乎覺其來矣嗚呼亭之成壞不常固自有數而亦在乎賢子孫能繼
其先學不墜令聲夫亭廢而猶思更新之況其大者尤何如哉余於是重
爲亭歎而敬公之能有所遺云顧堂 **金奎泰**

▪ 求禮文化院, 『求禮樓亭誌』(1998).
▪ 金奎泰(1902-1966): 瑞興(本貫), 顧堂(號), 전남 구례 출생, 栗溪 鄭琦의 門人, 『顧.堂集』.

蓮池亭實記

鳳城之北十里强有村曰銀杏亭者盖其地得平岡廣野後擁頭流
之積翠前挹龍溪之衣帶林壑窈明泉甘而壤沃可謂有道者隱居之奧
區也昔柳公隱谷處士素有山水癖隱德不仕晚自谷城卜居于此築別
墅于村之閑廣處植銀杏數株樹漸大而翁鬱公每於陰下觴詠而逍遙
焉爲晚年幽閑之適而村之名銀杏者盖由此也其嗣奉事公感先人封
植之遺澤益趾其美而鑿一方池於杏樹之南種蓮數百本築小亭而扁
之曰蓮池其眺覽之勝則鳳山水脩竹鷲寺烟雲文江明沙鐘臺楓光萃
爲斯亭之美於是公與諸生子姪日隸業于此每値蓮花盛開招致遠近
士友或命酒談詩或論道講禮亦復暇及於琴碁之娛超然作出塵之游

盖一世之風流雅趣槪可想也噫距今百有餘歲亭已墟而池亦廢矣余
嘗從鄕父老聞斯亭事實甚悉而鄕人士至今猶誦奉事公之遺韻如當
日事而但見野花啼鳥不禁滄桑之歎而已矣公之裔興容君與余友深
一日顧余曰古蓮池亭惟我祖先之別業而時移事遷未得繼葺者實有
吾子孫未克堂構之責也雖然竊懼先蹟之世久有泯也則願記一言以
示之余聞之不覺憮然曰古今亭樹之興廢固數也而斯亭之名則因奉
事公之高風雖百世之下不可以不傳奚泯之有哉謹摭前日所稔聞者
以記之後學全州 **李炳浩**

■ 求禮文化院, 『求禮樓亭誌』(1998).

■ 李炳浩(1870-1943) : 善吉(字), 白村(號), 全州(本貫), 전남 구례 거주.

醉陰亭

鳳城山水之鄕方丈鎭其東而若龍飛鳳舞汝江襟其南而樂沙鷗
錦麟故縣之東南多選勝亭臺醉陰亦其一也縣人張公璣周癖於詩隱
於酒而寓諸山水之樂自號曰醉陰蓋取醉於江山綠陰之義也唐突風
月六十餘年將欲收放浪江湖之迹慕太華築室之旨構一亭於所居村
後翼然對鰲山而背龍巖有超脫塵累之氣也書八景於左右彼松風荷
月竹樹雲煙莫非此亭之有也題其楣曰醉陰人是亭而亭是人也當春
而賞花待秋而玩月以倣古人之遊後之登斯亭者雖不見其人而可想
其趣之不俗也余嘗恨何處非佳麗山水無名勝亭射相繼而管領者歷
數無幾若黃樓赤江無李蘇之風流比他尋常邱陵何異哉縣之有山水
不知幾億萬劫居人亦千萬計得醉陰而名始著者亦非偶矣人地之相
得果如是之難乎江山自不變人不常有旣知得之難則不無易失之慮
將何道以守之豪放所不及觴詠乃餘事士無格致之學則徒玩物喪志

必修嚴穴奇士之行臨水而究浴沂之心登山而體小天下之道無或似
好花之飄風奇鳥之過耳然後鞏固其基礎壽其棟宇亭與人將垂千祀
而名不朽也繼醉陰之志者曷不勉乎哉淸渠散人**張錫五**撰

※ 求禮文化院, 『求禮樓亭誌』(1998).

龍湖亭記

郡無亭也非無亭也有之而無繼繕也繕者治也善也然則亭非亭也
繼繕者是亭也是繼也如燈之傳光無窮花之生香不繼則是亭也恒亭
其亭而巍然如江流山立相埒吾每飯枕以是望此亭不識其能如燈如
花如江如山歟嘗有王粹煥與郡中能詩者修契於龍臺上龍臺舊時雩
壇也暮春之上巳季秋之重陽日爲其雅集之年例而雨暘無蔽草樹焉
依詩罷酒酣相大笑呼巢皇上人如是十有餘年至丙辰冬聞郡官賣鼓
角樓而售之與李炳浩議毁以移建亭旣毁運下於龍臺其材可用無幾
乃爲文以告諸人士使會於舟峙吳斗善尹行悳金潤昇馬瑞河金學權
高光文李根浩及余皆來會而爲之出其力與之終始焉是爲八家又求
材木於谷城郡鴨綠山而瓦及門材又出諸本郡時吳斗善掌財用李炳
植幹事務李炳浩周行郡中說諸有志家而應之者亦多幷前八家爲七
十二家先是量地圖行古雩壇之上有柳氏自占爲己所有至是購求亭
址於柳氏不得乃買其東南旱田一方以奠基丁巳二月施工事爲三間
是歲端午日告成因作直舍三間於北其義捐金收入則三百二十圓第
一回八家所捐九百七十二圓第二回七十二家所捐又二百四十圓第
三回七十二家及其他三人所捐總爲一千五百三十二圓也此金之費
用則一百二十四圓六十四錢鼓角樓買運費一百四十二圓四錢鴨綠
山材木買運費及其他瓦與門材價三十四圓田二斗落買價一百三十

四圓三十二錢奠基役賃及石礎工價木工酒費三百二十圓木工賃六
十三圓三十三錢石築役夫賃土工賃及鐵物與門樞價八圓六十四錢
殖油厚紙及紙物價一百七十六圓八十四錢落成宴費二十圓額號刻
宇工賃八十七圓七十八錢直舍建築費二百四十圓直亭者畓三斗落
買價及其移動費一百八十圓四十五錢臨時挪用債金利子價却也亦
總爲一千五百三十二圓卽今所謂決算也但直畓三斗落使直亭者耕
之而其收賭租作米二十二斗中十一斗則爲直科十斗則春秋詩會詩
爲酒食費此謂物薄也使人可大笑而諸家之力己盡矣而若是者亦辛
也異日何嘗無其力者也此古稱龍臺則宜因名龍臺亭不之然而必曰
龍湖亭雖不得湖之字義亦從俗也而或以八家七十二家稱嘲其偏陂
此未知出自何人以得如此之稱正非作亭者之自稱也旣曰諸人士旣
曰郡中或者其解嘲也而使一郡共有其亭同歸於詩禮抑亦易所謂繼
之者善也歲乙丑閏四月二十日丙寅前寢郎**姜昶秀**爲之實記

■ 求禮文化院, 『求禮樓亭誌』(1998).

제5편 진주

竹南堂記

　晉陽府南二十里有村曰鳳谷谷邃而多竹姜氏世居焉前掌令子
眞氏退休家食名其堂曰竹南屬余以記之余有難辭之義未始不敬諾
主翁偶嬰貞疾不出戶庭余亦頹惰殊甚不相面已三周年矣爲踐前
約南望抽筆曰草木水陸之品可愛者衆而奚取於竹也九州四方之地
可居者多而胡爲乎南也世之高文巨筆何限其人而必要余言者亦何
意焉易曰二人同心其利斷金同心之言其臭如蘭主翁之意余知之矣
豈非以余爲知己而能言者歟夫竹者堅剛之物而其色蒼然貫四時而
不變其中虛虛則有容其外直直則不屈故有似乎賢者而君子之所愛
也天地陽明之氣萃乎南方故記曰山南曰陽夫子曰南方之强君子居
之然則竹南二字以外面觀之不過卽其所居之地因其所睹之物而苟
能深究其義與沂雩風詠一般亦有鳳翔千仞之氣象也况主翁早以明
經達士釋褐登朝歷典臺憲直道事君人謂之鳳鳴朝陽而勇退於急
流之中歸臥於南牕之下綠陰滿地淸風拂襟而庭有六郞列侍下食無
非鳳毛之姿而啄啄琅玕者也鳳谷爲地實非偶然而久待其主子眞是
耶挺然拔出直養無害於陽明之氣則竹南之稱不亦宜乎遂爲記而先
呈且待春日載陽扶節南爲登堂而賀之

■ 權在奎(1835~1893), 『直菴集』 권3, 山淸 九印 거주.

雙岡齋記

　雙岡先生河洪運屋後有岡對峙自號雙岡是岡也自頭流來迤邐幾
百里至此而峙者再其高千仞望之儼然若大將之仗鉞臨壇也端雅如
朝士之束帶立廷也其下有狸谷龍飛鳳舞萃靈于玆河氏始奠鉅公

挺三孫氏踵居名流聯八松亭先生之裔卜居于此世世業儒家家
績文至今稱質行雖齊魯莫及也先生體纖而重於山口吃而論議若河
決才敏而沉靜見乍輒記之貫穿經史傍及外藝有疑質問者戶屨常滿
平生不喜著述興到或吟哦亦不拘俗格焉方其會講山天齋多士推先
生爲講丈其講錄性齋先生實序之博哉先生之學不有地靈之所挺生
而然乎噫遯生龍門自序云先生之取諸岡自號雖偶然而以人觀之實
非偶然也

▨ 姜柄周(1839~1909), 『斗山居士集』 권3, 泗川 昆陽 거주.

龍泉齋記

昔嘯皐朴公名承任榮州人知晉州置四齋于四面此齋卽其一也
本在月牙山下龍泉之上齋之名龍泉蓋爲是也時東山鄭上舍名斗晉
陽人爲訓導往來教授自是月牙之下彬彬有文學之風而州內名碩多
出於此矣後三百有餘年里居之人以道路不均累度發議乃移建于大
洞之中未幾而爲傾覆此非斯文之不幸耶至庚寅春我先人與一二同
志謀復舊規來卜于此乃鄭上舍之遺址也事巨力綿竭誠周章夏四月
下旬工纔告訖棟宇高大雖未及古然龍泉在南其流不息溯其源而揭
其號慨然有感古之意且有時望野可以知稼事之多艱而亦或有朝出
耕暮歸讀之士矣何必尙文辭趨祿利不思所以爲已耶惟盈科而後進
成章而後達是古人之學也諸君子其勉矣乎

▨ 朴泰亨(1864~1925), 『艮嵒集』 권9, 晉州 龍顧 거주.

碧棲亭記

嗚呼穹壤不盡之恨時也朝貴野賢或入山或浮海時之義也柳鶴皐
作亭**晉州之松谷**余以碧棲扁蓋慕時之義歟余死矣南荒者乃亭炎
方之洋顔以歸老歸老碧棲雖有解官隱德之分鶴皐之志卽余志也鶴
皐之亭余旣扁之又何能不記是以記之

■ 卞應洙(1846~1921), 『志齋集』 권5, 晉州 거주.

尚友齋記

晉之治南二十里有**士多洞**居人不事工賈惟農是務風淳俗尨三
從姪憲陽居焉一日來語余曰年前村人爲營後生講學之所略有鳩聚
之物今春相與謀曰吾州之名顯於大嶺者不惟山川物色之佳麗羅麗
之世尚矣而入　本朝以來名公鉅卿指不勝僂文章儒賢項背相望爲
國家文獻之區有嶺南人才半在州之語獨吾里載籍寥寥同是土壤曷
由如此此不尙文學之故也乃今營一屋於村後山谷中堂室略備劣容
數十人願有以嘉名錫之余欣然曰不亦善乎孟子曰一鄉之善士斯友
一鄉之善士一國之善士斯友一國之善士天下之善士斯友天下之善
士以友天下之善士爲未足又尙論古之人是尙友也夫士之讀書必以
聖人爲準而士多之名又與之合居業於是者其必以尙友古之人爲心
哉千年荒僻之地地靈貯蓄天喩人衷乃有是擧文明之運豈無兆應之
驗耶宜扁之尙友齋以俟之可也憲陽因請一言遂演其說以爲記

■ 朴圭浩(1850~1930), 『沙村集』 권4, 山淸 沙月 거주.

寬和樓記

衙樓之必於門古也掌鼓於斯懸燈於斯備覘望而侈觀仰有衙之不
可闕者也 **晉康**古稱名州其城池臺榭之瓌麗邑廛肆之繁華甲于嶠
南而自龍蛇之燹兵梱移矗石州治在城外廨舍多艸創而門不樓焉盖
晉陽之闕典也璞園鄭侯莅三載治尙寬簡民用以和乃曰修擧廢墜
繕完館舍亦前修之所勉也余其忽諸遂相地而構數間經幾旬工告訖
欒楹翬革廉隅繩正其高可以臨其豁可以暢桴鼓嘈呟鑼角響亮樓之
助然也簡日以落之扁以寬和取古晉陽尹鐸所寬民必和之義也屬余
敍其事余謂用寬和優於天下於一州乎何有侯其留心於此刑以不猛
爲威察以不苛爲明勉循摩撫勞勩已著而猶且揭于常目爲玆樓之顔
者其志豈在於夸其已然而有其成績哉必將感激圖報益加磨勵明五
典於在寬之戒囿百里於泰和之域緩繭絲之役而急保障之務者豈非
侯之心而晉之人士亦豈不以此望於侯也哉侯其勗之哉

■ 朴致馥(1824-1894), 『晚醒集』 권12, 陜川 三嘉 거주.

溯洄臺記

晉陽之南江東走四十里而爲**梅湖**湖之上蒼然而秀者曰五音峰
其西之麓爲獨彈琴南之崖爲溯洄臺臺之案曰月牙山其下光風亭亭
之東越木川而霽月臺天王峰又其東三峰石門相對直石門西數里得
一區平鋪衍沃卽吾世居之地而磨湖堂之所在也堂去溯洄不滿一里
臺舊名松月江陽李公樑周題溯洄字於絶壁間故仍名溯洄自臺至彈
琴皆千尺絶崖而臺上作小峽廣可數百步長亦如之余謂其境靜而近
可以爲讀書養性之所將營數間茅焉於是緣崖種木以遮危險名水中

巖曰宛在名其洲曰蒼葭其亭曰溯洄蓋因臺之舊也慕濂溪風月之像
扁之以灑如者東之軒也取紫陽琴銘中語揭之以獨與者西之館也亭
前舊有數株柳又種一梧頗有生意至若平沙廣野巖花岸柳雲烟變幻
之態鷗翔魚躍之妙則且待異日屋成得與親友共之其必有與我同志
而爲我賦者矣庚子二月下澣

■ 李壽安(1859~1929), 『梅堂集』 권5, 晉州 麻津 거주.

磨湖堂記

洛江之左方丈之東汾州最以名勝聞而稱汾州之美者皆不遺磨
湖堂堂之背蒼然而秀者曰五音峰實黃梅南盡處而東南淑氣之所萃
也左右兩麓蜿蜒而扡重重而抱前有光風亭霽月臺天王峰周遭而拱
揖其外蓮花仙遊諸山隱映而碁置木川朝而北汾江出其中或平爲湖
或匯爲澤縈紆瀠溢交相盪磨此洞之所以得名而堂之所以取義者歟
溯臺而下石門以內蒼葭軟柳喬木脩竹蔚乎生色無愧爲士大夫之園
林至若綠水鷗浴晴天雁叫一坪上下農歌樵笛兩岸南北風檣雨帆朝
暮物色變幻不窮使人顧瞻錯愕有不能扁者雖謂之斯堂兼有汾州之
美非夸言也惟我先祖誠齋先生龍蛇之後自嘉樹還鄉遂僦于江之南
東山之里分命次子道山公來胥于此而德所公又營度焉廟寢長廊東
西廚庫略備曁素庵公克繼先志而加展拓焉屋西置塾以訓童蒙外齋
於水流谷中射場於南野以育一時之英才蘇山有講堂小洞有精舍又
於長廊之外建此堂以爲賓朋燕集講劘之所扁之曰磨湖堂凡十有一
楹東燠室二西凉軒四門戶階級次第方井規模弘暢制度周密旣乃廣
儲詩書百家以替籝金之資而又壁棲忠孝敬愼收心養性等語俾出入
有省是則蓋深惟夫成立之艱而保守之不易以詔後來於無窮者其旨

遠矣於是若自訟公之儒雅愚拙公之篤實永慕公之博洽旣皆足以承
前而貽後又有峴西公殿中公及聾啞省軒轅鯀梧陽諸公之賢相與輔
相而先後之歷數百歲而不替於乎休矣余自漂寓以來有時登堂自不
能無曠感者日宗君鉉道顧余言曰堂未有記歲月浸久吾先祖勤儉之
蹟謹密之規漸不能無泯蔑爾屛孫將靡所考豈非可懼之甚耶余作而
對曰不亦善乎以君之仁孝追思遠謨能如此斯堂之幸也雖然抑又有
進於此者欽祖考之遺訓思以益恢大規復我廣居于祖考有光苟如是
則斯堂將有天下之美而不止爲汾州之可稱也盍亦相與勉之哉堂成
之三周甲十有三年庚戌正月下澣壽安謹記

■ 李壽安(1859~1929), 『梅堂集』 권5, 晉州 麻津 거주.

同文堂記

天以日月星辰爲文地以山川草木爲文人以詩書禮樂爲文天無日
月星辰則冥然一氣而已矣地無山川草木則隤然一塊而已矣人無詩
書禮樂則蠢然一物而已矣天地人三才之道非文則無以立大哉文乎
昔者皇羲氏仰觀俯察始畫八卦於是文字生焉唐虞三代之後詩書禮
樂之文由此而得大明是以先王重文字而慮其或錯誤之有焉則每歲
必使大行人考天下之文以一天下之俗蓋文不同則俗不同俗不同則
道不同道不同則棄詩書禮樂而人道不明人道不明則天地之道亦不
明可不懼哉**硯山道統祠**之講堂曰同文者以是也堂本安氏之舊而
今屬於祠堂之下兩夾左曰光明閣三聖賢編年年譜及晦軒實紀刻板
所藏右曰萬卷齋多貯經子諸書爲諸生肄業之資前門曰啓東有事于
祠及堂者必由是而入焉此其大略也僉章甫屬記于余余惟同文之義
旣如右所陳凡我同志之人登此堂者必講詩書明禮樂啓發熙運靡遠

不屈則斯乃先聖爲萬世大開人文之本意也故曰舟車所至人力所通
天之所覆地之所載日月所照霜露所墜凡有血氣者莫不尊親其亦同
文之謂歟是爲之記

■ 李治樞, 『月淵集』 권8. 硯山 : 진주에 있었음.

同文堂記

孔子二千四百六十四年癸丑冬嶺右學者感安子聖廟春草之嘆乃
築儒宮於晉之硯山遠近尙義之家咸損財樂助明年秋工告訖奉夫
子像南向朱子安子列侍左右名曰道統祠衍聖公令貽題其扁前爲
講堂扁以同文閣于堂之東曰光明庋三聖賢編年年譜板本暨六經四
子書齋于堂之西曰萬卷居肄業生徒逐春秋行釋菜禮於三聖賢一日
堂中諸公謂不佞曰此事顚末不可無傳子其記之余不佞老矣無聞惡
敢當是役雖然有一焉不佞少嘗讀阜城周氏同文院記曰知夫子之一
貫知朱子之誠正則知其所以文矣知其所以文卽謂朱文公之文同于
孔子孔子之文同于包義可也今天下家絃戶誦士競赴于中天之日而
漸鑿其混沌之竅大都喜爲靡靡譚以求文於語言文字之間一貫誠正
不知爲何事何旨也此文同耶異耶讀之至此未嘗不廢書而嘆也竊惟
周氏之時中原文獻固煥然赫然矣猶有此憂而況今日東方後周氏又
三百載者乎聖賢之微言日湮異端之邪說日熾千歧幷裂萬廐爭喧淪
三綱而斁九法者在在皆是而至於吾黨之中亦有儒名而墨行侮毀聖
賢賊天理而害人心者多若使周氏觀乎今日則奚但曰同異耶而已耶
嗚呼文者載道之器前聖因是俟百世後賢由是續不傳豈容有毫釐之
或差也如有毫釐之或差則安子生於東荒萬里之外何由知朱子之爲
孔子正統而沒身鑽仰也蓋安子之學本之以忠孝行之以信義周旋誠

正之域涵養一貫之旨此其平生用功之地也後之君子深知此義以安
子之學朱子朱子之學孔子爲學焉則郁郁乎文將不約而自同矣不佞
不敢孤諸公之囑則述周氏之意陳今日之弊以戒夫求文於語言文字
之間者凡我同志其敬聽之哉

■ 李祥奎(1846-1922), 『惠山集』 권11, 山淸 丹城 거주. 硯山 : 진주에 있었음.

學川堂記

　　堂在**晉之西**西接河南而川名 **大伊洞**曰昭道昔在戊子冬余以忌
疾避竄此洞中環洞皆山而一溪中流奔疊石落懸崖銀虹玉龍爭暄而
南泉石呈奇烟霞效異眞仙區也山抱水擁漠與世絶而前臨官路不千
武古所稱淸不絶世者其在斯歟其在斯也余見而樂之相地於寓西數
十武倚巖而亭其上數楹塘其下數畝扁曰巖亭志其實也後於壬辰春
卜居方丈山眞珠潭地步稍左坎艮重險不能以時來遊而因爲廢地客
年冬因事還寓池實荒薺合臺夷蕪草沒前所謂巖亭者僅華表一柱半
折而白雪巖畔梅花數杖而已還山未間日逍遙其上而時値風雨甚苦
從姪壽甲在旁會余意以其所掌楊川精舍出力若干爲余新其堂堂因
舊貫而厥大倍之北退三尺板二層藏書畫因其退取其西四之一爲藏
上下下藏雜物上置酒肴壁以隔之戶以通之從藏內曲出小門東通板
藏西出竹軒下臨無地人坐軒如浮從軒北自下達上累石爲梯梯凡九
層而高數丈與武夷山升眞洞石磴可伯仲焉於是山若增其輝水若增
其淸朝輝夕陰莫不變態而草木動喜色禽鳥送好音余亦感於心分付
童奴芟蕪屛穢佳木立美卉發紛紅駭綠與水下上壽甲觴余于堂上曰
堂名當用舊否余應曰堂旣新矣名可舊乎此地川與洞常令吾儕聞名
而警心有若惺惺乎者而瞻之在前忽焉在後雖欲從之末由也已然兩

程夫子之學壽吾人倫常於斯世與天齊傾此朱文公所以言必稱河南
者也其瑞日祥雲和風甘雨雖不敢仰望而布帛之文菽粟之味決不可
少郤如其少却則飢且寒將死其可却乎宜以學川名吾堂川哉川哉奚
學於川也非曰能之所願學伊川也壽甲曰至哉名乎請終身師之言已
編其語爲記額以顏之曰學川堂

■ 金聖運(1673-1730), 『珠潭集』 권2, 晉州 花亭 거주.

雲水堂記

夫人隱而在山林者愛雲水之趣而忘勢利之繁華出而居顯達者爲
勢利所使而不知有雲水之趣二者固不能兼也**汾陽**之雲門里行牛
山下有雲水堂故雲水先生河公棲息之所也公不顯達而以雲水扁其
堂所謂不能兼者公其兼有之歟公成廟朝人也早以經術文藝著纔及
立年中司馬登大闈旋補藝文舘檢閱兼史局未幾又遷曹郎進途方闢
而燕山荏位昏德日甚則退歸南鄉搆斯堂於雲水深處而圖書花竹優
遊而自樂是豈非顯達而知雲水之趣者耶後拜持平爲鄭文翼公所推
引則不得已應選而抗直不撓觸忤當路知其不能容則乞外守順天卒
能免史獄之禍盖以其有得乎雲水之趣故能不爲勢利所使而見幾而
明哲矣不然豈肯方進而求退舍淸要而區區外補爲哉後之人尊之以
雲水堂先生而俎豆之者宜哉今距堂成之日四百有餘載而舊址猶傳
廢而復興巍然數架煥乎如新登斯堂者扁楣而想公雲水之心則自不
覺起高景之思矣餘人猶然况爲公雲裔者乎吾聞雲門諸公毅然自守
讀古書講義理者盖多云可謂善於繼述而不墜雲水相傳之旨矣然斯
堂也豈百世而已乎峻鎬海龍兩斯文以舊無記命光植請廷瑀述之辭
以人微言淺而不可得妄僭泚筆如此云宜春南廷瑀記

■ 朴旨瑞(1754-1819), 『鼎山志』, 晉州 奈洞 거주.

雲水堂記 宜春南廷瑀

夫人隱而在山林者愛雲水之趣而忘勢利之繁華出而居顯達者爲
勢利所使而不知有雲水之趣二者固不能兼也**汾陽**之雲門里**行牛
山**下有雲水堂故雲水先生河公棲息之所也公非不顯達矣而以雲
水扁其堂所謂不能兼者公其兼有之歟公成廟朝人也早以經術文藝
著纏及立年中司馬登大闈旋補藝文館檢閱兼史局未幾又遷曹郎進
途方闢而燕山莅位昏德日甚則退歸南鄉搆斯堂於雲水深處而圖書
花竹優遊以自樂是豈非顯達而知雲水之趣者耶後拜持平爲鄭文翼
公所推引則不得已應選而抗直不撓觸忤當路知其不能容則乞外守
順川卒能免史獄之禍蓋以其有得乎雲水之趣故能不爲勢利所使而
見幾而明哲矣不然豈肯方進而求退舍淸要而區區外補爲哉後之人
尊之以雲水堂先生而俎豆之者宜哉今距堂成之日四百有餘載而舊
址猶傳廢而復興巍然數架煥乎如新登斯堂者仰扁楣而想公雲水之
心則自不覺起高景之思矣餘人猶然況爲公雲裔者乎吾聞雲門請公
毅然自守讀古書講義理者蓋多云可謂善於繼述而不墜雲水相傳之
旨矣然則斯堂也豈但百世而已乎峻鎬海龍兩斯文以舊無記命光値
請廷瑀述之辭以人微言淺而不可得妄僭泚筆如此云

■ 河潤(1452-1500), 『雲水堂實記』 卷下, 晉州 金谷 거주.

梅軒記

　　古之評花卉者莫不以梅爲首蓋以其德在花叢特然也李友榮元隱
居行義於**汾河**之曲嘗遊於洲上之門得聞主理之旨又遍交當世之
賢俊華聞彌彰眞吾黨之賢士也嘗扁其楣曰梅軒屬余以記之善哉扁
也可謂得子之九分矣不事表襮黯然有日章之實者譬諸梅則暗香之
浮動也不慕繁華不厭幽獨不爲威屈不爲寒劫蕭然有出塵之標挺然
有獨存之操者譬諸梅則白雪巖壑一枝疏影益勵其孤芳者也臭味之
相合而標格之相似子其梅耶梅其子耶德不孤矣彼凡花閒卉不敢與
同年而語矣余亦愛觀梅者也賢者有求惡可終辭退遂撤古人評花餘
意以作梅軒記

■ 李祥奎(1846-1922),『惠山集』권11, 山淸 丹城 거주.

澗翠亭記

　　余嘗聞**汾河**之曲多臺榭之美而獨鄭公某之澗翠亭靠山臨溪奧
而曠可以爲經生學者諸書之所可以爲騷人墨客觴詠之地也每艶想
而未之觀焉及與公之孫寢郞君希道結姻今年夏與東南諸彦聯袂以
造亭在**退村**之南一弓許煙雲變幻草樹蔥瓏郊原近而遠泉石淸而
幽眞箇是一區靈源而協于所聞也因與寢郞君擧酒於亭上諗乎座上
曰今日之遊斯亭者祇看其外而不究其實可乎世之嘉扁美號豈無侈
公之亭而必以此二字者公之節操可見矣公之子孫皆遵先人之業讀
古聖之書于以相期於歲寒之天而彼姚黃魏紫無敢誇奇於其間者是
知澗翠之遺風餘韻有以蔭掃而廓淸之力也登斯亭者盍相與究其當
日偓然之氣像而各自勉其晚節則如亭澗之畔翠閱千歲而不改也哉

是爲記寄寢郞君又以自勵焉

   ■ 李祥奎(1846-1922), 『惠山集』 권11, 山淸 丹城 거주.

新悟齋記

凡命物也先其實而後其名行其實則名立遣其實則名廢矣若務近
其名而弛廢其實是名實與之俱亡矣可不愼哉今我創此黌堂而錫名
以新悟者豈無所以哉新是商湯盤銘之語也悟是衛武抑戒輪臺之意
也居是齋者因其名而思其義勉勉乎師則於商湯衛武則必將化而同
歸於聖域矣故凡登斯堂而絃誦者於此焉觀感而欽慕也夫

   ■ 李之榮(1855-1931), 『訥菴集』, 晉州 集賢 거주.

訥菴記

余之契好有李氏翁其所居之菴命以訥支孫鍾舜以其記屬余甚勤
余諾之而未能就而鍾舜遽死矣其后翁以書來曰亡孫之屬追成之則
幸也余年來善病且多冗固因循日月而翁又沒矣念余有翁與鍾舜兩
世之契好而未能副申勤之屬爲負多矣雖今可已也哉乃汶淚而記之
曰翁之訥蓋有取乎吾夫子訥於言而敏於行之義其意甚眞矣余竊觀
夫世之學者往往采徑傳中一言以扁其室而爲警勉之資然要其終而
考之則果能無愧其扁者鮮矣惟翁其學識不可謂不博操守不可謂不
篤而訥訥然若無所知無所能蓋人之所以好侫而不訥者由其無意於
行而欲其夸外而人知也翁本無夸外之意而恐恐然行之不給安得以
不訥哉翁不鄙余以時往來或相對竟日無幾言秪見眞醇滿面余竊欽

之擬之以深谷幽蘭抱馨香而不衒者焉嗚呼若翁者眞可謂無愧其扁
者歟翁今千古矣然翁之所以爲翁者留在扁上翁之后承苟能晨夕瞻
慕而是繼是述則翁之不亡其將永永也夫昭陽作噩之仲呂月花山權
載奎記

■ 李之榮(1855-1931), 『訥菴集』, 晉州 集賢 거주.

晚就齋記

齋主於爲學而學貴乎夙就此齋之扁奚獨揭以晚就也魏刺史王昶
戒其子姪曰物速成則疾亡晚就則善終實先覺之語也後生之守此勿
失不亦可乎歲在癸卯予寄傲於此齋而號尙未就矣遠方之朋同鄕之
彦凡上堂逍遙者往往嘲其無扁於是采取古人之格言榜以晚就晚就
則善終自有其日矣與其速成而疾亡曷若晚就而善終詩曰靡不有初
鮮克有終然則善終不其難乎若能戒於闕黨積漸造詣循序踐履晚而
成功則可免不達之弊而且期有本之美矣凡我升堂入室尋數咀嚼者
勿徒視於扁具須必顧名思義絶意於朝花之夕落留心於松栢之不衰
則異日才德之兼全何難與王昶相頡頏哉右訓非徒宜於王氏子姪亦
足以戒我多士故遂扁之以此

■ 李之榮(1855-1931), 『訥菴集』, 晉州 集賢 거주.

友菊堂記

友人靑城居士崔上庠舜明搆一堂於所居之深處裁菊於庭下而扁
其堂曰友菊屬予以記之予曰以子全盛之年若欲取反於物中盍於春

風中艶衆之富貴者而獨於秋霜下遯世之隱逸者何哉居士曰不然豈
以榮枯爲取捨哉顧有臭味者相求因竊慕乎陶潛之采屈平之餐也與
其同流俗而榮貴曷若守雅操而高尙耶君獨不觀夫帶寒香於百世俱
腓之際吐黃華於萬籟簫颯之時乎當此履霜不友此而友何余曰誠哉
是言也居士卽人中之菊也菊是花中之居士也菊非居士無以納交居
士非菊無以托契眞莫逆之交也雖賢如竹之友節如松之友何以過此
予竊艶居士之志而不能已遂爲一言答之

■ 李之榮(1855-1931), 『訥菴集』, 晉州 集賢 거주.

愚齋記

　士固異於俗而有所不爲然後可得以保其道固其守不爾則不幾於
合汚同俗闍然媚於世也者耶是在治世猶然而況叔季乎此夫子所以
恥邦無道富且貴焉者也曺公子晦性好讀書執鞭求正罔有近遠昔年
與吾同接而讀屹屹着勵晨夕不自弛及夫有事卷歸南北間然自後未
嘗不有時班荊而恒在匆遽未得盡其所蘊一日相會於吾族叔大殷之
所得以敷其腎腸其所極之樂亦可謂十年一宵乃以愚齋二字徵文於
余曰吾才本粗率日見時事日非而無毫分救護之力性復樸訥不願與
新世所謂得意者比肩與其趨時捿屑以受無限侮辱無寧入山耕讀從
吾所好乎此吾之所以以愚扁齋也幸吾子勿惜一言之記余斂袵起敬
而對曰韙哉若志人之也世之人動皆曰知識知識然以吾觀之能信有
其所謂知識者幾希何也知之所在足以審本末先後辨內外輕重夫事
有本末物有內外修齊者本而所先也功名者末而所後也身者內而所
重也富貴者外而所輕也觀今世之人類皆以功名富貴爲求必得之恐
恐然猶懼不如意小而至於屈節徇人大而至於忘躬喪家而不自知悔

惡在其爲知識也之人也當此之日擧矣就靜法先行先以修其身採山
獵流以治其家視彼今之所謂富貴功名若浮雲之起滅虛空約無動乎
內若人者眞可謂達事物本末內外之分苟能循是而無己則所謂保道
固守亦無所難矣何患乎異俗然則之人之爲愚豈若世人之爲愚之人
之爲知識豈若世人之爲知識也嗟乎是亦吾心之所好而爲之未能也
是以不顧淺陋遂書此歸之是或爲相勉之一道也否噫

■ 姜聖中(1898-1939), 『梨堂遺稿』 권3, 晉州 거주.

白石精舍記

　　三守堂處士李公自州東之佳亭移寓蟲城十數年年日以老世日
以亂念斯居之終非安身頤性之爲宜則以歲庚子之春就故里一隅營
築精舍以爲歸棲之計至秋功且訖而公奄然沒矣其孤壽轍君旣葬公
於精舍之側近踰年來謂余曰吾先人志此經營盖久而後有成而不得
有一日之居不肯安能無痛恨於斯哉盖其名白石者先人實自命之取
其前山有巨巖甚白兼採鄭隅谷月牙山記中之語幸子爲記以明其義
也余嘗從公遊受知愛甚厚且君見屬之殷如此有不獲辭者竊惟天下
之物無不可名者而旣己名之無不可言者矣故孔子曰君子名之必可
言也苟其物之無可言者雖君子無由以爲名矣今以此精舍觀之環境
之內其長川茂林邃谷麗山可取而名者亦多皆捨之而顧獨取諸石因
以寓杳微之意是誠有難於遽爲之言者然而靜重其性堅固其德石之
爲物然矣而地運之與人事相爲助應不無其理則於是知公之所以命
名者有異夫凡常之稱謂而藉爲可言之資焉始公之幼時從其父茅庵
公卜居是里而及長讀書以才聞旣而以幹務不克究其學然孝友以行
己勤儉以治家至有所營爲鑑裁事物以得當故爲之未嘗無成成之未

嘗無守卒之恢弘其業而田園第宅哀然爲一方所聳觀矣其若是者余
爲推思而迹之莫不由其靜重堅固之性德以致之而所居之地適以運
爲助應者矣世之無此性德而轉移變遷者雖有其助應之運亦安所由
以致之乎噫自今以往願君之益思公孝友勤儉之行治靜重以體之堅
固以守之因永其地運之助應而無窮極已則公之靈當日有所登陟於
此自幸其所名之長有賴矣其勿以平日之不得過爲通恨焉矣哉歲辛
丑(1901)初春節昌山成煥赫記

■ 李士榮(1885-1960), 『三守堂遺稿』 권3, 晉州 大巖 거주.

萬古堂記

堂以萬古名者蓋取諸晦菴朱先生詩語也詩曰五曲山高雲氣深長
時烟雨暗平林林間有客無人識欸乃聲中萬古心又曰浮雲一任閒舒
卷萬古靑山只麽靑先生遯世無憫任道自重之意此可見矣余自家于
雲谷因地寓慕攬物興懷蓋有不能自已者久欲唱率同志營建書堂
洞規學則一依先生滄洲之制白鹿之爲使學者知所向焉而顧世亂日
甚又人微力蔑不可以易得也於是結小茅於南山之麓以爲晚暮棲息
之地扁之曰萬古堂愚陋淺劣極知是名之爲僭然顧名砥礪不以外慕
間之其於自靖或庶幾焉至若先生所以自任之重者則余固不能無望
於來者觀於此者其尙有以恕其愚而諒其苦心也哉

■ 李壽安(1859-1929), 『梅堂集』 권5, 晉州 麻津 거주.

春秋堂記

　　吾友李尙華旣卜居晉州之涉川則寓書余曰子今則可以記吾春
來之堂蓋前年余過君於宜春座少間君向余言曰吾素性甚喜佳山水
而此居絶無登臨眺望之勝吾常鬱然吾他日將卜得一明麗之區樹果
畜魚以贍養老幼間則選筇理屐彷徉吟嘯於流峙之間以豁吾心氣爲
快然但玆鄕吾十世舊居去之能無思乎是以今吾雖未定何地而去此
之彼必名吾堂曰春來蓋以吾自宜春而來識不忘其舊也雖然斯意也
必須子文以明之然后可也敢豫以爲屬余笑而曰第圖之記之何難至
是君果拔宅携眷選勝占廛以遂其宿昔之言而又自爲文備述其風土
之美遊處之樂言之味乎津津而不知止蓋君於是得其地而有以自樂
於其心者矣今夫魚得淵而喜鳥遇高而安至於人獨無然乎晉固嶺之
名州風水之勝藉甚邦內而君又性於山水者今而居之其心安得不樂
夫其心樂則其氣和其氣和而百度俱順將見休祥之至而福澤之注矣
譬如春候將來時物之芬葩啁憂各自以類而應块勃奮迅其機有不可
遏者然則君之以春來扁堂其意固非取此而其事則有先爲之兆者歟
姑附其說于楣以竢之

※ 金銖(1890–1943), 『滄溪集』 권6, 陜川 거주.

矗石樓重修記

　　聞諸柳柳州賢者之興而愚者之廢廢而復之爲是習而循之爲非吾
以爲名言在古則於滕王閣得王弘中岳陽樓得滕子京咸擧其廢者而
復之玆果爲賢者歟在今則我侯申公有之矣矗石晉之名樓也在麗朝
金公仲光與其別駕李仕忠始城而作之厥後連爲焚蕩廢興無常至弘

治四年辛亥慶侯紃與其判官吳致仁又重修今九十有三載歲月旣久
棟絶柱欹不克以居由是凡大賓旅大宴遊常寓于客舍然而歷累侯咸
以時屈莫能擧及至我侯與方伯柳公謀新斯樓克恢舊規時萬曆十一
年癸未春二月也樓制五間棟凡六闊三十有八尺柱凡五十高一仞東
爲淸心涵玉西爲觀水雙淸皆拱揖斯樓若賤幼者之朝尊貴也舊制上
下柱頗庳弱今則旣高且壯高欲其明壯欲其固其餘閈閎筵尋闥闥縱
橫奐輪而合度者一倣其故欂櫨樑桷峻整周重堅固而不可動者百倍
於前制度聿新勝觀增光山益高水益淸凡宏敞軒豁浮遊瀰漫回環日
星臨橄風雨粲然冷然目謀耳謀之勝爭效奇獻巧咸若有加闢之者是
歲夏四月工旣訖功乃八日己未方伯及我侯率僚屬賓士登玆以落綵
戟幨帷森列飛揚鍾皷笙竽嗷噪嘲轟晝窮其觀又繼以夜極懽而罷於
戱王子之爲滕王也令修而人得滕子之爲岳陽也政通而人和焉則不
知我方伯之今獨不修於庭戶之間乎我侯之政獨與滕子相推讓乎我
邑之民亦不和而得乎吾無韓范筆力以揚盛擧而垂鴻聲於不朽也申
侯西原人名點字聖與判官金公元龍相協力以成系之以詩曰維晉之
勝矗石第一度土經始越自麗室王有使臣爰詔爰禮賓有燕好爰笑爰
語厥用孔大匪專觀遊肆我來侯廢用繼修往在弘洪慶侯重新屈指于
今九十三春歲積紀逾棟宇催傾我侯欲新慮以擧嬴方伯有命克承克
行我侯曰咨汝匠汝工制用舊烈各奏爾功四民輦材雷厲風驅安流瞿
塘坦道三塗斧彼鉅彼成之不日奕奕渠渠翼翼秩秩竹苞松茂鳥革翬
翔南有長江其流湯湯方伯來遊析羽龍章式歌且舞其樂陽陽西有崇
山峻極于天我侯來燕嘉賓滿筵旣醉以飽伐皷淵淵流有跳鱗岸有集
羽邦人相告侯我父母願言之樂同我赤子於傳有之賢者樂此庶度遊
豫納民軌物迁生獻禱愧非張匹

■ 河受一(1553-1612), 『松亭集』 권4, 晉州 水谷 거주.

玉峯精舍記

玉峯精舍外先祖留守趙公之所搆也其地位**與矗石相望**其形勝
與矗石相頡頏西望朱閣玲瓏北望方丈崢嶸矗石之所無而精舍之所
有也東望絶壁層丹南望長林環碧精舍之所無而矗石之所有也臨軒
而烟波彌漫開戶而八景浮游者精舍與矗石之所共有者也留守公休
官之暇酷好江山卜此地而爲退老之所不以矗石之所有爲有餘焉不
以精舍之所無爲不足焉每良辰佳節以一琴一樽樂其所共有而樂焉
及至我參奉府君風流山水之樂兩世信一揆也嗚呼先代之事邈乎其
不可詳也其在我主簿舅氏能繼其志寢於斯食於斯歌哭於斯聚宗族
於斯又與我先君每遊咏於斯幾三十年厥後主簿公遊宦京師纔十年
而沒吾先君亦先主簿而沒由是精舍遂無主焉物是人非行路傷嗟去
年冬十一月余兄弟以癘疾奉慈幃來寓於此過冬歷春越夏四月始還
本業嗚呼不聽江聲聽江聲則爲悲聲不見山容見山容則爲愁容於是
與舍弟天一旣爲詩以感其舊又爲文以叙其未盡之懷云萬曆十六年
戊子四月上澣外孫河受一記

■ 河受一(1553-1612), 『松亭集』권4, 晉州 水谷 거주.

永慕堂記

頭流千疊萬壑爭流匯爲菁川者乃**晉陽**之樓閣地也奔放東南呑
吐曠野數十里許者乃**嘉坊**之冠蓋里也里口黝潭鏡開蒼山骨露額
有甲第崢嶸揭扁爲挹碧者乃故進士李丈之舊宅也門外面陽方數丈
地於奧宜於曠得進士公嘗欲營小堂而未果吾姊夫李君公亮進士公
之冑也乃肯構焉小窓玲瓏水月相涵眞箇臥遊地也李君名斯堂曰永

慕吁可想矣故宅故樹猶存而先人不在故山故水依然而先人亡焉坐
於斯臥於斯歌於斯舞於斯兄弟於斯朋友於斯寧可有時而忘先人耶
猗竹千竿山立玉色者先人之手自封植者也澄江一帶風絞靜霓者先
人之對案忘味者也月牙高撑白雲螺髻者乃先人之私藏也龜洞彌漫
綠野烟沈者乃兄弟之公物也子孫兟兟稍知禮義之方者非先人之遺
敎乎衣食繩繩有賴於飢寒之日者非先人之遺澤乎而況家兒稱慶有
燕喜高堂之樂群弟修躬無累及先人之患何莫非德公之居安遺愛而
令子之終身永慕者乎吾兄素不喜崖異之行口未嘗談人之惡心無有
害物之萌其愛人好善疎宕不撿有古人之風結髮爲文每捷東堂竟北
南官所與遊者皆名流猶不肯一向朱門求己家在王城身獨桑鄕者爲
永慕故也晚年沈冥逃世藏身於中聖賢之間有時傾倒玉山叱咤雷霆
視天下萬物如風雲醢雞傍人或不能窺其際也若是則世已忘矣身已
忘矣猶有不忘者存豈非爺孃之念獨不能懸解於方寸之間而索居孤
堂羹墻之見益深於處獨之時耶嘗有五箇男子俱是汗血之駒不幸早
世上慕椿萱下念蘭蓀五內如焚百爾無從寧不掉臂一世遽投身於無
懷之域而終不得無懷也歟猶有兩兒俊民再登第重作握蘭學士獻民
中生員乙頭兩兒皆已抱子抱孫不是孩提物也猶時大被抱臥煦嘔撫
摩如襁褓兒可見慕慈之恩流洽於一家父思其親子依其父父以之肥
子以之肥家以之肥其視江上下冥鴻釣月十玩家者爲如何耶辛酉重
光赤奮若方丈老子南冥曹植記

■ 曹植(1501-1572), 『南冥集』 卷2, 山淸 德山 거주.

<h2 style="text-align:center">杏亭記</h2>

南國之棠詩人詠歎錦城之柏後世傳誦豈不以樹木猶爲人愛而

然歟國家明宣之際有國子上舍鄭公仁平以穎拔之姿登有道之門見
聞日益高朗踐履日益篤實日用彝倫爲其躬行之先務也聖賢經傳爲
其養性之單方也視浮雲於山外送日月於閒中優游自適樂在其中遂
扁其堂曰樂眞因又手植**文杏**於前而築亭而名之曰與村秀才子講
道論文以爲琴書之託陶山先生嘗過而題之一絶蓋深詡之也雖然公
之所以取杏者抑何以哉夫物之可尙者夥矣東籬晚香高士之節也方
塘特立君子之德也取其華則有桃李之姸媚取其味則有橘柚之淸香
而不此之爲獨以文杏爲歸者其志益嘐然矣昔吾夫子與三千之徒揖
讓講學於洙泗之上杏樹之下而萬世稱之曰杏壇此杏樹之所以見愛
於人而與闕里之檜同聞於天下者也公之平日講聖人之道讀聖人之
書一以學聖爲心彼一樹文杏亦聖人化中之物也安得不封之植之築
之養之以寓其願學無窮之忱乎於乎至矣後數百餘歲公之諸孫等大
懼亭敗而樹老旣協力而重繕之又以舊號顏其楣講樹之春風復回明
牕之警咳如新君子所謂肯構之道諸君其得之矣幸使諸公升于堂入
于室而益思杏樹之可愛培其根達其枝而克體前人之遺意則將見晉
陽氏之一門文學菀然與是杏而齊茂矣不亦休哉顧不佞跑繁一隅年
又耄及不得與諸君子一登斯亭揖讓講藝於杏陰之下是則可恨也今
因其後孫之請姑書所感而竝及之庚戌維夏節義禁府都事聞韶金道
和謹記

※ 鄭仁平(?-?), 『喬材錄』 卷1, 晉州 거주.

友于亭記

書曰惟孝友于兄弟蓋友者孝之推也人苟孝於其親則豈有不友於
其兄弟者耶孟子道三樂特擧兄弟而王天下不與焉則兄弟之樂爲如

何哉吾友澹山子河聖洛世居晉州之丹洞以行義著聞於南鄕又
嘗出入於淵艮兩先生之門得聞聖人之大道修於身而行於家鄕之人
薰其德而化之者甚多丙寅秋愛州東文山之佳勝遣其弟亨洛買屋搬
移與余家隔墻甚相樂也就屋後小岡構一茅亭扁曰友于蓋欲爲兄弟
藏修也夫以澹山子之天性孝友處於家庭靡不用極而必以是扁其亭
者其意豈偶然哉兄弟一氣之分也人之不能友于兄弟者以其蔽於私
而不知本之一也噫挽近天下尙利而後義遺君後親之徒接踵而起而
中國爲夷狄人類化禽獸究其源則皆由蔽私忘本以失天敍之倫也今
澹山子得與賢弟一室澹樂論經講義征邁式好益篤天倫益懋德業寤
寐於斯猶懼不克以其惟知其本之一而不知其形之分也然則斯亭也
可不爲長夜之一燭乎吾將以是爲斯世戒書此揭諸壁間

■ 鄭衡圭(1880-1957), 『蒼樹集』, 권7, 陜川 雙栢 거주.

杏亭記并詩

余觀世之植亭者多以登臨休息爲樂而不知陶翁之五柳王子之三
槐也竊想聞晉城古宅有一杏亭此亭卽何亭曰昔我樂眞鄭先生當
世寡儔人物天賦卓爾孝行文章有似乎古之賢人君子而塗今耳目無
乃龜翁之淵源退老之稱歟也者耶噫丁其縣監公之憂也泣血三年而
卜築數仞壇邁種一株杏以爲平生不忘之地日月無幾水澤尙新其後
人皆曰此樹惟我　樂眞軒手植之亭也而閱過幾載天不無感降出石
亭石亭公卽樂眞軒之肯子也生而義氣學業能繼其道不墜家聲而思
其親對其樹誠孝之心觀感之懷爲如何也哉是以且培且養猶恐傷一
幹一葉而戒其僮僕曰勿剪勿伐者有年于玆矣然則此亭父而植之子
而培之至今特立於白岩古址豈曰偶然人而登斯亭也莫不慷慨而歸

況我先生之雲仍乎惜其雲仍凋弊雖未能昌大先烈其家勢淵源無愧
于此亭主人耳主人愛護此亭而乃暢乃茂使人視之如靈蓍瑞芝則何
必下陶柳王槐也余以無似茂識不敢開喙然其於慕賢愛物之地何忘
拙謹記系之以詩曰吾邑白巖洞先生二世亭香花依舊紫密葉至今靑
一代從師道三年講孝經登

■ 鄭仁平(?-?), 『樂眞軒錄』, 晉州 거주.

鑑湖堂記

古之人觀物而寓意者各得其宜而言之者異也魯聖臨河發嘆者憂
吾道之不行也鄒聖觀瀾有術者取此學之有本也韓信至寒溪見水漲
而不渡王霸視河詭言氷堅可渡此皆知天人之歸漢而寓其後日用武
立功之意也然則前人之觀物寓意豈徒然而已哉余家世居州西金
湖之上掬彼淸波滌盡鬱悒之衷則一心皎潔百體淸凉故往往臨此
鑑戒而扁其堂曰鑑湖其寓意亦非徒已也余自幼曾聞魯聖臨河之歎
鄒聖觀水之術有意於求道進學而恒歎誠淺才薄不足以成且吾家世
以武顯學問之餘何妨兼習武事乎是以及其長成講武讀兵至於三門
奇正六韜風雲之術無不畢解見水漲則思背陣決囊之智觀氷堅則懷
渡軍避賊之術居於斯鑑於斯眷眷一心只欲不墜於傳家之業也至於
岸芝汀蘭紅綠相映蘋風蘆月淸明互臨卽吾尋眞之境也洗硯煙洲魚
龍若識字而吞墨垂釣盤渦鷗鷺不驚人而尋盟無非助奇於斯堂也山
水之樂吁亦足矣噫余雖有兼善之志若不幸而不遇則居此獨善以終
餘年亦未可謂無所遇也姑書此以遺使我後孫不忘吾寓意於鑑湖也
鑑湖主人書

■ 鄭夢綽(?-1637) 外, 『忠孝世乘』, 晉州 거주.

晚雲齋記

晉陽玉山之東有村曰雲谷吾族君晚雲處士尙若自北坪來居焉
曰余過之而問其所以爲晚雲者處士慨然曰我東朱夫子之學不其倡
於吾先祖圃隱先生乎東方自三韓以降至于羅麗人文未開國俗貿貿
脫不得九夷舊染矣先生出而一揮闢之丕闡吾道使夫子之學蔚然盛
行於世是以本朝五百年之間儒賢輩出治敎大明典章文物燦然爲海
外之小中華矣不幸今日下喬而入幽人心墊溺夫子之學將墜地而無
餘矣吾於是乎深有隱焉將欲以尊慕夫子之意勒之書而寓常目以致
羹墻之誠而第念我所居之村與夫子雲谷其名適相符焉竊自幸晚年
移寓之得所也遂以晚雲扁齋以表吾志矣余聞之不覺竦然起敬進一
步而勖之曰徒知尊慕夫子不若躬行夫子之道之爲有得苟欲行夫子
之道當如之何而可昔尤庵子贊吾先祖而曰其爲學也必以朱子爲宗
主敬以立其本窮理以致其知反躬以踐其實此三者實夫子之爲學法
門而先祖之所一生服膺者也處士旣知尊慕夫子則曷若以此三者存
之於心體之於身惓惓不捨以爲收桑楡之圖哉苟如是則吾知處士之
晚雲二字爲衛武公之抑戒詩矣此豈非實有得於躬行夫子之道而于
先祖有光矣乎處士默然良久曰年八九十歲覺悟便據現在箚住做去
此是夫子所訓也吾年雖晚曷敢不自勉以圖其立定脚跟遂爲之記

■ 鄭鳳基(1861~1915), 『守齋集』 권8, 延日 北坪 거주.

寒溪堂記

寒溪在晉陽治西水上下淸澈稱其名友人金士見世居其上而取
以扁其堂往年士見移寓鳳城之竹川竹川之爲里也亦以溪勝淸流激

湍錯出樹石奇始至便欲遺世久之足以忘羈寓之懷而寒溪子顧且無
改於舊扁矣夫澹舊而嗜新厭常而趨異人之情然矣今寒溪子不能舍
寒溪抑有說歟噫寒溪子之意吾其知之矣寒溪子自江州入于晉已且
四五世其里之桑梓鬱然成行先人之丘壟纍然相望朝夕瞻摩雨露省
掃意依依然不能離也又其背郭臨水有田園之美耕稼釣漁之趣顧酒
一朝舍而就此殊土雖其事會之至出於不可已者而江山新面人烟神
目隨處生疎踪跡踽凉彼桑梓之美丘壟之纍園林耕釣之樂安得一日
遽忘於胸中也哉雖然此以形跡之粗者而言吾聞達人以身在天地間
爲寓寓親天地間人固無之而非寓也晝而行于庭庭則寓耳宵而寢于
牀牀則寓耳逆旅之宿不爲外家室之處不爲內而況淸泉白石雖里之
瀨尋丈之磯聽之而砰然響濯之而冷然寒寒溪與竹川之溪一也遊于
斯猶之遊于彼也奚新舊是擇哉且夫風淸月皎溪聲噌吰汨瀩風琴雷
築秩然而起與二三同志持酒臨風悠然而聽訴然而樂浩浩乎有悲喜
之兩忘者矣則少陵所謂黃河蜀江猶未免爲迂滯之論者歟余與寒溪
子同省而同寓甚相憐也於是乎特陳達人之說以廣其意且欲自譬云

■ 鄭琦(1879-1950), 『栗溪集』 권14, 陜川 栗溪 거주.

集賢齋記

　山名集賢可歸歟雷岫淸風萬古噓六子丹衷誰痛惜悲歌望越淚
沾裾此故道菴鄭公諱智忠南遯時作也其忠淸耿介之標惻怛慷慨之
意足以釀千古志士仁人之涕而可與西山採薇曲同其傳也公以文忠
先生肖孫克述家風自幼以孝聞遊從於六臣門以之砥礪名行及端廟
遜位六臣就禍從奴雪谷公亦坐竄嶺外公懲悲遐遁於晉陽之集賢
山杜門全節旌招屢至而不應樂琴書寓泓嶸囂囂然沈晦以終身於

乎偉哉公之葬在集賢山下龍山向丙之原迄三百年而春秋齊宿之所
闕焉後孫領基佑鎔慨然于斯銳意倡論諸宗和之經始於壬戌秋越二
年甲子春告訖齋凡四架五楹房堂廳室備矣遂取公詩語顏之以集賢
而軒曰望越屬余以記其楣余辭不獲拜手敬復曰人之情莫不惡卑而
就高惡貧而覬富惡寂寞而思炎炎使公當日降其志卽亨衢在前金章
朱綬烜輝其身災而翩然色擧終老於遐徼荒峽之間飯疏食茹菜而無
怨悔盖其處義雖因地有異而其心固六子之心也此公之所以痛惜於
六子而發之吟哦者歟竊願鄭氏諸公勿以齋舍之成爲吾事畢而益須
協睦敦義講守租先之心法遡本尙實毋徇世俗之紛華使忠孝家風永
遺芳於無窮夫然後無愧爲公之肖孫矣而其芬芯之無替齋舍之不朽
亦於此卜之諸公念哉來請記者漢基斯文與余舊相識

■ 鄭琦(1879-1950), 『栗溪集 권14, 陜川 栗溪 거주.

後潯亭記

　　晉西之黃鶴峰下築數間茅棟扁以後潯者鄭處士竹醒翁之別業
也一日寄書於余要敍扁亭之義余知翁之意有在也往在庚戌宗祊已
絕東土禮義之邦淪入於獸敵之呑凡我同胞莫不揮涕忍痛況翁負吾
林之望其寤寐慨嘆尤當如何哉隻手欲支狂瀾之砥柱一律欲噓寒谷
之昭陽則顧瞻宇內靡所適歸矣無寧晦迹韜光於林樊之間於是因家
近後川之潯託以揭顏實則尙友陶公於千載之前而取其潯陽之義也
古人有言曰伯夷所隱之山莫非首陽余繼之曰陶翁所居之里莫非潯
陽則慕潯陽而師潯陽者之所居亦莫非潯陽也採菊東籬悠然見山淸
風北窓懷古義皇是陶公之事而翁之亭下亦有菊矣開門可對山矣案
上積聚莫非義皇古書矣然則翁之居雖非潯陽而亦不可謂潯陽翁之

事亦偶合乎陶公之事則亭扁以後溽者何名實不副之有哉謹書此以
應翁之命云爾

▓ 鄭珪錫(1876-1954), 『誠齋集』 권4, 山淸 丹溪 거주.

蓮桂齋重修記 乙酉

　小中華宋朝之稱我國也人材府庫我國之稱嶺南也嶺之雄鎭左省
慶州安東右省尙州晉陽而洛江襟帶一省所同萬仞方丈靈掌撑霄
晉所獨也山水之雄麗旣如是宇主風氣之所萃國家關防之所重羅
麗尙矣以我國初而言之挺于晉而入黃閣陶鑄一世堯醲舜郁表率百
僚伊勳呂烈至八九公之多者彼三鎭瞠若乎後矣其次羔羊之大夫俎
豆之名房庫並新之星一周而僝功士林之賀聳矣然而竊有忘僭越而
諗于多士者入斯齋而奉斯案者可不竦然而敬蹙然而懼乎地靈宜無
古今而人傑之不及古何也科第尙是次第事敦孝弟勤學問砥名行勵
節義士之本領也抑非本領遜于古而然歟苟務本領人材府庫豈必專
美于古哉

▓ 趙性家(1824-1904), 『月皐集』 권13, 河東 檜山 거주.

涵玉軒重修記 代地主作

　晉國家之關防重鎭山川之形勝人材之府庫州誌備矣邑於長江廻
抱之內而絶壁斗起臨江而立環壁而城焉鐵甕也負城而營焉天塹也
營之東數百武有**矗石樓**者其入雲之傑構極目之勝狀與平壤之練
光成川之降仙孰甲孰乙評者不能定嗚呼是樓也曾經龍蛇之燹忠臣

義士魚腹之骨不朽三百年而名與長江同流板上詩曰矗石樓中三壯
士波不竭兮魂不死登是樓者忠義之曠感豈直悲猿鶴沙蟲之過劫而
已哉樓之東角扁其軒曰涵玉者蓋取其下長江之玻瓈萬頃溶漾涵蓄
之容而軒之設以樓之無起居息偃之所也州是南服孔塗嶺臬之旬宣
海閫之遞赴其它使星之往來無不於是乎館焉今節度使鄭公騏澤莅
是營三世矣北門鎖鑰恪守先規江漢風流再被輿謠一日輕裘緩帶携
僚佐伴地主徇城登樓而嘆曰往在丙子余以多大符覲家君於是營暇
日陪家君登城而見城之圮登樓而見樓之滲然時適大侵急於拯荒有
志靡遑而便瓜矣今我之來豈偶然哉於焉十稔間圮者就夷滲者就朽
噫是吾責也可不蠲吾廩而陳吾力乎涵玉之屬地主云者必以迎接使
价故也然吾旣修城與樓而樓之傍一軒若割鴻溝於地主則豈不隘哉
但軒不可無記記非余跰注所能地主爲余記之可矣遂應聲而對曰是
役也誠大矣擧一而三善得固邊圉忠也繼先志孝也不斂民廉也而城
與樓一新而改觀晉益重矣爲令公賀可乎爲晉陽賀可乎賀不容已故
不以不文辭役始於丁亥仲秋翌年三月告訖云

■ 趙性家(1824-1904), 『月皐集』 권13, 河東 檜山 거주.

寒泉齋記 _{庚子}

　墓之有閣爲春秋吉蠲而設子孫追遠之誠固當然然欲世世墓墓而
置閣則力有所絀而誠有未遂惟於聞祖之墓誠萃而力衆故槪無無閣
者是以人之過者見其有閣而知其墓之爲可式焉州西**水谷里**有曰
寒泉齋者延日縣監梁公諱嶧之墓閣也公於梁爲聞祖聞其后孫之言
曰公　世宗己酉中司馬又擢武科爲縣有聲績而歸不復求仕寓樂山
水優遊三十年以終志邁行潔爲時所推詳載家乘云閣創建于憲廟丙

午而迄無記實之文一日柱洞柱熙甫來請余曰公之裔諸派文蔭武三
班往往有之余所知也積善餘休不深不厚而能爾乎余嘗獲登其閣爲
之肅然興敬也閣凡四間靚深而軒豁頗有左右眺望焉吾雖塞子之請
而疥駱駝之文詎能生閣之顔色聊識其爲梁氏聞祖之墓之閣及其后
孫之誠云爾

※ 趙性家(1824-1904), 『月皐集』 권13, 河東 檜山 거주.

忍齋記

晉康西有士谷村河氏之居也自昔多賢人逸士默窩公尤昌大家
業以默律身以忍字授其長子某曰汝其識之哉大司成李公彙瀋特加
齋字書與之使之扁楣爲朝夕觀省之資默窩公旣歿某繼述不怠年今
七耋而從事抑戒之詩又以忍字爲懷中之簡命余一言以記之余告之
曰忍有可不可人心可忍道心不可忍人心私也私而不忍則其弊也流
於不仁道心正也正而忍之則其弊也流於不義然則默窩公之所以貽
謨蓋曰克去己私然後天理之正可復也孟子曰人皆有不忍人之心苟
能充此心也忍其可忍不忍其不可忍則吾知河氏之福祿無疆也默窩
公之意其在斯乎其在斯乎

※ 許愈(1833-1904), 『后山集』 권13, 陝川 吾道 거주.

內修齋記

君子之道必自內始故朱子之輯小學也以內則爲首管仲之立軍制
也以內政爲先皆此道也晉康西二十里有內坪村故學士李公之居

也公之嗣孫忠一甫承父祖之業內行修備敎諸子必以文學患學之無
所也卜地於家近築便齋以居生徒請余名而記之余病伏深奧其堂室
之間架園林之淺深未及目也然要之隨分占取使子弟輩便於定省宜
於絃誦非若世之人虛內事外徒爲眺聽之美而已也吾知忠一其游心
於方之內者乎遂因其實而名之曰內修且告之曰凡天下事未有內不
修而外治者也以學問之道言之爲小學者必先灑掃應對然後可以窮
理盡性爲大學者必先格致誠正然後可以修齊治平其要只在乎敬以
直內然則內修之名其意豈偶然哉嗟乎世衰道微異說橫流獸蹄鳥跡
交於國中仁人君子思所以反經之道忠一於此勉率諸子以直內方外
爲內修外攘之法入以事父兄出以事君上則內修二字亦足以推之天
下矣可不念哉忠一王室之族也吾尤以是惓惓云爾

■ 許愈(1833~1904),『后山集』권13, 陜川 吾道 거주.

拙軒記

晉康西四十里有召南村趙氏之居也貞忠之世也中世槐廬公文
章德行爲當世所推重而晦跡林泉平生行己惟拙是務嘗書拙十數字
以遺後人至今藏在巾衍公玄孫益濟治第於其宗宅之畔屋凡五架堂
室制度不儉不侈可以會宗族可以享賓客可以讀書可以靜坐扁其軒
曰拙蓋槐廬公之遺意也善乎禮曰善繼人之志善述人之事君於此庶
幾近之或曰拙聖經之所罕言而吾子亟稱之何也余謂有所不能之爲
拙聖人無所不能而其心未嘗自以爲能如所謂君子之道四未能一焉
有若無實若虛無非拙底意思有宋周夫子續千載不傳之學而有拙賦
其意可見東坡有詩云下士晚聞道聊以拙自修近世大山李先生歷敍
聖賢爲學存心之法而取以名之曰拙修錄拙之不可易言也審矣余觀

君之居室也言辭也拙容貌也拙而其規模也甚密其孫顯珪能世其學
闇然自修貞忠之餘蔭蓋未艾也請余記之因以拙修之說書而歸之云

※ 許愈(1833-1904), 『后山集』 권13, 陜川 吾道 거주.

水月軒記

鳳岡下有一區名其勝者古矣余相其宜而家焉因搆草堂數間**集
賢**萬疊競秀於後**月牙**雙峯共揖於前東有龜村龜村上有**浮査亭**南
有雲嶽雲嶽下有**臨淵臺**浮査是成上舍汝信所號臨淵是李參奉琰
所築此等地皆入望中而朝夕瞻慕者也堂之前有一潭襟帶乎軒窓此
實天作之地而人力之所不能也左蓮塘而香臭擁鼻右長淵而淸風吹
颯方其雲容淨掃水態澄碧月出東山影落徘徊躍金其光沈璧其輝銀
河交映一輪萬頃水耶月耶上下其天則夜來光景浩不可象邈矣塵喧
此中永隔十年之閑愁可遣一生之煩想可滌氣淸心澹其樂何極河尊
慕軒乃外黨門宗也時萬曆辛亥仲春之望攬此勝以水月爲號余仍扁
額以記之

※ 趙瑊(1569-1652), 『鳳岡集』, 晉州 거주.

水月軒記 松亭河受一

主人趙君瑩然嘗臨水作軒未額一日陜川河暮軒公過焉取水月名
之瑩然又請記于余噫勝地可目不可耳目猶未悉耳安得盡只以水月
之義爲之說曰夫水物之淸者也月物之明者也淸者形於下明者形於
上以下之淸受上之明以上之明臨下之淸一俯一仰浩然皎然天下之

淸明孰與水月爭哉雖然所貴乎觀物者以其能反已也是以人之取珠
玉者思溫其德也取松竹者思貞其節也今若觀水之淸而不能反之於
心見月之明而不能反之於心是徒水也徒月也君子未爲貴暮軒公之
名其軒者非軒之欲水欲主人心之水也▨軒之欲月欲主人心之月也是
知水吾軒不若水吾心也月吾軒不若月吾心也吾心月然後天之明在我
而我亦天矣吾心水然後地之淸在我而我亦地矣主人勉乎哉昔蘇東
坡與客遊於赤壁也但識盈虛往來之無窮擊空明泝流光之可樂而不
知其收歛其淸明而在躬故東坡蘇氏而止耳亦主人之所宜知也若其
鳳岡臨淵御風之勝則他日當與主人把一盞憑軒而賦之不暇及也

※ 趙球(1569-1652), 『鳳岡集』, 晉州 거주.

<h2 align="center">枕泉堂記</h2>

晉之東有麻津村洞人枕江而居焉南江之水東流入于海衆流皆
合至此盆大村之勝狀在長江一帶李君仲威築室其上軒外鑿一小泉
名其堂曰枕泉何哉老杜詩云在山泉水淸出山泉水濁江是出山之水
泉是在山之水也大小不同而淸濁自別君之命其堂非淸潔自修之義
耶安得枕下泉去作人間雨朱夫子之所未能也此非所望於仲威雖然
易之蒙曰山下出泉蒙又曰蒙以養正仲威與子弟尋行數墨講論不怠
此仲威之勸進後學也井曰井深不食爲我心惻此仲威之自修也若夫
草堂暖日枕泉高臥二八三八飛淙切切有若金石鏘鏘然鳴矣午睡旣
罷汲泉瀹茗其自適之趣何如也于斯時也大不爲大小不爲小得失渾
忘毫泰相垺彼長江之勝何足論仲威能於詞賦早事公車今以枕泉命
其堂其將隱矣友人河達弘聞而嘉之遂爲之記

※ 河達弘(1809-1877), 『月村集』 권6, 河東 宗化 거주.

矗石樓記

　　樓觀之經營爲治者之餘事耳然其廢興可以見人心世道矣世道有
升降而人心之哀樂不同樓觀之廢興隨之夫以一樓之廢興而一鄕之
人心可知矣一鄕之人心而一時之世道可知矣則亦豈可以餘事而小
之哉余爲此說者久矣今於余鄕之**矗石樓**益信之矣樓在龍頭寺南
石崖之上余昔少年登望者屢矣樓之制宏敞軒豁俯臨渺茫長江流其
下衆峯列于外閭閻桑麻臺榭花木隱映乎其間翠巖丹崖長洲沃壤相
接于其側人氣以淸俗習以厚老者安少者趨農夫蠶婦服其勤孝子慈
婦竭其力春歌連巷而俯仰漁歌緣崖而長短禽鳥鳴翔能自知於茂林
魚鼈游泳亦無危於數罟物於一區而得其所者俱可觀矣至若繁英綠
陰淸風皓月以時而至消長盈虛之化晦明陰晴之變相代而不息樂亦
無窮矣且其名樓之義則有淡庵白先生之記其略曰江之中有石矗矗
者搆樓曰矗石始手於金公而再成於安常軒皆壯元也因是有兼名焉
題詠之美則有勉齋鄭先生之排律六韻常軒安先生之長句四韻亦有
耕隱俁先生之六絶句和韻而繼之者有若及庵閔先生愚谷鄭先生彝
齋許先生皆佳作前輩之風流文彩因可想見矣不幸前朝之季百度凌
夷邊備亦弛海寇深入民墜塗炭樓亦煨燼矣天啓國朝聖神相承治敎
以明恩濡境中威振海外向之爲寇者叩關乞降絡繹而獻琛濱海之地
日以闢人煙再密鰥寡舍哺斑白之老酌酒而相慶曰不圖今日眼見昇
平然上心猶以爲吾治未足每降敎旨禁用民力守令於事涉農桑學校
之外不敢擅興一役鄕之父老前判事姜順前司諫崔福麟等與諸父老
議曰龍頭寺邑初相地之所置矗石爲一方之勝景昔之人所以奉娛使
臣賓客之心以迎和氣而惠及鄕民者也廢之久不能重新是吾鄕人之
所共爲責也乃各出財使鄕之僧奠香龍頭寺者端永幹其事余以此聞
于上得蒙下旨勿禁歲壬辰冬十二月判牧事權公衷至與判官朴施絜

採諸父老之言越明年春二月修築江防分民作隊隊各一堆以除田里
積年之患不十日而畢乃於是助其不給召集遊手者數十輩勤其力至
秋九月而告成危樓聿新勝觀如舊今判牧事柳公淡判官梁施權繼至
而赭堊之且因登覽謀所以灌漑者造水車築堤堰以興民利父老具其
始末請於余曰江防之築矗石之營皆子之指畫而成況蒙特旨榮耀一
鄕者至矣數君子之爲民慮亦可謂勤矣盍爲記以示不泯余曰此皆由
於父老之志顧余何有焉然旣以人心世道爲喜且於父老之意有感焉
謹書前後之見聞者云且夫竊惟登是樓者見汀艸之始生念天地生物
之心思不以一毫不仁之慘而害民生見田苗之方長念天地長物之心
思不以一毫不急之務而奪民時望園木之始實念天地成物之心思不
以一毫非義之欲而侵民利見場圃之方積念天地育物之心思不以一
毫非法之斂而掠民財推是心而擴充之不敢獨樂於已而必欲與民同
之則人皆知世道之和人心之樂實源於上德之深厚而皆願效於華封
人之祝矣則父老之眷眷焉用意而興復者夫豈偶然哉余幸致仕之日
已近思欲匹馬還鄕與諸父老每於良辰勝日觴詠於樓上同樂其所樂
以終餘年父老其待之

■ 河崙(1347-1416), 『浩亭集』 권2, 晉州 거주.

鳳鳴樓記

　　晉余鄕也余知形勝矣飛鳳之山張翼而止子北望眞之山龍翔而拱
于南長江流其間西東諸山宛轉而回環矗石之峯橫江北渚因峯爲
城旣險而高昔有樓在峯頭登臨之美冠於一方飛鳳則連長白而接于
閣風望眞則連智異而智異又連乎長白與之幷峙矣江之水則又源乎
智異而智異之東北衆山谷之水合而爲一山之長水之深其氣鬱於中

人衆而物阜往往出奇偉之才從古爲巨邑不亦宜哉客舍之南百步許
有舊樓三間盧其下以通往來謂之樓門而未有名旁列老樹數十株舍
風蔽日爽氣自至公館民廬竹林花木隱顯而相接山光水色煙霞星月
映帶乎其外游觀之適實在奧廓之間矣領牧事正憲大夫崔公旣到官
與判官殷君共圖治效凡可以起廢者靡不爲之乃謂州地極南夏暑尤
甚使臣賓客之待宜有涼處矗石之樓毀已久且阻公廨豈若修此樓功
省而事便集工人使以農隙整欹易朽補增其短窄而赭堊之旣扁之曰
鳳鳴屬州人前尙牧金君悌請余記余竊惟鳳王者之瑞也昔周盛時鳳
凰鳴于高岡今明主在上躬行仁義任賢使能尤重親民之職崔公以慈
詳愷悌之資出宰一州奉宣王化乃以鳳鳴名樓蓋欲以文武之德望於
吾王而庶幾有鳳鳴之瑞也可見其敬王之至而愛王之深矣抑嘗聞漢
之黃霸守潁川鳳凰至官舍治爲天下第一徵入爲相功光于時譽流後
世此晉人之望於崔公者而崔公之亦宜自勉也余少日侍親于幢南里
之家去樓二百餘步及至從宦每二三歲必謁告歸寧定省之餘登覽兹
樓者不知其幾回矣今余老矣官品妄高二親俱不在風樹之悲其可勝
哉思欲乞身還鄉拜掃墳塋與崔公共一登臨以賞重新之制以追舊遊
之樂亦不敢果矣余與崔公尊祖江陵君同里松京獲聞長者之餘論知
崔公素有家庭之訓今又聞爲政之最故不以文拙辭因以附余之感而
悲者云

■ 河崙(1347-1416), 『浩亭集』 권2, 晉州 거주.

興立齋記

　　里以詩禮名之則齋之爲興立者宜不可無也齋以興立名之則讀於
其間者宜不可不知其意之所在而行之於其身也蓋人之生也苟非生

知之聖靡有不待教而成就者然教何嘗有定物哉有俗學記誦詞章之
教有異端虛無寂滅之教有百家衆技權謀術數之教之壞人道而絶人
常者故先王爲是之慮人生八歲皆入小學旣長則又入大學教之以灑
掃應對進退之節窮理正心修己治人之道此國庠州序里塾之所有設
也吾州雖僻在遐陬已被冥翁遺化其振發興起者宜不與他州比也而
四三百年之間尙無一人之顯顯聞于國中者曷故焉是不外乎不能修
其學而成其材者也噫此豈非可羞之深者乎其學於是齋者懲其旣往
之未振也不以才劣而自劃也不以才優而自慢也博看群聖人之法言
有疑則審問之旣得於吾心又加之以愼思之工篤行之力在家盡孝悌
之誠在邦國盡忠信之道而且早辨其善惡邪正之分能卓然自立不爲
事物之所撓奪則興立之意其庶幾不負也歟**齋在里之案山稍窈
處**而凡五架六楹勢久頹圮乃以丙辰仲春易其材而重葺之旣成吾
友果菴子適訪余於此齋之上請書額以揭之因敍述其事以爲記

■ 河鎭達(1778-1835), 『櫟軒集』 권5, 晉州 丹牧 거주.

書室記

區一山之窈而長松夾塢叢竹繞砌纔掩其屋之半面無奇花異卉栭
栗之屬可以娛耳目而潤喉吻者惟一杏樹立於庭之西角或閒坐其下
俯瞰洞壑而指默曰彼則吾之第也彼則吾某祖某叔之第也彼則吾先
人所植之樹也彼則吾先人所築之壇也可一寓目而瞭然者此吾書室
之所居也吾自幼少時讀書於是室也其志豈小也哉夫祖述堯舜憲章
文武行爲百王之軌言爲萬世之法如周孔思孟者矣佐聖君輔太平能
澤被生民名垂竹帛如伊傅呂召者矣包羅萬象牢籠百態善歌詠先王
之道記述時人之淑慝如屈馬韓杜者矣而自生人以來未有兼此三者

則吾其何的焉文章之道備載六經何必更事餘子而勳業則雖有其材
已知天命之攸存非强而致之然則所可勉者惟道德一事而已然菲材
魯質何能易窺聖賢之蘊奧哉是以發憤誦讀或冬之夜夏之晝不知雪
風之吼戶樞蒸炎之焰肥膚而一疑未嘗置之於胸中一事期欲行之於
身矣旣而思之曰夫人少而學之長而欲行之也然行之於一家孰若行
之於一國乎若欲行之於一國則不致身於廟堂之上得乎以是不免間
治貢擧之學而出入場屋之下噫今年已四十餘矣竟何所成就況其世
道不復如昔日而非進取之持者乎遂浩然歸來重理舊編治心養性以
欲收桑楡之晩計然誰其與我相處共勉此志者乎其風詠之曾氏耕釣
之晦翁之類也歟

■ 河鎭達(1778-1835), 『櫟軒集』 권5, 晉州 丹牧 거주.

櫟軒記

余觀夫古人之稱號不一其規或以地名者無甚取義而其寓於草木
者有意存焉曰松曰竹取其節也曰梧曰柯取其材也曰蓮曰蘭曰菊取
其香也而今余獨以櫟名軒者何也蓋櫟之爲木其葉大其節長而叢生
有刺雖長千百年不宜於宮室不宜於琴瑟又不宜於薪樵無用於人見
棄於世故類編百木而渠獨見漏詩興六騷而亦無取義不受斧斤刀鋸
之患而散在榛莽荊棘之中則豈非不才無用見棄而久存者耶余以下
愚之質旣無學問之工且兼疎懶之習貧賤憂慽風霜疾苦戕賊心肺勞
擾筋骨至於孝悌忠信之道修齊治平之方便是隔靴爬癢無分寸前進
可用之才甘作明時之一棄物而所長所得只七尺軀五旬命而已則我
非人中之櫟而櫟非物中之我耶然櫟雖樹木爲我所愛我雖人生類彼
無用是果櫟爲吾耶吾爲櫟耶物我相得人無得而間之者也但人有標

號者必其道德文章巍炳當時功名勳業垂諸來世然後必無僭妄之誅
而人亦以是稱之也如余凉學蔑德本無可稱之實而徒以不材見棄枉
累于櫟無乃余之不才反不如櫟而爲櫟者得無號冤乎哉是又可愧也

■ 河鎭達(1778-1835), 『櫟軒集』 권2, 晉州 丹牧 거주.

後潯亭記

竹醒居士鄭君致學名其亭曰後潯潯江淮間一水而其名特著於宇
內者奚哉晉處士陶淵明居之故也淵明之詩文清雅居官廉退超脫俗
臼中而其特立高節則有在焉當典午末江山盡入劉寄奴掌中烏衣巷
王謝後昆無一人立節者而獨潯陽一區不染宋塵園之松籬之菊保其
貞操勁節而與主人翁欣然相得千載之下猶使人興起也鄭君以文學
行誼播譽於遠近而若其介石之志操艱險不能移威嚇不能挫則人或
未之知也及夫天翻地覆之後上念名祖農圃公敵愾興復之事自傷其
空拳無用迺於晉之西貴谷里築一小亭隱遯而名亭前之水曰潯扁楣
以後潯蓋自期以淵明也淵明不可僞苟淵明矣何必潯而後可哉雖然
事固有寓義於物者稱潁水則思巢父稱桐江則思嚴陵亦人之情也君
之以潯標揭者欲常目在之而永矢不諼也審矣嗚呼回看今日城中同
是周顗之淚而慷慨如王導者有誰欲觀新亭而不可得也噫本朝五百
三十一年驪州李準九滴菊露而寫之

■ 李準九(1851-1924), 『信菴集』 권3, 咸安 거주.

慕賢齋記

翁之所居齋謂之慕賢何哉齋之左右有山崔嵬乃**集賢山**也丹崖
翠壁林立環擁如金之削玉之積如神之剜鬼之刻隱然有淸閒幽邃之
象蓋嘗思之古之賢君子遯世深藏而優遊薖軸之地也歟翁之晩年搬
移于此構數椽茅齋而題其楣曰慕賢賢卽山之賢也慕是翁之慕也則
齋之命名之義槪以爲賢者通古今達事理繼往聖開來學爲法於天下
後世者也然其所以爲法惟其性分之所固有不是高遠難行之事而人
有知愚賢不肖之不侔者在於善惡公私之間三代之所以爲治五季之
所以爲亂豈其所賦之性有不同而然哉噫人之生世不學則已學之捨
賢聖之道而更無他道故翁之所居因山名而扁之以是而取昕夕寓慕
之義若使此翁讀先賢之書學先賢之道念念在玆斯須不忘則猶或有
爲山進簣之功而終可以窺先聖之藩籬矣志與年衰安敢望遠大之期
乎但當顧名思義無時不慕一言一行無所妄作則餘年肄業將有歸宿
而日用事爲或無大過且使兒孫常目在之傳之無廢則非但此翁寓慕
之意其足爲子孫依歸地矣夫

■ 李錫永(1851-1909), 『山樵集』 권2, 陜川 默谷 거주.

筐齋記

晉之東屹然而拱秀者**月牙山**也山之一脈東走臨江而成二邱陵
一曰龍頭亭梅軒李先生之舊居也一曰光風亭吾先祖誠齋先生杖屨
之地也自其南數里許有一麓窈窕環拱者落帽亭灌圃魚先生遊憩之
所也山間之溪澗綴繞北流合而成滙者盤江文簡公木溪姜先生漁釣
處也其下一里許有丹崖翠壁聳立江干與光風亭相對峙者霽月潭亦

先祖吟弄遊賞區也世所謂嶺南人才半在晉陽晉陽人才半在月牙山
下者非過語也惜乎世遠人亡前日勝賞之地今皆但有遺名而無其臺
榭矣自牙山大幹龍東行六七里有宵洞洞後數十步上有三巖平而作
盤秘而不見者奎巖也南距落帽亭五百餘步北至霽月三里也東距盤
江數里也則此豈非地秘神護獨漏於前賢之品題而有待於今日歟癸
巳春我家君兄弟患後生無肄業之所乃與堂內諸從同心協謀各出錢
財若干以構數架茅屋於奎巖下脩篁之間極爲淸邃靜僻非尋常家塾
比也及其訖功求書數百卷以藏之使諸子姪學習於其中盖古人才養
不才中養不中之義也不肖董曷敢不勤灑掃之役習孝悌之行而以其
暇日讀詩禮講文藝恪守先訓之萬一也噫晚生末學於功名事業實愧
前賢惟典念終始勿墜吾家學淵源則庶不貽斯齋之媿故於是乎記

■ 李堯默(1809-1852), 『篁巖集』, 東山 거주.

舒嘯亭記

　吾友**鄭君亨櫓**結小亭於所居**石南村**之東皐命以舒嘯蓋取晉處
士辭中語也亭則吾姑未登吾於皐非生客崢嶸萬疊之方丈而几案焉
紺寒百曲之**德川**而襟帶焉儘可以舒其嘯矣但念亨櫓以大賢之裔
早年發軔志伊志而學顔學歎亦喟然樂固囂囂胡然有不平之氣舒而
爲嘯而必晉處士之云爾哉是則難與不知者道其必有論其世而發長
吁者也歟乙未仲秋節葛蘆山人崔琡民書

■ 崔琡民(1837-1905), 『溪南集』 권24, 河東 玉宗 거주.
■ 鄭濟鎔(1865-1907), 亨櫓(字), 溪齋(號), 晉州 거주.

癡軒記

軒以癡名何也吾以癡故而與世人不合世人皆尊吾以癡自卑世人
皆大吾以癡自小出以癡出入以癡入動靜云爲皆以癡爲則世之人見
吾之癡必曰斯人癡也吾亦以癡自居居家以癡接人以癡旴旴睢睢面
目可癡芒乎勿乎語言可癡則孰使爲尙癡而非眞癡者也故軒以癡名
以寓以癡行癡之義

※ 河應命(1699-1769), 『癡窩遺稿』 권2, 晉州 丹牧 거주.

飛鳳樓重建記 辛巳

飛鳳山前飛鳳樓樓中宿客夢悠悠地靈人傑姜河鄭名與長江萬
古流此我先祖文忠共圃隱先生詩也先生當玄陵初膺嶺南按廉使之
命行過晉州宿飛鳳樓因爲作此飛鳳者晉之鎭山而樓於其下故名
之以飛鳳也歟長江西來繞出郭外助成形勝之區是州素稱嶺南人材
之府而三姓者於州爲最盛先生之詩直敍當時之事而至今五百年餘
南方人士莫不傳誦以爲美談旣又刻石表其遺蹟用式行路之觀瞻亦
多年所矣獨其所謂飛鳳樓者廢址已久而不復記其遺址尙論古事者
不能無齎恨焉往歲己卯春先生后孫佑鎔以爲生居是州而使是樓湮
沒恥也況有先祖之遺躅乎於是作而重建之相地於飛鳳山下募工鳩
材不日而告功飛甍丹艧制甚宏麗速鄕中古家名紳以落之前期請文
于胄孫義烈君使爲之記猶復以其事遠外不能無爽實故又强予以敍
其詳德永誠不敏無以當是責然事有關於先生亦不敢固辭也嗚乎先
生之道德文章貞忠大節撑支宇宙輝映簡策不必提敍於此是樓也想
是州之公廨則在先生特不過一宿之假館爾其於先生也何與焉樓之

廢今不知其幾百年矣而後之人猶能因先生之詩知有是樓之名則是
樓之不永沒於晉固以先生重也蘇子瞻所謂世有足恃以長久者豈不
信然矣乎佑鎔氏之所以獨捐巨款爲是州創起故蹟其意亦固尊慕先
生也噫是樓之起而先生之蹟與之長存撫先生之跡而誦先生之詩則
當日之事了然可徵三家之名與長江而萬古者將次第可論矣夫然後
知是樓之作在晉之故家誠有所關重焉者而佑鎔之功且當與是樓終
古矣不亦偉哉若夫山川形勝草木精彩自有多士之記詠玆不槪及云

■ 鄭德永(1885-1956), 『韋堂遺藁』 권4, 山淸 德山 거주.

九皐亭記

州治西三十里有佳湖洞洞後有山高聳是稱飛鶴山者也河君德
仲厭腥羶之滿世謀鶴棲之一枝卽其爽塏之處而誅茅結亭因山之名
而名之曰九皐徵記於余再三不倦余戲之曰子之髮已鶴矣何不近取
諸身而遠及於山乎請以鶴鳴之詩意告之子其念哉朱子曰鶴鳴九皐
而聲聞于野言誠之不可揜也蓋鶴鳴所以喩誠身也聲聞于野所以喩
誠之形於外也大學之修齊治平莫是誠意之推廣而發於事爲者乎中
庸之贊化育參天地亦非誠身之極致而顯於功效者乎此皆誠之不可
揜者也凡遊息於斯亭者心絶邪僞之萌而力做眞實無妄之功誠之於
閒居幽獨之中而以至於應接事物之際罔或不誠則庶不負名亭之義
也子思曰君子誠之爲貴子其勉哉若夫軒窓之明灑湖山之淸勝猶屬
餘事姑不記

■ 河啓洛(1868-1933), 『玉峰集』 권2, 晉州 水谷 거주.

景源堂記

晉治東四十里**麻法山**下有屋三間榜以景源堂者蓋爲故孝子李公霽軒道窩父子兩先生而作也謹按其遺事霽軒先生幼有至性一生所爲無非養親悅親之事而道窩先生生于是家自少耳濡目染又遊錦陽門下得聞性理旨訣父師之賢嚴如此雖欲無成就得乎夫惟兩先生之爲孝也事親而甘旨無闕值歲儉雖不自給而以些少米穀分與隣里之奉老者此其養志者然也親癠而嘗糞血指禱天身代丁憂而盧墓歠粥風雨不廢省掃每遇忌辰致哀致慤號哭如袒括之日年至耄艾而語及父母輒泫然泣下析箸之日以父母所愛與弟厚而自取薄是父是子前後一揆薪火相傳惡可誣也詩曰孝子不匱永錫爾類又曰永言孝思孝思維則非先生父子之謂歟鄕道士屢顧于棠伯直指英廟壬戌霽軒先生得蒙南臺之贈而道窩先生則不及焉蓋世愈降而時愈淆已足爲有識者之所吁歎及今天地一飜尤無可爲者後孫等慨先徽之寢泯懼遺躅之罔階乃就盧墓舊墟竪石而記其蹟此不得已之事也爲當日呈文諸公之後承者聞而嘉之相與修契事以爲永遠寓慕之地又堂之所由以起也夫孝者爲仁之本百行之源人之有性同得乎天則非彼有而此無我豐而人嗇也爲兩先生後昆者克體先訓思以無忝爾所生凡在同契諸人又不特慕之而止是倣是則思以各孝其親則將天下歸于孝吾知景源之名與天壤而無窮矣盍相與惕勉哉壽根鉉宣二君屬余爲堂記遂書此以歸之

■ 李壽滵(1864-1941), 『素山集』 권3, 晉州 麻津 거주.

光風霽月亭重修記

晉之南江東流四十里納木川而爲霽月潭其上山曰霽月臺臺之
西又有一孤山曰光風亭吾先祖誠齋先生杖屨題詠之地也後輩想像
興慕作亭其間倂取二山之名而名其亭始者相地高而瓦材隘小風雨
所侵殆不可以支久於是改營舊址東數武許規模制作視舊完麗與山
水奧曠之勢得以相孚焉始於戊寅二月粤四年辛巳二月功告成至三
月六日衆飲以落乃日是役也不可無記屬壽弼爲之文弼越席而諗于
衆曰光風霽月本黃太史贊濂溪夫子之語而先儒以爲善形容有道者
氣象遂以是名夫子之書堂惟我先生生乎夫子數百千載之後而其學
術行業遠有端緒謹按州誌曰李某早廢學業專心性理之學松亭先生
河公銘其墓有一部中庸用功斯篤之語以此究之先生之學蓋本乎中
庸而脗徹乎易通太極之旨當日齋扁之特揭一誠字豈無所本而然歟
且先生居泮之日見癸未三臺諫之被黜辭諸生以歸遂不復應擧則其
察於幾微而秪厲名行者爲何如哉然則今以其所以名濂溪夫子之堂
者侈我先生之亭恐不爲甚濫而况二山之名與夫先生題詠之不與他
詩文俱災獨至今煥人耳目者自非偶然若天固相之也乎雖然弼又以
爲尊賢述先不在乎亭焉已也亦不在乎名焉已也必須學而明相傳之
旨行而思無忝之道斯可矣每於春秋暇日設食亭上招我同志講太極
圖之義爲主者要無爲周濤之罪人其爲賓者亦不敢忘紫陽之己事交
修互勉終始不懈則於保斯亭之道其亦庶幾焉爾乎僉曰然惟是可以
爲記請卒書之弼不敢辭遂書

■ 李壽弼(1864-1941), 『素山集』 권3, 晉州 麻津 거주.

拱玉齋記

頭流一支東馳遙遙至**汾陽之西**轉而爲**玉山**復浚巡南走至河陽之北又東折而爲**獅子嶺**趾於嶺而有村曰**沙坪**村父老相與結塾於村之東使子弟肄業焉屠維孟夏余與二三同志杖策而入其室棟宇甚蕭灑村父老咸在而導率齋生不使踰規睡齋姜翁主之諸生方讀小學步驟不凡伯敬金君其秀也余坐久聘望野色平曠山川周遭向所云玉山者奮迅前對如溫溫恭人執玉而拱揖方嗟賞不已適坐中諸公以齋扁請焉余樂告曰拱玉又以扁記請焉乃爲之說曰嗚呼玉之爲物君子之道備矣剛而琢刮垢磨光君子之學所以治心修身也溫而栗文理著見君子之學所以斐然成章也韞于櫝沽之待賈君子之所以爲行藏也一物而衆善備莫玉若也今諸生方讀書志學學所以治心修身也果能小心翼翼如執玉而不勝朋友切切如琢玉而復磨則斐然成章會有其日而異時採玉者入焉必於斯乎得矣諸生勉乎哉

■ 李宅煥(1854-1924), 『晦山集』 권8, 河東 花亭 거주.

四相齋記

加次禮之里在**汾陽郡**治南二十里古稱**康州**地濱海斥鹵要衝官路民貧役煩閭里凋殘歲荐飢荒又經東盜日以散亡姜參書文仲世家里中可謂同舟遇風而里中人視文仲爲副手梢工一日文仲謀于衆曰里事孔痗不更張不得自今年罷里任收其所廩給取殖幾年可以應公役而便私計也僉曰唯唯文仲遂與李圭杓金在卿恊心同力公私難事周旋幹辦財穀所殖歲無欠缺到得六七年足可經用於是復置里任凡稅額外公私酬應不煩民而皆取諸此里以無事向之遇風者得捨舟登

岸矣里人懷之欲立碑以頌文仲力止之但里社不可無會所乙巳春經
建一齋於錦湖之東扁曰四相蓋取藍田約義也齋凡三間堂室皆備山
回海環眺望甚富里中父老春秋率其子弟行講會禮又將稍存穀入倣
南康社倉例以備不虞云德業相勸過失相規禮俗相交患難相恤之義
斯可見矣嗚呼陳孺子之宰天下手段已見於里社分岡時觀於今日康
州里事文中可知也使文仲幸而見用於時授之以政其所蒙被奚止一
里一鄕哉不幸而流落畎畝不得展其所蘊思與里人同歸於善文仲之
不幸其亦里人之幸也歟里中諸君子各自飭厲競相勸勉有里仁之美
則擇而處之者式日至矣詎不偉歟諸君請書此以爲記

■ 李宅煥(1854-1924), 『晦山集』 권8, 河東 花亭 거주.

松菴記

　　故孝子鄭公諱弘烈葬其親於**汾陽之集賢山**麓因以廬焉有一孤
松生於廬側攀號之餘時加培壅而朝暮相守遲遲有晚翠之像及服闋
而歸遂以松菴扁其室而以寓不忘之思歲時往來必盤桓其下荏苒之
頃孝子已沒而向之遲遲者已頂平蓋偃矣一日公之胄基昱爲余道其
事請作松菴記余曰公之孝子松可證其一端而皐鶴聞天至於樹風表
閭誠之不可掩又如此詩曰毋不爾或承又曰孝子不匱君能體此能善
繼而善述則所云永錫爾類者其在君家歟松在空山荒漠之濱君方以
斧斤爲憂然自公居廬以來至今幾十年樵牧之往來玆山者必指其松
而相戒曰此孝子所盤桓天下豈有無父之人歟且公之所以取號者特
在乎歲寒之節而已是則豈斧斤所能害哉書此以爲記

■ 李宅煥(1854-1924), 『晦山集』 권8, 河東 花亭 거주.

伴鷗亭記

在臨江亭上流一里佳木數株蔭覆江上景致幽絶翁之所占而名之者也

萬曆己亥冬龜村野夫返于舊居晉陽之代如村也越明年夏五得
避暑地于居之東百步許菁川江之下流南岸上也野夫避丁酉亂漂寄
于金陵之地己亥春由星西路客托於伽倻之麓是歲首夏之月農徙於
宜春之西萍浮蓬轉飽更多小艱辛而後得還故鄕焉然而煙寒竹堂月
冷梅塢徘徊俛仰觸目興懷移築土室於靜旨之南雙峰舊址就平地也
方其祝融宣威火傘張空蚊雷短簷遯燠無因但詠歐陽病暑賦空吟杜
陵苦熟詩而已一日屨及於東湖上竹林邊樹木陰翳波光凌亂白沙三
島綠楊千株岸幀盤桓身世畫圖眞箇遊賞地也於是命僕夫斸陂陀以
夷之芟薈蔚以暢之林疏而爽籟生蔽刪而靑山多流金之暑不知何許
遁去挾纊之思俄頃催動心肝於是携冠童五六避暑偃息不於他而於
斯焉觴詠嘯傲不於他而於斯焉澡浴游泳不於他而於斯焉今日於斯
明日於斯又明日於斯焉不知日之將暮月之將半矣一日冠童等語余
曰斯亭之勝八景俱備盍名斯亭以記其勝余曰諾沈思數日不得其可
名者余觀夫碧波上紅蓼邊有一物焉其色白其容閑浮沈有時出沒無
常或戲水渚或眠沙畔忘機狎之則近而不驚有心翫之則遠而不親斯
亭之勝孰愈於斯斯亭可名以伴鷗乎僉曰甚善名此固當因以伴鷗名
之余又解之曰僉君徒知斯亭之得善名而不知名亭之稱其實也僉曰
可得聞乎余曰嗟乎羽族三百有六而最靈者鳳凰也鷗無是德焉能言
者鸚鵡也鷗無是能焉擊搏者鷹鸇也鷗無是才焉無德也無能也無才
也而好居江湖無意世事者可以爲野夫之伴矣然則斯亭之得斯名不
亦稱乎遂詠山谷詩曰江南野水碧於天中有白鷗閒似我萬曆庚子皐
月上澣浮查野夫記

■ 成汝信(1546-1632),『浮查集』권2, 晉州 金山 거주.

翠香堂記

翠香堂者浮査作亭以與鏞者也將上梁鏞請曰願作文以頌焉翁曰諾余雖耄可無一語於是以翠香名其堂仍作文以頌之謂之翠香者何以後有竹前有梅也客有諷余者曰子於前日名鏞之室曰三喜今者號鏞之室曰翠香前以實後以虛何歟翠香之號無以太虛翁曰子亦徒知其一未知其二者也古人之於亭臺或誌喜或記見喜雨亭誌喜也凌虛臺記見也今余於鏞誌喜也於鏞記見也然實中有虛虛中有實亦古人回物起興之義梅之實何馨德是也竹之實何直節是也人之處心行事如行之直如梅之馨何往不可況梅是兄竹是弟人之兄弟亦如此二物而各保其馨直則可以生而順死而安矣旣而語客又吟一絶以示兒輩曰翠後婆娑堂後竹暗香浮動檻前梅兄兄弟弟相依處剩得春風雨露培噫汝等徒知梅竹之相依而不知雨露之所從來耶梅而無雨露則不生竹而無雨露則不活汝而無雨露則不長沛然而下溥溥而零者梅竹之雨露也乳之哺之顧之復之者兄弟之雨露也汝知雨露之所從來夙夜思無忝也則庶不負名堂之義矣年月日浮査野夫記

■ 成汝信(1546-1632), 『浮査集』 권2, 晉州 金山 거주.

釀和堂記

釀和堂者孫兒澣永所搆之室也永欲奠居而無其地欲借我種蔬之園願爲安堵之基余許之永也於是乎鳩材倩工畫宮而經始之其地在三喜堂之東二柱扉之北北有草廬吾所舍也而浮査亭之三於堂在其東永也於經始之初問於我曰鵲巢將營欲爲上梁文何以名吾堂則可余曰汝屋之基甚狹不過一畝之地儒有一畝宮之語於記有之盍名

之以一畝堂乎永於是以是名求上梁文於其外祖氏鋪巖之李上舍上
舍答永書曰大丈夫安事一畝宮乎使吾天假之年汝亦得經營千萬間
大廈盡庇天下寒士則雖老矣尙能爲汝賦之永也於是持以語余曰外
祖氏所敎如是而吾心亦以一畝爲隘請擇善名焉余曰古之人名堂室
者各以自家意思名之仁智堂晦翁之所自名也安樂窩康節之所自號
也汝亦以汝之所好名之可也汝之意以何爲好耶永曰吾之平日願事
之者和之一字也以和顏事父母則父母喜以和意待兄弟則兄弟樂琴
瑟和則得其諧朋友和則得其信請以和字名吾堂何如余曰善如爾之
請也如爾之請也和之一字乃聖賢用功最緊切處喜怒哀樂之發而中
節者謂之和推而至於天地位萬物育也則和之時義大矣哉汝苟以和
字爲好則盍名汝堂以養和乎旣而又思之養字於學者工夫有存養之
養養性養心之養苟得其養無物不長者孟子之語也於工夫最切而但
以和字觀之則養字莫如釀字之怡着也故換着釀字釀乃陶和之名也
浮浮大甀炊之以玉飯和之以麴蘗拔諸大甕中待熟而出則或名以羅
浮春或名以太和湯三盃通大道一斗合自然者無非自一釀字出釀字
之加於和字豈不可乎於是以釀和名之遂爲之記

■ 成汝信(1546-1632), 『浮査集』 권2, 晉州 金山 거주.

知恩舍名堂室記

舍在浮査第之東制凡四間東西兩角各安一室爲溫突明窓是兒
曹讀書所也東曰二顧齋取言顧行行顧言之義西曰四有齋取晝有爲
宵有得瞬有養息有存之意中二間編竹爲牀坐臥於斯枕藉碧琅玕名
曰三於堂是孝於親悌於長信於友也不言忠於君者忠孝本一體家國
無二致故省之窓曰羲皇窓淸風北窓下自謂羲皇人者也作一絶書于

堂之壁曰浮査亭北知恩舍二顧齋西四有齋曰向三於勤着力升堂入
室可成階又作五言一絶書于窓之扉曰玉骨千竿竹氷心一樹梅掩門
人不到身世是無懷塢曰三梅植三梅始翫雪裏之姿終取和鼎之實亦
古人植三槐之意嗟我兒曹體余名堂室之義夙夜孜孜遵余植三梅之
意終始無怠無荒幸甚幸甚壬子暮春記

■ 成汝信(1546-1632), 『浮査集』 권2, 晉州 金山 거주.

琴湖臺記

湖於琴山之陽背月牙而襟南江阻山爲堤周回凡數里强內無術
阡外有田十餘成惟灌漑是賴民蒙其利晉康之大澤也論者數南維陂
澤必以是湖爲拇然而千百年來人未嘗就以主焉故不見於傳記而至
今泯然也李員外馨遠就其東壖而臺之廣可坐十人高不過數丈而奄
有湖之全面蓋其占位宜故用功也不難而收功也甚大矣每看書興闌
一棹孤往魚鳥不驚芰花播馥森然者與目謀悠然者與心脜方是時也
鬢白髮而顏紅潮頹乎其間凡世間得喪寵辱一切俱忘亦足以樂而忘
憂矣雖然君豈爲景物役者哉蓋自乙巳以來無復有意於斯世讀匪風
之詩懷西方之人俳徊顧瞻無可往矣而斯湖乃退陶南冥兩夫子所嘗
遊歷處也遺躅尙有存者猶足寓羹墻之慕則之臺之所以起也俯仰之
頃君遽不淑而臺獨巋然存亡之感安得不使人潸然也其子壽鏞屬余
一言以圖久遠噫傳示久遠在君而不在言也君能潔身修行克世肯構
則可以高斯臺於東土而後之修輿誌者必特書以月牙西南江東有李
員外琴湖臺記

■ 趙鎬來(1854-1920), 『霞峰集』 권3, 晉州 거주.

觀愛亭記

亭何在在晉治西十許里菁江上游筈谷坊亭何以觀愛名亭臨兩
小塘一養魚魚遊樂可觀一種蓮蓮花香可愛登是亭也江山環擁松竹
蔭翳烟雲雪月四時之賞夥矣而必觀於魚而蓮之是愛何魚在水撥刺
悠揚天機自得有相忘之樂而觀之令人心境俱寂萬念都捐莊惠濠梁
之評可見已而蓮爲花中之君子不與桃杏爭春晚節淸香暗暗偪人故
濂溪氏愛之爲著說若干字卽與太極圖幷傳況亭爲塘而起塘爲魚若
蓮而鑿爾乎亭主爲誰鄭君汝脩也客笑曰昔子産放魚於池而圉人烹
之放魚固主人家故事然臨池之樂視子産猶智而蓮之愛濂溪之後無
聞唯主人獨焉豈不賢耶聞之荷釀甚香洌盍與君就飮而所池鱗以佐
之乎曰諾鄭故酒豪必懽然以應之無疑而倘以取適非取魚辭焉則顧
安所得肴乎客去記其說以歸亭作記者誰孫顯承也

■ 孫命來(1664-1722), 『昌舍集』 권3, 山淸 거주.

梧坊齋宮重修記

梧坊山卽故浩亭河先生衣履藏也朝家賜玉碑銘其功烈建影堂
壽其香火至於配食　太廟則其所以尊尙而崇奉之者爲如何哉先生
生於晉長於晉仕宦而歸老於晉鄕規校禮邑弊民瘼無不釐止而整頓
之晉之所以爲晉者皆先生賜也至于今三百餘年勝芬遺澤斑斑爲猶
有存者晉之人雖家尸而戶侑不爲泰矣而先生不幸無後嗣只有外孫
修其墓而主其祀天之報先生何其嗇也累怪兵燹影堂成墟州故判書
新庵李公以先生外六世孫創建齋宮禁養梧楸官置祭田以奉香火龍
蛇之際齋宮見廢祭田失券墳墓之不修殆將百有餘年矣判書公玄孫

郡守公大用功於此因舊址已廢者重新考田籍已失者復尋定爲歲一
之祭而李氏之爲先生外孫者其數不多郡守公以爲李氏之外孫亦先
生之彌甥參錯連派之家以備將事之任吾鄕某某姓之出入於先生墓
下蓋以此也其後不幾年齋宮又火僧徒盡散守護之道漸久而漸廢歲
己酉郡守公之胤台洞丈人與我先王考暨二三同志鳩材而更築之墓
貌祭儀一復其舊前後長老之相繼用力至矣勤矣而屋無百年之完而
物有一衰之變傍風上而棟宇將頹僧去山定樵牧難禁父老之過而覽
者莫不蹢躅而咨嗟則雲仍霜露之感尤有所不能已者也時不侫典李
友光泰甫同任李友乃台■丈人之茅二子也相與謀曰若之藏修旣是
父祖之事則今■荒廢豈非子孫之責乎仍謂張君友奎甫曰子亦先生
之外裔也子之先世亦嘗有功於此今日重修之任子不得辭矣張君曰
諾於是買凝石寺一庵材踰嶺越谷曳運艱關募丁招工酬用浩煩事鉅
力綿半塗將廢不侫不勝慨然與張君爲役夫倡斧彼斤此身或親之徑
之■之靡不用極以十餘僧之屭力越五箇月而訖工不侫雖不敢自以
爲功謂之與又勞■則亦不必謙矣齋宮凡幾間中三間房緇徒居焉西
退柱三間其二間廚緇徒炊焉後一間小房緇徒之老而休也東退柱一
間其一間前出爲橫閣齋員性來時遊憩之所也中一間潦以爲房與元
房通所謂极頭也後一間複而爲廳與小房對所謂曲樓也是齋也不過
山間之一僧舍而古人今人隨毁隨葺者只爲先生幽宅守護之地也不
知此後幾年復有何人更爲吾輩今日日之爲也落成之日或曰不可以
無文不侫不敢以拙辭略擧斯齋古今之廢興顚末以爲之記揭諸壁後
之登斯樓而覽是文者觀感而惕念焉則庶幾是齋之不打矣

■ 河一浩(1717-1796), 『竹窩散稿』, 晉州 丹牧 거주.

光風霽月亭記

何處無亭何處無風無月但風月之亭人皆可登獨於光風霽月之亭
則必待胸次之瀅淨襟懷之灑落氷淸玉潔脫俗累任天眞者然後可知
其有登臨之樂也嗚呼斯亭也無極翁杖屨之所而吾生也世遠地遐豈
可能足躡溫江手捫蓮花攝齋瞻謁於濂溪上舊書堂也然暇日方冊之
上澡心硏思沿流溯源想像乎千載之上其光風霽月恍然在吾心目之
間則其樂不減於身登目擊而亭子貌樣亦可以意匠運之吾方寸之間
矣蓋無極翁乃師門之一大匠氏也創出千古不傳之秘於太極之上排
得一圈基址先以陰陽五行均齊上下四方次以四端七情爲材木而以
敬義爲直內方外之繩準又以三綱八條爲門路而以格致爲自卑升高
之階級於是牕戶玲瓏扁額輝煌堂室之東西軒屛之左右皆揭以大字
曰博學曰審問又曰思無邪無不敬又有存養樂道等字東廡則程伯子
講徹論語而自不覺手舞足蹈西庠則程叔子讀易整肅乍看未好久看
方好登斯亭也樂不可旣正是梧桐楊柳之間光風灑我襟懷霽月瀅我
胸次如春服沂水之樂與堯舜一般矣嗟我友生命道藝之珍駕泳河洛
之波瀾向溫濂叩門扉門扉之晝關果若無事耶請向伯淳求得敬字關
玉鑰匙然後門扉始通升堂入室次第指南矣詠而歸曰開闢從方便乾
坤在此間

■ 李禹善(1840-1898), 『艾廬遺稿』 권2, 河東 橫川 거주.

溪上亭記

吾州治東防禦山下距濂滄十里有里淸源名者其地背山臨溪谷
窈而中寬是安陵氏之世在也中古有淸溪先生李公諱世垕英廟丙午

登文科屢遷爲兵曹正郎居官奉法守正棘棘不阿久枳淸顯嘗以事忤
權貴意自知性剛不容於朝卽棄官歸鄕里絶偏黨以明趣向立里約以
正風俗別爲小亭溪上引接村秀諸生講論經訓責勉工程先是己卯錦
水李先生蒙賜環自光陽道留淸源累月公以族黨之親執弟子之禮大
被獎許先生之徒霽山金公聖鐸亦與公傾心友焉公遂以其所得於師
友授受之間者樂爲諸生告語之是於天人之際性命之原修己出處之
大方當必悉究其源委而爲其旨訣旣世代稍遠文蹟爲鬱攸所災無得
以尋其影響亭亦中廢爲茂草久矣識者恨之後孫基煥慨然欲修復舊
觀以故址傾狹更相地於所居傍近營立一屋捐鉅貲以先之諸宗咸喜
聞而助以成焉堂宇淸楚齊整階戺門廡皆中于制命名曰溪上亭賢浩
鍾浩二君具其事命謙鎭記之

■ 河謙鎭(1870-1946), 『晦峰集』 권35, 晉州 士谷 거주.

靖齋記

余少友南君仁善隱居**晉城之杜谷**扁其所居之室曰靖齋蓋慕殷
太師自靖人各獻于先王之義也靖之爲言安也何安焉盡其義以求其
心之安而已矣殷師當宗國淪喪之日興受其敗佯狂披髮危苦顚隮宜
其身無地可以自安而惟罔僕之義炳然于中是以能安其心以獻于先
王此聖人所以深難其仁而易所謂利艱貞明不息者是也仁善幸而爲
殷師八條設敎之遺民固窮讀書行義高古不幸値世之罔極亦與殷師
略同故其慕義尤切然而殷師則商亡而有聖人者作而代焉猶可以陳
其洪範今則異於是天地閉而冠裳爲介鱗矣殷師則五服之外遙遙萬
里扶桑之域猶有朝鮮之可往卽今顧瞻四方乾淨何地蹩躠其靡所騁
矣殷師之東出從而俱者猶至五千其人仁善愁居惕處於天地之間寧

有一人可以同心合道隨唱而隨和者乎仁善雖欲如殷師之盡其義以
求其心之所安其道豈不尤爲難哉雖然吾敢謂仁善必不以是而或懈
於爲義而失其守也天道不剝則不復人事不困則不亨仁善其安之矣

■ 河謙鎭(1870-1946), 『晦峰集』 권35, 晉州 士谷 거주.

慕魯亭記

吾州治東月牙山之陽曰東山東山者朴氏之世在也舊有亭榜之
曰慕魯義取孔子所登之東山慕魯所以慕孔子也宋都事秉珣爲之記
焉往在丙辰春艮巖居士朴君文行貨之而加修葺之日處其中以敎授
生徒爲己任於是一時遠近聰明才藝之士坌集橫經常累數十人每於
春三秋九朔日別設講座堂中講畢行相揖禮雍雍整整式禮罔愆暨乙
丑君沒于世而徒友四散亭亦隨而毁矣後十有三年丁丑君友人姜台
秀及君之從弟泰瑢痛傷九原之不可以復作而是亭者君遺蹟故在不
可使其委棄草萊終於來世之泯泯也乃相地重建於君寢廟東數步地
旣成會諸多士落之遣朴道源南廷禹二人訪余龜岡弊居請以記余少
與君一見於居昌試場中因風波相失不能有一日之頃款密從頌而熟
知君學有淵源見識高明絶去詞章靡麗之作口耳出入之習眞心慕道
終始如一非聖之書不讀非法之服不服非法之言不言庶幾哉其所謂
篤信好學居今行古之君子人者與余是以不辭而爲說如此竊自託於
幽明之知己且以告居是亭者俾皆以君之心爲心知慕孔子之道不爲時
世之所爲不移異敎邪說之所惑焉則晉東之東山將與嬴秦酷火之餘漢
楚兵爭之日獨魯之有絃誦幷可千載而有辭耳此余之所血祝也

■ 河謙鎭(1870-1946), 『晦峰集』 권35, 晉州 士谷 거주.

山湖亭記 乙酉

山湖亭故善山金公月山明湖昆弟藏修讀書之室也金氏自江湖先
生叔滋之後世以文雅稱中世少衰南徙昆山家焉二公俱皆謹愼修行
能不失其家法亭在月峨山下練江之上其地饒桑麻兼有園田陂
池竹樹烟雲之勝余與二公幷世而不相見又未嘗一至其亭有時行過
其傍見秋水方至不能無蒹葭道阻之歎矣公旣歿亭亦老而將圮其孫
日敬慨然謀復舊觀易材以新之爲瓦以覆之旣而造余丐爲文記之竊
惟詩曰我日斯邁而月斯征夙興夜寐無忝爾所生兄弟相戒告而其言
惟在於征邁用工可謂知所本矣二公有焉周書曰若考作室厥子迺不
肯堂矧肯構夫知不肯之非道而盡其力以繼人之志可謂能孝矣日敬有
焉日敬之來也其鄕人姜君元夏與余舊先爲介紹三及門而不止語曰君
子樂成人之美姜君有焉余因是嗟歎而備書之如此俾歸而列于楣

■ 河謙鎭(1870-1946), 『晦峰集』 권35, 晉州 士谷 거주.

可山亭記

月牙山之東藍江之北有曰可止山者其下曰佳亭安陵李公茅
庵翁居焉翁晩年築小亭其中署曰可山蓋取可止之名而名之亦爲其
山之可以亭也翁旣歿子士榮復增飾而新焉間嘗造余請爲文以記之
余曰余何言哉翁之所以自爲記者其義盡之矣人有問於翁者曰亭之
作奚所不可而獨取於山與且夫之山者不過野次一崝嶸耳無奇巖秀
峯之可以供玩賞無梗枏豫章之可以備材用眺望不遠過從寡徒尤無
足取焉吾未曉公之意也翁曰有是哉吾以桑海遺民至老不死自不無
山河陵谷之感常思抱書入山木食澗飮枕流嗽石不知人間之爲何世

而有何變惟以敎迪兒孫讀書課業使粗知孝弟忠信之道是吾事爾此
外無毫髮餘念以是而終吾餘日不亦可乎蓋翁病時而隱者也是以其
言如此其所以自明其平生心事而爲亭而必可於山之意竝此盡之無
復有他矣余又何言哉抑余惟之周書有云若考作室厥子迺不肯堂矧
肯構所以責之者嚴矣又聞李衛公聚平泉花石戒子孫勿之有毁吾見
士榮旣增飾此亭其於堂構之事則得矣無間然若乃過庭所聞忠信孝
弟之說其爲家傳世守之懿規非若平泉花石之僅足以娛意而悅目者
於是而不與諸弟姪共勉而或失之焉則非子道也吾敢保謂士榮當必
不然雖然余不得以不正言之也

■ 河謙鎭(1870-1946), 『晦峰集』 권34, 晉州 士谷 거주.

龍門山房記

吾友復齋趙君山房在晉西坪江上帝馬山中其曰龍門者君所命
也曷謂龍馬之稱龍古也帝昊時河馬之負圖以出者龍也且其山蜿蜒
蠢動北折而南忽昂然東首如龍之遊戲江海而飛昇于空故名之山房
左右多深松怪石庭除間雜植名花異木紅綠交暎其初汲江水爲炊君
嫌其遠爲文禱于山得泉埋竹筧地中引流注之竈傍安以鐵欄別爲方
池數百弓許種蓮十本游魚往來潑剌可坐而數也江水自江城之赤壁
逶迤過召南至龍門絶壁下江身漸大綠淨如練君將謀起小亭臨之名
曰玉淵江岸千樹栗千畦桑麻雜以十數人家鷄犬之聲相聞其外靑峯
羅絡白沙汗漫風帆沙鳥之搖曳而飛翔朝嵐夕靄之頃刻萬變無不一
擧目而得焉昔年丁酉余與復齋同遊玆山通觀其表裏奇勝而悅之擬
卜菟裘而隱焉作一詩示意旣而以余之困於資力而讓於君君欣然不
辭白其大人公出萬緡買其山自是東西人之行過山下者皆指以爲趙

家山雖然方其時君少年負氣豪逸自知天之所以聰明賦予於我者竟
非偶然意欲展拓其才局而恢弘其事業徧行域內外陰求天下之同志
賢豪雖以余之讘讘謂中之所秉執異於人也亦不舍蓋其心常如有不
及又奚暇於巖居川觀麋鹿友而魚鰕侶哉及夫學與時疎跡隨意倦忽
忽老將至而世且不可以有爲矣則君曰吾其休矣遂乃眷顧玆山而不
能忘也往年春召工結茅棟居之其制僅取容膝朝晡飯一盂蔬一盤斫
江鮮飮松醪微醺而止默坐對案究千聖心法之蘊檢三千三百之禮手
抄目閱蓋將日有所事而尋章摘句騈儷聲病之習無與焉余嘗屢造君
宿焉或値夜靜月出江鳴入戶松凉灑枕君輒起坐披衣戴烏巾揚扢古
今談辨鋒出或歌嘯慨慷余曰吾意君括囊久矣不謂至老少時志氣猶
在也君笑曰誠有之乎雖然微子誰當知者請子明論吾之志而記吾山
房可乎余曰諾因援筆而書之如此

■ 河謙鎭(1870-1946), 『晦峰集』 권33, 晉州·士谷 거주.

松亭記 知郡吳成默

　　文章之顯晦蓋緣氣數而然也有顯於當時而晦於後世者有晦於當
時而顯於後世者寧晦於當時必顯於後世者乃佳已秦漢諸人言語工
矣文字麗矣幷與鳥獸草木同歸於澌盡腐壞歐文忠之所以發歎者也
惟本郡故處士松亭姜公則不然嘗師事玉溪盧先生又遊於林葛川之
門遭遇宣廟晟際宜其飛騰之不暇而功名焉鮎魚之竹竿命途焉磨蝎
之身宮位不獲一命才未展千里其對殿前詩有曰九入蓮池蓮未實三
登桂殿桂無花蹉跎未遂平生志白首功名統五家雖蒙聖朝之歡賞終
未見用於時是以懷其實弢其光身退嵯巖到老無怨尤棲止山厓水滋
占一區逍遙之地手植諸松自號松亭公之固窮安命有如是矣其後歷

三百有餘年公之雲仍三四章甫日巡舊址不禁愴慕而泣曰藐不肖疲
於負薪吾先祖杖屨之所日就灌莽何以稱人遂殫力而構小亭翼然如
偃蓋之松遠近觀者謂諸賢貧而好禮南鄕多士咸知松亭之爲松亭斯
非晦當時而顯後者乎姜生達祚袖先蹟詣余請記余莅茲三載朝暮與
士民接輒詢溪山名蹟僉日姜松亭舊遊處在治西一舍地所謂函谷關
者是矣第欲往觀之今於姜生之來懇也嘉其能世其家記以贈之若夫
煙雲泉石之勝山水登臨之樂公退之暇與邑中諸名碩把酒而賦之尙
未晚也

■ 河受一(1553-1612), 『松亭實記』 권2, 晉州 水谷 거주.

찾아보기

ㅈ

▌편자 약력

강정화
경상대학교 한문학과 졸업. 동대학교 문학박사
경상대학교 남명학연구소 학술연구교수
현 경상대학교 경남문화연구원 인문한국(HK) 연구교수

최정은
경상대학교 한문학과 졸업
경상대학교 교육대학원 석사과정 재학
현 경상대학교 경남문화연구원 인문한국(HK) 연구보조원

지리산권문화연구단 자료총서 23
지리산 누정기 선집

2010년 10월 30일 초판 1쇄 펴냄

편저자 강정화·최정은
발행인 이은경
발행처 도서출판 이회

등록 2001년 9월 21일 제307-2006-55호
주소 서울특별시 성북구 보문동7가 11번지 1층
전화 922-4884(편집), 922-2246(영업)
팩스 922-6990
메일 kanapub3@chol.com
http://www.ihbooks.co.kr

ISBN 978-89-8107-452-4 93810

정가 18,000원